FRIEDA RADLOF

Gut Rosenthal – Das Gestüt in Pommern

Weitere Titel der Autorin

Gut Rosenthal – Heimkehr nach Pommern
Gut Rosenthal – Nebel über Pommern

Über die Autorin

Frieda Radlof ist eine deutsche Autorin und schreibt mit Begeisterung Familiensagas und Familiengeheimnis-Romane. Die Gut-Rosenthal-Saga ist ihr Debüt.

Frieda Radlof

Gut Rosenthal

Das Gestüt in Pommern

Lübbe

Vollständige Taschenbuchausgabe
der bei Bastei Lübbe erschienenen E-Book-Ausgabe

Copyright © 2023 by Bastei Lübbe AG,
Schanzenstraße 6 – 20, 51063 Köln

Umschlaggestaltung: Guter Punkt, München unter der Verwendung von Motiven von © iStock / Getty Images Plus: JM_Image_Factory | aphotostory | Erik_V, © iStock: Coldimages | yotrak und © shutterstock: ELVIRA EMELIANCHIKOVA
Satz: 3w+p GmbH, Rimpar (www.3wplusp.de)
Gesetzt aus der Adobe Caslon Pro
Druck und Verarbeitung: GGP Media GmbH, Pößneck

Printed in Germany
ISBN 978-3-404-18981-6

1 3 5 4 2

Sie finden uns im Internet unter luebbe.de
Bitte beachten Sie auch: lesejury.de

Kapitel 1

Gut Breskow, Pommern, 1886

Der Wind, der über die flachen Hügel pfiff, kam von Norden. Graue Wolken hingen über dem Land, so tief, als wollten sie den Horizont berühren. Sie spiegelten sich im glatten Wasser des Breskower Sees, und Lotte war, als könnte sie einfach darüber hinwegpreschen. Ihr Gesicht fühlte sich kalt an, die Ohren waren wie eingefroren. Das Leder ihrer Handschuhe knirschte, als sie die Zügel fester umfasste und sich im Sattel nach vorn neigte.

Es war Frühling, fast schon Sommer, aber wenn der Wind von Norden über das flache Land wehte, dann schmeckte die Luft nach Winter. Es roch nach Gras und feuchter Rinde, es roch nach dem Regen, der noch vor wenigen Stunden gefallen war. Es roch nach dem Land, in dem sie aufgewachsen war.

Wenn ich könnte, dachte Lotte, würde ich auf Wolke überallhin reiten. In jeden Winkel der Welt. Und sie würde die Länder einteilen nach der Farbe des Himmels, danach, wie die Luft schmeckte und wie sich der Wind auf ihrer Haut anfühlte, wenn ihre Stute Wolke in wildem Galopp über Felder, Wiesen und Hügel preschte.

Lotte war überzeugt, dass jeder Teil der Welt seine eigenen Farben hatte. Seinen eigenen Geruch und Geschmack. Pommern war grau, auf eine Weise, die roh und wild und kühl war. Es regnete oft, und der Boden war feucht. Deshalb roch es im Frühling nach Regen, Tau und frischem Gras.

Lotte liebte die grauen Tage. Sie liebte, wie der Wind die Wolken über den Himmel trieb, wie die Luft schmeckte und

wie das Wasser schimmerte. Wie das Land an ihr vorbei-
rauschte und wie leicht sie sich dann fühlte. Als fiele mit jeder
Sekunde ein wenig mehr von dem Gewicht auf ihren Schultern von ihr ab. Dann bestand sie nur noch aus Atem und
Herzschlag und prickelnder, kalter Haut, aus Muskeln und
Schweiß. Mama wäre entsetzt, wenn sie diese Gedanken hören könnte, dachte Lotte.

Auf dem Kamm des Hügels zügelte sie die Stute und
klopfte ihr den Hals. Und dann sprach sie mit ihr, über das
Pfeifen des Windes hinweg, über alles, was ihr gerade durch
den Kopf ging. Lotte konnte ihr all das erzählen, was ihre
Mutter und ihr Vater nicht hören wollten, und alles, wofür
man sie auf dem Gutshof ihrer Familie und drüben im Dorf
schief ansehen würde. Hier, auf dem Rücken ihrer Stute, auf
dem Kamm des höchsten Hügels in der Gegend, von dem aus
sie das Land nach allen Seiten überblicken konnte, konnte sie
offen sprechen.

»Ich war kindisch heute.« Wolke schnaubte, als Lotte das
sagte, und sie wusste genau, was ihre Stute meinte: Ihre Kindereien hatten sie in Schwierigkeiten gebracht, und nun wollte
sie sich mit Kindereien wieder herausretten.

Was sie getan hatte? Sie hatte den Seesack ihres Vaters stibitzt, eine Pferdedecke eingepackt, Brot und Butter, eine mit
Wasser gefüllte Feldflasche, ein Reitkleid und einen gefütter-
ten Wachsmantel und war auf Wolkes Rücken Hals über Kopf
vom elterlichen Gestüt galoppiert.

Natürlich wusste Lotte, wie albern sie sich verhielt.
Schließlich würde sie nicht weit kommen. Und trotzdem hatte
sie den Seesack entwendet. Obwohl sie wusste, dass ihr Vater
davon erfahren und sich in seiner Ansicht nur bestätigt sehen
würde. Wie kindisch von ihr …

Es war im Winter gewesen, da hatte er Lotte in sein Arbeitszimmer gerufen. Sie war aus dem Stall gekommen, hatte

die Hose ihres Bruders getragen, die sie ungefragt aus seinem Schrank stibitzt und umgenäht hatte.

Lotte erinnerte sich an jeden Blick, an jedes Wort, jede Geste ihres Vaters. Die Kindereien müssten jetzt aufhören, hatte Papa mit einem strengen Blick auf Lottes Hose, die zerzausten Locken und die abgewetzten Handschuhe gesagt. Sie sei nun kein kleines Mädchen mehr, sie sei das Fräulein von Gut Breskow, neunzehn Jahre und alt genug, um zu heiraten. Alt genug, um sich die Flausen aus dem Kopf zu schlagen und endlich ihre Pflicht zu tun. Eine Ehefrau und Mutter zu werden. Und dieses Mal hatten weder ihre gewitzten Einwände noch ihr Flehen sie retten können.

In zwei Tagen würde sie also heiraten. Und es fühlte sich an wie ein verrückter Traum. Als passierte es jemand anders, einer ganz anderen Lotte, oder als läse sie nur in einem Buch darüber.

Ihre Eltern hatten ihr den Grafen von Eichberg auf einem Tanzabend in Breskow vorgestellt. Es war sehr hinterhältig von Mama gewesen zu behaupten, der Graf sei ein Freund von Papa und kenne niemanden auf dem Fest! Deshalb solle Lotte doch mit ihm tanzen.

Der Graf von Eichberg war ein paar Jahre jünger als Lottes Vater, hatte einen vorstehenden Bauch, einen buschigen schwarzen Bart und kugelrunde dunkle Augen, bei denen sie nie wusste, woran sie war. Sie waren freundlich, das ja, aber auch sehr klug. Von ihm ging eine heitere Gelassenheit aus, doch die Intelligenz in seinem Blick warnte sein Gegenüber davor, ihn zu unterschätzen.

Er war nicht so, wie Lotte sich einen Verehrer vorgestellt hatte, ganz und gar nicht, schließlich war er zwanzig Jahre älter als sie und ein enger Freund ihres Vaters. Daher hatte sie sich auch nichts dabei gedacht, mit ihm zu tanzen. Und dummerweise hatte sie sich während des Tanzes ganz hervorragend mit dem Grafen über Pferde unterhalten.

Auf seinem Gutshof, einige Kilometer östlich von Gut Breskow, züchtete er polnische Araber, die edelsten und teuersten Pferde der Welt. Und natürlich hatte Lotte ihm begeistert zugehört, als er von dem Aufbau seiner Zuchtstuten-Herde sprach, von seinem erstklassigen Araberhengst Herzog und von den Fohlen, die in diesem Jahr zur Welt gekommen waren.

Eine Woche später war der Graf von Eichberg auf Gut Breskow erschienen, um mit Lottes Familie Kaffee zu trinken. Währenddessen bemerkte Lotte immer wieder die prüfenden Blicke ihrer Mutter, doch das unangenehme Gefühl, das sie dabei erfasste, schob sie ganz weit weg.

Ihre Eltern wollten sie verheiraten, das wusste sie ja, aber doch sicher nicht mit einem Freund von Papa! Lotte war schon immer gut darin gewesen, Dinge zu verdrängen. Doch der Graf besuchte Gut Breskow erneut, und nach dem Kaffee verschwand er für eine sehr lange Zeit mit Lottes Vater im Arbeitszimmer.

Als Papa sie an diesem Tag zu sich rief, spürte sie einen hufeisengroßen Kloß im Magen. Und als er ihr erklärte, der Graf von Eichberg habe um ihre Hand angehalten, lachte sie. Das Lachen platzte einfach so aus ihr heraus. Dann, als sie endlich begriff, dass Papa es völlig ernst meinte, sagte sie: »Nein.« Und noch einmal: »Nein.« Sie sagte es auch am nächsten Tag und am darauffolgenden und hoffte, ihr Vater würde den unseligen Einfall, sie zu verheiraten, bald wieder vergessen. Aber dieses Mal blieb Werner von Breskow unnachgiebig.

An dem Tag, an dem Lotte ihren Widerstand gegen die geplante Eheschließung schließlich aufgab, hatte sie sich zu Wolke in den Stall geschlichen. Da hörte sie auf einmal Schritte, und schon im nächsten Augenblick stand ihr großer Bruder Franz vor ihr, in seiner kaiserblauen Uniform mit den roten Schulterstücken und den Stiefeln aus gewachstem Leder.

Sie fiel ihm mit einem Jauchzen in die Arme. Erst, als sie sich von ihm löste, bemerkte sie, dass sie weinte.

»Hoppla. Was ist denn passiert, Kröte?«, fragte Franz erschrocken, was Lotte sogleich zum Lachen brachte. Ihr Bruder hatte sie schon »Kröte« genannt, bevor sie hatte laufen können, und nicht einmal er wusste noch, warum.

Sie wischte sich die Tränen von den Wangen und erzählte ihm alles. Als sie endete, seufzte Franz und fuhr sich mit der Hand durch das kurze, braune Haar. »Ach, der Papa schon wieder. So war es auch, als er mich gezwungen hat, Offizier zu werden. Du weißt ja, wie stur er sein kann.«

Franz besuchte die Kriegsschule in Berlin, wo er gemeinsam mit anderen adligen Söhnen und einigen wenigen Bürgerlichen zum Offizier ausgebildet wurde. Nach seinem Fähnrich-Examen im letzten Jahr hätte er den Militärdienst eigentlich verlassen dürfen, aber Papa wollte davon nichts wissen. Das Militär war das Rückgrat des Kaiserreiches, und in Werner von Breskows Augen hatte ein junger Graf es erst zu etwas gebracht, wenn er Offizier war.

»Wir finden schon eine Lösung, Kröte«, sagte Franz an jenem Tag im Stall und nahm Lotte noch einmal in den Arm.

Sie hatten keine Lösung gefunden.

Franz hatte versucht, mit Papa zu sprechen, und Lotte hatte sie bis spät in die Nacht im Arbeitszimmer streiten hören. Und währenddessen hatte sie an das gedacht, was ihre Mutter ihr gesagt hatte.

»Du wirst bald die Herrin eines großen Hauses sein, Charlotte. Du wirst deinen eigenen Haushalt führen. Der Graf von Eichberg ist ein netter Mann. Er wird dir viele Freiheiten lassen. Und denk doch nur daran, dass du auf einem Gestüt leben wirst!«

Sie hatte recht. Zu diesem Schluss kam Lotte, während sie

den lauten Stimmen aus dem Arbeitszimmer lauschte und an den Baldachin starrte. Was sollte schon aus ihr werden, wenn sie nicht heiratete? Sie hatte doch immer gewusst, was von ihr erwartet wurde. Eine junge Komtess musste gut heiraten und Kinder gebären. Dieses Leben war von jeher für sie vorgesehen gewesen. In dieser Nacht wurde ihr bewusst, dass ihre wilde, glückliche Kindheit auf Gut Breskow nun vorbei war.

Am nächsten Morgen hatte sie ihren Eltern verkündet, dass sie den Antrag des Grafen annehmen würde.

Auf dem Kamm des Hügels riss eine Stimme Lotte nun aus ihren Gedanken. »Stettin oder Hamburg?«

Kapitel 2

Lotte zuckte zusammen. Ihr Blick fiel auf den Mann, der neben Wolke stand und sie interessiert musterte. Der Wind spielte an seinem von der Sonne gebleichten Haar, und in seinen blauen Augen fing sich das Licht.

Das spöttische Funkeln darin brachte sie dazu, sich im Sattel aufzurichten. »Wie meinen?«

Er verzog den Mund zu einem schiefen Lächeln und deutete auf den Seesack. »Anscheinend sind Sie auf Reisen. Ich frage mich nur, wohin Sie unterwegs sind.«

Lotte beschloss, auf den spielerischen Unterton in seiner Stimme einzugehen. »Ich mache mich auf in den Wilden Westen, um mich mit den Apachen anzufreunden.«

Sein Lächeln wurde breiter. »Würden Sie so liebenswürdig sein und die Indianer von mir grüßen?«

Sie konnte das Zucken in ihren Mundwinkeln nicht länger unterdrücken. Aber statt zu lächeln, zog sie nur eine Augenbraue hoch. Dieser Mann war ein Strolch, das spürte sie. »Das muss ich mir überlegen.«

»Ich habe Sie doch nicht verärgert?« Er blickte an ihr vorbei auf das Land, das sich vor ihnen ausbreitete, noch immer mit diesem kleinen Lächeln auf den Lippen. Der Wind pfiff über die Felder und Wiesen, und am Horizont wurde es dunkler. Es war längst Zeit für Lotte, nach Hause zurückzukehren.

Aber stattdessen betrachtete sie verstohlen den Fremden. Sein Haar war blond wie der Weizen im Spätsommer, und seine Augen hatten die Farbe eines wolkenlosen Sommerhimmels. Der Wind kräuselte das Hemd über seinen kräftigen

Schultern. Er hatte die Ärmel nachlässig nach oben geschoben, sodass Lotte seine von der Sonne gebräunten Unterarme sehen konnte. Wenn sie ihm einen Namen geben sollte, würde er »Sommer« heißen.

Das gehörte zu den Gedanken, die sie nicht vor anderen aussprechen konnte, ohne ausgelacht oder tadelnd angesehen zu werden. Aber es stimmte. Jeder Mensch hatte eine Jahreszeit. Lottes war der Frühling. Nicht der Frühling, der warm und sonnig war, in dem die Vögel in den Zweigen der Eiche vor ihrem Fenster sangen und die Tulpen im Garten ihrer Mutter blühten, sondern der Frühling, in dem der kalte Nordwind über das Land fegte. Der Frühling, in dem die Natur rau und wild war und in dem noch bis in den April hinein Schnee fallen konnte. Der dunkle Wolken über den Himmel trieb und in dem das Wetter von einer Sekunde auf die andere wechseln konnte. Der Frühling, in dem alles möglich war.

Er hingegen, dieser Fremde, dessen Namen und Geschichte sie nicht kannte, war wie ein Tag im Spätsommer, mit seinem Haar, das viel heller war als die gebräunte Haut, mit seiner kräftigen Gestalt und dem verschmitzten Lächeln.

Der Mann bemerkte ihren Blick und erwiderte ihn ein wenig herausfordernd, schwieg jedoch.

»Sie sind unhöflich, wissen Sie das?!«, sagte Lotte schließlich.

»Unhöflich«, wiederholte er, noch immer mit diesem winzigen Lächeln in den Mundwinkeln. Machte er sich etwa über sie lustig?

Lotte straffte die Schultern. Es war gut, dass sie von Wolkes Rücken auf ihn hinuntersehen konnte. Seine gelassene Haltung und der selbstsichere Gesichtsausdruck lösten ein eigenartiges Flattern in ihr aus. Er sah aus, als könnte nichts auf der Welt ihn erschüttern. Wenn sie ein Blatt im Wind wäre, dann wäre er ein Berg. »Sie haben sich angeschlichen!«

Er lachte und blickte dann wieder nach vorn, während Lotte empört die Wangen aufblies.

»Was ist daran lustig?«

»Ich habe mich nicht angeschlichen.« Seine Stimme klang freundlich, doch der Unterton darin war eindeutig spöttisch. »Sie haben mich nicht gehört. Das ist ein Unterschied.«

Sie hob die Augenbrauen. »Sie hätten sich vorstellen können.«

Er wandte sich ihr wieder ganz zu, und ein vergnügtes Funkeln trat in seine Augen. Es war, als blickte sie in einen See, in dem sich das Licht brach. »Gefällt Ihnen die Vorstellung nicht, dass wir nichts als zwei Fremde ohne Namen sind, die sich hier oben begegnen und dann wieder ihrer Wege gehen?«

Darüber musste sie nachdenken. Sie wandte den Blick von ihm ab, ohne sich selbst eingestehen zu wollen, dass es sie einiges an Mühe kostete, und schaute zum Horizont. Das Land und der Himmel hatten jetzt die gleiche Farbe. Ein fahles Blau, gesprenkelt vom bleichen Sonnenlicht, das über Seen und Felder und Waldstücke floss wie Wasser. Der Wind trieb die Wolken über den Horizont, so schnell, dass es ihr kurz so vorkam, als ritte sie noch immer, weiter und weiter, bis sie alles, was sie war und was sie kannte, hinter sich gelassen hatte.

Lotte spürte, dass er sie ansah, und eigenartigerweise genoss sie das Gefühl. Ja, ihr gefiel der Gedanke, dass er und sie nur zwei Fremde waren, die sich heute einige Minuten kannten und morgen schon nicht mehr. Es erstaunte sie, dass er das so einfach erkannt hatte.

Als sie ihn wieder ansah, las sie in seinen Augen, dass sie ihm keine Antwort geben musste. Keine Namen, keine Geschichten. Keine Erwartungen und keine Regeln. Das fühlte sich befreiend an.

»Und deshalb sind Sie hier hochgekommen?«, fragte sie.

»Damit wir einfach zwei Fremde sein können, die keine Namen haben und keine Geschichte, abgesehen von der, die wir uns ausdenken?«

»Nein«, erwiderte er unverblümt. »Das hier ist mein Hügel, und ich wollte sehen, wer mir meinen Platz streitig macht.« Und da war er wieder, der Spott in seinen Augen, der Lottes ganzen Körper in Unruhe versetzte und dafür sorgte, dass ihre Wangen trotz des kalten Windes warm wurden. »Aber …« Er zögerte einen Moment, dann lächelte er. »Aber so, wie Sie es ausgedrückt haben, klingt es schöner.«

Sie wich seinem Blick aus, damit er nicht sah, dass sie sich das Lächeln nicht mehr verkneifen konnte. Glücklicherweise fauchte der Wind so laut über den Hügel, dass sie sich ganz sicher sein konnte, dass er ihren Herzschlag nicht hörte. Denn ihr selbst dröhnte er förmlich in den Ohren, seitdem der Fremde sie so entwaffnend angelächelt hatte.

»Ich glaube, hier liegt ein Missverständnis vor«, sagte sie irgendwann. Weil er sie immer noch ansah. Weil sie Angst hatte, dass er es bald nicht mehr tun würde. Dass er sich umdrehen und dass es genau so sein würde, wie sie gesagt hatte: zwei Fremde ohne Geschichten, die sich nie näher kennenlernen würden. Die nur diesen einen Moment hatten, bevor sie einander vergessen und in ihr wahres Leben zurückkehren würden.

»Erleuchten Sie mich«, sagte er und tätschelte Wolke den Hals.

Es erstaunte Lotte, dass ihre widerspenstige Stute sich das gefallen ließ. Nein, mehr noch: Wolke lehnte sich kaum merklich in die Berührung. Wieder geriet Lottes Herz aus dem Takt. Die Stute mochte nur sie. Immer nur sie. Sie biss sogar Franz, den gutmütigsten Menschen auf der Welt. Dieser Mann, dessen Namen sie nicht einmal kannte, wusste eindeutig mit Pferden umzugehen. Seine Haltung, seine Ruhe, die Art und Weise, wie sich Wolke näherte … all das verriet

Lotte, dass er ein Tier nur einmal ansehen musste, um es zu verstehen.

Aus irgendeinem Grund entfachte diese Gewissheit den Wunsch in ihr zu fliehen. Noch viel weiter als bis zu diesem Hügel. Bis zum anderen Ende der Welt. Vielleicht könnte sie ja wirklich in den Wilden Westen reisen und bei den Indianern leben ...

Aber sie blieb. »Das hier ist mein Hügel.«

Er schüttelte den Kopf, und noch einmal erklang dieses leise Lachen. Wieder schaute er sie an, als versuchte er, in sie hineinzusehen. »Wirklich? *Ihr* Hügel?«

»Ja«, sagte sie. »Ich komme hierher, wenn ich nachdenken will.«

Wieder ein Lächeln. »Ich hätte nicht gedacht, dass ich hier draußen jemandem begegnen würde. Eigentlich wollte ich Sie nicht stören. Aber sie waren so bewegungslos, dass ich dachte, ich schaue nach, ob es Ihnen gut geht.«

Lotte versuchte, sich nicht anmerken zu lassen, dass seine Worte sie trafen. Auf einmal war sie kein Mädchen ohne Geschichte mehr, das auf einem Pferd saß und zum Horizont blickte, ein Mädchen ohne Vergangenheit und mit ungewisser, verheißungsvoller Zukunft, sondern die Komtess Charlotte von Breskow und in weniger als zwei Tagen die Gräfin Charlotte von Eichberg. Am liebsten wollte sie diesen Namen und diese Geschichte abstreifen. Aber sie klebten an ihr, jetzt schon, hatten sich festgesetzt, bevor sie herausfinden konnte, wer sich wirklich hinter diesem nichtssagenden Namen verbarg.

Sie spürte, dass der Fremde sie ansah. Sein Blick fühlte sich an wie eine hauchzarte Berührung. Der Mann schien auf eine Antwort zu warten.

Lotte räusperte sich. »Ich hatte so ein eigenartiges Gefühl«, sagte sie dann so ernst, dass sie sofort seine ganze Aufmerksamkeit hatte. Es tat ihr ein kleines bisschen leid, dass sie ihn jetzt enttäuschen musste. Nur ein winziges bisschen. Aber sie durfte weder ihm noch sonst jemandem genug von ihrem Herzen zeigen, um es einfangen zu lassen. Dieses letzte, winzige Stück von ihr, das immer nur ihr allein gehören würde.

»Als würde sich ein Fremder anschleichen, um mir eigenartige Fragen zu stellen. Ich dachte, ich lasse ihn herankommen und bewege mich nicht, vielleicht ist er scheu.«

Er warf ihr einen halb ärgerlichen, halb belustigten Blick zu und schien ihr nicht zu glauben. Dann schaute er wieder zum Horizont, und in Lotte machte sich eine Mischung aus Erleichterung und Enttäuschung breit. Sein Blick ging ihr durch und durch, löste ein warmes Kribbeln in ihrem Bauch aus. Und das machte ihr Angst.

»Ich möchte Sie etwas fragen«, sagte er nach einigen Sekunden, in denen nur das Pfeifen des Windes die Stille durchbrach. Während er sprach, schaute er nicht in ihre Richtung. »Wenn Sie alles tun könnten, ganz egal, was, was würden Sie tun?«

Sie biss sich auf die Unterlippe. »Ich dachte, wir wären zwei Fremde ohne Geschichten.«

Seine Mundwinkel zuckten. »Ich frage Sie nicht nach Ihrer Geschichte. Ich frage Sie nach Ihren Träumen.«

Das war noch gefährlicher.

Sie antwortete ihm trotzdem, in diesem leichten, spielerischen Tonfall, der ihr am Anfang dieser Unterhaltung so gefallen hatte. »Wenn ich alles tun könnte, ganz egal, was, dann würde ich einfach reiten. Bis zum Horizont. Und weiter. Vielleicht würde ich auf ein Schiff steigen und schauen, wie die Welt jenseits des Ozeans aussieht. Ich verspreche auch, die Indianer von dem ungehobelten Fremden zu grüßen, der mich auf meinem Hügel gestört hat.«

Bevor er sie fragen konnte, ob sie sich schon wieder über ihn lustig machte, fragte sie: »Und Sie? Was würden Sie tun, wenn Sie jede Wahl hätten?«

»Das Gleiche«, sagte er prompt. »Jedenfalls fast.«

Lotte sah ihn prüfend an, versuchte herauszufinden, ob er sie verspottete. Aber der Ausdruck in seinen Augen war träumerisch, und sein Blick war noch immer auf den Horizont gerichtet. »Ich würde auf den Rücken eines Pferdes steigen und das Land entdecken, in dem ich sesshaft geworden bin. Ich hätte meine eigene Pferdezucht. Und ich hätte ein Haus, irgendwo, wo es grün und friedlich ist. Ein Haus, in dem es immer hell ist, mit einer Frau, die so sehr in mich vernarrt ist wie ich in sie, und mit unseren Kindern.«

Seine Worte erinnerten sie daran, dass sie schon bald selbst eine Familie haben würde. Sie würde Ehefrau sein, Mutter werden. Lotte versuchte, es sich vorzustellen, und wurde darüber so nervös, dass sie es auf einmal nicht mehr auf diesem Hügel und in der Gegenwart dieses verwirrenden Fremden aushielt. »Es ist schon spät«, erklärte sie hastig. Plötzlich war ihr diese Unterhaltung zu viel. »Ich muss gehen.«

Er schien aus seinen Gedanken aufzutauchen und wandte sich ihr mit hochgezogenen Augenbrauen zu. »Habe ich Sie etwa schon wieder verärgert?«

»Haben Sie nicht«, antwortete Lotte schroffer als beabsichtigt. »Ich muss einfach nur nach Hause.«

Er schenkte ihr sein kleines, verschmitztes Lächeln. Wieder schickte es eine Gänsehaut über ihren Körper und ging ihr durch Mark und Bein. »Leben Sie wohl, geheimnisvolle Fremde«, sagte er. »Es war mir eine Freude. Und viel Glück in der Prärie.«

Wenn es doch nur so wäre!

»Ihnen … Ihnen auch viel Glück«, stotterte sie. »Ich … ich wünsche Ihnen wirklich, dass Sie es bekommen. Das, was Sie sich erträumen.«

»Das wünsche ich Ihnen auch«, erwiderte er ernst.

Lotte schnalzte mit der Zunge und dirigierte Wolke den

Hügel hinab, ehe sie es sich anders überlegen konnte. Ihr war, als trüge der Wind ihr das Echo seiner Worte nach.

Sie drehte sich nicht ein einziges Mal zu ihm um, während Wolke über die Felder nach Hause galoppierte. Sie wollte, dass dieser Fremde und sie genau das blieben, was sie einander zu Beginn ihrer viel zu kurzen Unterhaltung versprochen hatten: Menschen ohne Geschichten, ohne Vergangenheit. Menschen, die sich begegneten, miteinander sprachen und dann wieder ihrer Wege gingen. Und einander vergaßen.

Dennoch konnte sie nicht aufhören, sich zu fragen, wie es sein konnte, dass zwei Fremde sich in so kurzer Zeit so nahe kamen.

Kapitel 3

Ein Krachen. Scherben, die zu Boden regneten, und dazwischen der Klang der Blockflöte, auf der Franz *Im Wald, im grünen Walde* spielte. Petroleumlampen erhellten den Hof, die Luft roch nach Regen. Und über dem Dach des Gutshauses zog die Dämmerung herauf.

Als sie am vergangenen Abend von ihrem Ausritt heimgekehrt war, war es schon dunkel gewesen, und Lotte hatte so sehr gefroren, dass sie von ganzem Herzen froh gewesen war, nicht ausgerissen zu sein. Doch als die Bediensteten am Morgen ihre Aussteuer auf einen Pferdewagen geladen hatten, hatte sich ein Kloß in ihrem Hals gebildet. Vielleicht hätte sie doch weglaufen sollen.

Sie warf einen Teller. Das Porzellan zerschellte, Lotte zerschellte, und alle lachten und klatschten in die Hände, als sie nach einem zweiten Teller verlangte. Es tat gut, laut zu sein, mit Geschirr zu werfen, die Scherben regnen zu sehen. An diesem Abend durfte sie aufgekratzt, fröhlich und laut sein, und genau das war sie. Sie lachte mit ihren Freundinnen aus Breskow, die ihr allerlei Albernheiten über die Hochzeitsnacht zuflüsterten, tanzte mit ihrem Verlobten zum Klang der Blockflöte und zerschlug so viel Geschirr, wie sie in die Hände bekam.

Und trotzdem standen ihre Gedanken nicht still. Trotzdem war alles, woran sie denken konnte, der nachdenkliche Ausdruck in den Augen des Fremden auf dem Breskower Hügel, als er sie gefragt hatte, was sie tun würde, wenn sie jede Wahl hätte. Wenn nichts sie zurückhalten würde.

Jetzt wünschte sie sich, sie hätte ihm noch mehr gesagt,

hätte wenigstens einem Menschen auf der Welt gezeigt, wie es in ihr aussah. Wenn sie könnte, wenn nichts und niemand sie zurückhalten würde, würde sie noch sehr viele solcher Abende erleben. Tanzend, feiernd, mit ihren Freundinnen, ihrem Bruder, der auf der Mauer saß und Flöte spielte wie der liebenswerte Narr, der er eben war.

Aber morgen schon würde sie die frischgebackene Gräfin von Eichberg sein. Dabei wollte sie doch nichts anderes, als auf Wolkes Rücken über die Wiesen zu preschen, zu singen, zu lachen und zu tanzen, ohne sich festlegen zu müssen. Sie wollte neue Menschen kennenlernen und sie wieder gehen lassen, so wie den Mann auf dem Hügel.

Sie war froh, dass sie seinen Namen nicht kannte, froh, dass sie diese kleinen, flüchtigen Momente außerhalb der Welt und außerhalb der Wirklichkeit mit ihm gehabt hatte. Wenn sie an ihn dachte, an seine funkelnden Augen, an sein kleines, spöttisches Lächeln und das vom Wind zerzauste Haar, fühlte es sich an, als wäre diese Begegnung ein Traum gewesen. Lotte war ihm dankbar dafür, dass er ihr ein Gespräch geschenkt hatte, in dem sie nicht das Fräulein Charlotte von Breskow war. Umso mehr, weil die Wirklichkeit sie sehr schnell und erbarmungslos eingeholt hatte, als Papa ihr verkündet hatte, sie könne Wolke nicht mit in ihr neues Heim nehmen.

Sie würde ein gutes, braves Pferd auf Gut Rosenthal bekommen, hatte ihr Vater gesagt. Das habe ihr Zukünftiger längst versprochen. Aber für Wolke sei kein Platz, und überhaupt, sie sollte nicht mehr so wild reiten, nun, da sie sicher auch bald ein Kind unter dem Herzen tragen würde.

»Ich habe die Frau von Stein gesehen, als diese ein Kind getragen hat, und es ist ganz sicher nicht unter ihrem Herzen gewesen«, hatte Lotte aufgebracht erwidert. Dann war sie in Tränen ausgebrochen. Wolke bedeutete ihr alles. Der Gedanke, bald von ihr getrennt zu sein, war, als schnitte man ihr das Herz aus der Brust.

»Was bedrückt dich, meine Liebe?«, fragte ihr Verlobter, als er sie zum dritten Mal an diesem Abend auf die Tanzfläche führte.

Andreas. Andreas von Eichberg. Lotte hatte sich noch nicht daran gewöhnt, ihn so zu nennen, noch nicht einmal in ihren Gedanken. Die Vorstellung, dass sie ihm morgen das Eheversprechen geben würde, war vollkommen unwirklich.

Lotte betrachtete ihren Verlobten aufmerksam. Er schien immer zu lächeln, auf eine hintergründige Weise, die ihn wirken ließ, als wüsste er ein wenig mehr als jeder andere um ihn herum. Das dunkle Haar, das ihm an der Stirn schon floh, sah ständig ein bisschen zerzaust aus, und der Schein der Petroleumlampen vertiefte die Falten in seinem Gesicht. Seine dunklen Augen, die stets aussahen, als risse er sie erstaunt auf, verliehen ihm trotz seines Alters etwas Kindliches, Argloses, genau wie sein Lächeln. Der jungenhafte Gesichtsausdruck wollte nicht so recht zu dem überaus klugen Funkeln in seinem Blick passen.

Andreas von Eichberg war ein guter Tänzer, ein faszinierender Gesprächspartner und immer sehr zuvorkommend. Ein Mann von tadellosen Manieren, geachtet in ganz Pommern. Er war von altem Adel, wohlhabend und dazu auch noch ein Offizier. Lotte konnte sich glücklich schätzen, einen Mann wie ihn zu bekommen. Aber stattdessen hatte sie keine Ahnung, wie sie überhaupt mit ihm umgehen solle, jetzt, da er ihr zukünftiger Ehemann war.

»Wolke«, sagte sie. »Meine Stute.«

»Ah«, erwiderte der Graf. »Wolke. Ein allerliebster Name für ein sehr hübsches Pferd. Doch ich fürchte, sie ist ein bisschen zu wild für Sie, meine Liebe.«

Lotte holte tief Luft, darum bemüht, nicht erneut zu weinen. Anschuldigungen, Vorwürfe, Tränen, das alles hatte ihr nicht geholfen.

»Ich reite schon seit Jahren auf Wolke«, sagte sie deshalb so sanft, wie es ihr nur möglich war. »Und sie war nie zu wild für mich.« Die Wahrheit war, dass Lotte und ihre Stute wie ein einziges Wesen waren. Wenn Wolke wild war, war auch Lotte wild, und wenn Lotte ruhig war, stand ihre Stute ruhig da. Und wenn sie traurig war, dann wusste sie, Wolke spürte es. »Ich habe sie aufgezogen. Wir gehören zusammen, und ich möchte sie mitnehmen.«

Er schüttelte entschieden den Kopf. »Und was, wenn Sie stürzen? Wenn Sie so ungebärdig reiten, verletzen Sie sich nur. Nein, meine Liebe, ich habe meine erste Frau verloren.« Seine Augen verdunkelten sich bei diesen Worten. »Sie möchte ich ganz sicher und wohlbehalten bei mir wissen.«

»Das tut mir leid«, erwiderte Lotte, hin- und hergerissen zwischen dem Zorn, der in ihr brodelte, und dem Mitleid, das seine Worte in ihr auslösten. »Aber ich werde bestimmt nicht stürzen. Auf dem Rücken meiner Stute bin ich so sicher wie an keinem anderen Ort auf der Welt.«

Ihr Verlobter nahm ihre Hand von seiner Schulter und umschloss sie mit den Fingern. »Meine Liebe, ich weiß, das alles muss ungewohnt für Sie sein. Doch Sie werden sehen, wir werden uns schon bald aneinander gewöhnen. Es braucht nur ein wenig Zeit. Ich verspreche Ihnen, bei mir wird es Ihnen niemals an etwas fehlen. Kleider, Schmuck – was immer Sie wünschen, Sie brauchen nur ein Wort zu sagen. Ihr Wohlergehen wird für mich von nun an an erster Stelle stehen, und ich hoffe, Sie freuen sich ebenso sehr wie ich auf den Tag, an dem Sie mir einen Sohn schenken werden.«

Kapitel 4

Man sah es ihr nicht sofort an – aber Lotte war ein Dickkopf.

Franz sagte immer, dass seine Schwester schon als Kind ausgesehen habe, als könnte sie kein Wässerchen trüben. Dabei hatte sie es faustdick hinter den Ohren. Wenn Mama und Papa ihr auftrugen, im Damensattel zu reiten, sagte sie unbekümmert Ja und ritt dann doch im Männersitz. Wenn sie Taschentücher mit Blumen besticken sollte, stickte sie einen dicken Hasen mit runden Kulleraugen. Und die Schelte hielt sie mit einem entschuldigenden kleinen Lächeln aus, während sie schon ihren nächsten Streich ausheckte.

Der Tag ihrer Trauung bildete da keine Ausnahme.

Lotte wollte niemanden ärgern. Sie wollte auch ihren Eltern keinen Kummer machen oder dem Mann, den sie heute heiraten sollte. Das war das Problem. Sie mochte Andreas von Eichberg, die Begeisterung, wenn er von seinem geliebten Hengst Herzog sprach, oder die Art und Weise, wie sich seine Augen umwölkten, wenn er über seine verstorbene Frau Luise redete. Seine Schilderungen von Gut Rosenthal und seinem Gestüt hatten ihre Neugierde geweckt. Es musste ein wundervoller Ort sein, und ein Teil von ihr konnte es kaum erwarten, es schon bald selbst sehen zu können.

Aber schon seit sie denken konnte, war da eine Sehnsucht in ihr, die sie selbst nicht ganz verstand. Eine Heirat war in ihren Träumen nie vorgekommen. Stattdessen sah sie, wann immer sie die Augen schloss, weite Felder vor sich, Orte, die sie entdecken, und Menschen, die sie noch kennenlernen könnte. Sie sah sich selbst ohne Sorgen und ohne Pflichten und wusste zugleich, dass ein solches Leben nicht für sie bestimmt war.

Die Trauung durch den Standesbeamten war kurz und schlicht gewesen und hatte im Standesamt von Breskow stattgefunden. Die kirchliche Vermählung am frühen Nachmittag hingegen war etwas ganz anderes.

Lotte trug ein Brautkleid aus cremefarbener Seide, eng an der Taille geschnürt und mit feiner Spitze versehen. Während die Schnüre festgezogen wurden, blickte sie in den Spiegel. Betrachtete ihr Gesicht, das auf einmal ernst und erwachsen aussah, ihre schmale, fast schon jungenhafte Gestalt, die in dem cremeweißen Kleid beinahe ätherisch wirkte, und die mit einem Schleier versehene Blumenkrone auf dem kunstvoll aufgesteckten Haar. Nur jungfräuliche Bräute durften mit einem frühlingsgrünen Kranz zur Trauung schreiten.

Als Mama ihr entzückt sagte, was für eine schöne Braut sie sei, hörte Lotte kaum zu. Die Frau im Spiegel war ihr vollkommen fremd. Es war, als hätte man sie in ein Kostüm gesteckt. Das, was sie im Spiegel sah, war nicht die Lotte, die sie im Inneren war. Diese Frau, mit den erschrocken wirkenden dunklen Augen, die sich anziehen ließ wie eine Puppe.

Es war ihr die ganze Nacht im Kopf herumgegangen, aber es war dieser Moment, in dem sie entschied zu rebellieren. Ein klein wenig. Gerade so viel, dass es ihre Hoffnung, Wolke eines Tages zurückzubekommen, nicht ganz zunichtemachte. Denn das wollte sie. Sie war fest entschlossen, ihren zukünftigen Ehemann zu überzeugen, ihr zu erlauben, Wolke zu sich zu holen.

Während der Trauung war ihr Hals wie zugeschnürt. Der Kloß darin war so groß, dass sie sich räuspern musste, ausgerechnet an der Stelle, an der der Pastor davon sprach, dass das Weib dem Manne Untertan sei. Sie wusste, dass jedermann es bemerkte. Der mürrisch dreinblickende Pastor, ihre Eltern in den Seitenbänken neben dem Altarraum, die aussahen, als wollten sie im Erdboden versinken, und ihr Bruder, der vor sich hin feixte.

Der Pastor hüstelte, aber sie tat, als bemerkte sie es nicht, und als sie ihn zum dritten Mal an der gleichen Stelle scheinbar zufällig unterbrach, übersprang er die Worte und fuhr mit entnervter Miene in der Trauungszeremonie fort.

Graf von Eichberg, der vor ihr in seiner Gardeuniform stand, schien unschlüssig zu sein, ob er verärgert sein sollte. Er hob eine Augenbraue und kräuselte ein wenig die Nase, und Lotte erlaubte sich ein kleines, spitzbübisches Lächeln. Sein Gesicht hellte sich augenblicklich auf. Nur mit Mühe verkniff sie sich ein erleichtertes Seufzen. Vielleicht würde es nicht so schlimm sein, mit ihm verheiratet zu sein. Vielleicht würde er ihr wahres, ungebärdiges Wesen akzeptieren können.

Als der Geistliche zum Ende kam und Andreas von Eichberg Lotte küsste, hielt sie ganz still. Seine Lippen waren trocken und erstaunlich kühl, und er roch nach Seife. *Es braucht Zeit.* Wieder erklang die Stimme ihrer Mutter in ihrem Kopf. *Die Liebe braucht Zeit.*

Aber Lotte wollte keine Liebe. Das hatte sie nie gewollt. Ihre Mutter liebte ihren Vater. Und deswegen ließ sie sich von ihm sagen, was sie zu tun und zu lassen hatte. Ihr Bruder liebte den Vater, und deshalb war er nach Berlin gegangen: weil er ihm unbedingt gefallen und ihm zeigen wollte, dass er zu etwas nütze war. Und sie, Lotte, liebte ihre Eltern von ganzem Herzen, und eigentlich war das der Grund, aus dem sie jetzt hier stand. Wenn man jemanden liebte, tat man Dinge, die gegen die innere Vernunft waren; man sagte Dinge, die man nicht meinte, um dem anderen nicht das Herz zu brechen – man verriet die eigene Seele. Liebe war das schlimmste aller Gefängnisse.

Die Chaussee nach Gut Rosenthal war von Kastanien gesäumt und von Laternen erleuchtet. Es sah so märchenhaft aus, dass Lotte für einige Momente sogar vergaß, warum sie hier war. Das Herrenhaus war ganz anders, als sie es sich vorgestellt hatte. In ihrer Vorstellung war es ein altes Gemäuer aus rotem Backstein gewesen, mit winzigen Fenstern und von dunklem Wald umgeben.

Aber Gut Rosenthal war nichts dergleichen. Es lag inmitten flacher Hügel, und Lotte konnte schon von Weitem die Pferdekoppeln jenseits der Wirtschaftsgebäude sehen, die das Herrenhaus rechts und links flankierten. Hinten im Hof lagen sicher die Ställe, genau wie auf Gut Breskow. Und das Herrenhaus selbst …

Das Herrenhaus war wie ein Teil der Landschaft, die es umschloss. Das Haus war aus hellem Sandstein erbaut, und die Fassade war von Efeu überwuchert. Zum Eingang führte eine breite Freitreppe, an deren Fuß aufgereiht die Dienerschaft wartete. Das Haus hatte zwei Geschosse, hohe Fenster und Ziertürme. Vier Säulen trugen den Altan des Haupthauses, über dem ein breiter Balkon lag. Das Herrenhaus war von einem englischen Garten umgeben, wilder und ursprünglicher als die Gärten im französischen Stil.

Wie gebannt blickte Lotte aus der Kutsche hinaus ihrem Ziel entgegen. Die Hochzeitsfeier würde auf Gut Rosenthal stattfinden, denn es war viel prächtiger als das Gut ihrer Eltern. Lotte wusste nicht, was sie davon halten sollte, dass sie nun auf einmal die Gräfin von Eichberg war. Der Titel bedeutete ihr nichts.

Der Graf und die Gräfin von Breskow hingegen platzten schier vor Stolz darüber, dass ihre Tochter einen so wohlhabenden und angesehenen Mann geheiratet hatte. Die Familie Breskow hatte nur ein kleines Landgut, und Lotte hatte schon das ein oder andere Mal gehört, wie die Leute etwas verächtlich über ihren Vater sprachen. Er sei ein »Krautjunker«, kein Mann von Welt und auch nicht sehr wohlhabend. Stattdessen legte er selbst auf seinem Gut mit Hand an – sogar beim Ausmisten der Pferdeställe sah man ihn gelegentlich! Und jetzt heiratete seine Tochter einen der angesehensten und reichsten Männer Pommerns! Der gesellschaftliche Aufstieg war nicht nur ein Quell des Stolzes für ihre Eltern, sondern würde auch die Karriere ihres Bruders befeuern. Schließlich hatte sein neuer Schwager Verbindungen bis hinauf zum Kaiser.

Die Diener begrüßten den Grafen von Eichberg und seine Angetraute mit einem Glas Wein. Der Graf – Andreas, erinnerte sich Lotte, daran musste sie sich unbedingt gewöhnen – nahm einen Schluck und reichte das Getränk dann an sie weiter. Sie trank und warf das Glas über die Schulter. Es zerschellte am Boden. Das Gesinde lachte und klatschte ausgelassen, und nach kurzem Zögern fiel Lotte ein. Die Scherben bedeuteten, dass die Ehe glücklich sein würde.

Lotte versuchte, sich gleich alle Namen zu merken. Die Stubenmädchen hießen Editha und Alma, die Köchin Hilde, die Küchenmädchen Nele und Karla. Mamsell Brieger, die Wirtschafterin des Gutes, die Lotte ein wenig misstrauisch beäugte, stellte ihr ein hübsches rothaariges Mädchen namens Pia vor, das Lotte von nun an als Zofe aufwarten sollte.

Pia verhaspelte sich gleich bei der Begrüßung der »gnädigen Frau« und lief puterrot an.

Lotte fiel ein gewaltiger Stein vom Herzen. Dem Himmel sei Dank, sie war nicht die Einzige, die sich unbeholfen anstellte!

Sie lernte auch den obersten Hausdiener Maximilian Walters kennen, außerdem Andreas' greisen Kammerdiener Gustav, den leicht angetrunken wirkenden Gutsverwalter Oskar Hartmann, den Kutscher und die Köchin des Gutes. Und dann waren da noch die Knechte und Stallburschen, der

Schmied, die Stellmacher und der Sattler, der Hufschmied und außerdem der Stallmeister – beinahe wäre Lotte über ihre eigenen Füße gestolpert.

Das Licht der Laternen brachte sein blondes Haar zum Schimmern. Seine blauen Augen waren in der Dämmerung dunkel wie ein Mitternachtshimmel, und dieses Mal lag kein leiser Spott darin, sondern nur Erstaunen. Er war genauso verblüfft wie sie.

Irgendwo, in einem Teil ihres Verstandes, war Lotte bewusst, dass sie ihn viel zu lange anstarrte. Der Fremde vom Breskower Hügel. Der Mann, den sie in Gedanken längst zum Teil einer Welt gemacht hatte, in der sie gern leben würde – und in die sie doch nie mehr als einen flüchtigen Blick würde werfen können. Und jetzt stand er auf einmal vor ihr, und er war kein geheimnisvoller Fremder mehr, sondern …

»Johann«, sagte er und verbeugte sich. »Gnädige Frau.« Er hatte sich schneller gefangen als sie.

»Natürlich«, sagte sie. »Es freut mich, Sie kennenzulernen, Johann.« Sie musste sich zwingen, den Blick von ihm abzuwenden und weiterzugehen. Ihr Herz schlug viel zu schnell, und ihre Wangen glühten. Sie war zu lange stehen geblieben. Hatte ihn zu lange angestarrt. Die verwirrten Blicke der Dienstboten entgingen ihr nicht. Stumm verfluchte sie sich dafür, dass sie nur wenige Momente gebraucht hatte, um etwas Ungeschicktes zu tun. Wieder einmal!

Sie befahl ihrem trommelnden Herzen, jetzt endlich Ruhe zu geben, und straffte sich kaum merklich. Warum musste sie ausgerechnet ihn hier treffen? Sie war ganz fest davon ausgegangen, dass sie ihn niemals wiedersehen würde.

Die Hochzeitsfeier war ausgelassen. Ein Orchester spielte, es wurden köstliche Speisen aufgetischt, und man geizte nicht mit teurem Portwein und prickelndem Champagner. Das kribbelnde Getränk stieg Lotte schon nach wenigen Schlucken zu Kopf. Es wurde gesungen und getanzt, bis tief in die Nacht hinein. Es war ein fröhlicher erster Abend auf Gut Rosenthal, und erst, als Pia Lotte lange nach Mitternacht in ihr Brautgemach begleitete und ihr beim Auskleiden half, fiel der jungen Gräfin von Eichberg, die kaum mehr aufrecht stehen konnte, ein, dass ihr nun noch die Hochzeitsnacht bevorstand.

Ihre Mutter hatte am Morgen einige sehr rätselhafte Bemerkungen zu den Dingen gemacht, die zwischen Mann und Frau vor sich gingen, wenn sie verheiratet waren – allerdings hatte sie so verschlüsselt gesprochen, dass Lotte, die eine klare Ansprache bevorzugte, kaum ein Wort verstanden hatte.

Alles, was sie wusste, war, dass sie sich in das weiche Himmelbett legen und auf ihren Ehemann warten sollte.

Lotte hielt es gerade zwei Sekunden im Bett aus. Dann war sie es leid, den Baldachin anzustarren und mit klopfendem Herzen zu warten. Sie sprang auf die Füße und erkundete das Zimmer, das nur von einer einzigen Lampe erleuchtet wurde. Die Wände waren weiß getüncht, die Möbel aus schwerem, dunklem Holz gefertigt und mit verspielten Schnitzereien verziert. Durch zwei hohe Fenster konnte man hinaus auf die von Kastanien gesäumte Chaussee sehen. Ihre Gedanken schweiften zu Wolke, und sofort traten ihr die Tränen in die Augen. Sie würde ihre Stute wiederbekommen. Sie musste einfach.

Als der Graf erschien, war Lotte gerade in die Betrachtung eines der Landschaftsgemälde versunken, die die Wände schmückten. Es zeigte einen rosafarbenen Himmel über den grünen Wiesen und sanften Hügeln Pommerns. *Frühling.* So würde dieses Bild heißen, wenn Lotte ihm einen Namen geben könnte. Nicht ihr Frühling, rau und wild und unstet, sondern der Frühling, der den ersten zarten Hauch von Sommer mit sich trug.

»Gefallen Ihnen die Gemälde?«

Sie fuhr herum und stellte dabei fest, dass sie leicht

schwankte. Lotte hatte weder bemerkt, dass ihr Gemahl das Brautgemach betreten hatte, noch, dass der Champagner ihr so sehr zu Kopf gestiegen war. Andreas von Eichberg trug nur seine Nachtwäsche, und er lächelte, wie immer, wenn sie ihn sah.

»Sie sind wirklich hübsch«, bekannte Lotte, nachdem sie sich von ihrem ersten Schreck erholt hatte. Es stimmte. Alle Bilder, die die Wände in diesem Zimmer schmückten, waren hell und träumerisch, als hätte jemand nicht die reale Welt gemalt, sondern ein freundlicheres Abbild davon.

»Malen Sie?«

Er wirkte wirklich an der Antwort interessiert, weshalb Lotte einen Teil ihrer anfänglichen Beklommenheit verlor. Außerdem war sie beschwipst. Sie schenkte dem Grafen ein vergnügtes Lächeln. »Ich habe, was das angeht, zwei linke Hände. Mein Bruder sagte einmal, meine Bilder könnte man als Waffen im Krieg einsetzen – sie würden jeden Feind sogleich in die Flucht schlagen.«

Sein Lächeln verrutschte ein klein wenig, so als hätte sie ihn irgendwie enttäuscht. Sie war daran gewöhnt, dass sie die Menschen in ihrem Umfeld enttäuschte. Daher kümmerte es sie jetzt nicht allzu sehr. Davon abgesehen fühlte sich ihr Kopf immer noch so leicht an, dass sie glaubte, im nächsten Augenblick schon könnte sie durch das Fenster davonschweben wie ein Ballon.

»Sie sollten Ihre Malstunden wieder aufnehmen«, sagte Andreas von Eichberg freundlich. »Ich kann mir keine angenehmere Beschäftigung für eine junge Dame vorstellen als die Malerei. Ich werde Ihnen einen Lehrer besorgen – das wird schon.«

Sie war so angeheitert, dass sie sich einfach nicht zurückhalten konnte. »Sagen Sie bloß, Sie waren schon einmal eine junge Dame, Herr von Eichberg«, erwiderte sie mit einem glucksenden Lachen.

Er schien diese Neckerei nicht halb so lustig zu finden wie sie. »Meine Liebe, es steht mir nicht der Sinn nach solch spitzfindigen Bemerkungen«, entgegnete er, und als sie den Mund öffnen wollte, um zu protestieren, verschloss er ihr die Lippen mit einem Kuss.

»Ich möchte Wolke zurückhaben«, sagte sie, als er sie zum Bett führte. Ihre Stute war die ganze Zeit über in ihren Gedanken. Jeden Abend, seit Wolkes Geburt, hatte sie sich vor dem Schlafengehen in den Pferdestall geschlichen und ihr Gute Nacht gesagt. Es brach ihr das Herz, dass dies der erste Abend in Wolkes Leben war, in dem ihre Herrin sie nicht besuchen würde. Und Lotte wusste einfach, dass ihre Stute das spüren und sie vermissen würde. Dass sie die Welt nicht mehr verstehen würde.

»Wir werden darüber reden«, antwortete der Graf von Eichberg.

Lotte war beschwipst, aber dumm war sie nicht. Sie wusste, dass er sie nur vertröstete. »Andreas.« Zum ersten Mal benutzte sie von sich aus seinen Vornamen. »Bitte. Ich lerne auch malen. Aber ich möchte Wolke zu mir holen.«

»Ich verhandle nicht mit Ihnen, wenn Sie betrunken sind, meine Liebe.«

»Schön.« Lotte stützte sich auf die Ellenbogen. Sie lag jetzt auf dem Bett, und ihr Gemahl war über ihr. Das ängstliche Gefühl, das sie mit einem Mal überkam, drängte sie mit aller Kraft zurück. Das hier war wichtig. »Dann werden wir darüber reden, wenn ich wieder nüchtern bin.« Sie versuchte, ihrer Stimme Entschlossenheit zu verleihen. Was Wolke betraf, hatte sie nicht vor, klein beizugeben.

»Wenn Sie jetzt endlich still sind, meine Liebe, werde ich darüber nachdenken«, sagte ihr Gemahl. Er schien wieder nicht genau zu wissen, ob er sich über sie ärgern sollte oder nicht. Und er lächelte nach wie vor.

»Ich möchte, dass Sie es mir versprechen.«

Sanft, aber bestimmt fasste er sie bei der Schulter und drückte ihren Oberkörper in die Kissen. »Ich verspreche es Ihnen, meine Liebe. Wir reden gleich morgen über Ihr Pferd.«

Erst jetzt ließ sie zu, dass er ihr Nachthemd hochschob.

Kapitel 5

Die Ställe waren nicht schwer zu finden. Der Hof lag im Dunkeln, war nur von einer einsamen Laterne erleuchtet. Es war Frühling, beinahe Sommer, weshalb die meisten Pferde draußen auf der Weide standen. Einige der eleganten Vollblüter waren auch vor den Ställen angebunden.

Hier auf Gut Rosenthal wurden prächtige Vollblutaraber gezüchtet. Das Gestüt war in ganz Hinterpommern und, soweit Lotte wusste, auch weit darüber hinaus für seine prächtigen, exorbitant teuren Araber bekannt. Der Graf von Eichberg war selbst ein verdienter Offizier, und die meisten der auf Gut Rosenthal gezüchteten Tiere wurden zu Kavallerie-Pferden ausgebildet.

Lotte blickte sich wachsam um, aber sie war allein. Sie war schon immer gut darin gewesen, sich hinauszuschleichen – und vor ihrem Fenster auf Gut Rosenthal stand eine starke, alte Eiche, die nur ein kleines bisschen geknarzt hatte, als sie daran hinabgeklettert war.

Es war eine laue Nacht. Nachdem ihr Gemahl sich zurückgezogen hatte, war Lotte in ein einfaches Hauskleid geschlüpft und aus dem Fenster geklettert. Ganz kurz war ihr der Gedanke gekommen, dass sie jetzt vielleicht doch ein Pferd stehlen und zurück nach Hause reiten könnte.

Aber das war ja kindisch! Lotte stahl kein Pferd, und sie floh auch nicht. Unwirsch wischte sie sich über die Augen. Nein, keine Tränen. Sie hatte Ja gesagt. Sie hatte sich für dieses Leben entschieden, und sie würde es schaffen. Der Anfang sei schwer, das hatten alle gemeint. Und der Graf war ja kein bösartiger Mann. Er war nur ... Lotte hatte überhaupt nicht gewusst, wie ihr geschah. Er war viel zu schwer gewesen, und obwohl es schnell gegangen war, hatte es wehgetan.

Als er ihre Tränen gesehen hatte, hatte er ihr einen Kuss auf die Stirn gedrückt, ihr gesagt, das sei beim ersten Mal ganz normal, und sie werde sich daran gewöhnen. Dann hatte er sich von ihr heruntergerollt und war in seinem Schlafzimmer verschwunden, das durch eine Tür mit dem ihren verbunden war. Erst als sie ihn auf der anderen Seite der Wand hatte schnarchen hören, hatte sie gewagt, sich davonzuschleichen.

Und jetzt stand sie hier und wusste nicht weiter. Ein Teil von ihr wollte nach wie vor weglaufen. Vor allem und jedem. Und der andere Teil, der verdächtig nach ihrem Vater klang, sagte ihr, sie solle sich jetzt endlich zusammenreißen. Sie war eine erwachsene Frau, und genau so würde sie sich auch verhalten. Sie war nun hier, und sie würde nicht einfach aufgeben. Sie würde mutig sein und standhaft.

Und Gut Rosenthal war wunderschön. Es gab kein anderes Wort, um es zu beschreiben. In diesen Ort konnte man sich auf den ersten Blick verlieben. Die grünen Wiesen und die lichten Waldstücke, die sie auf dem Weg hierher passiert hatten. Der kleine See, der weiter vor ihr unter der silbernen Mondsichel glitzerte, und die dicht belaubten Bäume, die Ulmen und Pappeln, die sich auf einer Seite an sein Ufer schmiegten. Die Pferdekoppeln, auf denen die Tiere friedlich weideten, und das prächtige Herrenhaus natürlich, das sich so wunderbar in diese Landschaft einfügte und das hinter ihr mit seiner weißen Fassade wie ein Stern in der Nacht strahlte. Und dann die herrlichen Pferde, mit dem glänzenden braunen Fell, den schlanken Muskeln, die sich darunter abzeichneten …

Eines der Tiere kam soeben über die im Mondlicht still daliegende Koppel getrottet und reckte den Kopf über den Zaun, als wollte es Lotte eine Frage stellen.

Sie musste unwillkürlich lächeln. Was für eine wunderhübsche Braune, mit dieser glänzend schwarzen Mähne und der eleganten, muskulösen Statur! Als Lotte der Stute eine Hand zum Schnuppern hinhielt, kam das Tier ihr neugierig entgegen und ließ sich streicheln. Wieder musste Lotte die Tränen zurückdrängen. Und dann begann sie einfach zu reden, wie sie es mit Wolke immer tat. Sie sprach aus, was ihr gerade in den Sinn kam. Was sie ängstigte, was sie belastete und was sie sich erhoffte. Dass sie gerne wüsste, ob es einen vorgezeichneten Pfad für sie gab oder ob in Wahrheit tausend Möglichkeiten und tausend lose Enden für jeden Menschen existierten. Und dass sie nicht wusste, welche Vorstellung sie beängstigender fand.

»Ich wüsste gern deinen Namen«, flüsterte sie irgendwann und streichelte versonnen die Stute, die sich jetzt nach vorn neigte und anfing, an Lottes Rock zu kauen.

Sie stieß ein Lachen aus. »Hast du etwa Hunger?«

»Nein«, erklang da eine tiefe Stimme hinter ihr. »Sie ist nur verwöhnt.«

Mit einem kleinen Aufschrei fuhr Lotte herum.

Es war dunkel, aber sie erkannte ihn sofort. Das weizenblonde, vom Wind zerzauste Haar, die blauen Augen, dunkel unter dem nächtlichen Himmel, und die gebräunte Haut unter den nachlässig hochgekrempelten Ärmeln. »Sommer«. So hatte sie ihn heimlich genannt, weil er aussah, als hätte ein Spätsommertag sich in einen Mann verwandelt.

»Sie haben mich erschreckt!«, bekannte sie nach einigen Sekunden der Stille, als es ihr endlich gelungen war, ihr aus dem Takt geratenes Herz zu beruhigen. Er hatte ihr wirklich einen Schrecken eingejagt.

»Ich bitte vielmals um Verzeihung«, erwiderte er ohne jede Spur von Reue. »Gnädige Frau.«

Sie wollte ihm sagen, dass er sie auf gar keinen Fall so nennen sollte, dass diese Anrede albern klang, als wäre sie ihre eigene Großmutter ... Im letzten Moment biss sie sich auf die

Zunge. Es hatte sich die ganze Zeit angefühlt wie ein verrückter Traum, aber mittlerweile wusste ihr Körper mit aller Gewissheit, dass es keiner war. Es wurde Zeit, dass ihr Verstand das auch einsah: Sie war die Gräfin Charlotte von Eichberg, und es gab kein Zurück mehr.

Sie reckte das Kinn. »Sie hätten Ihr Nahen ankündigen können.«

»Das ist mein Stall«, entgegnete er nur.

Sie hob die Augenbrauen. »Oh, wie dumm von mir. Bis zu diesem Moment bin ich fest davon ausgegangen, dass dieser Hof mit all seinen Gebäuden meinem Ehemann gehört.«

Seine Miene blieb unbewegt, aber ganz kurz glaubte sie, einen Hauch von Belustigung in seinen Augen zu sehen. Er kam näher und klopfte der Stute den Hals. Unwillkürlich richtete Lotte sich etwas auf. Er kam ihr größer vor als bei ihrer Begegnung auf dem Hügel, und seine Nähe machte Lotte nervös. Schweigend und mit vor der Brust verschränkten Armen beobachtete sie, wie die Stute auf ihn reagierte. Sie wieherte erfreut und drückte den Kopf gegen seinen Brustkorb.

»Sollten Sie nicht längst schlafen?«, fragte er irgendwann und drehte sich halb zu ihr um.

Lotte wollte nicht, dass er hier war. Für ihn war sie das namenlose Mädchen auf dem Weg ins Abenteuer gewesen, und jetzt ... jetzt sah er sie als die, die sie nun einmal war. In dem Leben, das sie sich nicht ausgesucht hatte. Warum musste ausgerechnet er sie so sehen, in dieser Nacht, verletzlicher, als sie es je zuvor gewesen war?

»Und Sie?«, entgegnete sie. »Sollten Sie nicht ... ich weiß nicht, irgendwo anders sein? Ist Ihnen nicht der Gedanke gekommen, dass ich ernsthafte Dinge mit dieser ... charmanten Stute zu besprechen habe und Sie uns dabei stören?«

Er lachte leise, ohne sie anzusehen. »Sie sollten wirklich reingehen, gnädige Frau.«

Sie machte keine Anstalten, seinen Rat zu befolgen. Stattdessen beobachtete sie ihn.

Irgendwann stieß er ein entnervtes Seufzen aus und wandte sich ihr wieder zu. »Kann ich Ihnen helfen, gnädige Frau?«

»Eigentlich wollte ich allein sein«, sagte sie. »Aber da Sie schon einmal hier sind, können Sie mir auch gleich verraten, wie meine neue Freundin heißt.«

Er drehte sich wieder zu der Stute um. Eine Weile sprach niemand ein Wort, und nur die Geräusche der Pferde durchbrachen die nächtliche Stille. »Sie heißt Feline«, antwortete er schließlich und kraulte die Stute zwischen den Ohren, was diese mit einem erfreuten Schnauben quittierte.

»Sie ist sehr hübsch«, bemerkte Lotte leise und trat einen Schritt näher heran.

»Das ist sie wohl, gnädige Frau. Und sie ist auch sehr verwöhnt und ein Dickkopf obendrein.«

Lotte war sich sicher, dass er nicht nur von der Stute sprach, aber seine Miene gab nichts preis. »Sie nehmen sich viel heraus.«

Seine Mundwinkel zuckten kaum merklich, und ein Funkeln trat in seine Augen, so eindringlich, dass sie es im Mondlicht sehen konnte. »Ich weiß nicht, wovon Sie sprechen, gnädige Frau.«

Sie wandte sich von ihm ab, auf einmal verlegen geworden, und strich über Felines glänzendes Fell. »Vielleicht müssen Sie einfach noch lernen, mit einer willensstarken Dame umzugehen.«

»Mit Verlaub, gnädige Frau – bislang haben meine Methoden immer tadellos funktioniert.«

Sie warf ihm einen bösen Blick zu, darum bemüht, sich ihre Verlegenheit nicht anmerken zu lassen. »Sagen Sie, sind Sie wirklich so sehr von sich überzeugt?«

Er schien ernsthaft über ihre Worte nachzudenken. »Das

bin ich, gnädige Frau«, antwortete er dann. »Ich weiß, was ich tue.«

Sie schnaubte. Auf keinen Fall würde sie ihm zeigen, dass ihr seine plötzliche Ernsthaftigkeit imponierte. Er mochte selbstbewusst sein, aber weder in seinen Worten noch in seinen Blicken entdeckte sie das geringste Anzeichen von Eitelkeit oder Überheblichkeit. »Sagen Sie nur nicht, ich hätte Sie nicht gewarnt, wenn Feline eines Tages genug von Ihnen hat und Sie abwirft.«

Wieder schenkte er ihr dieses kleine Lächeln. Ein unaufmerksamer Beobachter hätte es vielleicht gar nicht bemerkt. »Ich danke Ihnen für Ihre Besorgnis um mein Wohlergehen … gnädige Frau.«

Sie widerstand dem Drang, seinem Blick ein zweites Mal auszuweichen. Ihre Wangen brannten, und sie wusste nicht, was sie erwidern sollte. »Besuchen Sie die Pferde jede Nacht?«, fragte sie, als sie die verlegene Stille nicht länger aushielt.

Er schwieg eine Weile, und ein Hauch von Traurigkeit trat in seine Augen. »Nicht jede Nacht. Nur wenn …« Er holte einen Apfel aus der Hosentasche und gab ihn der Stute, die genau darauf gewartet zu haben schien. »Nur an besonderen Tagen.«

»Ich frage mich, warum diese schöne Stute so verwöhnt ist«, sagte Lotte. Sie musste sich ein Lachen verkneifen. »Ich sehe hier niemanden, der dafür verantwortlich sein könnte.«

Er brummte etwas, aber sie sah das Lächeln, das sich in seinen Mundwinkeln versteckte. Dann schüttelte er den Kopf, schien etwas erwidern zu wollen und es sich dann doch anders zu überlegen.

»Wollen Sie die Stute sehen, die der gnädige Herr für Sie hat aussuchen lassen?«, fragte er dann, als sie schon glaubte, er wolle nun endgültig schweigen.

Lotte biss sich auf die Zunge. Sie brauchte keine andere Stute. Sie brauchte Wolke, das Pferd, das sie selbst aufgezogen hatte. Das sie gepäppelt hatte, als jedermann auf Gut Breskow geglaubt hatte, es würde die Nacht seiner Geburt nicht überleben. Lotte hatte vom ersten Moment an gewusst, dass dieses Fohlen zu ihr gehörte. Noch in dieser Nacht hatte sie Wolke wegen der Form ihrer Flecken ihren Namen gegeben.

Sie atmete geräuschvoll ein und wich dem fragenden Blick des Stallmeisters aus. Erst nach einigen Sekunden gelang es ihr, sich ihm wieder zuzuwenden. »Ich würde sie gern sehen.« Es würde ohnehin nicht lange dauern, bis sie Wolke wiederhatte, redete sie sich ein. Und wenn jemand sie fragte, ob sie ein Pferd sehen wollte, würde sie gewiss niemals Nein sagen.

Sie folgte Johann in den Stall, der einzig von einer Laterne erhellt wurde. Zu dieser Jahreszeit waren nur wenige Boxen belegt. Vor einer Pferdebox am Ende des Ganges blieb er stehen und deutete auf eine schöne Fuchsstute mit ruhigen, freundlichen Augen.

»Das ist Brianna«, erklärte er und ließ sich von der Stute begrüßen, die erfreut zu sein schien, ihn zu sehen. »Unsere Sanftmütigste. Geduldig, gutmütig und hier auf Rosenthal geboren – eine erstklassige Zucht.«

Lotte schluckte. Sie spürte sofort das freundliche Gemüt der eleganten Halbblutstute. Brianna war wirklich wunderschön. Ihr Fell hatte die Farbe eines Sonnenuntergangs, und ihre Mähne war weiß wie frisch gefallener Schnee. Nach kurzem Zögern hielt Lotte der Stute eine Hand zum Schnuppern hin und streichelte ihr dann, als Brianna ihr entgegenkam, den Kopf. Eine sanfte Liebkosung an den Ohren schien der Fuchsstute besonders zu gefallen, was Lotte mit einem Lächeln quittierte.

Johann neben ihr nickte zufrieden. »Sehen Sie, Sie beide sind schon Freunde.«

»Meine Stute wird noch gebracht werden«, erwiderte Lotte sicherer, als sie sich fühlte, und ohne damit aufzuhören, Brianna zu streicheln. »Aber …« Sie erlaubte sich ein kleines Lächeln. »Sie ist wirklich schön. Wunderschön.« Lotte hatte sich vorgenommen, jedes Pferd, das der Graf ihr anbieten würde, rundheraus abzulehnen, doch sie musste zugeben, ihr Ehemann hatte ein erstklassiges Auge für Pferde. Es war schier unmöglich, sich nicht auf den ersten Blick in diese Stute zu verlieben.

Irgendwann räusperte sich Johann. Sie fuhr zu ihm herum. Das Licht der Laterne umspielte seine Gestalt, fing sich in seinem hellen Haar und ließ es aussehen wie gesponnenes Sonnenlicht. Der Ausdruck in seinen Augen war jetzt freundlicher, weicher, mit einem Funken Spott darin. Er sah wieder mehr aus wie der Mann, den sie auf dem Breskower Hügel getroffen hatte.

Erst in diesem Moment wurde Lotte bewusst, wie nah sie beieinanderstanden. Hastig, mit vor der Brust verschränkten Armen, wich sie zurück. »Ich ... ich sollte gehen.«

Er hob einen Mundwinkel. »Das sage ich schon die ganze Zeit.«

Sie konnte einfach nicht anders, sie warf ihm einen bitterbösen Blick zu, der ihn aber nur noch mehr zu belustigen schien. Mit einer nachlässigen Handbewegung bedeutete er ihr vorauszugehen. »Gnädige Frau.«

Draußen vor dem Stall wünschte Lotte Feline eine gute Nacht und wandte sich dann Johann zu. »Sie scheint in Sie verliebt zu sein. Sehen Sie nur, wie sie sich den Hals nach Ihnen verrenkt.«

Er ging nicht auf ihren spielerischen Tonfall ein. Stattdessen blickte er mit ernster Miene zu der Stute hinüber. »Feline und ich haben in den letzten Wochen viel Zeit miteinander verbracht. Eine ganze Weile ließ sie sich von niemandem reiten, und um sie umzustimmen, habe ich sehr lange gebraucht. Sie ist eigenwillig und braucht viel Geduld.«

»Sie sollte Ihnen gehören«, platzte Lotte heraus, ehe sie darüber nachdenken konnte. »Wenn sie sich nur von Ihnen reiten lässt, dann …« Sie verstummte, als sie seinen Blick bemerkte. Er wirkte niedergeschlagen.

»Feline wird morgen verkauft«, sagte er schließlich knapp. »Gute Nacht, gnädige Frau.« Mit diesen Worten wandte er sich ab. Als seine Gestalt sich in der Dunkelheit entfernte, kam Lotte schweren Herzens der Gedanke, dass dieser Tag nicht nur für sie Trennung von einer geliebten Freundin bedeutete.

Kapitel 6

Venedig war eine Spielzeugstadt, die nach Meerwasser roch.

Rom protzte mit seinen gewaltigen Bauwerken und schien in die Welt hinausschreien zu wollen, wie prächtig es war.

Und wäre Prag eine Jahreszeit, wäre diese Stadt der späte Herbst.

Lotte hatte Pommern nur ein einziges Mal in ihrem Leben verlassen. Das war im vergangenen Jahr gewesen, als sie mit ihrer Familie die Ballsaison in Berlin verbracht hatte. Aber das war das Einzige gewesen, was sie je von der Welt gesehen hatte.

Und nun reiste sie an der Seite ihres Gemahls durch ganz Europa. Tatsächlich, jede Stadt hatte ihren eigenen Geruch, jede Landschaft ihre eigene Farbe. Ganz so, wie sie es sich immer vorgestellt hatte. Eine Hochzeitsreise durch Europa gehörte zum guten Ton unter den pommerschen Landjunkern, und der Graf von Eichberg schien es zu genießen, seiner jungen Frau all diese großen, geschichtsträchtigen Städte zu zeigen. Auch wenn Lotte lieber Landschaften gesehen und Menschen außerhalb des adligen Kreises, in dem ihr Mann und sie verkehrten, kennengelernt hätte, so saugte sie dennoch jede Ausstellung, jede Oper und jeden Ball auf wie ein Schwamm.

In Venedig besuchten sie den Dogenpalast und fuhren mit einer Gondel unter der Rialto-Brücke hindurch. In Rom besuchten sie das neue Teatro dell'Opera di Roma, und in Prag hörten sie auf einem Ball, veranstaltet von einer alten Freundin des Grafen, die Lotte den ganzen Abend lang »Kindchen« nannte und eindeutig zu viel Champagner trank, die Darbietung eines einzigartig talentierten jungen Geigers mit dem Namen Karel Weis.

Der Graf war allseits beliebt. Mit seinem unablässigen Lächeln, dem beeindruckenden Stammbaum und den Verdiensten im Deutsch-Französischen Krieg gehörte er zu der Art Mann, die überall gern gesehen war.

Lotte tat, was sie sich selbst geschworen hatte, und behielt ihre unpassenden Gedanken und Wünsche für sich. Sie lächelte viel, war fröhlich, und weil das ihr Naturell war, fiel es ihr auch nicht schwer.

Andreas war ein anregender Gesellschafter, er blieb stets höflich und verlor nie sein Lächeln, obwohl seine Miene sich manchmal kaum merklich verhärtete, wenn Lotte dann doch eine ihrer spöttischen Bemerkungen entschlüpfte. Doch entgegen seiner Vorhersage gewöhnte Lotte sich nicht an das Gefühl, Nacht für Nacht unter ihm zu liegen. Und jedes Mal, wenn sie Anstalten machte, etwas anderes zu versuchen – sie war eben niemand, der brav auf dem Rücken liegen und schicksalsergeben warten konnte –, sagte er ihr, dass er ihr Beisammensein so nicht genießen könnte. Schließlich gab sie ihre Versuche wieder auf.

Und auch Lottes Fragen nach Wolke ging Andreas beständig aus dem Weg. Sie zwang sich, sich in Geduld zu üben, und sagte sich, wären sie erst wieder zurück in der Heimat, könnte er ihr ihren Wunsch einfach nicht noch länger abschlagen.

Die letzte Station ihrer Reise war Berlin. Hier besuchten sie das Pferderennen in Karlshorst, und Andreas machte an der Kriegsakademie einigen alten Freunden seine Aufwartung, während Lotte ihren Bruder besuchte. Mit Franz, der überglücklich war, sie zu sehen, ritt sie am Wilmersdorfer See entlang und erzählte lebhaft von ihrer Reise. Ihr entging jedoch nicht, dass ihr älterer Bruder unglücklich wirkte. Als sie ihn fragte, was geschehen sei, vertraute er ihr nach einigem Zögern an, dass er nicht nur schlechte Noten bekam, sondern auch von den anderen Eleven an der Akademie aufs Gemeinste schikaniert wurde.

»Ich halte das nicht mehr lange aus, Kröte«, sagte er betrübt.

»Ach, Franz«, antwortete sie voller Mitleid und fasste nach seiner Hand. Ihr Bruder war viel zu gutmütig und freundlich für diese Welt. Um ihn aufzumuntern, lächelte sie ihm verschwörerisch zu. »Wir zwei könnten einfach davonreiten und sehen, wohin es uns verschlägt.«

Franz lachte auf. »Stell dir nur vor, wie Papa schauen würde, wenn seine Kinder beide ihren gesunden Menschenverstand vergessen und wie Vagabunden durch die Lande ziehen würden. Wir könnten fahrende Händler werden oder uns einem Zirkus anschließen!«

Darüber mussten sie lauthals lachen.

Als es Zeit für den Abschied wurde, hatten sie beide Tränen in den Augen.

»Wir sehen uns bald, Kröte«, sagte Franz und zog seine Schwester in eine innige Umarmung. »An Weihnachten komme ich dich besuchen.«

Unwillkürlich fragte sich Lotte, wie sie beide sich verändert haben würden, wenn sie einander wiedersahen. Denn sie spürte schon, wie sie das Mädchen, das sie noch vor Kurzem gewesen war, hinter sich zurückließ.

Nach fast drei Monaten kehrten Lotte und ihr Mann an einem sonnigen Spätsommertag zurück nach Rosenthal.

Der Frühling war längst vergangen, und der Spätsommer hatte sich das Land ganz und gar zu eigen gemacht. Das Getreide wogte im lauen Wind auf den Feldern, und die Sonne schien heiß auf die Landarbeiter herab, die nun damit begannen, den Weizen zu ernten. Gut Rosenthal besaß mehr als zweihundert Hektar an Gras- und Ackerland, und hinzu kamen große Waldbestände.

Als das Gutshaus in Sicht kam, wanderte die Sonne schon dem Horizont entgegen. Wieder hielt Lotte unwillkürlich den Atem an, als sie das Herrenhaus erblickte. Gut Rosenthal war so schön, dass es ihr einen Stich versetzte. Auf einmal wollte sie, dass dieser Ort ihr Zuhause wurde. Sie konnte das schaffen. Vielleicht hatte Papa recht, und alles, was sie sich zuvor gewünscht hatte, waren nichts als kindische Flausen. Es gab schließlich keine andere Welt mit anderen Regeln, in der sie je leben konnte. Es gab nur diese Welt. Und Lotte weigerte sich, darin unglücklich zu werden.

Als die Kutsche zum Stehen kam, lächelte sie ihrem Mann zu, was er sogleich erfreut erwiderte, ließ sich von ihm aus der Kutsche helfen und begrüßte an seinem Arm die vor der Freitreppe aufgereihte Dienerschaft.

Auch Johann war da. Als er sie erblickte, schenkte er ihr einmal mehr dieses kleine, ernsthafte Lächeln, bei dem er nur einen Mundwinkel nach oben zog. »Gnädige Frau«, sagte er.

Lotte begrüßte ihn freundlich und ging dann schnell weiter. Weder er noch sonst jemand sollte bemerken, dass sein Lächeln ihr Herz dazu gebracht hatte, ein wenig schneller zu schlagen.

Es gelang ihr jedoch nur bis zum nächsten Morgen, jeden Gedanken an den Stallmeister zu verdrängen – denn beim Frühstück machte der Graf von Eichberg eine schockierende Entdeckung: Lotte war noch nie im Damensitz geritten.

»Meine Liebe, auf keinen Fall!«, rief er aus, als sie ihm sagte, sie würde liebend gern weiterhin im Herrensitz reiten. Sie fand, dass der Damensitz einfach viel zu steif aussah, ebenso wie das Korsett, das Pia, ihre Zofe, ihr geschnürt hatte.

Pia war ein fröhliches Mädchen aus dem Dorf Rosenthal, gerade sechzehn Jahre alt, und sie war furchtbar aufgeregt gewesen, weil sie nun der »gnädigen Frau« aufwarten durfte. Als Zofe bekam sie doppelt so viel Lohn wie als Stubenmädchen, was, wie sie Lotte beim Ankleiden anvertraut hatte, ihrer Mutter dabei helfen würde, die fünf kleinen Brüder zu ernähren und zu kleiden.

Lotte hatte Pia vom ersten Moment an gemocht, und an diesem Morgen hatte ihr erster Eindruck sich bestätigt: Pia schwatzte frei von der Leber weg, schlug sich alle naselang die Hand vor den Mund, weil ihr ein unangemessenes Wort entfahren war, und war außerdem gutmütig und stets unbeschwert. Sie war die beste Zofe, die Lotte sich hätte wünschen können.

Nur was das Korsett betraf, war das Mädchen unnachgiebig geblieben. »Nein, gnädige Frau!«, hatte sie gerufen, als Lotte ihr vorschlug, das dumme Ding doch ganz einfach wegzulassen – schließlich hatte sie in Berlin eine Frau in einer Hose gesehen! Wenn Frauen schon Hosen tragen konnten, dann konnte sie auch ohne Korsett herumlaufen. Und ganz sicher konnte sie weiterhin wie gewohnt im Herrensitz reiten.

»Der gnädige Herr würde das gar nicht mögen«, hatte Pia jedoch erwidert und so heftig den Kopf geschüttelt, dass ihre Haube verrutscht und das feuerrote Haar zum Vorschein gekommen war. »Er ist ein guter Dienstherr, müssen Sie wissen, er zahlt uns viel mehr, als das Gesinde auf den anderen Gütern bekommt! Aber neue Dinge mag er gar nicht. Deshalb zahlt er uns auch so viel: Weil er nicht will, dass wir in die großen Städte ziehen und dort unser Glück suchen. Er hat gern die Leute um sich, die er immer um sich hat, wissen Sie? Von den anderen Gütern gehen ja so viele weg, die Stresens von Gut Wolzin zuletzt, die haben ja zwei so süße kleine Mädchen …«

Dass ihr Ehemann Traditionen liebte, das hatte Lotte bereits bemerkt. Er lobte das preußische Militär in den höchsten Tönen, ließ sich einen Schnurrbart stehen, der ganz so aussah wie der des Herrn von Bismarck, dessen Porträt im Esszimmer hing, und er sprach sehr oft davon, wie freundlich und sanftmütig Luise gewesen war – seine verstorbene Frau, die dahingeschieden war, bevor sie ihm einen Sohn hatte schenken können, wie er einmal betrübt gesagt hatte.

Und nun eben die leidige Sache mit dem Damensitz. »Wie würde das denn aussehen, wenn meine Frau im Herrensitz reiten würde!«, ereiferte er sich. »Nein, meine Liebe, das mögen Ihre Eltern Ihnen ja haben durchgehen lassen, aber damit ist nun endgültig Schluss.«

Er ließ sich nicht umstimmen, und irgendwann gab Lotte zähneknirschend nach. Noch immer war es ihr nicht gelungen, ihren Mann dazu zu bewegen, mit ihr über Wolke zu sprechen. *Für Wolke*, versprach sie sich stumm. Für Wolke würde sie auch das schrecklich elegante Reitkostüm tragen, das ihrer Aussteuer beigelegen hatte, und im Damensitz reiten. Sie atmete tief durch und zwang sich zur Geduld.

Andreas hatte sich nämlich in den Kopf gesetzt, zu einem Jägerball nach Gut Rosenthal einzuladen, um sie, Lotte, ganz offiziell als seine Frau in die Gesellschaft einzuführen. Und Lotte wollte es sich auf gar keinen Fall entgehen lassen, bei der Jagd dabei zu sein – das Schießen hatten ihre Eltern ihr immer verboten, doch ihr Mann schien dem überraschenderweise nicht abgeneigt zu sein.

Er war ein leidenschaftlicher Jäger, das erkannte sie schon allein an den vielen Jagdgemälden, die die Räume des Herrenhauses schmückten, und natürlich an dem mächtigen Geweih über dem Kamin im Herrenzimmer. Außerdem sprach er, wann immer er nicht von seiner Pferdezucht oder vom Militär redete und darüber, wie undiszipliniert die Sachsen mit ihren modernen Reitmethoden waren, mit Feuereifer von der Jagd. Es schien ihm zu gefallen, dass Lotte diese Leidenschaft teilte.

In Wirklichkeit ging es ihr allerdings weniger darum, den Eber zu erlegen, den man für die Parforcejagd erst einfangen und dann zum Jagen freilassen würde. Vielmehr freute sie sich darauf, durch die Wälder von Rosenthal zu preschen, mit einem Gewehr in der Hand wie eine richtige Abenteurerin, und sich den Spätsommerwind um die Nase wehen zu lassen.

Deshalb ging sie nach dem Frühstück gemeinsam mit ihrem Mann zu den Ställen, um sich von niemand Geringerem als dem Stallmeister Johann, der ihre verdrossene Miene mit einem belustigten Blick quittierte, den Damensattel anpassen zu lassen.

Einer der Stallburschen, ein Junge mit dem Namen Hans, hatte Brianna herangeführt, und die Stute begrüßte Lotte wie eine alte Freundin. Das tröstete sie ein wenig über das Reitkostüm hinweg, das so steif war, dass sie sich kaum bewegen konnte. Lottes Lieblingsfarbe war Marineblau, aber aus irgendeinem Grund hatte ihre Mutter darauf bestanden, dass das Reitkostüm rot sein sollte – angeblich stand Lotte diese Farbe ganz besonders gut. Und so strahlte der Stoff im Licht der Morgensonne nun ebenso rot wie Briannas Fell.

Mit hochgerecktem Kinn wich sie Johanns belustigtem Blick aus, als sie sich schon beim Aufsitzen denkbar ungeschickt anstellte – das Kostüm war schuld –, und funkelte Hans, der sein Mienenspiel im Gegensatz zum Rest der anwesenden Herren nicht unter Kontrolle hatte, gespielt streng an. Als Johann ihm den Ellenbogen in die Rippen stieß, schlug der Junge sich die Hand vor den Mund, in dem vergeblichen Versuch, sein Lachen zu verstecken. Doch als er damit heraussprustete, konnte auch Lotte sich nicht länger zurückhalten.

»Dich will ich einmal im Damensitz sehen, Hans!«, rief sie, bevor Andreas, der sie mit auf dem Rücken verschränkten Händen beobachtete, den Burschen zurechtweisen konnte. »Erst dann erlaube ich dir, dich über mich zu amüsieren!«

Hans, der nicht älter sein konnte als Pia, grinste breit und dienerte. »Liebend gern, gnädige Frau!«

Als Johann Anstalten machte, Brianna am Halfter zur Reitbahn zu führen, warf Lotte ihm einen warnenden Blick zu. »Ich brauche keine Hilfe.« Sie wollte nicht so grob zu ihm sein, aber sie wusste sich nicht anders zu helfen. Jeder Blick, den er ihr zuwarf, trug sie zurück zu diesem einen Tag, an dem sie ihm auf dem Breskower Hügel begegnet war. Ausgerechnet ihm. Ein Teil von ihr wollte zu diesem Tag zurück.

Außerdem war sie eine gute Reiterin, und dieser elende Damensattel würde daran sicher nichts ändern! Auch wenn sie zugeben musste, dass der Seitsitz sich viel wackeliger anfühlte als der Herrensitz.

»Wie gnädige Frau wünschen«, erwiderte Johann und ließ das Halfter los. Er schien den Tag ihrer ersten Begegnung vollkommen vergessen zu haben. Nichts an seinem Verhalten würde irgendjemanden glauben lassen, dass er und Lotte sich zuvor schon einmal begegnet waren. Und aus irgendeinem Grund war sie ihm auch deswegen böse. Weil sie nun die gnädige Frau war, auch in seinen Augen.

Sie wandte sich von dem Stallmeister ab und klopfte Brianna den Hals, bevor sie sie auf die Reitbahn führte. Die Stute folgte ihr so brav, als hätte sie nie etwas anderes getan. Den Seitsitz schien sie gewohnt zu sein, denn sie ließ sich auch von Lottes zunächst etwas unruhigen Bewegungen nicht aus der Ruhe bringen. Es dauerte einige Momente, ehe Lotte ihren üblichen sicheren Sitz gefunden hatte. Der Damensattel war ungewohnt und auch nicht sehr bequem. Aber in Brianna verliebte sie sich ein wenig mehr, als sie zugeben wollte – die Stute war zwar nicht so impulsiv wie Wolke, doch ihre Bewegungen waren geschmeidig und trittsicher. Als Lotte sie auf Vorderhand wendete und angaloppieren ließ, folgte die Stute und galoppierte zurück zu den Herren, die am Rande der Reitbahn warteten.

»Das sieht doch schon sehr gut aus«, freute sich Andreas von Eichberg. »Nur seien Sie bitte vorsichtiger, meine Liebe, wenn Sie die Stute angaloppieren lassen. Nicht, dass Sie mir stürzen!«

Lotte biss die Zähne aufeinander, aber weil er ehrlich besorgt wirkte, schluckte sie den Ärger herunter. Dem Blick des Stallmeisters wich sie aus, nur das beeindruckte Grinsen des Stallburschen Hans erwiderte sie.

Als er ihr Brianna abnehmen wollte, wehrte sie ihn jedoch ab. Sie versorgte schon ihr Leben lang Pferde, und wie ihr Vater immer sagte, der Ritt endete nicht, wenn man aus dem Sattel stieg. Stattdessen gab sie der Fuchsstute heimlich den Apfel zu fressen, den sie in ihrem Reitkleid versteckt hatte, und führte sie dann in den Stall, um ihr das Zaumzeug und den Sattel abzunehmen und sie trocken zu reiben. Als unversehens Johann neben ihr stand, schrak sie zusammen.

»Sie haben sich meine Methode angeeignet«, sagte er mit einem Blick auf die zufrieden kauende Stute und nahm Lotte den schweren Sattel ab.

Sie schnaubte. »Wenn Sie glauben, Sie wären der Einzige, der je auf die Idee gekommen ist, einem Pferd einen Apfel zuzustecken, muss ich Sie jetzt bitter enttäuschen.«

Lotte hatte beschlossen, dass sie sich keine weiteren Gedanken um diesen verwirrenden Menschen machen wollte. Sie würde ihn ganz einfach behandeln wie jeden anderen Bediensteten von Gut Rosenthal.

Er lachte leise. »Und ich hatte die Hoffnung, mit dieser Idee ein Vermögen machen zu können.«

»Sie werden sich etwas anderes überlegen müssen«, gab sie zurück. »Ich habe kürzlich gehört, dass es eine ganz neuartige Erfindung aus Rom gibt, die sich ›Rad‹ nennt. Das dürfen Sie aber nicht weitersagen, es ist nämlich streng geheim.«

Wieder stieß er jenes raue Lachen aus, das immer ein wenig so klang, als lachte er, obwohl er mit aller Kraft versuchte, es sich zu verbeißen. Dummerweise ließ es ihr Herz ein wenig schneller schlagen. Sie befahl ihm streng, den Unsinn bleiben zu lassen, wandte sich ab und streichelte Brianna. »Das hast du gut gemacht.«

Die Stute belohnte sie mit einem erfreuten Schnauben für diese kleine Geste der Zuwendung.

Wie hätte Lotte sich nicht in dieses reizende Pferd verlieben können? Während Wolke ein wilder Wirbelwind war, war diese Stute eine echte Dame mit ihrem glänzenden Fell, ihrer Eleganz und ihrer Sanftmütigkeit. Zähneknirschend musste Lotte sich eingestehen, dass ihr Gemahl wusste, was er tat. Ihm musste sofort klar gewesen sein, dass seine Gemahlin und die treue Fuchsstute miteinander harmonieren würden.

Irgendwann wandte sie sich wieder Johann zu. Andreas schien draußen in ein Gespräch mit dem Gutsverwalter vertieft zu sein – er war zwar in Sichtweite, aber hören konnte er sie gewiss nicht. »Wenn ich das nächste Mal komme, möchte ich Brianna im Herrensitz reiten.«

Johann verzog keine Miene. »Das sollten Sie mit dem gnädigen Herrn besprechen.«

Sie funkelte ihn an. Sofort verschwand die ungezwungene Stimmung, und Ärger stieg in Lotte auf. Sie war kein Kind. Warum also wurde es ihr verwehrt, ihre eigenen Entscheidungen zu treffen? »Was ich mit meinem Ehemann bespreche, geht Sie wohl kaum etwas an«, sagte sie kühler, als sie beabsichtigt hatte. Er war ein Stück größer als sie, deshalb richtete sie sich zu ihrer vollen Größe auf und reckte angriffslustig das Kinn. »Ich habe Ihnen soeben eine Anweisung gegeben. Befolgen Sie sie.«

»Ich befolge die Anweisungen meines Dienstherrn«, sagte er ungerührt. »Das ist der Graf von Eichberg, und ich habe die Anweisung erhalten, Sie ausschließlich im Damensitz reiten zu lassen. Und nur in Begleitung.«

Beinahe hätte sie vor Wut und Hilflosigkeit mit dem Fuß aufgestampft. Der Stallmeister hatte unter den Bediensteten einen besonderen Status – ihm oblag die Leitung des Gestüts: der Zuchtbetrieb, die Aufsicht über die Stallburschen und Knechte, die Ausbildung der Pferde. Er war der Mann, mit

dem das Gestüt stand und fiel, und entsprechend selbstbewusst gebärdete Johann sich.

Einen Moment lang starrte sie ihn noch zornig an – doch
er schwieg, und seine Augen verrieten ihr das, was er nicht
aussprach: Es gab nichts, was sie sagen oder tun konnte, um
ihn umzustimmen. Johann war genau wie alle anderen! Wie
ihr Vater, wie ihr Ehemann, wie jeder Mann, dem sie je begegnet war, abgesehen von ihrem Bruder. Er erkannte weder
ihre Entscheidungen an noch sie als Person.

Ohne ein weiteres Wort drehte Lotte sich um und verließ
den Stall.

Kapitel 7

Am Tag der Jagd nieselte es.

Die Gäste waren am Vorabend auf Gut Rosenthal einge-troffen. Es war eine große Gesellschaft, denn viele Landjunker aus ganz Greifenhagen, aber auch aus Ueckermünde, Nau-gard, Randow und Pyritz waren erschienen, und so war jedes Zimmer des Hauses belegt. Mamsell hatte darauf bestanden, zwei zusätzliche Küchenmädchen aus dem Dorf zu holen, und außerdem zwei Burschen, die Herrn Walters beim Aufwarten der Gäste zur Hand gehen sollten.

Lotte hatte in den vergangenen Tagen kaum Zeit gehabt auszureiten und sich immer nur dann zu den Ställen begeben, um Brianna ihre Aufmerksamkeit zu widmen und die wun-dervollen Araber aus der familieneigenen Zucht zu bewun-dern, wenn sie wusste, dass Johann nicht dort war. Stattdessen hatte sie sich mit dem Stallburschen Hans angefreundet.

Außerdem war sie nun schon seit Tagen damit beschäftigt, den Jägerball und die Bewirtung der Gäste mit Mamsell Brie-ger zu planen.

Die Mamsell war eine resolute Frau mit verhärmtem Ge-sicht, die den Haushalt des Gutes mit harter Hand führte. Nicht einmal von dem gutmütigen Herrn Walters, der als oberster Hausdiener der Dienerschaft vorstand, ließ sie sich die Butter vom Brot nehmen. Und schon gar nicht ließ sie sich von der unerfahrenen Gutsherrin in die Planung für den Ball hereinreden.

Lotte versuchte zwar, eigene Vorschläge zu machen – schließlich war das ihre Aufgabe als Hausherrin –, aber Mam-sell ließ keinen Zweifel daran, dass der Haushalt von Gut Rosenthal ihr allein unterlag. Und dass sie nicht vorhatte, sich von der jungen Gutsherrin in ihrem täglichen Ablauf durcheinanderbringen zu lassen.

So hatte Lotte dann die vergangenen Tage damit zugebracht, Mamsell Brieger, die von ihrer Gegenwart eindeutig entnervt war, aufmerksam zuzuhören, obwohl alle Fragen der Haushaltsführung Lotte in Wahrheit zu Tode langweilten. Ihre drängende Ungeduld und den Wunsch, in wildem Galopp durch die herrlichen Wälder von Rosenthal zu reiten, hatte sie dabei mit aller Kraft beiseitegeschoben.

Die Hauswirtin hatte ihr in knappen Worten erklärt, welche Gerichte zu servieren seien, welche Tischordnung zu empfehlen sei und zu welchen Zeiten das Essen eingenommen wurde, und Lotte hatte zugehört und versucht, sich das alles einzuprägen. Sie fürchtete zwar, dass aus ihr nie eine gute Hausherrin werden würde, aber sie wollte ihrer Aufgabe dennoch gerecht werden. Sie würde nicht aufgeben, sondern sich in ihrem neuen Leben einfinden, das war noch immer ihr festes Vorhaben. Obwohl es ihr schwerfiel.

Und nun ritt sie in einem schlichten dunkelblauen Reitkostüm durch die dichten Wälder von Rosenthal. Die Jagdgesellschaft setzte einem Eber nach, der zuvor markiert und vor dem Haus freigelassen worden war – ein großes Spektakel, das sich auch die Bediensteten nicht hatten entgehen lassen.

Eine bellende Meute Hunde sprang vor den Jägern über die Wege und folgte der Spur des Tieres. Die Herren hatten Lottes Teilnahme an der Jagd stillschweigend akzeptiert, wenn auch vielfach mit gerunzelter Stirn. Außer ihr war nur noch eine weitere Dame Teil der Jagdgesellschaft, und Lotte hatte den Verdacht, dass die Gräfin von Stelitz einzig aus dem Grund mitgekommen war, um während des ganzen Wegs schnippische Kommentare über die vor ihnen reitenden Herren abzugeben und dabei mehr oder weniger unauffällig aus einem Flachmann zu trinken, aus dem es verdächtig nach Schnaps roch.

Als man das Horn zum Aufbruch geblasen hatte, hatte Lotte kurz geglaubt, Andreas würde ihr die Teilnahme doch noch verbieten, schließlich war ihm die Meinung seiner Nachbarn überaus wichtig. Zu ihrer Überraschung jedoch hatte er lediglich darauf bestanden, dass sie den ganzen Tag lang in Begleitung ritt.

Lotte hatte sich unbändig auf die Jagd gefreut. Seit Tagen. Die Aussicht auf dieses kleine Abenteuer gefiel ihr so sehr, dass es ihr am Morgen beim Ankleiden kaum gelungen war stillzustehen. Sie hatte nicht einmal gegen die Begleitung etwas einzuwenden gehabt, denn die hatte sie sich selbst aussuchen dürfen und sich sogleich für Hans entschieden, der nicht nur ein tüchtiger Stallbursche, sondern auch ein wackerer Reiter war.

Doch dann war er am Morgen beim Zureiten eines impulsiven Wallachs unglücklich gestürzt und hatte sich den Knöchel verdreht, der Arme! Und sosehr Hans ihr wegen des Missgeschicks leidtat – im Augenblick bedauerte sie sich auch selbst. Denn da war sie nun.

Mit dem Stallmeister hatte sie seit Wochen kaum ein Wort mehr gesprochen. In einem Winkel ihres Herzens wusste Lotte, es war kindisch, aber na und? Sie war ihm immer noch böse, und so ritt sie jetzt neben ihm her, ohne auch nur ein Wort mit ihm zu wechseln. Weil ihr die Auseinandersetzung mit ihm nur einmal mehr ihre ganze Hilflosigkeit vor Augen geführt hatte. Ihre Hilflosigkeit und all die unsichtbaren Wände, gegen die sie ständig lief. Auf irgendjemanden musste sie schließlich wütend sein. Lotte schloss die Finger fester um die Zügel und fixierte den Rücken ihres Mannes.

Er hatte Wort gehalten und ihr das Schießen beigebracht. Der Rückstoß hatte sie zunächst erschreckt, doch nach einigen Übungsstunden erwies sie sich in der Tat als passable

Schützin. Wieder einmal zeigte sich, dass Andreas von Eichberg nicht nur umgänglich, sondern geradezu liebevoll zu seiner jungen Frau war, solange sie ihr Mundwerk im Zaum hielt und das tat, was er ihr sagte. Und obwohl Lotte sich ihn viel lieber als väterlichen Freund denn als Ehemann gewünscht hätte und obgleich es ihr mit jedem Tag ein bisschen weniger gelang, ihren Zorn über seine Bevormundungen im Zaum zu halten, begann sie, sich auf die am Tage gemeinsam verbrachte Zeit zu freuen.

Das Schießen war eine große Leidenschaft des Grafen, und er erwies sich als geduldiger Lehrer, der sie mit seinem etwas eigentümlichen Humor auch dann und wann zum Lachen brachte. Die Übungsstunden mit ihm hatten Lotte Freude gemacht.

Doch jedes Mal, wenn sie versuchte, mit ihm über Wolke zu sprechen, wechselte er sogleich das Thema. Der Graf von Eichberg wurde zunehmend ungehalten, wenn Lotte ihre geliebte Stute erwähnte.

Vier Wochen waren vergangen, seit Lotte und ihr Gemahl von ihrer Hochzeitsreise zurückgekehrt waren. Vier Monate, seit sie seine Frau geworden war. Lotte liebte die wundervolle Landschaft von Rosenthal, sie mochte Brianna und auch die Dienerschaft, ganz besonders ihre Zofe Pia und natürlich Hans. Aber noch immer hoffte sie vergeblich, der Graf würde endlich damit aufhören, sie wie ein zartes Pflänzchen zu behandeln.

Sie wagte nicht, sich jemandem mit ihren Sorgen anzuvertrauen – niemandem außer ihrem Bruder, dem sie regelmäßig nach Berlin schrieb. Franz wurde zunehmend unglücklicher, und das bereitete ihr große Sorgen. Das Reiten lag ihm gut, doch der Rest der Ausbildung quälte ihn, und er mochte auch nicht schießen. Der Gedanke, jemanden zu töten, war ihm zutiefst zuwider, und das war eine Haltung, für die er von den

Kameraden gnadenlos verspottet und schikaniert wurde. Sie ahnte, dass er in Berlin nicht mehr lange durchhalten würde.

Er schien der Einzige zu sein, der Lottes inneren Kampf verstehen konnte. Und so war und blieb ihr Bruder Lottes einziger Vertrauter. Von jeher hatte er zwischen ihren Zeilen lesen können und auch das, was sie nicht aussprach, verstanden.

Lotte ritt zwischen Johann und der Gräfin von Stelitz, die nicht eine Sekunde lang aufhörte zu reden, in der dritten Abteilung – das hieß, sie ritten am Ende des Jagdzuges. An der nächsten Weggabelung schon hatten sie die erste und zweite Abteilung aus den Augen verloren und folgten einem anderen Pfad durch den Wald. Dieser war kürzer als der Weg, den nun die ersten beiden Abteilungen nahmen, und es gab nur wenige Hindernisse für die Pferde.

Die Gräfin von Stelitz war eine hochgewachsene, ältliche Dame, die ein elegantes Reitkostüm trug und nach wie vor gehässige Bemerkungen über die Mitglieder der Jagdgesellschaft machte.

Lotte, die fröhliche Unterhaltungen bevorzugte, versuchte schon seit sicher einer halben Stunde mit zunehmender Verzweiflung, das Gespräch auf die Pferde, das Wetter oder wenigstes auf den für den Abend angesetzten Ball zu lenken. Vergebens. Die spitzfindige ältere Dame fand alle paar Sekunden einen neuen Anlass für Spott und Hohn.

Den belustigten Blick des Stallmeisters ignorierte Lotte geflissentlich. Die ganze Zeit über spürte sie, dass er immer wieder zu ihr herüberblickte. Aber sie war ja wütend auf ihn, wollte es immer noch sein, deshalb tat sie weiterhin, als wäre er gar nicht da – was ihr schwerfiel, denn am liebsten hätte sie ihn zu einem Wettreiten herausgefordert.

Die Gräfin von Stelitz setzte zu ihrer nächsten Tirade an: »Es ist ein Wunder, dass der Graf von Gersekow sich noch nicht selbst erschossen hat«, sagte sie. Ihre Stimme klang laut und schrill durch den Wald. Lotte hätte schwören können, dass sie einen Vogel tot vom Baum hatte fallen sehen. Sie blickte sich nach den anderen Reitern ihrer Abteilung um – diese schienen darum bemüht, den größtmöglichen Abstand zwischen sich und Lottes eigenartiges Dreiergespann zu bringen, und waren nur noch von Weitem zu sehen.

»Er ist so kurzsichtig, er kann ja nicht einmal mehr die Küchenmädchen von seiner Frau unterscheiden«, fuhr die Gräfin von Stelitz fort, ohne sich darum zu scheren, dass sie schon fast eine ganze Abteilung in die Flucht geschlagen hatte. »Es wäre ein Segen für alle, wenn er die Flinte einmal falsch herum halten würde – tumb genug wäre er ja dafür. Und haben Sie das Kleid der Gräfin von Rosenbach gesehen, meine Liebe? Hätte sie ihr Korsett noch enger geschnürt, müsste sie sich wohl einen anderen Platz für ihre inneren Organe suchen.«

Erst in diesem Moment fiel Lotte auf, dass die Gräfin von Stelitz kein Korsett trug. Sie war so dünn, dass man es auf den ersten Blick gar nicht sah. »Sie …« Lotte räusperte sich. »Warum haben Sie, ich meine …«

»Warum ich kein Korsett trage?«, fragte ihr Gegenüber geradeheraus. »Nun, meine liebe Gräfin von Eichberg, weil ich eine entschiedene Gegnerin der Folter bin. Hätte der liebe Gott gewollt, dass wir Frauen eine Taille haben, die gerade so breit ist wie ein Stöckchen, so hätte er sie uns gegeben. Meinen Sie nicht?«

»Und Ihr Mann erlaubt Ihnen das?«, hakte Lotte erstaunt nach.

Anscheinend hatte sie einen wunden Punkt getroffen, denn jetzt plusterte sich die Gräfin von Stelitz auf dem Pferderücken förmlich auf. »Mein liebes Kind! Der Tag, an dem mein Wilhelm versucht, mir etwas zu verbieten, wird der Tag sein, an dem ich ihn allein im Wald aussetze, mit nichts als ein paar Brotkrumen. Dieser Mann hat einen Orientierungssinn …« Sie lachte schallend. »Er würde eher in Afrika wieder herauskommen als auf unserem Gut!«

Lotte betrachtete ihre Begleiterin genauer. Wenn man einmal über die schrille Stimme hinwegsah, war die Gräfin von Stelitz eigentlich ganz beeindruckend. Lotte richtete sich ein klein wenig gerader im Sattel auf – und dann gab es kein Halten mehr. Sie ließ sich von ihrer neuen Freundin alles erzählen, was diese an ehelichen und sonstigen Weisheiten zu bieten hatte. Schon bald vergaß sie, dass sie sich vorgenommen hatte, ihre Zunge im Zaum zu halten und höfliche Zurückhaltung zu wahren.

Als sich irgendwann Johann neben ihr unbehaglich räusperte – die Gräfin von Stelitz war soeben dazu übergegangen, Themen, die das Schlafzimmer betrafen, zu erörtern –, wandte sich Lotte ihm schließlich doch zu und fragte scheinheilig: »Sagen Sie, Johann, wie gut ist eigentlich Ihr Orientierungssinn?«

Er verzog keine Miene, doch das Funkeln in seinen blauen Augen verriet ihr, dass er die Herausforderung annahm. »Gut genug, um zurück nach Gut Rosenthal zu finden, gnädige Frau.«

»Wie schade«, murmelte Lotte, was dazu führte, dass die Gräfin von Stelitz beinahe vom Pferd gefallen wäre vor Lachen. Lotte stimmte fröhlich ein, und als sie einen Blick zu ihrem Stallmeister hinüberwarf, sah sie, dass auch er sich ein Lächeln verkneifen musste. Sein blondes Haar war feucht vom Regen, und von seiner gebräunten Haut perlten winzige Tropfen. Sie fielen von seinen Wimpern, rannen ihm über die Wangen und sickerten in den Kragen seines Hemdes. Es regnete jetzt stärker als zuvor. Erst als er sich erneut räusperte und zur Seite blickte, bemerkte Lotte, dass sie einander vielleicht eine Sekunde zu lange angesehen hatten.

Und dann brach das Gewitter los.

»Hoppala!«, rief die Gräfin von Stelitz, als der erste Donnerschlag krachte und die Pferde aufgeregt zu wiehern begannen.

Lotte klopfte Brianna, die nur aufmerksam die Ohren angelegt hatte, den Hals und blickte sich nach dem Rest ihrer Abteilung um. Verschwunden. Es war auch niemand mehr zu hören, nicht einmal die Hunde. Sie waren allein, mitten im Wald. In der Ferne zuckte ein Blitz über den Himmel, und als es zum zweiten Mal donnerte, viel lauter jetzt, schrak Lotte zusammen. Sie mussten schnellstmöglich den Wald verlassen!

»Kommen Sie, gnädige Frau«, sagte Johann, der anscheinend den gleichen Gedanken gehabt hatte, und machte Anstalten, Lotte die Zügel abzunehmen. Sie warf ihm jedoch einen so bitterbösen Blick zu, dass er die Hand wieder sinken ließ.

»Unterstehen Sie sich!«, erwiderte sie und nickte zur Gräfin von Stelitz herüber, die Schwierigkeiten mit ihrer scheuenden Stute zu haben schien. Das Pferd war noch jung und offenbar recht schreckhaft. Und seine Reiterin war mittlerweile dank des Schnapses ernstlich angeheitert und saß nicht mehr allzu fest im Sattel.

Johann eilte der älteren Frau mit einem letzten prüfenden Blick zu Lotte zu Hilfe, dann verließen sie schleunigst den Wald.

Als endlich Gut Rosenthal in Sicht kam, regnete es in Strömen. Lotte war vollkommen durchnässt, ebenso wie ihre Gefährten, und noch immer blitzte und donnerte es nur wenige Kilometer westlich von ihnen.

Johann hatte die Stute der Gräfin von Stelitz beruhigt und führte sie nun am Zügel mit sich, weil ihre Reiterin sich rundheraus geweigert hatte, das eigensinnige Pferd allein zu führen. Der Boden war uneben und schlammig, und hin und wieder glitten die Pferde aus. Wieder einmal stellte Lotte fest, wie viel wackliger der Damensitz im Vergleich zum Herrensitz war.

Und dann geschah es.

Die Stute der Gräfin von Stelitz glitt auf dem schlammigen, zur Seite leicht abschüssigen Feldweg aus und geriet ins Straucheln. Johann reagierte geistesgegenwärtig und ließ die Zügel los, um ihr die Möglichkeit zu geben, das Gleichgewicht zu finden. Das Tier rutschte seitlich weg und knickte im Vorderbein ein, bevor es sich schwankend wieder fing.

Für Lottes neue Freundin endete es jedoch nicht so glimpflich. Sie glitt aus dem Sattel und fiel in den Schlamm.

Johann sprang vom Pferd, um die aufgeregte Stute am Zügel zu nehmen und zu beruhigen. Er wollte offenbar vermeiden, dass sie ihre Reiterin mit den Hufen traf. Derweil stieg Lotte rasch von Briannas Rücken und eilte der Gräfin von Stelitz zu Hilfe. Schon im Näherkommen atmete sie auf, denn die ältere Frau fluchte nicht sehr damenhaft, während sie sich umständlich aufsetzte.

»Sind Sie verletzt?«, rief Lotte dennoch besorgt.

Die Gräfin von Stelitz richtete ihren schief sitzenden Hut und wischte sich dann die schlammigen Hände an den Röcken ab. »Ging mir nie besser, Kindchen.«

Als ihr klar wurde, dass ihre neue Freundin tatsächlich unversehrt und sogar bester Laune war, konnte Lotte sich das Lachen einfach nicht mehr verkneifen.

»Die Jugend«, schimpfte die Ältere. »Ohne Anstand ... und Sitte ... und Respekt ... und all diesen Blödsinn!« Als Lotte ihr, noch immer lachend, eine Hand reichen wollte, um ihr aufzuhelfen, zog die Gräfin von Stelitz sie mit einem Ruck zu sich in den Schlamm.

Im einen Moment saßen sie kichernd nebeneinander in der Nässe, und im nächsten stand schon Johann vor ihnen, mit vor der Brust verschränkten Armen und sehr strenger

Miene. »Wenn die gnädigen Frauen das Ziel haben, sich eine Erkältung einzufangen, sind Sie auf einem guten Weg.«

Eigentlich hätte Lotte ihn jetzt rügen sollen, schließlich sprach man nicht in diesem Ton mit einer Gräfin, aber erneut spürte sie, wie ein Lachen in ihr aufperlte. In diesem Augenblick fielen die Anspannung und die steife Etikette der vergangenen Wochen ganz von ihr ab, und sie hatte das Gefühl, endlich wieder frei atmen zu können. Es war Spätsommer und trotz des Regens warm, und mit einem Mal konnte sie den Geruch nach Gras und feuchter Erde, das Pfeifen des Windes und den Klang des Donners, der sich nun von ihnen entfernte, wieder genießen. Es war nur eine kleine Auszeit von ihrem Leben als Gräfin, nur eine winzige Albernheit, das wusste sie, aber ebendas hatte sie an diesem Tag gebraucht.

»Nein, nein, ich schaffe das allein«, antwortete sie, als Johann ihr aufhelfen wollte, und wehrte ihn lächelnd ab. »Sehen Sie, ganz einfach …«

Doch weit gefehlt. Kaum war sie auf die Füße gekommen, strauchelte sie und saß im nächsten Augenblick wieder im Schlamm, sehr zum Vergnügen der Gräfin von Stelitz. Und sehr zum Missfallen des Stallmeisters, der jetzt auf jede Galanterie verzichtete, sie kurzerhand um die Taille fasste und auf die Füße stellte, bevor er sich ihrer Begleiterin zuwandte und auch ihr aufhalf.

»Sie beide …« Er räusperte sich und schüttelte den Kopf, während in seinem Gesicht Verärgerung, Belustigung und Verlegenheit miteinander um die Vorherrschaft rangen.

Lotte kicherte. »Sie sollten einmal Ihr Gesicht sehen!«

Er warf ihr einen kurzen, mahnenden Blick zu, dann reichte er ihr wortlos den Arm, um sie die schlammige Böschung hinaufzuführen. Sie ließ sich gnädig helfen, immer noch lachend, während die Gräfin von Stelitz sich auf der anderen Seite bei Johann unterhakte.

»Jetzt nehmen Sie meine Hilfe doch an?«, raunte er Lotte

zu, so leise, dass die Gräfin von Stelitz ihn nicht hören konnte. Die war ohnehin noch immer damit beschäftigt, abwechselnd zu schimpfen und zu lachen.

»Bilden Sie sich ja nichts darauf ein«, versetzte Lotte.

Er schnaubte, doch sie sah ihm an, dass ihn die Situation amüsierte, auch wenn er das zu verbergen suchte. Kurz trafen sich ihre Blicke. Auf einmal war sie sich seines Körpers so nah an ihrem sehr bewusst.

Als sie die Pferde erreicht hatten, fasste er sie ein weiteres Mal um die Taille und hob sie auf Briannas Rücken, ehe Lotte protestieren konnte.

»Das hätte ich allein geschafft«, flüsterte sie, ohne den Blick von seinem Gesicht abzuwenden. Seine Miene wirkte auf einmal konzentriert. Und ernst.

»Das weiß ich, gnädige Frau«, sagte er ebenso leise und löste den Griff um ihre Mitte. »Das müssen Sie mir nicht beweisen.«

Ich muss Ihnen überhaupt nichts beweisen, wollte sie erwidern. Sie hatte schon den Mund geöffnet, da drehte er sich schon um, um der Gräfin von Stelitz beim Aufsteigen behilflich zu sein.

Die Stute schien sich mittlerweile beruhigt zu haben, und den Rest des Weges legten sie ohne weitere Zwischenfälle zurück. Aber alles, woran Lotte denken konnte, war die Art und Weise, wie seine Hand die ihre gestreift hatte, bevor er sich abgewandt hatte. Wie zufällig.

Er wich ihrem Blick für den Rest des Weges aus.

Auf Gut Rosenthal erwartete man sie bereits.

Die Jagdgesellschaft hatte sich um die Freitreppe versammelt, während das Gesinde Schnaps ausschenkte. Es nieselte nur noch ein wenig, und die Stimmung schien ausgelassen zu sein. Jedenfalls so lange, bis der Graf von Eichberg seine Frau erblickte.

»Sie hätten schon längst zurück sein sollen!«, rief er aufgebracht, nicht an Lotte, sondern an Johann gewandt, der klatschnass zwischen den beiden Frauen stand. »Warum waren Sie nicht bei Ihrer Abteilung?«

»Ich bitte um Verzeihung, gnädiger Herr«, sagte Johann respektvoll, während die Stubenmädchen herbeieilten und Lotte und der Frau von Stelitz Wolldecken anreichten. »Das Gewitter hat uns überrascht, und wir haben einen längeren Weg über die Felder genommen, um nicht vom Blitz getroffen zu werden.«

Das schien Andreas nicht zu besänftigen. »Und warum ...« Er deutete auf die über und über mit Schlamm bespritzte Lotte. »Können Sie mir erklären, warum meine Frau in diesem Zustand ist?«

»Oh, daran war ich schuld, mein lieber Andreas«, antwortete die Gräfin von Stelitz fröhlich. »Meine Birta war wohl ein wenig überfordert von der schlammigen Straße, und da bin ich mit der Kehrseite voran in den Schlamm gefallen.« Wie zum Beweis zeigte sie ihre schmutzigen Röcke her. »Und als Ihre liebe Frau mir zu Hilfe geeilt ist, da ist sie ...« Sie warf Lotte einen verschmitzten Blick zu. »Nun, da ist sie auch ... ausgerutscht.«

»Ich habe Sie mitgeschickt, um auf die Damen achtzugeben«, wandte sich Andreas an Johann. »Und Sie haben nichts Besseres zu tun, als es meiner Frau zu überlassen, ihrer Begleiterin aufzuhelfen und zu riskieren, dass sie sich eine Erkältung holt oder sich alle Knochen bricht?«

»Es geht mir hervorragend!«, rief Lotte, bevor Johann etwas erwidern konnte. Sie wollte nicht, dass ihr Mann ihren Begleiter vor der ganzen Jagdgesellschaft herunterputzte. Und sie fühlte sich auch ein wenig schuldig, schließlich hatte Johann keinen Fehler gemacht. Sie war es gewesen, die sich wieder einmal kindisch benommen hatte – ohne zu bedenken, dass der Stallmeister die Konsequenzen tragen würde. Sie hätte wissen müssen, wie Andreas auf ihr zerrupftes Aussehen reagieren würde. Ihr Mann war ein freundlicher Zeitgenosse, es sei denn, es ging um ihr, Lottes, Wohlergehen. Sie seufzte.

»Johann hat die Stute eingefangen und beruhigt, bevor sie jemanden verletzen konnte«, sagte sie in der Hoffnung, Andreas auf diese Weise zu besänftigen. »Er hat alles richtig gemacht.« Sie spürte Johanns Blick auf sich, während sie sprach, doch sie blickte nicht in seine Richtung.

Andreas schüttelte den Kopf, noch immer aufgebracht. »Ich wusste, es war ein Fehler, dich auf diesen Ausritt gehen zu lassen. Pia!«, fuhr er auf, woraufhin Lotte ihn ihrerseits am liebsten angefaucht hätte, dass sie ja schlecht dem Wetter hätte sagen können, es solle gefälligst besser werden. Wahrscheinlich wäre sie tatsächlich mit etwas sehr Unpassendem herausgeplatzt – wäre nicht ihre Zofe erschienen, um sie ins Haus zu geleiten.

»Kommen Sie, gnädige Frau«, sagte Pia leise und berührte sie sanft am Arm.

Lotte holte tief Luft und beherrschte sich. Schweigend schmiegte sie sich in die Decke, die ihre Zofe ihr um die Schultern legte, und ließ sich von ihr ins Haus geleiten.

Kapitel 8

Für den abendlichen Jägerball trug Lotte ein Abendkleid aus grüner Seide, mit Spitzenbesatz an den Ärmeln und modischer Pariser Schleppe, das an der Taille eng geschnürt war. Pia hatte ihr die dunklen Locken aufgesteckt. Eine Perlenkette, die Andreas ihr in Prag geschenkt hatte – er hatte sich davon nicht abbringen lassen – und weiße Handschuhe, die bis über die Ellenbogen reichten, vervollständigten das Bild.

Lotte saß an ihrem Frisiertisch und betrachtete sich im Spiegel, auf der Suche nach dem Mädchen, das sie noch wenige Wochen zuvor gewesen war, als es klopfte. Die Zofe kündigte den Grafen von Eichberg an.

»Lass uns allein, Pia«, bat Lotte und schenkte dem Mädchen ein dankbares Lächeln, dann erhob sie sich vom Frisiertisch und wandte sich ihrem Gemahl zu.

»Ich bin sehr ärgerlich auf dich«, sagte sie, bevor er überhaupt den Mund öffnen konnte. Irgendwann in den vergangenen Wochen, während ihrer Schießübungen, hatten sie begonnen, einander zu duzen. Die vertraute Anrede fiel Lotte noch schwer, aber jetzt half sie ihr. Sie würde sich nicht mehr so einfach geschlagen geben.

»Das weiß ich, meine Liebe«, erwiderte Andreas, der wie am Tage ihrer Hochzeit seine Gardeuniform trug. »Und ich möchte mich gern entschuldigen. Die Unterhaltung mit Johann hätte ich nicht in deiner Gegenwart führen sollen. Er ist noch jung, und ich musste ihm begreiflich machen, dass ich nicht spaße, wenn es um das Wohlergehen meiner Frau geht.«

»Ich weiß, dass dir mein Wohlergehen wichtig ist«, sagte sie. »Und deine Sorge um mich rührt mich. Aber es ist zu viel.

Du musst nicht jede Sekunde meines Tages regeln oder mir verbieten, schnell zu reiten. Ich werde doch nicht tot vom Pferd fallen! Ich ...« Verzweifelt sah sie ihn an. »Ich ersticke, wenn du so weitermachst.«

Er schwieg einen Augenblick. Es war Lotte unmöglich, in seinem Gesicht zu lesen. Sein Lächeln war in diesem Moment wie fortgewischt. Er wich ihrem Blick aus, schaute stattdessen an ihr vorbei zum Fenster, als müsste er sich entscheiden, wie er sich nun verhalten sollte. Kurz glaubte sie sogar zu sehen, wie er die Augenbrauen zornig zusammenzog. Aber der Moment war so schnell vorbei, dass sie schon in der nächsten Sekunde überzeugt war, sie hätte es sich bloß eingebildet.

Irgendwann blickte er sie wieder an. Seine Miene war ernst. »Habe ich dir je erzählt, wie meine erste Frau gestorben ist?«

Sie schluckte. Mit einer solchen Wendung des Gesprächs hatte sie nicht gerechnet. Stumm schüttelte sie den Kopf. Andreas sprach oft von Luise, doch die Umstände ihres Todes hatte er nie erwähnt. Niemand in diesem Haus hatte in Lottes Gegenwart bisher davon gesprochen.

Er straffte sich. Sein Blick hatte sich umwölkt. »Sie ist vom Pferd gestürzt. An diesem Tag ...« Er fuhr sich mit der Hand über das Gesicht. Die Erinnerung schien ihm zuzusetzen. »Wir sind gemeinsam ausgeritten. Ein Gewitter zog herauf, deswegen sind wir schnell nach Hause galoppiert. Ein Blitz ist ganz in unserer Nähe eingeschlagen und hat ihre Stute erschreckt. Das Pferd ist gestiegen, und sie ist unglücklich gestürzt. Und war augenblicklich ...« Er brach ab, schüttelte den Kopf. »Ich konnte nichts tun.«

»Andreas ...« Lotte waren während seiner Erzählung die Tränen in die Augen gestiegen. Mit aller Kraft wünschte sie sich, sie könnte das, was sie vor wenigen Sekunden gesagt hatte, zurücknehmen. »Es tut mir so leid.«

Er kam zu ihr und nahm ihre Hände in seine. »Ich könnte

es nicht ertragen, auch dich zu verlieren. Und nichts würde mich glücklicher machen, als endlich einen Sohn zu haben. Eine ganze heile Familie – und einen Erben für Rosenthal. Darauf warte ich schon sehr lange.«

Wieder spürte Lotte, wie es ihr die Luft abschnürte. Sie fühlte sich wie zerrissen. Sie mochte Andreas, und ein Teil von ihr wollte ihm das geben, wonach er sich so sehr sehnte. Doch der andere Teil war überzeugt, dass sie es nicht konnte. Sie war nicht die Frau, die er sich wünschte.

»Ich wollte dich nicht betrüben«, versicherte Andreas mit bestürzter Miene und wischte ihr eine Träne aus dem Augenwinkel. Wenn sie sich von ihrer weichen, verletzlichen Seite zeigte, war er immer so zärtlich zu ihr. Es war ihre unbändige, kratzbürstige Art, die er nicht mochte. Die er geradezu bekämpfte.

»Ich bin mir sicher, wenn wir erst ein Kind haben, wird es dir leichter fallen, dich an deine neue Rolle zu gewöhnen«, sagte er sanft. Das Lächeln war auf sein Gesicht zurückgekehrt. »Ein kleiner Bub in diesem Haus wäre ein wahrer Segen, findest du nicht?« Er zwinkerte ihr zu. »Wenn er nur halb so wild wird wie du, wird das Kindermädchen seine liebe Mühe haben.«

Über die Vorstellung musste Lotte trotz allem lachen. Sie hatte sich niemals vorstellen können, Kinder zu haben. Auch jetzt war der Gedanke noch weit weg, obwohl sie genau wusste, dass man im ganzen Haus schon seit Wochen auf die gute Nachricht wartete. Aber noch gab es keinerlei Anzeichen dafür, dass sich ein neues Leben ankündigte. Die Vorstellung, ein Kind zu haben, das seinen Eltern genauso viel Kopfzerbrechen bereitete wie sie und Franz früher ihrer Mutter und ihrem Vater, brachte Lotte zum Schmunzeln. Hätte sie einen Sohn, könnte er alles tun und alles sein. Was immer er wollte. Und hätte sie eine Tochter …

Sie räusperte sich. »Und wenn wir ein Mädchen bekämen?« Die Vorstellung, vielleicht schon bald Kinder zu haben, war furchtbar beängstigend. Aber vielleicht hatte Andreas recht, und sie musste sich einfach nur einmal mit dem Gedanken befassen. Denn ihr Entschluss stand nach wie vor fest. Sie würde sich in dieses Leben einfügen, ohne sich selbst ganz und gar zu verlieren. Sie war überzeugt, dass sie es schaffen konnte. Irgendwie.

»Aber warum denn nicht?« Andreas strahlte auf einmal über das ganze Gesicht. »Erst ein Junge, dann ein Mädchen … Ich finde, das klingt ganz wunderbar, meine Liebe!«

Und dann tat er etwas, was er für gewöhnlich nie außerhalb des Ehebettes tat – er umfasste ihre Schultern und küsste sie. Es war kein trockener, unpersönlicher Kuss wie am Tage ihrer Hochzeit und auch keiner der feuchten Küsse, die er ihr aufdrückte, wenn er auf ihr lag. Es war ein richtiger Kuss, und es fühlte sich gut an. Nach kurzem Zögern legte Lotte eine Hand um seinen Nacken und küsste ihn zurück. Sie konnte auf Gut Rosenthal glücklich werden. Sie wusste es einfach.

Ihre Euphorie sollte nicht einmal bis Mitternacht anhalten.

Der Bankettsaal von Gut Rosenthal öffnete sich zur Gartenterrasse hin, wo die Festgesellschaft eine Erfrischung nahm und den herrlichen Sonnenuntergang über den spätsommerlich gelben Feldern betrachtete. Jetzt, da es zu regnen aufgehört hatte, war die Luft frisch und roch nach Neuanfang.

Lotte vertraute dies ihrer neuen Freundin an, der Gräfin von Stelitz, die ein wahres Ungetüm von einem Kleid trug, burgunderrot und am Kragen mit so vielen Rüschen versehen, dass einem schwindelig davon werden konnte. Hinzu kam der riesige, aus Gänsefedern gemachte Fächer, mit dem sie sich Luft zufächelte.

»Würden Sie solche Momente nicht auch am liebsten in Flaschen abfüllen?«, fragte Lotte, während sie das Spiel des Sonnenlichts auf den Regentropfen bewunderte, die überall die üppig blühenden Pflanzen benetzten. »An Tagen, an denen alles hoffnungslos ausschaut, könnte man das glückliche Gefühl wieder hervorholen.«

»Reden Sie nicht so einen Stuss, Kindchen«, sagte die Gräfin von Stelitz in ihrer unnachahmlich direkten Art. Sie hatte soeben einem Diener ein ganzes Tablett mit Champagner abgenommen und dem verdatterten Mann stattdessen ihren Fächer in die Hand gedrückt. »Sie klingen wie jemand, der zu suchen aufgehört hat.«

Lotte blickte sie fragend an. Ihr Herz hatte sich bei den Worten ihres Gegenübers zusammengezogen, und sie versuchte, nicht allzu verletzt zu wirken. »Ich habe einen Ehemann und ein Zuhause. Bald werde ich sicher ein Kind haben. Wonach sollte ich denn suchen?«

Ein verschmitztes Funkeln trat in die Augen der älteren Frau. »Nach was haben Sie denn gesucht, als Sie ein Kind waren?«

»Abenteuer«, antwortete Lotte prompt. Sie hatte niemals an einem bestimmten Ort sein wollen. Stattdessen hatte sie, wann immer sie sich ihr späteres Leben vorstellte, an einen Ort weit entfernt gedacht. An manchen Tagen hatte sie ein Ritter sein wollen. An anderen Tagen ein Erfinder. Aber an den meisten hatte sie einfach nur für immer ein Kind sein wollen, das für alle Zeit auf dem Rücken eines Pferdes dahingaloppierte.

Die Erinnerung an das Mädchen mit dem schmutzigen Gesicht, das heimlich die Hose des Bruder gestohlen hatte und sich stundenlang auf Wolkes Rücken in ein Abenteuer hatte träumen können, hatte sie zum Schmunzeln gebracht. Aber es war auch schmerzhaft, daran zu denken. »Doch da war ich noch ein Kind«, sagte sie schließlich leise.

Die Gräfin von Stelitz sah sie einen Moment nachdenklich an. »Die meisten Menschen werden nie wirklich erwachsen, Kindchen. Schauen Sie mich an.«

Lotte lachte. »Sie meinen, ich soll die Diener verängstigen, indem ich Ihnen ein ganzes Tablett wegnehme?«

»Das wäre ein Anfang«, sagte ihre neue Freundin, die noch unentschieden zu sein schien, welchem der mit Champagner gefüllten Gläser sie zuerst den Garaus machen sollte.

Als sie sich endlich entschieden hatte, pflückte Lotte ihr das Glas aus der Hand und nahm einen Schluck, wobei sie sich mit aller Kraft ein Lachen verkniff, weil die Gräfin von Stelitz sie mehrere Sekunden lang verdattert ansah.

Im nächsten Augenblick begannen beide Frauen zu lachen.

»Wissen Sie, was ich an Abenteurern bewundere?«, fragte die Gräfin von Stelitz, als sie beide schon einen kleinen Schwips hatten, die Sonne hinter den sanften Hügeln von Rosenthal versunken war und es allmählich Zeit wurde, sich zum Diner zu begeben. »Sie haben Mut! Und sie sind eigensinnig, denn wer würde sich schon durch den Urwald kämpfen oder durch die Wüste reisen, wenn er nicht eigensinnig und mutig und vollkommen übergeschnappt wäre?«

Vielleicht lag es nur am Champagner, aber Lotte glaubte allmählich zu verstehen, worauf ihre eigenwillige Freundin hinauswollte. Sie hatte ihr Schicksal noch immer in der Hand. Sie würde vielleicht nicht als Abenteurerin durch ferne Länder reisen, doch sie musste keine guten Momente festhalten, denn es würde noch viele davon geben. Sie würde faszinierenden Menschen begegnen und durch die Wälder und über die Felder von Rosenthal reiten. Sie würde immer wieder Sonnenuntergänge erleben, die schmeckten wie ein Neuanfang.

Während des Diners, bei dem in sieben Gängen Kliebensuppe, Pommerscher Kaviar, Geflügel und Wild serviert wurden und zum Dessert ein süßes Apfelkompott, für das die Köchin von Gut Rosenthal in ganz Greifenhagen berühmt war, unterhielt sich die Festgesellschaft angeregt über die erfolgreiche Jagd. Es gab dann auch ausgelassenen Applaus, als zum Hauptgang köstlich duftender Wildschweinbraten aufgetischt wurde. Auch mit Wein und Champagner und einem köstlichen Punsch aus Sommerfrüchten wurde nicht gegeizt, und so war die Stimmung bald ausgelassen.

Während der Graf von Eichberg sich angeregt mit Landrat von Scheller unterhielt, plauderte Lotte mit ihrem Tischherrn.

Der junge Leutnant von Lindow, der sehr lustig war und lebendig zu erzählen wusste, hatte viel über die Auswanderer zu berichten: »Viele wandern jetzt nach Amerika aus«, berichtete er, während er sich von einem Diener Champagner nachschenken ließ. »Hier in Pommern hat es länger gebraucht als anderswo, wie hier eben alle Dinge etwas länger brauchen, aber jetzt ziehen auch die Leute aus der Provinz in Scharen weg. Wer kann, geht in die Vereinigten Staaten. Andere auch nach Südamerika oder Neuseeland. Sie wollen dort endlich ihr eigenes Land bestellen.«

Ja, eigenes Land. Das war etwas, das in Pommern und natürlich auch im Rest des Deutschen Reiches unmöglich zu bekommen war – es sei denn natürlich, man erbte. Das Land hier oben gehörte Junkern wie dem Grafen von Eichberg und durfte auch nicht verkauft oder geteilt werden. Die Pächter bewirtschafteten einzelne Parzellen, aber der Grund und Boden gehörte ihnen nicht, und sie waren verpflichtet, für ihren Patron zu arbeiten. Hier oben gab es nur wenige, die es wagten, gegen diese Ordnung zu protestieren – der größte Protest war die massenhafte Abwanderung.

Lotte erinnerte sich gut daran, wie sehr ihr Vater immer geschimpft hatte, wenn wieder Leute von seinem Land weggezogen waren. »Wer soll denn die Felder bewirtschaften, wenn die Leute jetzt alle gehen, um verrückten Ideen nachzujagen?«, hatte er oft vor sich hin gebrummt.

»Es klingt wie ein großes Abenteuer«, bemerkte Lotte jetzt. »Auf der anderen Seite der Welt ganz neu zu beginnen!« Der Gedanke, mit einem Schiff um den halben Erdball zu fahren und ein völlig neues Land zu entdecken, ließ eine ganze Abfolge von Bildern in ihrem Kopf aufsteigen. Mit einer Karawane durch die Wüste ziehen oder geheimnisvolle Regenwälder erkunden ... Auf einmal fielen ihr all die vielen aufregenden Unternehmungen ein, von denen sie als Kind geträumt hatte.

»Das ist kein Abenteuer, meine Liebe«, sagte da Andreas, der den letzten Satz offenbar gehört hatte. »Es klingt romantisch, doch auf der anderen Seite der Welt erwartet die armen Seelen nicht weniger Elend als hier. Sie haben nur ihr Vaterland aufgegeben, und das für eine unsichere Zukunft in einem fremden und obendrein auch gefährlichen Land.«

Lotte lächelte ihrem Mann zu. »Du bist immer so vernünftig, mein Lieber. Aber ich finde die Vorstellung dennoch wundervoll. Denk dir nur, wie es wäre, wenn man ein ganzes Land entdecken könnte! Und stell dir vor, wie mutig all diese Menschen sein müssen!«

»Ihre Frau ist ja ganz reizend«, meinte der Landrat. »Ein richtiger Wildfang! Aber Sie sind ja erfahren im Zähmen wilder Geschöpfe, nicht wahr, Herr Graf?«

Die Herren lachten.

Währenddessen schwand Lottes Fröhlichkeit jäh und machte einem Gefühl der Beklemmung Platz. Worauf spielte der Landrat da an? War es einfach nur ein geschmackloser Witz, oder steckte darin ein Körnchen Wahrheit? Sie gab vor, ganz mit dem köstlichem Apfelkompott beschäftigt zu sein, während sie über die Worte des Landrats nachsann. War das etwa geschehen? Hatte sie sich einfangen lassen? Hatte sie sich »zähmen« lassen?

Sie hatte geglaubt, Andreas und sie würden sich nun endlich einander annähern. Dass sie eine Verbindung zueinander geschaffen hätten, spätestens mit dem Kuss und all den Dingen, die sie einander anvertraut hatten. Zum ersten Mal seit Wochen hatte Lotte das Gefühl gehabt, ihrem Mann wirklich näherzukommen. Und sie hatte geglaubt, dass auch er nun offener dafür wurde, sie kennenzulernen und ihre Persönlichkeit zu akzeptieren. Dass seine oft erdrückende Fürsorge etwas mit seiner Angst zu tun hatte, sie zu verlieren, nachdem er schon seine erste Frau zu Grabe hatte tragen müssen.

Doch jetzt dämmerte ihr, dass es nicht so leicht war. Auf ihr wiederholtes Bitten, endlich Wolke nach Gut Rosenthal zu holen, hatte Andreas ganz einfach nicht reagiert. So wie Erwachsene nicht auf die absurden Wünsche eines Kindes reagierten und hofften, dass es diese früher oder später vergessen würde. Aber ihre Wünsche und ihre Gedanken waren nicht absurd. Es war nicht absurd, dass sie das Pferd, das sie selbst aufgezogen hatte, das zu ihr gehörte wie nichts sonst auf der Welt, bei sich haben wollte. Es war nicht absurd, dass sie wütend auf ihren Mann war, und es war nicht richtig, dass er ihre Gefühle beiseiteschob, indem er sie an seinen Schmerz erinnerte.

Der Gedanke, er könnte möglichweise niemals vorgehabt haben, Wolke nach Gut Rosenthal zu holen, ließ einen Zorn in Lotte hochsteigen, der ihr zuvor unbekannt gewesen war.

Als die Diener den Bankettsaal nach dem Diner zum Tanz hergerichtet hatten und das Orchester zu spielen begann, beschloss sie, dass nun endgültig Schluss war. Sie würde nicht aufhören zu suchen, und sie würde nicht aufhören zu kämpfen. Sie würde sich nicht zähmen lassen.

Als das Orchester zu spielen begann und der Graf und die Gräfin von Eichberg den Tanz eröffneten, war es draußen dunkel geworden. Während ihr Mann und sie in den vertrauten Walzerschritt verfielen, nahm Lotte all ihren Mut zusammen. »Ich möchte, dass Wolke nach Gut Rosenthal kommt.«

Ihr Gemahl schwieg einen Moment lang. Seine Miene gab nichts preis, aber ihr war, als würde sie für den Bruchteil einer Sekunde ein ungehaltenes Flackern in seinen dunklen Augen erkennen. »Bald, meine Liebe«, erwiderte er schließlich in seinem üblichen, gönnerhaften Tonfall.

Sie holte tief Luft. »Sag mir, wann.«

Er lächelte. Wie immer ließ sein Lächeln sein ganzes Gesicht erstrahlen wie das eines Kindes. Er hatte ein so offenes, freundliches Gesicht, dass einem das kluge Funkeln in seinen Augen entgehen konnte. Andreas von Eichberg lächelte, als wäre er allen Menschen um ihn herum einen Schritt voraus. Und dieses Mal begann Lotte, es zu glauben. »Wollen wir nicht den Abend genießen und morgen früh darüber sprechen?«, fragte er.

Seine Stimme klang wie immer. Ruhig, freundlich, sanft. Es war diese Gelassenheit gewesen, die Lotte dazu gebracht hatte zu glauben, diese Ehe könnte glücklich werden. Sie hatte gedacht, es bräuchte nur Zeit, ganz so, wie er es gesagt hatte. Aber Zeit, das erkannte sie in diesem Moment, war Andreas von Eichbergs mächtigste Waffe. Dieser Mann, der weder von besonderer Größe noch von besonderer Statur war, dessen an den Schläfen ergrautes und an der Stirn fliehendes Haar stets zerzaust war und dessen Mund immer lächelte, wirkte nicht gefährlich. Doch während er um Lotte geworben hatte, hatte Papa immer wieder davon geschwärmt, was für ein kluger Mann und geschickter Stratege sein Kamerad von Sedan war.

Lotte hätte sich am liebsten selbst geohrfeigt. Andreas von Eichberg war ein verdienter Veteran, er war intelligent, und er hatte Freunde in ganz Europa. Er wusste mit Menschen umzugehen, das sah sie immer wieder, und genau diese Eigenschaft machte ihn mächtig. Sie zu führen, ganz so, wie er es ihr angekündigt hatte, war ihm leichtgefallen! Wie hatte sie nur so gutgläubig sein können?

»Ich möchte *jetzt* darüber sprechen«, erwiderte sie.

Er hob eine buschige Augenbraue. Als er dieses Mal sprach, hörte sie die Warnung. »Ich sagte, wir sprechen morgen darüber.«

»Du hattest nie vor, Wolke nach Rosenthal zu holen.«

Es war unnütz, um die Sache herumzureden. Sie wusste es ja längst. Beim Witz des Landrates war es ihr wie Schuppen von den Augen gefallen, und nun kam sie sich einfach nur dumm vor.

Er schwieg und sah sie an, während er sie über die Tanzfläche wirbelte. Weder seine Miene noch seine Bewegungen gaben preis, was in ihm vorging. »Es liegt mir fern, dir Kummer zu bereiten«, sagte er schließlich.

Sie holte tief Luft und bemühte sich, einen versöhnlichen Ton anzuschlagen. »Das weiß ich doch, mein Lieber. Aber die Trennung von meiner Stute bereitet mir Kummer.« Sie hielt seinen Blick fest und versuchte, ihm auf diese Weise begreiflich zu machen, was in ihr vorging. Schließlich war er doch auch ein unverbesserlicher Pferdenarr. Er musste es einfach verstehen! »Ich möchte, dass mein Pferd nach Rosenthal kommt. Bitte.« Sie würde nicht aufhören, das musste sie ihm endlich begreiflich machen. Sie konnte und sie würde nicht nachgeben. Nicht in dieser Sache. Es war viel zu viel Zeit vergangen seit ihrer Trennung von ihrer geliebten Stute, und sie wusste, Wolke würde sie ebenso wenig vergessen wie sie sie. Dafür war ihre Bindung zu innig.

Manchmal wachte Lotte nachts weinend auf. Nicht nur, weil ihr Pferd ihr fehlte, sondern vor allem, weil sie sich vorstellte, wie Wolke auf ihre Rückkehr wartete. Vergeblich.

»Du missverstehst mich«, erwiderte Andreas. Jetzt klang er beinahe mitleidig, und seine Augen hatten einen weichen Ausdruck angenommen. Lotte sank das Herz. »Meine Liebe, deine Eltern haben die Stute verkauft. Dein Herr Vater schrieb es mir schon vor einer Weile, doch ich wusste nicht, wie ich es dir sagen sollte.«

In diesem Moment endete der Tanz.

Lotte war nicht fähig, sich zu regen. Sie konnte nur ihren Mann ansehen und in seinen Augen nach irgendetwas suchen, das ihr sagte, dass das nicht wahr war. Dass er sich einen grausamen Scherz mit ihr erlaubte und man sie nicht auf diese Weise hintergangen hatte. Aber sie fand nichts dergleichen in seinem Blick. Nur Aufrichtigkeit. Und da spürte sie, wie ihr Herz brach. Der Schmerz raubte ihr den Atem, und auf einmal verschleierten Tränen ihren Blick.

Erst als der junge Graf von Lindow, der jetzt auf ihrer Tanzkarte stand, ihr den Arm bot, erinnerte sich ihr Körper daran, wie man sich bewegte. Sie drehte sich um und verließ den Saal.

Das Obergeschoss war wie ausgestorben.

Aus dem Erdgeschoss drang Musik herauf, und Lotte stellte sich unwillkürlich vor, wie die Festgesellschaft tanzte, wie die Bediensteten sich hin und wieder bis zum Bankettsaal schlichen und einen Blick hinein wagten und wie emsig es in der Küche zugehen musste. Sie stellte sich auch vor, was wohl die Hofarbeiter in diesem Moment taten. Andreas hatte ihnen ein Fass Bier gestiftet, und sicher verbrachten sie den Abend ausgelassen und fröhlich, draußen auf dem Gutshof, bei den Ställen oder dem Arbeiterhaus, in dem sie schliefen.

Sie hätte später nicht mehr sagen können, wie lange sie oben auf der Treppe im Schatten stand, eine Hand auf den Mund gepresst, und schluchzte. Ihr Vater. Ihre Mutter. Ihr Ehemann … Wolke war fort, und jeder von ihnen hatte seinen Anteil an diesem Verrat. Wie hatten sie das nur tun können? Wie hatten Mama und Papa Wolke verkaufen können, in dem Bewusstsein, dass es Lotte das Herz brechen würde, sobald sie davon erfuhr? Sie hatte sich nie zuvor so allein gefühlt.

Irgendwann führten ihre Schritte sie zurück ins Erdgeschoss, zur Bibliothek. Es war ein großer runder Raum, in dem die Regale bis zur Decke reichten und ein Kronleuchter die vielen ledernen Buchrücken beschien. Obwohl sie Bücher liebte, hatte Lotte diesen Raum von Gut Rosenthal bisher nur ein Mal betreten. Vielleicht, weil es hier nur ganz wenige Abenteuerromane gab.

In Breskow hatte ihr die Bibliothek immer das Gefühl verliehen, das sie sonst nur auf dem Rücken eines Pferdes fand: als könnte sie alles sein und überall hingehen. Als gäbe es unzählige Möglichkeiten, denen ihr Leben noch folgen könnte, und als müsste man nur eines dieser Bücher aufschlagen, um ihnen nahe zu sein.

Hier jedoch, in der Bibliothek von Gut Rosenthal, fand sie nichts davon. Die klobigen Möbel kamen ihr nicht heimelig vor, die in Leder gebundenen Bücher nicht verheißungsvoll.

Es war das erste Mal, dass der Gedanke an all die Geschichten, die noch darauf warteten, erzählt zu werden, Lotte nicht das Gefühl gaben, irgendetwas würde besser werden, wenn sie nur irgendwo anders wäre. Denn Wolke war immer Teil dieser Träume gewesen.

Und Wolke war fort.

Lotte sank in einen Ledersessel, vergrub das Gesicht in den Händen und ließ den Tränen freien Lauf.

Hier fand sie schließlich Pia. »Gnädige Frau?«

Lotte zuckte zusammen und wischte sich hastig über die tränennassen Augen, bevor sie sich mit gestrafften Schultern aufrichtete.

Ihre Zofe stand in der Tür und rang die Hände. Dann fragte sie zaghaft: »Wünscht gnädige Frau, dass ich den gnädigen Herrn rufe?«

Lotte schüttelte den Kopf und versuchte vergeblich, ihre Tränen zu trocknen. Aus irgendeinem Grund wollte sie bei dem Anblick ihrer Kammerzofe, die sie so offen und herzlich ansah wie schon am allerersten Tag, erneut bitterlich weinen. Sie hatte Gut Rosenthal und seine Bewohner lieb gewonnen. Die Hofarbeiter, die Dienstmädchen, ihre treue Kammerzofe mit dem vorwitzigen Funkeln in den Augen und dem kecken Mundwerk, den liebenswürdigen Stallburschen Hans und natürlich Johann, der sie verwirrte und herausforderte und dessen geduldiger und zugleich so entschlossener Charakter ihr viel zu sehr unter die Haut ging.

Selbst die missmutige Mamsell mochte sie. Und in diesem Moment fiel es Lotte schwer, das zu akzeptieren, denn je verletzlicher sie sich zeigte und je mehr sie sich den Menschen öffnete, die ihr etwas bedeuteten, desto mehr könnte ihr Vertrauen erneut erschüttert werden.

Pia kam nach kurzem Zögern zu ihr und reichte ihr ungeschickt ein Taschentuch. »Wünschen gnädige Frau, dass ich jemandem die Ohren langziehe?«

Lotte lachte unter Tränen. »Ich denke nicht, dass das …« Sie holte tief Luft, trocknete sich die Tränen, bemühte sich um ein Lächeln. »Danke, Pia.«

»Der gnädige Herr hat mich geschickt, um nach Ihnen zu sehen«, sagte das Mädchen zögerlich. »Er meinte, Sie fühlen sich unwohl und würden sicher zu Bett gehen wollen.«

Lotte schluckte und versuchte dabei, sich zu sammeln. Sie fühlte sich verraten. Und sie war zornig. Doch sie hatte dennoch nicht vergessen, was der Landrat gesagt hatte. »Setz dich zu mir und erzähl mir von ihr«, flüsterte sie.

Pia schien gleich zu wissen, von wem sie sprach. Nach kurzem Zögern ließ sie sich auf dem zweiten Sessel nieder, auf den Lotte deutete, ganz vorn auf dem Polster und mit im Schoß verschränkten Händen. »Die gnädige Frau …« Sie stockte und warf Lotte einen zaghaften Blick zu, doch diese bedeutete ihr nur fortzufahren.

Sie war nicht eifersüchtig auf die Gefühle, die ihr Gatte seiner ersten Frau entgegengebracht hatte, und die Trauer, die er noch immer über ihren Verlust zu empfinden schien. Vielmehr hatte sein Schmerz sie dazu gebracht, sich ihm nahe zu fühlen. Seine Trauer und seine Liebe … sie bewiesen ihr, dass er zu tiefen Gefühlen fähig war. Und das wiederum zeigte ihr, dass die Unterschiede zwischen ihnen nicht so unüberwindbar waren, wie sie am Anfang geglaubt hatte. Was alles jetzt nur umso schmerzhafter machte.

Pias Blick wanderte durch die Bibliothek und blieb an einem der träumerischen Gemälde hängen, die den Raum schmückten, ebenso wie die Flure und Salons, die Schlafgemächer und sogar den Bankettsaal.

»Die gnädige Frau war sehr liebenswürdig«, begann Pia schließlich. »Wir haben sie alle sehr gern gehabt. Aber sie war auch …« Wieder ein Zögern. »Sie war auch traurig. Mamsell hat immer gesagt, die gnädige Frau hat ein gutes Herz und versteht nichts von der Welt.«

»Und der gnädige Herr?«, fragte Lotte leise.

»Der gnädige Herr war verliebt«, antwortete Pia. »Und glücklich. Er hat die gnädige Frau verehrt, weil sie so vornehm und still war, hat Mamsell gesagt, aber dann …«

Lotte wartete geduldig, bis das Mädchen weitersprach. »Ich bin damals noch nicht lange da gewesen, gnädige Frau«, fügte Pia leise hinzu. »Ich hatte erst die Anstellung als Stubenmädchen bekommen und hab nicht alles verstanden, was vor sich ging. Aber die gnädige Frau trug wohl ein Kindchen unter dem Herzen. Und es ist gestorben.«

Lotte schluckte. Auf einmal wusste sie nicht mehr, ob sie wirklich erfahren wollte, wie die Geschichte weiterging. Doch nun konnte sie auch nicht mehr zurück. Denn sie spürte, dass das, was Pia ihr soeben anvertraute, wichtig für ihr eigenes Leben hier auf Gut Rosenthal war. Und dass es für seine Bewohner wichtig war. Denn die Erinnerung an Luise von Eichberg erfüllte das Haus noch immer. Lotte schalt sich stumm dafür, dass es ihr nie in den Sinn gekommen war, dass die weltvergessenen Landschaftsgemälde von Luise von Eichberg stammen könnten, die doch so gern gemalt hatte.

Nach einigen stillen Momenten straffte Pia die Schultern und fuhr mit ihrer Erzählung fort. »Die gnädige Frau und der gnädige Herr waren untröstlich. Der Doktor kam in diesen

Tagen sehr oft nach Rosenthal, und es gab viele Gerüchte unter dem Gesinde … aber es war sicher alles Unsinn. Manche sprachen von einer Krankheit, an der die gnädige Frau litt, doch freilich wusste niemand, was wirklich vor sich ging.

Aber die gnädige Frau veränderte sich dieser Tage. Wenn sie gesprochen hat, war sie nicht mehr so warmherzig wie früher, sondern ganz weit weg. Als hätte sie niemanden richtig sehen können. Sie und der gnädige Herr wurden des Abends oft laut, und manchmal verschwand sie einfach und kehrte erst in den späten Abendstunden zurück. Einmal blieb sie die ganze Nacht weg.

Der gnädige Herr war außer sich, wie Sie sich bestimmt denken können, gnädige Frau. Er ließ die gnädige Frau bald nicht mehr aus dem Haus, und sie wurde immer zorniger und blasser. Es war, als lebten wir mit einem Poltergeist zusammen.

Eines Tages ritten sie aus, der gnädige Herr und die gnädige Frau. Das hatten sie schon lange nicht mehr getan, und so waren wir alle glücklich und dachten, nun wird vielleicht alles wieder gut werden, und die gnädige Frau wird doch noch ein Kind bekommen … Aber es gab ein ganz schreckliches Unwetter, gnädige Frau. So ein schlimmes Gewitter hab ich davor und danach nicht erlebt. Das war im Frühjahr vor zwei Jahren. Sie kamen nicht zurück, und bald sind die Hofarbeiter aufgebrochen, um nach ihnen zu suchen.« Pia blinzelte und wischte sich mit einem Schniefen über die Augen.

Lotte griff nach ihrer Hand, die jetzt ganz kalt war. Sie erinnerte sich an dieses Gewitter. Sicher war es auch für die Bediensteten, die Luise von Eichberg offenbar sehr gern gehabt hatten, furchtbar schwer gewesen, als sie gestorben war.

Auf einmal schwang die Tür zur Bibliothek auf, und der Graf von Eichberg trat ein. Der Kronleuchter, der sein sanftes Licht über die Bücherregale und den edlen Perserteppich warf und sich im Fenster spiegelte, vertiefte die Linien im Gesicht des Grafen und funkelte auf fast schon unheimliche Weise in seinen dunklen Augen.

Sofort sprang Pia auf. »Ich bitte um Verzeihung, gnädiger Herr ...«

Er machte eine unwirsche Handbewegung, bevor Lotte den Mund öffnen und erklären konnte, dass sie die Zofe genötigt hatte, ihr Gesellschaft zu leisten. »Lass meine Frau und mich allein, Pia.«

»Ja, gnädiger Herr.«

Die Kammerzofe zog sich zurück, nicht ohne Lotte noch einen sorgenvollen Blick zuzuwerfen.

Als sie mit ihrem Mann allein war, straffte Lotte sich. Pias Erzählung hatte ihr geholfen, eine Entscheidung zu treffen. So, wie es jetzt war, konnte es zwischen ihrem Mann und ihr nicht weitergehen. Sie stand langsam auf und faltete die Hände vor dem Körper. »Ich kann so nicht weitermachen, Andreas.«

»Genug!«, fuhr er auf.

Sie zuckte zusammen. Den Ausdruck in seinem Gesicht hatte sie nie zuvor gesehen. Sein Kiefer hatte sich verhärtet, und in seinen Augen lag eisige Kälte. Es war ihr, als blickte sie in einen dunklen Abgrund.

»Ich habe Geduld gezeigt«, sagte er. Seine Stimme war wieder ganz ruhig geworden, doch jetzt haftete dieser Ruhe ein unverkennbarer, kalter Zorn an. »Ich habe dir Zeit gegeben, um zu begreifen, dass du kein Kind mehr, sondern meine Ehefrau bist und dass du als solche deine Pflichten in diesem Haus ebenso zu erfüllen hast wie ich die meinen. Stattdessen jedoch mangelt es dir sowohl an Benehmen als auch an Respekt für deinen Gemahl. Du bist pflichtvergessen, albern und anmaßend, mir und meinen Gästen gegenüber!«

Lotte rang nach Luft. Tränen der Wut schossen ihr in die Augen. Sie hatte nicht geglaubt, dass ihr Gemahl so kalt sein konnte. Und bis zu diesem Moment hatte sie den unangenehmen Gedanken verdrängt, dass ihre Persönlichkeit für ihn nichts weiter war als ein Ärgernis, dem es beizukommen galt.

»Erwartest du, dass ich mich selbst verleugne, indem ich versuche, deinen Wünschen zu entsprechen?«, stieß sie hervor.

»Ich erwarte Gehorsam von dir!«, polterte er.

Sie hielt die Tränen eisern zurück. Stattdessen gab sie ihrer Stimme so viel Kraft, wie sie es in diesem Moment vermochte. »Ich habe dir nie Gehorsam versprochen.«

»Das hättest du aber tun sollen! Weil es nun einmal so vorgesehen ist! Du kannst nicht einfach die Regeln brechen, die für dich gelten! In so einer Welt leben wir nicht, und ich akzeptiere es nicht!«

»So wie bei Luise?« Die Worte waren aus ihrem Mund, bevor sie darüber nachdenken konnte. »Hast du es bei ihr auch nicht akzeptiert, wenn sie anders war, als du sie haben wolltest?«

»Wage es nicht!« Er schrie jetzt. Und Lotte musste sich zusammennehmen, um nicht vor dieser geballten Wut zurückzuweichen. »Wage es nicht, über sie zu reden! Ich will nicht einmal ihren Namen aus deinem Mund hören!«

Lotte schluckte. »Du wolltest mich so haben, wie sie war, als du sie geheiratet hast. Habe ich nicht recht?«

Er schnaufte, antwortete jedoch nicht. Hinter seiner Wut sah sie die tiefe Trauer und die Verzweiflung, und das machte alles noch schlimmer. Es wäre einfacher gewesen, zornig auf ihn zu sein, wenn sie seinen Schmerz nicht am eigenen Körper hätte spüren können. Jeder Winkel in diesem Haus sprach davon.

Sie schloss kurz die Augen. »Sag mir, dass Brianna nicht ihr Pferd war.«

»Nicht das, mit dem sie gestürzt ist«, erwiderte er nach langem Schweigen. »Ich weiß nicht, wieso sie gerade an diesem Tag darauf bestanden hat, auf einer kaum zugerittenen

Stute auszureiten. Aber ich habe es ihr durchgehen lassen, und das werde ich ewig bereuen.«

Mit aller Kraft drängte Lotte die Tränen zurück. Diese Ehe war eine Farce, dieser Mann vollkommen gebrochen. Hatte er am Ende selbst dafür gesorgt, dass Wolke verkauft wurde? Aber es spielte wohl kaum eine Rolle, wer die Idee gehabt hatte. Sowohl ihre Eltern als auch ihr Gemahl hatten sie belogen und ihr das Wertvollste genommen, was sie je besessen hatte. Selbst wenn Andreas mit dem Verkauf nichts zu tun gehabt hatte, hatte er sie belogen, um sie zu der Frau zu formen, die er gern haben wollte. Und das konnte sie ihm unmöglich verzeihen. Nicht in diesem Moment, vielleicht niemals.

»Ich bin nicht sie«, sagte sie schließlich mit erstickter Stimme. »Ich bin nicht sie, und ich werde nie wie sie sein. Ich bin nicht still. Ich male nicht. Ich reite gern wie der Wind. Dabei wollte ich es wirklich versuchen, ich wollte mehr so sein, wie du mich haben willst und wie ich wohl sein muss, um eine gute Ehefrau zu sein. Es tut mir entsetzlich leid, dass du sie verloren hast, und es tut mir leid, dass du dir mehr von mir versprochen hast. Aber ich kann mich nicht in eine Person verwandeln, die ich nicht bin und die ich nicht sein will. Und du kannst mich nicht dazu machen.«

Sie sahen sich noch einen Moment lang in die Augen. Er atmete schwer, und auch sie fühlte sich ausgelaugt von ihrem Streit und von den vielen Tränen, die sie an diesem Abend geweint hatte.

»Ich glaube nicht, dass ich diese Ehe führen kann«, flüsterte sie. Allein der Gedanke, so weiterzumachen wie bisher, drehte ihr den Magen um. Und zugleich erdrückte sie das Wissen, dass sie nicht zurückkonnte. Wo sollte sie hin? Wer sollte sie sein? Für eine geschiedene Frau gab es nichts als Ächtung.

»Sei nicht albern«, erwiderte Andreas. »Du kannst und du wirst. Du bist jetzt emotional, aber das wird sich legen.«

Sie hielt seinem Blick stand, hob das Kinn noch ein wenig höher. »Das denke ich nicht.«

Er machte einen Schritt auf sie zu, so abrupt, dass sie zusammenzuckte. »Ich werde nicht dulden, dass du dich weiterhin wie eine Wilde gebärdest«, erklärte er. Dieses Mal lag eine unverhohlene Drohung in seiner Stimme. »Du wirst mir, meinem Namen und dieser Ehe keinen Schaden zufügen, hast du mich verstanden? Ich bin der Hausherr, und du wirst deine Pflicht als meine Ehefrau tun. Du wirst tun, was ich dir sage.«

Sie schüttelte den Kopf. Obwohl die kalte Wut in seinen Augen ihr einen Schrecken einjagte, weigerte sie sich, klein beizugeben.

»Ich werde dir die Gelegenheit geben, dich darauf zu besinnen, was deine Rolle in diesem Haushalt ist«, fuhr der Graf schließlich fort. Seine Stimme klang so eisig, dass es ihr einen Schauer über den Rücken trieb. »Ich habe einige Geschäfte in der Hauptstadt zu erledigen und werde für ein paar Wochen fort sein. Wenn ich zurückkehre, erwarte ich, eine brave Ehefrau vorzufinden.«

Lotte erwiderte seinen Blick noch eine Sekunde lang, wissend, dass dieser Kampf noch nicht ausgefochten war. »Entschuldige mich bitte« sagte sie schließlich leise. Dann verließ sie die Bibliothek, durchschritt die Eingangshalle, in der sie die Musik aus dem Ballsaal hörte, und verließ das Herrenhaus.

Niemand hielt sie zurück, und mit jedem Schritt, den sie zurücklegte, wuchs ihre Entschlossenheit.

Als sie die Pferdeställe erreichte, schallte Gelächter zu ihr herüber. Im Schein einer Laterne standen einige Hofarbeiter beisammen, tranken Bier und unterhielten sich ausgelassen. Unter ihnen war auch Johann. Es überraschte Lotte nicht zu sehen, dass er der Ruhigste unter den Männern war und zugleich die meiste Autorität ausstrahlte. Seine Wangen waren gerötet, und seine Augen funkelten im Licht der Laterne, als er zu ihr herübersah.

Einen Moment lang schauten sie einander an. Dann wandte Lotte sich ab und blickte über die Pferdekoppeln bis zum See, der im Licht des Mondes schimmerte. In jeder Faser ihres Körpers hallte die Gewissheit nach, dass sich ihr Leben auf Gut Rosenthal nun verändern würde.

Kapitel 9

Eines Morgens, einige Wochen nach der Abreise des Grafen, schreckte Lotte ein lautes Wiehern aus dem Schlaf. Es war noch dunkel, und draußen prasselten dicke Regentropfen gegen die Fensterscheiben. Einen Moment lang lauschte sie mit angehaltenem Atem, dann erklang das Wiehern erneut. Sie sprang aus dem Bett und schlüpfte in ein einfaches Hauskleid, bevor sie die geschwungene Freitreppe hinuntereilte, die in die Eingangshalle führte.

Der Hausdiener war schon an der Tür.

»Es hat sich doch kein Besucher angekündigt, nicht wahr, Herr Walters?«, fragte Lotte.

»Nein, gnädige Frau«, sagte dieser und verbeugte sich. »Wenn gnädige Frau einen Moment warten möchten ...«

Aber da war sie schon an ihm vorbei und aus der Tür.

Draußen war es kühl, und in der Luft hing der Geruch nach Regen. Die Sonne war noch nicht aufgegangen, doch die Dämmerung zog schon über der Chaussee herauf, die zum Herrenhaus führte.

Brutus, Andreas' Deutsche Dogge, lief aufgeregt und mit hängender Zunge vor der Freitreppe auf und ab. »Brutus, du sollst doch bellen!«, rief Lotte, während sie die Treppe hinuntersprang. Der Hund antwortete mit einem Winseln und drückte sich gegen Lottes Röcke. Andreas beschwerte sich ständig darüber, dass dieser Hund zwar einschüchternd aussah, sich jedoch wie ein Schoßhündchen gebärdete.

Mit klopfendem Herzen blickte Lotte sich um. Nichts zu sehen. Dämmerlicht, strömender Regen, frühherbstliche Kälte, die in der morgendlichen Luft hing. Aber kein unangekündigter Besucher, der auf seinem Pferd heransprengte. Hatte sie sich das Wiehern am Ende nur eingebildet?

Da hörte sie das Trommeln von Hufen durch das Prasseln des Regens hindurch. Wieder erklang das Wiehern, das Lotte zuvor aus dem Schlaf gerissen hatte, und jetzt erblickte sie auch seinen Ursprung: Ein reiterloses Pferd galoppierte die von Kastanien flankierte Chaussee entlang und auf das Herrenhaus zu.

Bevor Lotte sich überlegen konnte, was sie nun tun sollte, eilte bereits Johann aus Richtung der Ställe heran. Einer seiner Hosenträger war ihm über die Schulter gerutscht, und aus seinem zerzausten blonden Haar tropfte ihm der Regen aufs Gesicht. Trotz seiner derangierten Erscheinung wirkte er so kontrolliert wie immer.

»Bleiben Sie bitte dort, gnädige Frau«, sagte er in Lottes Richtung, bevor er sich der Stute zuwandte. Erst jetzt erkannte Lotte das Tier. Es war Feline, die wilde Vollblutstute, die sich nur von Johann hatte reiten lassen und die schon vor Monaten an den Oberstleutnant von Answeiler verkauft worden war. Das Gut der Answeilers lag nur etwa dreißig Kilometer von Gut Rosenthal entfernt.

Lotte beobachtete mit klopfendem Herzen, wie Johann sich der scheuenden Stute näherte und behutsam auf sie einredete. Feline war gesattelt, ihr Brustkorb hob und senkte sich geräuschvoll wie ein Blasebalg. Erst nach einigen Minuten konnte Johann sie so weit beruhigen, dass sie sich von ihm am Zügel fassen ließ.

Als Lotte sicher war, dass es dem Stallmeister gelungen war, die Stute zu bändigen, kam sie selbst heran, ganz langsam und darum bemüht, immer in Felines Sichtfeld zu bleiben.

Nur das schwache Licht der Morgendämmerung umspielte ihre Gestalten und beleuchtete die feucht glänzenden Spuren auf Felines Flanken. Lotte kniff die Augen zusammen. Das sah nicht aus wie Regen. »Johann!« Sie schlug sich eine Hand vor den Mund. »Sie blutet!«

Er schien es im gleichen Moment bemerkt zu haben. Seine Miene verdunkelte sich, während er den Blick über die blutigen Spuren wandern ließ, mit denen die Flanken der Stute übersät waren.

»Wir müssen sie in den Stall bringen«, sagte Lotte entschieden. »Da können wir eine Laterne entzünden.« Ihr war flau geworden, aber sie bemühte sich, es sich nicht anmerken zu lassen. Jetzt war nur wichtig, dass sie die Stute versorgten.

Sie wartete das knappe Nicken des Stallmeisters nicht ab, sondern eilte zu den Ställen, wo Hans und Lukas, der andere Stallbursche, schon die Boxen ausmisteten und einstreuten.

»Guten Morgen, gnädige Frau!«, rief Hans und dienerte ungeschickt. »Was hat's denn mit dem Lärm auf sich?«

Lotte berichtete in knappen Worten, was geschehen war. »Geschwind, Hans, wir brauchen eine saubere Box, und die muss gut ausgeleuchtet sein.«

Das ließ der Bursche sich nicht zweimal sagen.

Lotte wies Lukas an, in die Küche zu laufen und bei Mamsell warmes Wasser und Scharpie zu bestellen. Diese wollte sie für die Behandlung der Wunden verwenden.

Als der Bursche fort war und Lotte und Hans sich daranmachten, eine Box im hinteren Bereich des Stalls herzurichten, führte Johann auch schon Feline herein. Der Anblick der verängstigten Stute schnitt Lotte ins Herz. Aus den Augenwinkeln beobachtete sie, wie Johann sie abhalfterte und ihr dabei fortwährend gut zuredete. Er hatte eine angenehme Stimme, deren Klang auch Lotte ein wenig beruhigte.

Schließlich führte er Feline in die Box, in der sie bereits frisches Wasser und Heu erwartete. Allerdings scheute sie, sobald Johann Anstalten machte, ihre Wunden zu untersuchen. Daher streichelte er weiter ihre Stirn und sprach leise zu ihr, während Hans und Lotte sich im Licht der Laterne die Wunden an Felines Flanken ansahen.

»Die stammen ja von einer Gerte!«, rief Hans aus. »Sehen Sie sich nur an, wie dieser Unmensch zugeschlagen haben muss, gnädige Frau!«

Das hatte er allerdings. Die Striemen waren zahlreich und glänzten feucht von Blut und Wundnässe. Augenblicklich überkam Lotte ein glühender Zorn auf den Reiter, der dieses prächtige und empfindsame Tier so misshandelt hatte. Sie blickte auf und begegnete Johanns Blick. Zum ersten Mal seit sie ihn kannte, sah er so wütend aus, als wollte er auf etwas – oder jemanden – einschlagen. Plötzlich fühlte sie sich ihm eigenartig nah. Und als seine Miene kaum merklich weicher wurde, wurde ihr bewusst, dass es ihm ebenso erging.

Rasch wandte sie sich ab, gerade rechtzeitig, um Lukas zu danken, der in diesem Moment Wasser und ausgekochte Scharpie von Mamsell brachte.

Die nächsten Minuten verbrachten sie damit, Felines Wunden behutsam zu säubern. Die Stute zuckte bei jeder Berührung zurück, und es brauchte die ganze Zeit den Klang von Johanns Stimme und sein beruhigendes Streicheln, um zu verhindern, dass das schreckhafte Pferd ihnen durchging.

Irgendwann kam die energische Karla, eines der Küchenmädchen, in den Stall geeilt, um ihnen ein Fässchen mit einem streng riechenden Gemisch aus Honig und Lebertran zu bringen, das Mamsell für sie angerührt hatte. Damit sollten die Wunden der Stute bestrichen werden, erklärte Karla. Außerdem hatte sie herrlich duftenden Pflaumenkuchen mitgebracht. »Zur Stärkung«, sagte sie. »Mit Grüßen von Mamsell. Der Hans soll aber nicht alles allein essen, sonst setzt es was mit dem Kochlöffel. Und es soll sich ja keiner dran gewöhnen, dass es morgens Kuchen gibt.«

Lotte blickte dem Mädchen erstaunt hinterher, als es aus dem Stall eilte. Mamsell Brieger war eine einschüchternde

Person, doch immer wieder hatte Lotte das Gefühl, dass sich hinter ihrer Verschlossenheit in Wahrheit ein großes Herz verbarg.

Nachdem die Burschen den Kuchen verspeist hatten, scheuchte Johann sie wieder an ihr Tagewerk. Nur Lotte und er blieben in Felines Box zurück, um die Stute weiter zu versorgen.

»Sie ist weggelaufen, nicht wahr?«, fragte Lotte, während sie behutsam das Gemisch aus Lebertran und Honig auf die Wunden auftrug.

Johann warf ihr einen nicht zu deutenden Blick zu. »Es sieht danach aus, gnädige Frau. Ihre Wunden werden hoffentlich oberflächlich verheilt sein, wenn der Oberstleutnant von Answeiler sie hier sucht. Er wird sich wohl denken können, wohin sie gelaufen ist.«

Lotte fuhr auf. »Dieser Unmensch wird sie sicher nicht wieder mitnehmen! Wie können Sie so etwas überhaupt in Erwägung ziehen?«

»Er hat Feline gekauft«, erwiderte Johann, augenscheinlich vollkommen ungerührt von ihrem Ausbruch. »Er hat jedes Recht, sie zurückzufordern.«

Seine Gelassenheit war nicht dazu angetan, Lotte zu beruhigen. Stattdessen kochte nun die Wut in ihr hoch. »Sehen Sie doch nur, wie er sie zugerichtet hat! Ich werde nicht erlauben, dass er sie mitnimmt!«

Nun wurde sein Blick eindringlich, und als er sprach, klang seine Stimme ungehalten, fast schon ärgerlich. »Gnädige Frau, ich habe den Oberstleutnant von Answeiler bei einigen Gelegenheiten erlebt. Er ist kein Zeitgenosse, der Scherze mit sich treiben lässt.«

Lotte funkelte ihn aufgebracht an. »Ich sagte, ich werde es nicht erlauben!« Sie konnte nicht glauben, was sie da hörte! Sie hatte doch seinen schmerzerfüllten, wütenden Blick ganz genau gesehen! Und nun war es, als wäre das Leid der Stute, über deren Verlust er so untröstlich gewesen war wie sie über Wolkes, ihm vollkommen egal.

Johann stieß einen frustrierten Laut aus. »Sie können diesem Mann nicht sein Pferd vorenthalten, ganz gleich, wie sehr er es zuschanden geritten hat. Er ist kein Herr der feinen Gesellschaft, gnädige Frau, auch wenn er der Sohn eines Grafen ist. Der Oberstleutnant von Answeiler ist übelstes Gesindel, überall für seine Schießwütigkeit bekannt. Jedermann weiß, dass der gnädige Herr auf Reisen ist und dass Sie schutzlos auf dem Gut zurückgeblieben sind!«

»Schutzlos?«, stieß sie hervor.

»Ja.« Er schien nicht gewillt, auch nur einen Fingerbreit zurückzuweichen. Stattdessen betrachtete er sie jetzt so eindringlich, dass es ihr durch Mark und Bein ging. Das Licht der Laterne fing sich in seinen Augen und ließ sie noch aufgebrachter, noch leidenschaftlicher wirken. Sie hielt den Atem an, als sie bemerkte, wie nah sie sich gekommen waren. Und sogar Feline hielt ganz still und lauschte mit aufgestellten Ohren, so als wäre auch sie neugierig, wie dieses Gespräch endete.

»Wenn mein Gemahl Sie angewiesen hat …«, begann Lotte mühsam beherrscht.

Doch da unterbrach er sie schon, viel schroffer, als sie es von ihm gewohnt war. »Ich brauche keine Anweisungen, um dafür Sorge tragen zu wollen, dass Sie nicht zu Schaden kommen, gnädige Frau.«

Sie erwiderte seinen Blick mit der gleichen Unnachgiebigkeit. »Ich werde nicht erlauben, dass dieser Mensch je wieder einem Pferd von Gut Rosenthal zu nahe kommt. Und ich erwarte, dass Sie meinen Anweisungen folgen.«

Sein Kiefer verhärtete sich. Noch ein, zwei Sekunden lang sahen sie einander in die Augen, gleichermaßen wütend und stur. Sie bemerkte, dass er schluckte, während sein Blick über ihr Gesicht wanderte. Irgendwann schaute er zur Seite und räusperte sich. »Ich werde keine Anweisungen befolgen, die Sie in Gefahr bringen, gnädige Frau.«

Sie war unendlich zornig auf ihn. Nicht nur wegen seiner Weigerung, Feline ihrem herzlosen Besitzer vorzuenthalten, sondern vor allem wegen des Ausdrucks in seinen Augen. Seine offenkundige Sorge um ihr Wohlergehen jagte ihr Angst ein, und sie wusste nicht einmal, warum. Sie wusste nur, dass er damit aufhören musste.

»Wir brauchen noch mehr Scharpie«, sagte sie schließlich leise. Felines Schicksal ließ sie an Wolke denken. Daran, dass diese vielleicht ebenfalls von ihrem neuen Besitzer misshandelt wurde. Sie holte tief Luft. »Ich werde zu Mamsell gehen und welche holen.«

»Schicken Sie einen Stallburschen«, erwiderte Johann. »Es regnet.«

»Ihre Beobachtungsgabe ist beeindruckend«, murmelte sie. Die Worte kamen nicht so spöttisch heraus, wie sie beabsichtigt hatte, sondern vielmehr als ersticktes Flüstern. Sie wandte sich abrupt ab und floh förmlich aus dem Stall.

»Es ist eine Schande«, brummte Mamsell Brieger, während sie weitere Leinenreste auskochte, die sie dann als Verband für die Wunden der Stute verwenden würden.

Lotte saß in der Küche und aß Rührei von einem Teller, den Karla ihr zurechtgemacht hatte, nachdem die junge Gutsherrin sich sehr zum Verdruss von Mamsell geweigert hatte, ihr Frühstück wie üblich im Speisezimmer einzunehmen.

»Und was, wenn der Answeiler irgendwo verletzt im Gebüsch liegt?«, fragte irgendwann Karla. Das Küchenmädchen spülte das Geschirr, wobei ihr immer wieder die Haube verrutschte, weil sie ständig neugierige Blicke zu Lotte herüberwarf. Im Gegensatz zu den anderen Dienstmädchen scheute sie sich nicht, das Wort direkt an die Hausherrin zu richten – obwohl sie dafür immer wieder ordentlich Schelte von Mam-

sell erhielt. Ganz anders die schüchterne Nele, die soeben heißen Hagebuttentee für alle Bewohner des Gutes kochte.

Es war binnen weniger Tage Herbst geworden. Immerzu
regnete es, und es fegte kalter Wind von Nordosten her über
das Land.

»Hätt's verdient, der Lump«, brummte Mamsell, die nun
fertig mit dem Auskochen der Leinenstücke war und sie zum
Trocknen über dem Ofen aufhängte.

»Ich werde einige Hofarbeiter losschicken, wenn es nicht
mehr so sehr regnet«, erklärte Lotte. Wenn der Oberstleutnant von Answeiler wirklich irgendwo abgeworfen im Ge-
strüpp lag, würde er sich noch etwas gedulden müssen, denn
draußen schüttete es nach wie vor wie aus Kübeln. Sie würde
sicher nicht das Risiko eingehen, dass die Bewohner von Gut
Rosenthal sich wegen dieses Pferdeschinders im strömenden
Regen erkälteten. Hilde, die Köchin des Gutes, lag schon seit
zwei Tagen mit einer schweren Erkältung im Bett.

»Kennen Sie den Oberstleutnant von Answeiler?«, fragte
Lotte an Mamsell gewandt. Diese machte soeben einen Korb
mit Brot und Käse und eine mit heißem Tee gefüllte Kanne
für die Stallarbeiter zurecht. Durch die Aufregung am Morgen
war auf dem Hof viel Arbeit liegen geblieben, und sie würden
es wohl nicht wie sonst zum Mittagessen in die Leutestube
schaffen.

Mamsell Brieger blickte mit gerunzelter Stirn von ihrer
Arbeit auf. Durch ihr schmales Gesicht zogen sich tiefe Falten,
und ihre grauen Augen zeigten stets einen entschlossenen
Ausdruck. Müßiggang gab es unter dem strengen Regiment
der Mamsell nicht, aber Lotte hatte dennoch den Eindruck gewonnen, dass alle Bediensteten von Gut Rosenthal sie sehr
schätzten.

»Ich hab ihn einmal erlebt, gnädige Frau«, antwortete
Mamsell, nachdem sie Lotte einen Moment lang mit undurch-
dringlicher Miene gemustert hatte, ganz so, als versuchte sie

zu ergründen, was sie in ihrer Gegenwart sagen konnte. »Das war hier auf Gut Rosenthal. Und man hört so einiges. Ein schlimmer Mensch ist das.«

Das klang ganz nach dem, was Johann berichtet hatte. Lotte schwand der Mut. Sie war dem Oberstleutnant von Answeiler nie begegnet, doch während des Jägerballs hatte sie das ein oder andere Gerücht aufgeschnappt. Der zweitgeborene Sohn des Grafen von Answeiler war Oberstleutnant bei der Königlich Preußischen Landgendarmerie und ein rechter Trunkenbold. Auch seine Leidenschaft für das Schießen war landauf, landab bekannt.

Alles in Lotte wehrte sich gegen den Gedanken, ein wehrloses Geschöpf seinem Peiniger zu überlassen, ganz gleich, ob Mensch oder Tier. Aber vielleicht hatte der Stallmeister recht, so sehr sie mit dieser Vorstellung auch auf Kriegsfuß stand – und so sehr es sie verängstigte, dass er sich anscheinend wirklich um sie sorgte.

Sie durfte nicht nur an die Pferde denken. Das Gut und das Wohlergehen all seiner Bewohner mussten ihre höchste Priorität sein, und deshalb durfte sie auch nicht einfach eine Auseinandersetzung mit diesem Pferdeschinder vom Zaun brechen. Schließlich war der Graf von Answeiler ein mächtiger Mann, und sein Sohn offenbar einer der Zeitgenossen, denen man lieber nicht im Dunkeln im Wald begegnen wollte.

Sie blickte Mamsell fragend an. »Denken Sie, der Oberstleutnant von Answeiler ließe irgendwie mit sich reden?«

»Darüber, wie er mit der Stute umgehen soll?«

Lotte nickte.

Mamsell schüttelte den Kopf. »Nein, gnädige Frau, das schlagen Sie sich mal aus dem Kopf. Der Lump schießt Sie eher nieder, als dass er sich was von Ihnen anhört. Er hat was gegen Frauen, die den Mund aufmachen, und über Sie gibt es schon eine Menge Gerüchte.«

Lotte fuhr auf. »Was für Gerüchte, Mamsell?«

Die Angesprochene presste die Lippen aufeinander, während sie den nun gut gefüllten Korb mit einem Tuch abdeckte, um seinen Inhalt vor dem Regen zu schützen. »Es ist nicht so wichtig, gnädige Frau«, sagte sie schließlich.

»Es ist mir wichtig«, gab Lotte zurück. »Erzählen Sie es mir. Ich bin deshalb nicht böse auf Sie.« Auf Mamsell Brieger war sie wirklich nicht ärgerlich – aber dass die Leute hinter ihrem Rücken über sie tuschelten, löste in ihr einmal mehr dieses demütigende Gefühl aus, jemand zu sein, der einfach nicht so sein konnte, wie alle anderen es von ihm erwarteten. Sie wusste, dass es an ihr lag, doch das machte es nicht besser. Ganz im Gegenteil.

Mamsell Brieger richtete sich mit einem geräuschvollen Ausatmen auf. Sie schien sich darüber zu ärgern, dass sie überhaupt so viel gesagt hatte. In knappen Worten berichtete sie der jungen Gräfin von Gut Rosenthal, was man sich im Dorf hinter vorgehaltener Hand über sie erzählte.

Als Mamsell geendet hatte, straffte Lotte die Schultern und drängte die Tränen zurück. Dass es nach dem Jägerball, den sie so fluchtartig verlassen hatte, Gerede geben würde, hatte sie erwartet. Sicher war ihre hitzige Auseinandersetzung mit Andreas bis in den Bankettsaal zu hören gewesen. Doch das, was sich die Leute nun über die Gräfin von Eichberg erzählten, überstieg ihre schlimmsten Vorstellungen. Sie sei ein Wildfang ohne Manieren, noch ein halbes Kind, der Graf habe seine Frau nicht im Griff, und eigentlich sei der arme Mann ja zu bemitleiden, weil er sich ein hübsches, unnützes Ding aufs Gut geholt hatte.

»Wir denken das nicht, gnädige Frau«, ließ sich Karla nach einigen Sekunden der Stille von der Spüle her vernehmen. Auch Nele nickte schüchtern.

Mamsell streckte zögerlich die Hand aus und berührte Lotte am Ellenbogen. Diese jedoch schüttelte abwehrend den Kopf und griff nach dem Korb. »Danke, Mamsell. Und Karla und Nele natürlich. Ich werde … Ich werde jetzt im Stall nach dem Rechten sehen.«

Mit diesen Worten verließ sie die Küche und machte sich auf den Weg zu den Stallungen. Über dem Gut hingen dunkle Wolken, und der Regen prasselte unablässig auf den Hof herab und durchweichte die Erde. Obwohl es noch lange nicht Abend war, war es dunkel. Kein Sonnenstrahl durchdrang die Wolkendecke.

Lotte zog sich das wollene Schultertuch eng um den Körper. Als Kind hatte sie sich vor dem Herbst gefürchtet. Vor den schweren Gewittern und Stürmen und der Dunkelheit. Der Herbst war wild und schnippisch und scherte sich nur um seine eigenen Regeln.

Mit einer ärgerlichen Bewegung wischte sie sich über die Augen. Es sollte sie nicht kümmern, was die Leute über sie sagten. Aber so sehr sie sich einzureden versuchte, dass es ihr gleichgültig war – es tat weh.

Im Stall brannten die Laternen, und alle Boxen waren belegt. Lukas und Hans hatten schon am vergangenen Abend, als es zu regnen angefangen hatte, alle Pferde von der Koppel geholt. Lotte nahm sich einen Moment, um Brianna Guten Tag zu sagen und der gutmütigen Fuchsstute einen Apfel zuzustecken, bevor sie ging, um nach Feline zu sehen.

Sie fand die Stute liegend in ihrer Box vor. Johann war bei ihr und kraulte sie anscheinend gedankenverloren zwischen den Ohren. Als Lotte herankam, blickte er auf.

»Ich kann jetzt eine Weile bei ihr sein«, sagte sie leise.

Er deutete ein Kopfschütteln an. »Danke für das Angebot, gnädige Frau. Aber ich bleibe wohl besser noch etwas hier. Als ich vorhin auf dem Hof nach dem Rechten sehen wollte, wurde sie panisch, kaum dass ich zur Tür hinaus war. Ich bin froh, dass Hans so selbstständig arbeitet. Aber …« Er schien zu zögern, sah sie fragend an. »Aber wir würden uns über Gesellschaft freuen.«

Zögerlich betrat Lotte die Box. Sie reichte dem Stallmeister Brot und Käse aus dem Weidenkorb und goss ihm einen Becher Tee ein, bevor sie Lukas herbeirief. Sie gab ihm den Korb und ermahnte ihn, das restliche Essen gerecht zwischen sich und Hans aufzuteilen.

Als der Stallbursche gegangen war, ließ sie sich neben Feline im Stroh nieder und kraulte sie sanft am Schopf. Die Stute begann, an ihrem Rock zu zupfen. Lotte lächelte und förderte einen weiteren Apfel zutage. Feline reckte sofort den Hals nach der süßen Leckerei.

Lottes Blick begegnete dem des Stallmeisters, und das, was sie in seinen Augen fand, ließ ihr den Atem stocken. Seine Miene war unendlich weich geworden, während er sie betrachtete. Einige Sekunden lang sahen sie sich an, schweigend und vollkommen reglos.

Im nächsten Moment schon schaute sie hastig in eine andere Richtung. Für eine Weile waren nur ihr beider Atem und das Schnauben der Pferde in den Boxen zu hören.

»Ich habe über das nachgedacht, was Sie gesagt haben«, begann Lotte irgendwann zögerlich.

»Das habe ich auch.«

Erst jetzt wagte sie, wieder in seine Richtung zu sehen. Er saß unter der Stalllaterne, die Hans vorhin über der Box angebracht hatte, den Rücken gegen die Wand gelehnt, in einer Hand den dampfenden Becher Hagebuttentee. Das Licht der Laterne schimmerte in seinem Haar und ließ seine Augen noch intensiver leuchten, als sie es ohnehin schon taten. Und er sah sie an. Als könnte er nicht damit aufhören.

Sie wusste nicht, warum ihr der nachdenkliche, fast schon liebevolle Ausdruck in seinen Augen so zusetzte. Aber so war es. Jede Faser ihres Körpers reagierte auf die Art, wie er sie anschaute, und das erschreckte sie.

»Sie hatten recht«, wagte sie sich schließlich vor. »Mit allem, was Sie vorhin gesagt haben. Nun, außer damit, dass ich schutzlos bin.« Sie reckte das Kinn in seine Richtung, und er antwortete auf ihren herausfordernden Blick mit einem Lächeln. »Immerhin bin ich eine passable Schützin.«

Ein verschmitztes Funkeln trat in seine Augen. »Drohen Sie mir etwa, gnädige Frau?«

Sie verlieh ihrem Gesicht den furchterregendsten Ausdruck, den sie zustande brachte. »Und wenn es so wäre? Hätten Sie dann Angst vor mir?«

Die Grübchen an seinen Wangen vertieften sich, der neckende Ausdruck in seinen Augen wurde intensiver. »Nein. Ich nehme es liebend gern mit Ihnen auf, gnädige Frau.«

Ihr stieg die Hitze ins Gesicht. Was taten sie hier? Er sollte sie nicht so ansehen. Sie sollte ihn nicht so ansehen. Seine Blicke sollten sich nicht wie Berührungen anfühlen, und ihr Körper durfte nicht allein auf den weichen Klang seiner Stimme reagieren. Sie krallte die Fingernägel in die Handfläche und wandte ihre Aufmerksamkeit wieder Feline zu. Er tat es ihr nach.

»Eigentlich wollte ich Ihnen das Gleiche sagen wie Sie mir«, meinte er auf einmal. »Sie hatten recht. Ich will nicht, dass dieser Mensch Feline zurückholt.« Gedankenverloren streichelte er die weiße Blesse auf der Stirn der Stute.

Lotte schloss kurz die Augen. Sie dachte an Wolke. Mit aller Kraft betete sie darum, dass ihre Stute gut behandelt wurde.

»Gnädige Frau?«, fragte Johann behutsam.

Sie holte tief Luft. Warum nur fühlte sie sich so verletzlich in seiner Nähe? Wie ein Igel ohne Stacheln. Es brauchte bloß ein Wort von ihm, einen einzigen Blick, und all ihre Gefühle drängten an die Oberfläche. Diese Vertrautheit war trügerisch und gefährlich, und Lotte verstand es nicht einmal. Schließlich ärgerte sie sich ständig über ihn! Sie ärgerte sich über seinen herausfordernden Blick, seine Starrköpfigkeit, einfach … über alles! Und trotzdem fühlte sie sich ihm so nah, dass sie ihm jetzt anvertraute, was sie seit Wochen quälte. »Meine Eltern haben meine Stute verkauft. Schon kurz nach der Hochzeit. Ich habe es erst kürzlich erfahren.«

»Die Stute, mit der Sie auf dem Breskower Hügel waren?«

Es war das erste Mal, seit sie auf Gut Rosenthal war, dass er ihre erste Begegnung an diesem rauen Tag im späten Frühling erwähnte.

»Ja«, antwortete sie leise. Jetzt sah sie ihn doch an. Seine Miene war konzentriert, der Ausdruck in seinen Augen ernst. »Ihr Name ist Wolke.«

Ein Lächeln breitete sich auf seinem Gesicht aus. »Wegen der Flecken.«

Lottes Herz machte einen Satz. Es tat weh, an all die Dinge zu denken, die sie niemals wiederbekommen würde, und trotzdem war ihr, als fiele ein Gewicht von ihr, während sie mit Johann darüber sprach. Ausgerechnet mit ihm! Ihre Kehle war wie zugeschnürt, und Lotte traute ihrer Stimme nicht länger, deshalb nickte sie nur.

»Das tut mir sehr leid«, sagte er nach einigen stillen Sekunden. In seinen Augen sah sie, dass er jedes Wort ernst meinte.

»Und was machen wir jetzt?«, flüsterte Lotte irgendwann.

Er schluckte hörbar und lehnte den Kopf gegen die Wand. »Ich weiß es nicht.«

Kapitel 10

Mitten in der Nacht riss sie ein Bellen aus dem Schlaf, gefolgt von lautem Gepolter. Lotte schreckte zusammen und fuhr hoch. Es war dunkel um sie herum, und sie brauchte einen Moment, um sich zu orientieren. Sie war wohl im Stall eingeschlafen, denn ihr stach das Stroh durch die Kleidung. Die Laterne brannte noch, aber außerhalb ihres Lichtes war alles dunkel. Die Pferde, die durch den Lärm wach geworden waren, schnaubten leise, und auch Feline zuckte aufmerksam mit den Ohren.

Johann war bereits aufgesprungen.

Sie tauschten einen unruhigen Blick, dann hob Johann eine Hand, um der jungen Gutsherrin zu bedeuten, in der Box zu bleiben.

Lotte dachte allerdings gar nicht daran. Sie war die Hausherrin, und so war es auch ihre Aufgabe, dem Gepolter nachzugehen, das die nächtliche Ruhe störte. Sie sprang auf und eilte Johann hinterher.

Kaum, dass sie die Box verlassen hatte, flog die Stalltür auf, und ein großer, schwerer Mann kam hereingestürmt. Der Eindringling hatte blondes Haar, wässrig blaue Augen und ein aufgeschwemmtes Gesicht. Er trug die grüne Uniform der Königlich Preußischen Landgendarmerie, sah jedoch reichlich derangiert aus. Das strähnige Haar stand ihm in allen Richtungen vom Kopf ab, und seine Augen und seine Nase waren gerötet.

»Ich weiß genau, dass das verdammte Biest hier ist!«, rief er, während er sich mit wildem Blick im Stall umsah.

Johann stellte sich dem eindeutig betrunkenen Eindringling in den Weg, äußerlich vollkommen unbeeindruckt von dem Fremden, der sich gebärdete wie ein wütender Stier. Der Stallmeister stand dem nächtlichen Störenfried in Größe und Statur um nichts nach, aber in Lottes Magengegend machte sich dennoch ein ängstliches Flattern breit.

»Mach Platz, Bursche!«, donnerte der ungebetene Gast und gab Johann einen Stoß vor die Brust. Der Stallmeister wich weder zurück noch machte er Anstalten, sich zu verteidigen, doch Lotte sah, wie sich sein Kiefer verhärtete. Da begriff sie, wen sie hier vor sich hatte.

»Herr Oberstleutnant von Answeiler.« Sie ging dazwischen, bevor der unwillkommene Besucher erneut auf Johann losgehen konnte. »Ich bitte darum zu erfahren, was Sie zu so später Stunde nach Gut Rosenthal führt.«

»Was willst du, Weib?«, schnauzte er sie an.

Bevor Johann auffahren konnte, richtete Lotte sich zu ihrer vollen Größe auf und bedachte den feisten Kerl mit einem eisigen Blick. »Herr Oberstleutnant, Sie sprechen mit der Gräfin von Eichberg und sollten sich entsprechend gebärden. Und nun verlange ich, von Ihnen zu erfahren, was Sie um diese nachtschlafende Zeit auf meinem Grund und Boden zu suchen haben!«

»Gräfin, soso«, brummte er und musterte sie einmal abschätzig von oben bis unten. »Siehst nicht aus wie 'ne Gräfin.«

Lotte wurde bewusst, dass sie nur ein altes Hauskleid und ein einfaches Schultertuch aus Wolle trug. Das Haar hatte sie nachlässig zu einem Knoten im Nacken gebunden. Ihre dunklen Locken hatten sich halb aus der Frisur gelöst und hingen ihr nun wirr ins Gesicht. Außerdem war ihr Kleid fleckig, und hier und da haftete ein Strohhalm an dem dunklen Stoff. Wahrscheinlich sah sie aus wie eine Stallmagd.

Der Oberstleutnant von Answeiler verzog den Mund zu einem Grinsen. »Hab schon gehört, dass die Frau vom Eichberg 'n bisschen wild ist«, sagte er, und Lotte hörte, dass er lallte. »Aber dass sie gleich mit den Knechten im Heu schläft …«

»Hüten Sie Ihre Zunge«, erwiderte Johann scharf. Er hatte sich nicht vom Fleck bewegt, doch in seiner Stimme schwang Zorn mit.

Wieder versetzte der Oberstleutnant von Answeiler dem Stallmeister einen Stoß vor die Brust, dieses Mal kräftig genug, um diesen einen Schritt zurückstolpern zu lassen. »Wo ist mein gottverfluchtes Pferd?«, polterte er. »Ich weiß, dass der Gaul hier ist!«

Erst in diesem Moment bemerkte Lotte, dass er eine Reitgerte in der Hand hielt. Seine Kleidung war nass und dreckig, wie nach einem Sturz, und einige blutige Kratzer zeichneten seine Wange. Anscheinend hatte er wirklich Bekanntschaft mit einem Dornenbusch gemacht. Was ihn wohl nicht davon abgehalten hatte, sich kräftig an dem Flachmann zu bedienen, der an seinem Gürtel hing.

Langsam legte sich der erste Schreck, und Wut stieg in Lotte hoch. Was fiel diesem Kerl ein, mitten in der Nacht hier einzudringen! Noch dazu sturzbetrunken!

Sie holte tief Luft. »Herr Oberstleutnant«, sagte sie mit fester Stimme, wobei sie versuchte, sich nicht anmerken zu lassen, wie nervös sie in Wahrheit war. »Ich verlange, dass Sie Gut Rosenthal nun verlassen. Wenn Sie Ihren Rausch ausgeschlafen haben, werde ich Sie gern zu einer weniger nachtschlafenden Zeit empfangen.«

Er machte einen schweren Schritt auf Lotte zu und hob einen Zeigefinger, während sein Gesicht sich vor Wut zu einer hässlichen Fratze verzerrte. »Ich weiß, dass der Gaul hier ist, hören Sie? Hat mich fast umgebracht.«

»Und was haben Sie gemacht?«, fuhr Lotte auf, bevor sie ihr vorschnelles Mundwerk bremsen konnte. »Es vollkommen zuschanden geritten!«

Er spuckte aus. »Der Gaul braucht eine harte Hand, genau

wie ihr Weibsbilder! Man sieht ja an Ihnen, was passiert, wenn einer seine Frau nicht im Griff hat.« Dann trat ein lauerndes Glitzern in seine Augen. »Mein Pferd ist also hier. Habe ich es doch gewusst!« Während er sprach, schwang er die Reitgerte durch die Luft. »Dem werde ich noch Manieren beibringen, das sage ich Ihnen!«

Sein Blick war so wild, dass Lotte es mit der Angst bekommen hätte, wäre sie nicht so wütend gewesen. Bevor sie dem Oberstleutnant von Answeiler jedoch entgegenschleudern konnte, was sie von ihm hielt, schob Johann sich schützend vor sie.

»Sie haben die Frau Gräfin gehört, mein Herr«, sagte er, respektvoll und entschlossen zugleich. Noch immer wirkte er äußerlich ruhig, doch seine Schultermuskulatur war angespannt, und seine Stimme hatte einen drohenden Klang angenommen, den Lotte bis zu diesem Augenblick nicht von ihm gekannt hatte.

Der Oberstleutnant stieß ein wütendes Schnaufen aus. Dann drängte er sich an Johann und Lotte vorbei und ließ den Blick über die Boxen schweifen. »Ich gehe erst, wenn ich mein Pferd habe! Wo ist die Teufelsbrut?«

Jetzt brach Lottes Zorn sich Bahn. »Was fällt Ihnen ein?«, rief sie und schob sich hinter Johanns schützender Deckung hervor. »Sie gehen jetzt besser nach Hause, Herr Oberstleutnant. Und kommen Sie ja nicht wieder, denn hier verkaufen wir Pferde nicht an Schinder wie Sie!«

Es ging so schnell, dass sie nicht ausweichen konnte. Der Oberstleutnant wirbelte herum, und im nächsten Moment durchzuckte ein scharfer Schmerz Lottes Gesicht.

Sie keuchte auf und hielt sich die Wange. Was dann geschah, nahm sie nur verschwommen wahr. Johann entwand dem für eine Sekunde stocksteif dastehenden Oberstleutnant die Reitgerte, und im gleichen Augenblick stürmten einige Hofarbeiter, die von dem Lärm anscheinend aus dem Schlaf gerissen worden waren, in den Stall, packten den Betrunkenen und schleiften ihn auf Johanns scharfe Anweisung hin nach draußen.

»Das ist Pferdediebstahl!«, brüllte der Oberstleutnant von Answeiler. »Ich werde wiederkommen, hören Sie? Ich werde wiederkommen, und wenn Sie mir mein Pferd nicht zurückgeben, dann wird das Konsequenzen für Sie und Ihr vermaledeites Gestüt haben!«

Johann wandte sich Lotte zu und fasste sie behutsam am Arm, ohne sich um das Wüten des Betrunkenen zu scheren. »Gnädige Frau? Darf ich?« Sie ließ zu, dass er ihre Hand sanft wegschob und ihr Gesicht mit besorgter Miene in Augenschein nahm.

»Und ich dachte, mein Leben als verheiratete Frau würde langweilig werden«, murmelte sie.

Seine Mundwinkel zuckten kurz, doch dann wurde er gleich wieder ernst. »Dem Himmel sei Dank, dass der Wüstling Ihr Auge verfehlt hat!«, sagte er, und einen Moment glaubte sie zu spüren, wie seine Finger an ihrem Arm auf und ab strichen.

Lottes Herz pochte noch immer ohrenbetäubend laut gegen ihren Brustkorb, und ihre Gedanken wirbelten so wild durcheinander, dass sie einfach die erste Frage stellte, die ihr in den Sinn kam. »Blute ich? Eine eindrucksvolle Kriegsverletzung wäre nämlich das einzig Gute in dieser Nacht.«

Das brachte ihn nun doch zum Schmunzeln. Er schüttelte den Kopf. »Nein, gnädige Frau, Sie bluten nicht. Dennoch sollte Mamsell sich das einmal ansehen.«

Lotte nickte benommen.

Bevor er sie aus dem Stall führen konnte, stand jedoch auf einmal der junge Stallbursche Lukas neben ihnen, im Schlepptau den ängstlich winselnden Brutus. Lotte erinnerte sich vage daran, dass der Bursche heute Nachtwache gehabt hatte. »Gnädige Frau«, begann Lukas nun auch kleinlaut, während er sich mit beiden Händen an seiner Mütze festklammerte. »Es tut mir leid, ich bin wohl eingeschlafen ...«

Johann fuhr herum und bedachte ihn mit einem so ärgerlichen Blick, dass der Junge den Kopf einzog und auf seine Stiefelspitzen blickte. »Kein Wort!«

Bevor der Stallmeister den Burschen herunterputzen konnte, berührte Lotte ihn sanft am Arm. Johann sah sie mit einem Hauch von Überraschung in den Augen an, doch sie ignorierte das Flattern in ihrem Brustkorb, das dieser Blick in ihr auslöste. Ihr waren die letzten Worte des Oberstleutnant von Answeiler wieder eingefallen. »Der Kerl wird seine Drohung wahr machen, nicht wahr?«

Johann sah sie ernst an. »Das wird er, gnädige Frau.«

Sie holte tief Luft. Obwohl sie noch immer benommen war, hatte die Begegnung mit dem betrunkenen Wüstling ihr eine neue Entschlossenheit verliehen. »Wir dürfen ihm Feline nicht zurückgeben.«

Darauf erwiderte der Stallmeister nichts. Stattdessen umfasste er ihren Arm ein wenig entschlossener, während er sie zum Herrenhaus führte.

»Den Lump dürfen wir damit nicht davonkommen lassen!«

Zustimmendes Gemurmel wurde in der Leutestube von Gut Rosenthal laut. Der wütende Ausruf war von Karla gekommen, dem Küchenmädchen, das dafür bekannt war, auch schon einmal kräftige Schellen zu verteilen, wenn die Burschen zudringlich wurden.

Die Gräfin von Eichberg, der Stallmeister, Mamsell Brieger und auch einige Hofarbeiter und Dienstboten, die Mamsell nicht früh genug hinausgescheucht hatte, hatten sich nach den Ereignissen der vergangenen Nacht hier unten versammelt.

Lotte saß auf einem Stuhl neben dem Ofen und drückte sich ein feuchtes Tuch gegen die Wange. Während der

Schmerz in ihrem Gesicht langsam abflaute, hörte sie sich an, was das Gesinde zu den Geschehnissen zu sagen hatte.

Nach allem, was in dieser Nacht geschehen war, war sie entschlossen, dem Oberstleutnant von Answeiler nicht einmal einen Kieselstein anzuvertrauen, geschweige denn eines der Pferde von Gut Rosenthal. Doch sie machte sich auch Sorgen. Der Oberstleutnant war ein übler Kerl, und sie fürchtete, dass er schon bald zurückkehren und sein Recht mit vorgehaltener Büchse fordern würde.

»Was willst denn machen, Karla?«, fragte Mamsell Brieger, die sich von dem Aufruhr in ihrem Refugium eindeutig gestört fühlte. »Ihm eins mit dem Schürhaken überziehen?«

Karla stemmte die Hände in die Hüften und rief: »Ja, warum denn nicht?«, was die Versammelten zum Lachen brachte.

Nur der Stallmeister trug eine Miene wie drei Tage Regenwetter zur Schau. Lotte versuchte, seinen Blick aufzufangen, doch seit er sie ins Haus gebracht hatte, damit die Mamsell sich den Striemen auf ihrer Wange ansehen konnte, schien er entschlossen zu sein, nicht in ihre Richtung zu schauen.

»Kann man dem Answeiler das Pferdchen nicht einfach wieder abkaufen?«, fragte Pia, die nicht eine Sekunde lang von der Seite ihrer Herrin wich.

Lotte horchte auf. Eigentlich war das eine gute Idee. Jedoch wäre ihr Gemahl sicher nicht begeistert, wenn er in wenigen Wochen nach Gut Rosenthal zurückkehrte und herausfand, dass seine Frau Geld für ein Pferd aus dem Fenster geworfen hatte, das zu nichts mehr nütze war, und sich darüber hinaus auch noch mit der Familie von Answeiler angelegt hatte. Zudem befürchtete sie, dass der Oberstleutnant sich nicht auf ein solches Angebot einlassen würde, nachdem sein Stolz in der vergangenen Nacht wohl erheblichen Schaden genommen hatte.

»So weit kommt's noch«, sagte Mamsell verächtlich. »Nachdem der Lump ein teures Pferd zuschanden geritten und dann auch noch die gnädige Frau geschlagen hat, soll man ihm noch Geld in den Rachen werfen? Das Pferd ist nichts mehr wert, es wird sich nicht mehr reiten lassen, so hat's doch der Johann gesagt.«

Der Stallmeister nickte. »Nicht in naher Zukunft, Mamsell.«

»Und wenn wir die Gendarmerie zu Hilfe rufen?«, warf Hans ein, der soeben in die Leutestube trat. »Immerhin hat der Kerl die gnädige Frau geschlagen! Und die Stalltür hat er ganz aus den Angeln gerissen, die ist nicht mehr zu gebrauchen.«

Johann hob die Augenbrauen. »Wir haben das gestohlene Pferd von einem Gendarmen im Stall, Hans.«

Der Bursche verzog das Gesicht. »Ja, wenn man es *so* sagt, klingt es wahrlich nicht gut.«

In diesem Moment kam Lotte eine Idee. Sie sprang von ihrem Stuhl auf, ein wenig zu hastig, sodass sie kurz schwankte.

Johann war sogleich bei ihr und reichte ihr den Arm, was sie verlegen abwehrte. Warum nur machte das Verhalten dieses Mannes sie so nervös? Und warum gebärdete er sich ihr gegenüber so widersprüchlich? Im einen Moment sorgte er sich um sie, im nächsten wiederum tat er, als wäre sie gar nicht da.

Sie wich seinem Blick aus und wandte sich stattdessen mit neu entfachtem Kampfgeist an das Gesinde. »Ich möchte, dass Sie jetzt alle wieder an Ihr Tagewerk gehen. Ich habe nun einiges zu erledigen und werde Sie in ein paar Stunden darüber informieren, wie ich in dieser Sache weiter zu verfahren gedenke. Ich danke Ihnen allen für Ihre Vorschläge.«

Unter einigem Gemurmel und den schnippischen Anweisungen von Mamsell Brieger endete die Versammlung, und die Bewohner von Gut Rosenthal nahmen ihren Alltag wieder auf.

Währenddessen wandte Lotte sich an Herrn Walters und wies ihn an, unverzüglich eine Botschaft nach Gut Wolzin, dem Landsitz der Answeilers, zu schicken. Als das getan war, eilte sie ins Obergeschoss.

Auf dem Weg nach oben hielt Johann sie auf. »Gnädige Frau!«

Sie wirbelte herum. Der Stallmeister stand am Fuß der gewundenen Treppe.

»Johann«, sagte sie und gab vor, sich keinesfalls von seiner Anwesenheit aus der Ruhe bringen zu lassen. Schon am Tag ihrer ersten Begegnung hatte sie eine unverkennbare Spannung zwischen ihnen gespürt. Ein Kribbeln auf der Haut, ein Herzschlag, der aus dem Takt geriet … und jetzt bemerkte sie, dass es stärker geworden war.

Es verwirrte sie, weil er das Gegenteil von allem war, was sie sich je für ihr Leben gewünscht hatte. Er war beständig und sicher, wie ein Fels in aufgewühlter See, und seine Unnachgiebigkeit und Starrköpfigkeit brachten sie immer wieder zur Weißglut. Und trotzdem fühlte sie sich zu ihm hingezogen.

Der Gedanke jagte ihr einen gewaltigen Schreck ein. Sie durfte sich doch nicht zu ihm hingezogen fühlen! Das war ganz und gar unpassend, vollkommen undenkbar. Sie hatte sich niemals danach gesehnt, sich zu verlieben – stattdessen bekam sie allein bei dem Gedanken, dass sie solche Gefühle für jemanden entwickeln könnte, eine Heidenangst. Und außerdem war sie verheiratet! Auf keinen Fall durfte sie den verwirrenden Gefühlen, die dieser Mann in ihr auslöste, jemals nachgeben.

Sie straffte sich und bedachte Johann mit einem betont gleichgültigen Blick. »Sollten Sie nicht Ihrem Tagewerk nachgehen? Wir haben heute Morgen alle miteinander viel Zeit vertrödelt.«

Falls er irritiert war über ihren geschäftsmäßigen Tonfall,

ließ er es sich nicht anmerken. »Natürlich, gnädige Frau. Nur möchte ich darum bitten zu erfahren, was Sie zu tun gedenken, wenn der Oberstleutnant von Answeiler erneut hier erscheint.« Sein Blick glitt zu der Spur, die von Answeilers Reitgerte auf Lottes Wange hinterlassen hatte, und es war ihr, als verdunkelten sich seine Augen. Nun sahen sie nicht mehr aus wie ein strahlender Sommerhimmel, sondern als zöge die Abenddämmerung darin auf.

»Lassen Sie das meine Sorge sein«, versetzte sie. Sie wollte ihn nicht auf diese Weise abkanzeln, vor allem nicht nach der vergangenen Nacht, doch sie musste ihrem Herzen unbedingt begreiflich machen, dass ein unüberbrückbarer Abgrund zwischen ihnen lag.

»Gnädige Frau …« Er schien zu zögern. »Bitte tun Sie nichts, was Sie in Gefahr bringen könnte.«

Ihr Herz reagierte auf seine Worte, ohne dass sie es wollte. Sie stieg die Treppe wieder ein Stück hinunter, bis sie nur noch wenige Stufen von ihm trennten. »Sie müssen damit aufhören.«

Er hob eine Augenbraue. »Womit soll ich aufhören, gnädige Frau?«

»Damit, mich beschützen zu wollen.«

Er schwieg einen Moment. Betrachtete sie. Und brachte ihr dummes Herz dazu, noch ein wenig fester gegen ihre Rippen zu pochen. »Das kann ich nicht, gnädige Frau.«

Sie hörte sich selbst leise aufkeuchen. Dann, bevor einer von ihnen noch etwas Dummes sagen oder tun konnte, wandte sie sich abrupt ab und eilte die Treppe hinauf ins Obergeschoss.

Das Arbeitszimmer des Grafen wurde ganz und gar von einem klobigen Sekretär aus dunklem, poliertem Eichenholz beherrscht. Über dem Kamin hing ein Geweih, und in den Regalen standen in Leder gebundene Bücher. Rechtstexte, Bücher über Pferdezucht, Landwirtschaft und Buchhaltung. Es herrschte spartanische Ordnung. Lotte war erst ein Mal im Arbeitszimmer ihres Gemahls gewesen, gleich nach seiner Abreise, um sich einen Überblick über die Bücher zu verschaffen. Es fühlte sich eigenartig an, diesen Raum, der in jeder Ecke von der Persönlichkeit des Grafen zeugte, ungefragt zu betreten.

Dank der akribischen Ordnung ihres Mannes fand sie schnell, was sie suchte. Sie holte tief Luft und überlegte noch einmal, ob sie wirklich den Mut hatte, ihren Plan in die Tat umzusetzen. Schließlich kam sie zu dem Schluss, dass ihr kaum eine Wahl blieb, wenn sie Feline retten wollte. Bevor sie das Arbeitszimmer verließ, entdeckte sie die Geldkassette, die ihr Mann in der untersten Schublade des Sekretärs aufbewahrte. Der Schlüssel steckte.

Zögerlich drehte sie ihn im Schloss und öffnete die Kassette. Lotte griff nach einem Hundertmarkschein, ließ ihn wieder los. Das Herz schlug ihr bis zum Hals. Was tat sie hier? Sie war keine Diebin! Der Graf würde außerdem ganz bestimmt bemerken, wenn Geld fehlte. Und überhaupt, wozu sollte sie es brauchen?

Lotte wollte die Kassette wieder schließen, wusste aber gleichzeitig, dass sich ihr eine solche Gelegenheit wahrscheinlich nicht wieder bieten würde. Ihr Gemahl überwachte die Finanzen von Gut Rosenthal sehr streng, und ganz bestimmt war es ein Versehen, dass der Schlüssel steckte.

Sie kämpfte mit sich. Sie hatte kein eigenes Geld. Es gehörte alles ihrem Mann. Das hieß, sie war vollkommen abhängig von ihm. Es gab für sie keine Möglichkeit, an eigene Geldmittel zu kommen – schließlich war es undenkbar, dass eine verheiratete Frau, eine Adlige noch dazu, für ihren Lebensunterhalt arbeitete. Und selbst wenn sie das könnte, würde von Rechts wegen alles, was sie verdiente, ihrem Ehemann gehören.

Sie biss sich auf die Unterlippe. War sie wirklich mutig genug dafür? Der Graf würde einen solchen Diebstahl sofort bemerken. Es sei denn … Sie öffnete noch einmal das Buch, in dem die Finanzen des Gestüts aufgeführt waren. Käufe, Verkäufe, Futtermittel … Dann nahm sie den Federhalter zur Hand.

Es war fast schon lächerlich einfach, die Zahlen ein wenig zu verändern. Die ganze Zeit über schlug ihr das Herz bis zum Hals. Sie kam sich unendlich schäbig dabei vor, ihrem Mann Geld zu stehlen – viel lieber hätte sie es sich auf ehrliche Weise verdient. Aber das war schlicht nicht möglich. Und irgendetwas sagte ihr, dass sie die Geldmittel früher oder später brauchen würde. Entschlossen drängte sie das schlechte Gewissen zurück. Es musste sein!

Als Nächstes stattete sie dem Jagdzimmer von Gut Rosenthal einen Besuch ab. Der mit dunklem Holz getäfelte Salon hatte etwas Unheimliches an sich, fand Lotte. Zu ihrer Linken klaffte in der Wand ein Kamin wie das geöffnete Maul eines Ungeheuers. Auf dem Kaminsims thronte ein ausgestopfter Marder, dessen glänzende Augen jeden Eindringling drohend anzustarren schienen. Die Wände waren geschmückt mit Dutzenden von Jagdtrophäen. Überall hingen Geweihe, die Schaufeln eines Damhirsches, das kleine Gehörn eines Rehbocks, ein mächtiger Vierzehnender von einem Rothirsch.

An der rückwärtigen Wand des Zimmers waren die Flinten des Hausherrn auf einem hölzernen Gestell aufgereiht. Das Gut hatte noch eine Waffenkammer im Keller, aber Andreas von Eichberg war so vernarrt in seine Waffen, dass er seine liebsten Stücke im Jagdzimmer ausstellte. Er protzte bei jeder Gelegenheit mit ihnen.

Die Flinten waren blank poliert. Der Hinterlader, den der Graf bei Sedan verwendet hatte, war gar in einer fein ziselierten Wandhalterung über dem Kamin ausgestellt. Außerdem gab es noch einen Revolver, einen Degen und eine eindrucksvolle Auswahl an Piken und Säbeln, manche noch aus dem achtzehnten Jahrhundert. Lotte hatte Herrn Walters und Mamsell Brieger einmal darüber witzeln hören, dass man mit dem Waffenarsenal von Gut Rosenthal ein ganzes Regiment in die Schlacht schicken könnte – und dass die Waffenkammer trotzdem noch aus allen Nähten platzte.

Nach kurzem Zögern griff sie nach einem Hinterlader, setzte diesen fest in der Schultertasche an und zielte auf die Tür.

Bei den Hofarbeitern stieß Lottes Plan auf wenig Begeisterung. Abgesehen von Lukas, der wohl entschieden hatte, dass es sicherer war, jedem Wort, das aus dem Munde der Gräfin kam, enthusiastisch beizupflichten, war keiner der Männer besonders angetan von ihrem Vorhaben.

Johann schien ganz besonders mit ihrer Idee zu hadern. Als sie ging, um noch einmal nach Feline zu sehen, folgte er ihr. »Gnädige Frau …«

»Ich weiß schon, was Sie sagen wollen, Johann«, erwiderte sie, während sie die Blesse auf Felines Stirn streichelte. Die Stute war immer noch nervös, fraß aber immerhin mit gutem Appetit. »Sie werden mich nicht umstimmen.«

»Ich muss es doch wenigstens versuchen.«

»Zweifeln Sie etwa an mir?«, entgegnete sie mit einem kleinen Lächeln, das darüber hinwegtäuschen sollte, wie nervös sie war – wegen dem, was sie vorhatte, aber auch wegen Johanns Gegenwart.

»Das tue ich keinesfalls, gnädige Frau.«

Sie sah fragend zu ihm auf. Er hatte todernst geklungen. »Aber dann verstehe ich nicht, warum …«

Er fuhr sich durch das Haar und blickte kurz zur Seite, bevor er weitersprach. »Ich zweifle weder an Ihrem Verstand noch an Ihren Fähigkeiten als Schützin, gnädige Frau. Ich hatte das Vergnügen, Sie beim Üben zu beobachten, wenn Sie sich erinnern.«

In der Tat hatte sie während Ihrer Schießübungen mit Andreas auf einem Feld abseits des Gutes immer wieder bemerkt, dass der Stallmeister, der an diesem Tag mit der Vorbegehung einer neuen Koppel ganz in der Nähe beschäftigt gewesen war, zu ihnen herübersah. Sie hatte angenommen, dass er sichergehen wollte, dass sie auch ja nicht in seine Richtung schoss.

»Es bereitet mir jedoch Sorgen, dass Sie diesen Menschen ein weiteres Mal konfrontieren wollen«, fuhr er fort. Sein Blick blieb dort hängen, wo die Reitgerte des Oberstleutnants sie getroffen hatte.

Lotte sah schnell in eine andere Richtung. »Selbst wenn wir einen besseren Plan hätten, liefe uns die Zeit davon. Ich habe eine Nachricht nach Gut Wolzin geschickt, in der ich den Oberstleutnant von Answeiler nach Gut Rosenthal einlade, und er wird sicher bald hier sein. Deshalb …«

Er atmete geräuschvoll aus. »Dann geben Sie mir ein Gewehr. Ich habe meinen Wehrdienst bei der Infanterie abgeleistet und bin ein guter Schütze. Bewaffnet kann ich besser auf Sie achtgeben.«

Sie wich seinem Blick aus. Er konnte das nicht tun. Sie immer wieder ansehen, als wäre sie viel mehr für ihn als nur eine lästige Pflicht. Mit jedem Mal fiel es ihr schwerer, so zu tun, als löste seine Gegenwart nichts in ihr aus. »Nein«, antwortete sie. »Sie bekommen keine Waffe von mir, Johann. Ich will Answeiler nicht noch weiter provozieren, und genau das tue ich, wenn ich anfange, die Hofarbeiter zu bewaffnen.«

Als sie sich zum Gehen wandte, spürte sie eine hauchzarte Berührung an ihrem Oberarm. »Gnädige Frau …«

Sie wirbelte herum. »Nein!«

Er erwiderte nichts. Blickte sie nur an und nickte schließlich kaum merklich. Die Hand hatte er wieder sinken lassen.

Schwer atmend schaute sie ihn an. Jetzt hatte er wirklich eine Grenze überschritten. Das durfte sie nicht zulassen. Auf keinen Fall. »Tun Sie das nicht noch einmal«, flüsterte sie. Mit diesen Worten drehte sie sich um und verließ schnellen Schrittes den Stall.

Die Sonne wanderte schon dem Horizont entgegen, als der Oberstleutnant von Answeiler am Abend desselben Tages die Chaussee entlang- und auf das Herrenhaus zuritt. Ihm folgten einige einfach gekleidete Männer, die wohl Landarbeiter oder Pächter vom Gut seines Vaters waren.

Lotte war flankiert von den Hofarbeitern, allen voran Johann und Hans. Eigentlich hatte der Stallmeister das zu unterbinden versucht. »Wenn der Kerl dich niederschießt, Junge, bleibt nur noch Lukas, um die Pferde zu versorgen. Dann ist das Gestüt dem Untergang geweiht«, hatte er gebrummt. Auch Mamsell Brieger und der oberste Hausdiener Herr Walters hatten sich hinausgewagt. Den übrigen Hausangestellten jedoch hatten sie verboten, auch nur einen Schritt nach draußen zu setzen.

»Es gibt genug im Haus zu tun«, hatte Lotte die Mamsell sagen hören. »Und wehe dem, den ich hinter den Fenstern Maulaffen feilhalten sehe! Mir entgeht nichts!«

»Frau Gräfin«, rief der Oberstleutnant von Answeiler, als er das Herrenhaus erreicht hatte. »Wo ist mein Pferd?«

Lotte straffte sich. Sie hatte die Büchse in Vorhalteposition, sodass sie von Answeiler nicht direkt bedrohte, ihm aber zugleich zu verstehen gab, dass sie sich zu wehren wusste.

»Herr Oberstleutnant«, antwortete sie. »Ich danke Ihnen für Ihr Kommen. Nach den Geschehnissen der vergangenen Nacht werden Sie verstehen, dass ich Sie nicht ins Haus bitten kann, um die Angelegenheit auf zivilisiertere Weise zu erörtern.«

»Hören Sie schon auf, um den heißen Brei herumzureden«, rief er. »Sie haben mein Pferd gestohlen, und ich verlange es zurück. Schließlich habe ich ein Vermögen für den unnützen Gaul bezahlt!«

»Eintausend Mark«, bestätigte Lotte. »Das ist ein vernünftiger Preis für ein erstklassiges Remontenpferd.«

»Der dumme Gaul hat mir vom ersten Tag an nichts als Scherereien gemacht!«, sagte der Oberstleutnant. »Und Sie, Sie lassen das Vieh jetzt augenblicklich von einem der Burschen holen, die Sie hier wie Orgelpfeifen aufgestellt haben! Was Sie betreiben, das ist verflucht noch mal Pferdediebstahl, und so springt man mit einem von Answeiler nicht um!«

»Selbstverständlich, Herr Oberstleutnant«, sagte Lotte. »Sie bekommen Ihr Pferd zurück, nur keine Sorge. Allerdings werden Sie verstehen, dass wir zuerst darüber sprechen müssen, was Sie meinem Gemahl nun schulden.«

Der Angesprochene spuckte aus. »Wovon, verdammt, sprichst du, Weib?«

»Frau Gräfin, wenn ich bitten darf«, gab sie zurück. »Und ich spreche selbstverständlich von den Schäden, die Sie in der vergangenen Nacht auf dem Hof hinterlassen haben.«

»Pass bloß auf«, knurrte er und legte eine Hand auf den Griff des Revolvers, der in einem Holster an seinem Gürtel steckte. »Ich bräuchte nur einmal abzudrücken, und dein großes Mundwerk wäre für immer still.«

Im nächsten Augenblick hatte Lotte die Flinte im Anschlag und den Lauf auf den Oberstleutnant gerichtet. »Auch ich bin sehr wohl in der Lage, einen Abzug zu betätigen, Herr Oberstleutnant von Answeiler«, entgegnete sie mutiger, als sie sich fühlte. »Behalten Sie Ihre Drohungen lieber für sich, und hören Sie sich an, was ich zu sagen habe.« Ihre Stimme klang ganz ruhig, aber ihre Hände zitterten. Könnte sie überhaupt schießen, wenn ihr Plan scheiterte? Vermutlich nicht. Und außerdem, selbst wenn sie sich dazu durchrang, gäbe es da noch ein winzig kleines Problem ... Oje, wenn nur der Answeiler nicht bemerkte, wie nervös sie war!

Der starrte sie hasserfüllt an, entgegnete jedoch nichts mehr. Lotte fuhr mit klopfendem Herzen fort: »Benno, wie groß ist der Schaden bei den Ställen?«

Benno war Stellmacher auf Gut Rosenthal. Er hatte den Tag damit zugebracht, sich die Schäden anzusehen, die der nächtliche Eindringling hinterlassen hatte. Eigentlich hätten sie auch den Gutsverwalter, Gustav Hartmann, hinzuholen müssen, aber der war wieder einmal zu nichts zu gebrauchen gewesen – seit der Graf in Berlin weilte, betrank er sich fast jeden Tag bis zur Besinnungslosigkeit. »Die Tür ist aus den Angeln gerissen, gnädige Frau«, sagte Benno. »Außerdem sind einige Zäune kaputt, die der Herr in der Dunkelheit übersehen und niedergerissen haben muss. Der Schaden beläuft sich auf etwa einhundert Mark.«

Lotte nickte ihm dankbar zu, bevor sie sich an den Stallmeister wandte. »Hinzu kommt der Schaden für das Gestüt, nicht wahr, Johann?«

Er nickte knapp. »Ganz recht, gnädige Frau. Bereits gestern hätte ich nach Ostpreußen aufbrechen müssen, um heute auf dem Hauptgestüt Trakehnen an einer Eliteauktion teilzunehmen. Die Trakehner-Zuchtstuten eignen sich hervorragend für die Kreuzung mit den Arabern. Wegen der Ereignisse war es mir jedoch unmöglich, Gut Rosenthal zu verlassen. Eine weitere Auktion wird in diesem Jahr nicht mehr stattfinden, und die Stuten mit den besten Veranlagungen sind jetzt mit Sicherheit schon verkauft. Das ist ein gewaltiger Schaden für das Gestüt. Wenigstens eintausend Mark, gnädige Frau, denn es gibt für die Kreuzungen bereits Käufer, die wir nun werden enttäuschen müssen. Das kostet das Gestüt nicht nur viel Geld, sondern auch Ansehen, und der Herr Graf wird mehr als verärgert sein.«

Das Gesicht des Oberstleutnants war puterrot angelaufen.

Bevor er jedoch in die Luft gehen konnte, meldete sich Mamsell zu Wort.

»Gnädige Frau, ich möchte doch sehr darum bitten, nicht zu vergessen, dass die Dienerschaft von Gut Rosenthal seit nunmehr zwei Tagen ein verletztes Pferd versorgt, das Sie, gnädige Frau, aus reiner Herzensgüte aufgenommen haben. Hinzu kommen ein Fässchen Honig und eine Flasche Lebertran, und natürlich die unglaubliche Menge an Äpfeln, die diese Stute verspeist. Dreißig Mark sind das mindestens, gnädige Frau. Und, wenn ich das sagen darf …«, fügte sie mit einem Blick auf den nun vollends fassungslosen Oberstleutnant von Answeiler hinzu. »Ich möchte ja gar nicht wissen, was der gnädige Herr tun wird, wenn er nach Hause kommt und diesen Striemen in Ihrem Gesicht entdeckt. Wo er doch schon krank vor Sorge ist, wenn Sie nur ein kleines bisschen Regen abbekommen …«

Answeiler stieß ein Knurren aus. »Ist ja gut! Nun sag schon, was du willst, Frau!«

Lotte straffte sich. »Ich bin bereit, den Vorfall zu vergessen. Sowohl Ihr gestriges Benehmen als auch die Schäden, die Sie verursacht haben. Dafür geben Sie Ihren Anspruch auf die Stute auf.«

Die Kiefer des Oberstleutnants von Answeiler mahlten aufeinander. Wieder war es für eine quälend lange Zeit still. Es hatte erneut zu nieseln begonnen. Lotte fröstelte. Es war wahrlich Herbst geworden in Pommern. »Behalten Sie den Gaul!«, rief von Answeiler schließlich. »Ist ohnehin zu nichts zu gebrauchen, das Teufelsvieh. Damit machen Sie Verlust! Hören Sie? Aber an mir soll's nicht liegen.« So schimpfte er noch, während er und sein Gefolge davonritten.

Als sie endlich verschwunden waren, atmete Mamsell Brieger geräuschvoll aus. »Himmel, Arsch und Zwirn! Da stehen die Faulpelze alle an den Fenstern und drücken sich die

Nase an der Scheibe platt. Sehen Sie sich das an, gnädige Frau. Na, die können sich auf was gefasst machen!«

Kapitel 11

Lotte hatte den Stallburschen Lukas zur Strafe für seine nächtliche Pflichtvergessenheit mit der Kutsche ins Dorf geschickt, um dort ein Fass Bier für die Bewohner von Gut Rosenthal zu holen. Jetzt standen die Hofarbeiter bei den Ställen beisammen und kamen nach dem ereignisreichen Tag bei einem Humpen Bier zur Ruhe. Nur Lukas hatte Lotte zu trinken verboten. Sie war überzeugt, dass der Bursche seine Lektion so besser lernen würde als durch eine Lohnkürzung.

Obwohl sie versuchte, sich selbst zur Ordnung zu rufen, ertappte sie sich dabei, wie sie nach Johann Ausschau hielt. Der Stallmeister stand etwas abseits von dem fröhlichen Treiben und blickte hinüber zu den Pferdekoppeln.

Der Abend war trocken, und weiteres Gewitter schien sich nicht anzukündigen. Deshalb würden sie die Pferde über Nacht draußen lassen. Auch Feline hatten sie auf die Koppel geführt, vorsichtig zunächst, da sie nicht wussten, wie sie auf die anderen Pferde reagieren würde. Glücklicherweise jedoch schien sich die Nervosität der Stute nur auf Menschen zu erstrecken. Die Gesellschaft ihrer Artgenossen tat ihr gut.

Unschlüssig blickte Lotte hinüber zu dem Stallmeister von Gut Rosenthal. Er schien die Hofarbeiter und die lustig schwatzenden Dienstmädchen, die es irgendwie geschafft hatten, Mamsell zu entkommen und einen Humpen Bier zu ergattern, vollkommen vergessen zu haben.

Lotte fröstelte ein wenig in der kalten Herbstluft. Der Tag war aufregend gewesen, und eigentlich war sie furchtbar müde nach der durchwachten Nacht und dem gewaltigen Schrecken, den der Oberstleutnant von Answeiler ihr eingejagt hatte. Sie würde es nie zugeben, aber sie hatte wirklich Angst gehabt.

Doch eine innere Anspannung hielt sie davon ab, sich zurückzuziehen. Vielleicht war es die Fassungslosigkeit darüber, dass tatsächlich alles gut gegangen sein sollte. Dass sie wirklich gewonnen und die nun friedlich grasende Feline zurückerhalten hatten. Der Oberstleutnant war ihr nicht wie ein Mann vorgekommen, der sich so leicht geschlagen gab – schon gar nicht, wenn seine Gegnerin eine Frau war. Und so war Lotte sich unsicher, ob sie diesem Wüstling nicht doch früher oder später in einer unangenehmen Lage wieder begegnen würde.

Vielleicht rührte ihre Unruhe aber auch von der Veränderung her, die auf dem Gut vorgegangen war. Ein Teil von ihr hatte schon in dem Moment, in dem sie Gut Rosenthal zum ersten Mal gesehen hatte, gewusst, dass sie ihr Herz an diesen Ort hängen würde. Und jetzt geschah es tatsächlich, langsam, Stück für Stück. Es war, als hätte sich in ihr ein Funke entzündet, der Tag um Tag ein wenig heller brannte.

Und noch etwas hatte sich verändert: Sie spürte es, so, wie man spürte, dass Regen in der Luft lag oder dass der Wind drehte. Noch war es wie der Flügelschlag eines Schmetterlings, doch ihr Herz sagte ihr, dass daraus ein Sturm werden könnte, wenn sie dem nicht Einhalt gebot. Der Stallmeister von Gut Rosenthal, mit seiner Stille und seiner Ernsthaftigkeit, seinen eindringlichen Blicken und seinem sanften Spott, drängte sich von Tag zu Tag mehr in ihre Gedanken.

Er wandte sich nicht zu ihr um, als sie langsam zu ihm hinüberging. Aber daran, wie seine Schultern sich versteiften, erkannte sie, dass er sie bemerkt hatte. Eine Weile stand sie nur neben ihm und beobachtete die Pferde auf der Koppel, dann hörte sie ihn einatmen. Es klang frustriert. »Gnädige Frau.«

Auf einmal hatte sie keine Worte mehr für das, was sie

ihm hatte sagen wollen. Sie wusste ja nicht einmal, wie sie die Gefühle, das sie in seiner Nähe überkamen, benennen sollte. Und noch weniger wusste sie, wie sie ihm klarmachen konnte, dass das aufhören musste. Sofort.

Nach einigen Sekunden der angespannten Stille verschränkte sie die Arme vor der Brust und bemerkte: »Sie hatten überhaupt nicht geplant, nach Ostpreußen zu fahren.«

»Nein.« Seine Stimme gab nicht preis, was in ihm vorging. Noch immer blickte er nicht in ihre Richtung, sondern stur geradeaus.

»Sie waren schon vor zwei Wochen dort zur Auktion«, fuhr Lotte fort.

»Und ich habe zwei erstklassige Zuchtstuten ausgesucht.« Er schwieg einen Moment, dann wandte er sich so abrupt zu ihr um, dass sie zusammenzuckte. »Kann ich etwas für Sie tun, gnädige Frau?«

Sie hielt den Atem an. Sein Blick war so dunkel wie der Abendhimmel über ihnen, seine Miene wie versteinert.

»Sie haben gelogen«, sagte sie schließlich mit klopfendem Herzen.

Seine Augenbrauen zuckten nach oben. »Ja, gnädige Frau. Das Wohl des Gestüts fällt in meine Verantwortung. Also habe ich den Knilch gerade genug angeschwindelt, um ihn zu verunsichern. Genau wie Sie. Ich weiß, dass die Waffe nicht geladen war.«

Verlegen wich sie seinem Blick aus. »Woher?«

Er schnaubte, als wäre das eine vollkommen absurde Frage. »War das alles, worüber Sie mit mir sprechen wollten?«, fragte er schließlich.

Sie holte tief Luft. »Das, was heute im Stall geschehen ist ...«

»... war ein Fehler«, unterbrach er sie. »Wie ich schon sagte, gnädige Frau: Es ist mein Beruf, um dieses Gestüt und seine Bewohner besorgt zu sein, und natürlich auch um Sie. Für mein unangemessenes Verhalten bitte ich um Entschuldigung. Es wird sich nicht wiederholen.«

Sie wusste nicht, warum seine Worte ihr für einen Moment die Luft aus den Lungen pressten. Schon einen Augenblick später hatte sie sich wieder gefasst. Es war gut so, denn natürlich war eine Freundschaft zwischen ihnen nicht angebracht. Sie war die Gräfin von Eichberg und er ein Angestellter ihres Mannes.

Weil sie ihrer Stimme nicht mehr traute, nickte sie nur.

Er straffte sich kaum merklich. Seine angespannte Haltung ließ sie vermuten, dass er in diesem Moment an jedem Ort der Welt lieber gewesen wäre als hier bei ihr. »Gnädige Frau. Wenn Sie mich nun entschuldigen wollen …«

Ohne ihre Antwort abzuwarten, drehte er ihr den Rücken zu und ging zurück zu den Ställen.

Der Oktober schritt dahin, und mit ihm die letzten goldenen Tage. Nach Erntedank brach der Herbst über das Land herein wie ein finsterer Rachegeist. Der Himmel war zumeist von dunklen Wolken verhangen, und von Norden her fegte der Wind über das Land.

Lotte ritt oft in Begleitung von Hans oder dem gutmütigen Stellmacher Benno ins Dorf und zu den umliegenden Pachthöfen, um dort nach dem Rechten zu sehen. Der kalte Wind pfiff überall unbarmherzig durch die Ritzen, und viele Menschen wurden krank. Die junge Gräfin wies so manches Mal Benno an, Reparaturen an schadhaften Dächern oder zugigen Fenstern vorzunehmen, und besprach mit dem alten Pastor Wiedemann, dass es in der Kirche im Dorf jeden Sonntag eine Suppenküche geben sollte. Sie wollte, dass auch die Ärmsten so gut durch den Winter kamen, wie es eben ging.

Die Menschen begannen allmählich, sich an die neue Gräfin von Eichberg zu gewöhnen. Wenn sie auf Brianna über das weite Land ihres Gemahls ritt, tippten die Pächter sich an die Mütze und grüßten die »gnädige Frau«, manche freundlich, manche noch sehr verhalten oder gar misstrauisch.

Die Leute hier oben waren ganz wie das raue Land, das sie bewirtschafteten. Geradeheraus, schweigsam, mürrisch. Die Uhren gingen in Hinterpommern langsamer als an anderen Orten der Welt, und Veränderungen brauchten Zeit. Vor allem, wenn eine solche Veränderung in Gestalt einer jungen Frau daherkam. Aber langsam, ganz langsam tauten die Bewohner von Rosenthal auf.

Ende Oktober lud die Gräfin von Stelitz Lotte ein, für einige Tage nach Stettin zu kommen. Die von Stelitz' verbrachten die kalte Jahreszeit in ihrem Stadthaus an der Oder und genossen das reiche kulturelle Leben in der aufstrebenden Industrie- und Hafenstadt.

Lotte nahm die Einladung gern an. Mit den von Stelitz' besuchte sie Ausstellungen und Konzerte, flanierte an der Oder entlang und besichtigte die prächtigen Hakenterrassen und den Stettiner Hafen.

Die von Stelitz' verkehrten in überaus progressiven Kreisen und luden fast jeden Abend in den Salon in ihrem Stadthaus ein. Die Gäste hatten häufig ganz andere Ansichten als die pommerschen Landjunker. Zum ersten Mal kam Lotte in Berührung mit sozialistischen und sozialdemokratischen Ideen. Freilich nur hinter vorgehaltener Hand, schließlich galt das Sozialistengesetz von 1878.

Lotte, die bislang fernab politischer Auseinandersetzungen gelebt hatte und in dem Bewusstsein aufgewachsen war, dass die gesellschaftliche Ordnung gottgewollt war, war sowohl erstaunt als auch beeindruckt – aber auch abgestoßen. Die Sozialisten griffen die Lebensweise des Adels harsch an. Obwohl sie mit vielen der Ideale, mit denen sie aufgewachsen war, nicht einverstanden war, waren sie ihr doch von klein auf anerzogen worden.

»Wie kann es falsch sein, ein gutes Leben für alle Menschen zu wollen?«, sagte ein junger Pianist eines Abends nach dem Diner zu ihr. »Es ist nicht gerecht, dass die einen alles haben und die anderen nichts.«

»Aber der Adel beschützt die Bevölkerung«, wandte Lotte ein. Es war ein Argument, das sowohl ihr Gemahl als auch ihr Vater oft benutzten, um die zahlreichen Privilegien ihres Standes zu verteidigen. »Im Kriegsfall sorgt der Adel für die Verteidigung des Landes, und in Friedenszeiten hält er die Ordnung aufrecht, unter der alle friedlich leben können.«

»Vielleicht wollen die Menschen ja selbst über die Ordnung entscheiden, unter der sie leben, statt sie sich von anderen diktieren zu lassen«, gab der junge Mann zurück.

Darauf wusste Lotte nichts zu erwidern. Was hätte sie auch entgegnen sollen? Er hatte ja recht. Sie, die glücklicher geboren war als die meisten anderen Menschen auf der Welt und alle Privilegien des Adels genoss, wollte nichts lieber, als die Regeln, nach denen sie lebte, selbst zu bestimmen – oder zumindest daran teilzuhaben. Wie konnte sie es da den Menschen vorwerfen, dass sie dem Adel grollten und eine andere gesellschaftliche Ordnung ersehnten? Vielleicht eine Republik? Oder gar eine kommunistische Ordnung, in der die Großgrundbesitzer und die Industriellen, die Andreas verächtlich »neureich« nannte, enteignet würden?

Lotte wusste es nicht. Der Gedanke, in einer Republik zu leben, in der die Bürger die Regierung frei wählen konnten, kam ihr aufregend vor. Allerdings fiel ihr durchaus auf, dass die wenigsten der Progressiven, der Intellektuellen und der Sozialisten, die das Stadthaus der von Stelitz' besuchten, begeistert von der auch im Deutschen Reich erstarkenden Frauenbewegung waren. Gleichheit und politische Teilhabe, aber nur für die Hälfte der Bevölkerung? Lotte fand nicht, dass das sehr gerecht klang.

Eines Morgens, als sie allein an der Oder entlangflanierte und bewunderte, wie sich das Morgenlicht im Wasser spiegelte, sah sie durch das Fenster eines Stettiner Cafés eine jungen Frau, die in aller Öffentlichkeit eine Hose trug – ein skandalöser Anblick, selbst in einer Stadt wie Stettin!

Lotte nahm all ihren Mut zusammen und betrat das Café. Die junge Frau stellte sich als Fräulein Alma von Wojanowska aus Warschau vor. Sie war eine glühende Bewunderin der polnischen Frauenrechtlerin Paulina Kuczalska und lud Lotte sogleich auf einen Kaffee ein.

Schon bald schwirrte ihr der Kopf von Begriffen wie »Gleichberechtigung« und »Frauenstimmrecht«. Nicht auszudenken, was Andreas davon halten würde, dass diese vor Kampfeslust sprühende Sozialistin und Frauenrechtlerin seine Gattin mit ihren Ideen ansteckte!

»Männer und Frauen sind von Natur aus gleich und sollten deshalb auch die gleichen Rechte haben«, sagte Lotte an diesem Abend beim Diner. »Klingt das nicht ebenso wunderbar wie verrückt?«

»Verrückt?«, wiederholte die Gräfin von Stelitz und ließ sich vom Hausdiener ein großzügiges Glas roten Burgunder einschenken. »Das ist nicht verrückt, sondern eine reine Tatsache! Nicht wahr, Wilhelm? Bin ich dir nicht in allen Dingen ebenbürtig?«

»Ganz und gar nicht, mein Schatz«, erwiderte dieser. »Das lässt du mich nur hin und wieder glauben, damit ich mich besser fühle.«

»Sehen Sie«, sagte die alte Dame zu Lotte und trank zufrieden ihren Wein.

Es war schon November, als Lotte nach Gut Rosenthal zurückkehrte, die gemeinsam verbrachten Tage mit ihren Freunden und die vielen Gespräche, die sie geführt hatte, als kostbare Erinnerung im Gepäck.

Kaum, dass sie zur Haustüre herein war, ließ sie sich von

Mamsell Brieger Leinen geben und schneiderte sich mit viel Begeisterung und wenig Geschick einen Hosenrock.

Als sie dann am folgenden Tag in den Stall marschierte, Brianna mit einem Apfel und jeder Menge Streicheleinheiten begrüßte und sich schließlich von Hans, der sich nicht traute zu widersprechen, einen Herrensattel bringen ließ, stand auf einmal Johann vor ihr. »Gnädige Frau. Willkommen zurück.«

Seine Wangen waren gerötet, als hätte er schon den ganzen Morgen draußen verbracht, und sein blondes Haar war vom Wind zerzaust. Lotte versuchte, ihr verräterisches Herz zu ignorieren, das bei seinem Anblick sofort einen Satz machte, und lächelte ihm freundlich zu. »Johann! Wie ist es Ihnen ergangen? Sind die Pferde alle wohlauf? Und die Arbeiter?«

Er stieß sein charakteristisches leises Lachen aus. »Es sieht Ihnen ähnlich, dass Sie zuerst nach den Pferden fragen, gnädige Frau.«

Sie spürte, dass ihr die Hitze in die Wangen stieg. Neckte er sie etwa? Sein schiefes Lächeln und das verschmitzte Funkeln in seinen Augen lösten ein Kribbeln in ihrer Magengegend aus.

»Ich habe zuerst nach Ihnen gefragt, wenn man es genau nimmt«, erwiderte sie und beobachtete mit klopfendem Herzen, wie sich seine Wangen röteten.

»Es geht allen prächtig, gnädige Frau«, sagte er schließlich, nachdem sie einander vielleicht eine Sekunde zu lange in die Augen gesehen hatten. »Pferden und Menschen.«

»Wunderbar!«, meinte sie. In diesem Moment kam Hans mit dem Sattel zurück, und sie atmete erleichtert auf. »Danke, Hans.«

»Soll ich Brianna für Sie satteln, gnädige Frau?«

Sie lächelte dem Stallburschen zu. »Danke, das mache ich schon. Ich kann es kaum erwarten, endlich wieder auszureiten!«

Da mischte sich Johann ein. »Gnädige Frau, das ist ein Herrensattel.«

Sie wandte sich halb zu ihm. »Ich weiß.«

»Der gnädige Herr hat verboten, dass Sie im Herrensitz reiten.«

Sie wirbelte herum und funkelte ihn an. »Ich führe diese Diskussion nicht noch einmal!«

Er erwiderte ihren Blick ohne jedes Entgegenkommen. »Genauso wenig wie ich, gnädige Frau. Sie sollten ...«

Sie machte einen Schritt auf ihn zu und reckte das Kinn. »Was sollte ich?«

»Tun, was Ihnen gesagt wird«, raunte er.

Sie starrte ihn noch einen Moment länger an, und in diesen wenigen Sekunden stieg die Spannung zwischen ihnen ins Unermessliche. Ganz kurz war es Lotte, als zuckte sein Blick zu ihren Lippen, und plötzlich war die Hitze, die sie vom Scheitel bis zu den Fußspitzen erfüllte, nicht mehr allein ihrem Zorn geschuldet.

»Gnädige Frau ...«, ließ sich auf einmal Hans vernehmen.

Lotte und Johann fuhren auseinander.

Der Stallbursche stand verlegen vor ihnen, noch immer mit dem Sattel in den Händen. »Soll ich Brianna nun satteln, oder ...?« Er blickte unbehaglich zwischen der Gräfin von Eichberg und dem Stallmeister hin und her.

»Danke, Hans.« Lotte wandte sich mit erhobenem Kinn Johann zu. »Das wäre zu freundlich. Ich brauche heute auch deine Begleitung nicht – ich denke, ich werde zur Abwechslung einmal allein ausreiten.« Bislang hatte sie sich an die Anweisung ihres Mannes gehalten, der verboten hatte, dass sie ohne Begleitung ausritt – vor allem, weil sie die Gegenwart von Hans und auch Benno schätzte. Jetzt jedoch war es anscheinend an der Zeit, dem Stallmeister gegenüber ihren Standpunkt klarzumachen: Von heute an würde sie im Herrensitz reiten und allein über die Besitzungen ihres Mannes preschen, wann immer es ihr beliebte. Johann würde ihr keine Befehle erteilen.

Die Miene des Stallmeisters hatte sich verhärtet, doch er sagte kein Wort mehr, während Hans Brianna sattelte. Dabei warf der Stallbursche den beiden Streithähnen immer wieder neugierige Blicke zu.

Brianna schien die Einzige zu sein, die sich von der Auseinandersetzung zwischen Lotte und Johann nicht aus der Ruhe bringen ließ. Stattdessen stupste sie ihre Herrin sanft mit ihren weichen Nüstern an und schnaubte zufrieden, als ihr Annäherungsversuch mit einer weiteren Streicheleinheit belohnt wurde.

Als Lotte die Fuchsstute aus dem Stall geführt hatte und aufsaß, hörte sie hinter sich einen vertrauten Hufschlag und drehte sich um. Das war doch nicht zu glauben! Da saß Johann auf Feline und machte Anstalten, ihr zu folgen!

»Sie werden nicht mitkommen!«, fauchte sie.

»Das werde ich sehr wohl, gnädige Frau«, erwiderte er so gelassen, dass sie explodieren wollte vor Wut.

»Das werden Sie nicht!«

»Dann lassen Sie es mich so ausdrücken«, sagte der Stallmeister. »Wir haben heute zufälligerweise den gleichen Weg, gnädige Frau. Ich bitte um Verzeihung, sollte Ihnen das missfallen.«

Dieser ... dieser Sturkopf! Lotte warf ihm einen bitterbösen Blick zu. Er erwiderte ihn mit einer Entschlossenheit, die sie schier zur Weißglut trieb. Warum nur musste dieser Mann sie immer so herausfordern?

Am Morgen hatte es noch geregnet, aber nun brach die Sonne durch die graue Wolkendecke und tauchte die Wälder in goldenes Licht. Die Bäume waren beinahe kahl, und der Boden war bedeckt von roten und gelben Blättern. Die Luft roch nach einem ersten Hauch von Winter, doch die Sonnenstrahlen spendeten noch ein wenig Wärme. Sie fielen durch das Blätterdach auf die beiden Reiter und ihre Pferde herab und ließen Briannas Fell schimmern wie einen flammenden Sonnenuntergang.

Lotte und Johann ritten schweigend, vorbei an den Pferdekoppeln, über denen am Morgen noch ein zarter Nebel gelegen hatte, über schlammige Feldwege und dann durch die lichten Wälder von Rosenthal.

Lotte blickte sich nicht ein einziges Mal nach ihrem Begleiter um, aber es war ihr dennoch unmöglich, seine Anwesenheit zu ignorieren. Stattdessen ließ sie den Blick über das raue Land schweifen. Der Herbst auf Gut Rosenthal war wunderschön, auf eine wilde und ungezügelte Weise. Der Wind pfiff über die Felder und durch die Baumwipfel, als wollte er einen einfach mit sich reißen, und manchmal erblickte Lotte Rehe, die aufmerksam die Ohren spitzten, wenn sie die Reiter bemerkten. Die Pächter pflügten jetzt die Felder, um den Boden zu lockern, bevor der Frost kam. Manch einer hob grüßend eine Hand, wenn Lotte und Johann vorbeiritten.

Die ganze Zeit über war sie sich der Anwesenheit des Stallmeisters von Gut Rosenthal nur allzu bewusst. Sie umfasste Briannas Zügel ein wenig fester und presste die Lippen aufeinander. Nie zuvor hatte jemand diese intensiven Gefühle in ihr ausgelöst. Sie war unglaublich zornig auf ihn, und zugleich klopfte ihr Herz in seiner Nähe viel zu schnell. Wie konnte das nur sein? Wie konnte sie wütend auf ihn sein und sich zugleich so sehr zu ihm hingezogen fühlen? Die Verwirrung, die sie in seiner Gegenwart empfand, brachte sie sogar noch mehr auf. Sie wollte sich nicht so fühlen!

Er ritt jetzt neben ihr, so selbstbewusst wie eh und je. Sie warf ihm einen vernichtenden Blick zu. Er hob eine Augenbraue. Eine stumme Herausforderung.

»Was glauben Sie, wer ist schneller?«, fragte Lotte mit trotzig vorgerecktem Kinn. »Brianna oder Feline?«

Das Funkeln in seinen Augen wurde noch ein wenig eindringlicher, trieb ihr einen Schauer über den Rücken. »Feline ist eines der schnellsten Pferde, die ich je unter dem Sattel hatte, gnädige Frau«, sagte er. »Mit dem richtigen Reiter ist sie nicht aufzuhalten.«

Sein Blick ging ihr durch und durch, aber sie zwang sich, ihm standzuhalten und Johann nicht zu zeigen, wie sehr seine Gegenwart sie verwirrte. Umso mehr, als dass sie gerade so weit voneinander entfernt ritten, dass er nur einen Arm hätte ausstrecken müssen, um sie zu berühren. Nein, darüber durfte sie gar nicht erst nachdenken! Schließlich war sie verheiratet! Ganz zu schweigen davon, dass er ein unausstehlicher Sturkopf war, der sich nach wie vor weigerte, das zu tun, was sie ihm sagte. Das warme Kribbeln in ihrem Bauch kam ihr da sehr ungelegen!

Sie sah auf den schnurgeraden Waldweg, den sie soeben entlangritten. Die Sonne stand hoch am Himmel, es mochte Mittag sein. »Was glaubst du?«, fragte sie leise und beugte sich zu ihrer Stute hinunter. Brianna spitzte beim Klang ihrer Stimme sofort die Ohren. »Können wir diesen unausstehlichen Mann besiegen?«

»Gnädige Frau …«, sagte Johann warnend.

Sie warf ihm ein spitzbübisches Lächeln zu. »Haben Sie etwa Angst zu verlieren, Johann?«

»Nein.« Jetzt klang er frustriert. »Nein, gnädige Frau, ganz und gar nicht. Aber ich werde jetzt kein Wettrennen mit Ihnen reiten.«

»Das heißt, Sie geben auf?« Sie legte interessiert den Kopf schief.

Er warf ihr einen ärgerlichen Blick zu. »Das habe ich nicht gesagt.«

»Also werden Sie doch ein Wettrennen mit mir reiten.« Lotte lachte, als er das Gesicht verzog.

»Warum sind Sie nur so stur?«, brummte er.

Ohne ihr Zutun wurde ihr Lächeln breiter. Sie war immer noch wütend auf ihn, doch zugleich war es ihr unmöglich, ihrem Mund zu verbieten zu lächeln, wenn er sie so ansah.

Sie richtete sich noch ein bisschen mehr im Sattel auf. »Wenn ich gewinne, reite ich aus, wann ich will und wie ich will. Sie werden dann kein Wort mehr dazu sagen, und Sie dürfen mir auch nicht mehr einfach so folgen.«

Er warf ihr einen nicht zu deutenden Blick zu. »Ist meine Gesellschaft Ihnen tatsächlich so unangenehm?«

Sie schüttelte den Kopf und wich seinem Blick aus. »Darum geht es nicht.«

»Und wenn *ich* gewinne?«, fragte er.

»Dann …« Sie überlegte kurz. »Dann dürfen Sie mich auf meinen Ausritten begleiten, wann immer Sie wollen.«

Er schnaubte. »Ich begleite Sie, weil ihr Gatte mich angewiesen hat, Sie nicht allein ausreiten zu lassen, gnädige Frau. Und damit Sie sich nicht die Knochen brechen.«

Sie funkelte ihn an. »Und ich sagte, ich brauche keinen Beschützer. Nun? Wir reiten bis zum Ende des Waldes. Wer ihn zuerst verlassen hat, hat gewonnen!«

Ein grimmiges kleines Lächeln zuckte um seine Mundwinkel. »Wie Sie wünschen, gnädige Frau. Feline und ich werden ohnehin ge… He!«

Lotte hatte Brianna schon angaloppieren lassen.

Augenblicklich verfiel die zierliche Stute in einen langen Galopp. Die Bäume zogen an Lotte vorbei, der Wind peitschte ihr um die Nase. Sie atmete den Geruch nach feuchtem Waldboden und Herbst ein und genoss das kraftvolle Spiel der Muskeln des Pferdes, das sie mit formvollendeter Leichtigkeit durch den Wald trug.

Schon in der nächsten Sekunde hörte sie Felines Hufschlag. Lotte nahm ihre Schenkel zu Hilfe, um Brianna noch ein schnelleres Tempo vorzugeben. Die Stute folgte ohne Probleme, doch natürlich war Brianna nicht annähernd so schnell wie Feline.

Die stürmische Vollblutstute holte sie ein, und für ein, zwei Sekunden lagen sie gleichauf. Dann spürte Lotte mehr, als dass sie sah, wie Johann Feline ein weiteres Mal antrieb, und Pferd und Reiter preschten vorbei. Lotte konnte nicht umhin zu bewundern, wie Johann und seine Stute miteinander harmonierten.

Als Feline das Ende des Waldstückes erreichte und hinaus auf eine Wiese galoppierte, von der aus man die weite, flache Landschaft überblicken konnte, zügelte Johann Feline und klopfte ihr den Hals.

Lotte holte ihn wenige Sekunden später ein, mit erhitzten Wangen und vom Wind zerzaustem Haar. »Ich verlange eine Revanche«, rief sie, bevor sie von Briannas Rücken sprang.

Johann schnaubte und stieg seinerseits ab. »Gnädige Frau, Sie haben gemogelt. Sie bekommen keine Revanche von uns.«

»Ich bin sicher, ich kann Feline mit einem Apfel bestechen«, gab sie zurück, bevor sie die Wegzehrung, die sie eingesteckt hatte, aus der Satteltasche hervorholte und beiden Stuten die verdiente Belohnung gab.

Er lachte auf. »Gnädige Frau, Sie müssten auch mich überzeugen. Und das wird kaum möglich sein. Da ich nun gesehen habe, dass sie anscheinend gern schummeln.«

Sie ging auf seinen spielerischen Tonfall ein. »Es gibt wirklich keine Möglichkeit, wie ich Sie dazu überreden könnte?«

Er hob eine Augenbraue. »Nein, gnädige Frau.«

Wieder waren sie einander vielleicht ein Stück näher gekommen, als schicklich war. Sie ließ den angehaltenen Atem entweichen und löste sich von Johanns Anblick. »Sie machen es mir nicht leicht.«

»Sie mir auch nicht!«, stieß er hervor.

Schon war die Anspannung zwischen ihnen wieder da. Lotte wusste einfach nicht, wie sie damit umgehen sollte. Er trieb sie zur Weißglut, verwirrte sie, machte sie nervös. Und zugleich war ihr, als könnte sie in seiner Nähe mehr sie selbst sein als je zuvor. »Ich will doch nur …« Sie stockte, schüttelte den Kopf. Stieß ein hilfloses Lachen aus, als Brianna die Nüstern ganz sanft gegen ihre Schulter drückte.

»Was wollen Sie?« Seine Stimme klang jetzt anders als zuvor. Leiser, rauer. Aber auch eindringlicher. Als spürte er den Sturm, der in ihr tobte.

Lotte fuhr sich mit der Hand über das Gesicht, ohne sich darum zu scheren, dass sie die vom Wind zerzausten Locken damit nur noch mehr durcheinanderbrachte. Es dauerte eine Weile, bis sie überhaupt sprechen konnte. »Ich wollte nie heiraten!«

Die Worte brachen mit einer Verzweiflung aus ihr heraus, die sie erschreckte. Ihre Eltern hatten gesagt, sie müsse nur erwachsen werden, dann werde sie sich schon in ihre vorgesehene Rolle einfügen. Aber was, wenn das niemals geschehen würde? Das Gut und all seine Bewohner, tierische wie menschliche, hatten sich in ihr Herz geschlichen. Doch ihre Pflichten als Ehefrau machten ihr nach wie vor Angst. Allein der Gedanke, dass Andreas bald aus Berlin zurückkehren würde und sie ihm dann wieder eine brave Ehefrau sein musste, sorgte dafür, dass sich ihr die Kehle zuschnürte.

Johann erwiderte nichts auf ihren Ausbruch. Aber er sah sie an, mit einem Ausdruck in den Augen, den sie einmal mehr nicht zu deuten wusste. Stumm verfluchte sie sich. Sie hatte schon wieder die unsichtbare Grenze überschritten, die zwischen ihnen bestand.

Hastig wandte sie sich ab. »Sie müssen nichts sagen. Ich wollte nur, dass Sie verstehen, dass ich … mich nicht so fühlen will, als müsste ich ständig gegen jemanden ankämpfen. Schon gar nicht …« Sie holte tief Luft und fand irgendwie den Mut, den Satz zu beenden. »Schon gar nicht gegen Sie.«

Eine Zeit lang schwieg er, und alles, was sie hörte, war der

Wind, der über das Gras peitschte, und das Schnauben der Pferde. »Was wollen Sie stattdessen?«, fragte er schließlich.

»Früher …«, begann sie, stockte dann jedoch. Es war nicht leicht, all das in Worte zu fassen. Sie wandte sich wieder von ihm ab, sog den Geruch des Nordwindes und der feuchten Wiesen ein und sagte schließlich: »Eigentlich wollte ich immer nur frei sein. Ich weiß, dass es unmöglich ist, aber an manchen Tagen will ich einfach ohne Erwartungen und Regeln und … und all das leben.« Sie fuhr sich mit der Hand über die Stirn. »Es ist nicht leicht zu erklären, wissen Sie?«

»Gnädige Frau …«, murmelte er irgendwann. »Sehen Sie mich an. Bitte.«

Dieses Mal war es schwieriger, ihm ins Gesicht zu schauen. In dem Moment, in dem sie seinen weichen Blick bemerkte und die Vorsicht darin, begriff sie, dass sie wohl beide ihren Ärger aufeinander und ihre Wortgefechte benutzt hatten, um einander nicht auf diese Weise ansehen zu müssen. Ehrlich, verletzlich, ohne jeden Schutzwall. Es war ein beängstigendes Gefühl.

»An dem Tag, an dem wir einander begegnet sind …« begann er. »Sie sahen aus, als wollten Sie wirklich alle Brücken hinter sich abbrechen und ins Abenteuer ziehen.«

Sie stieß ein atemloses Lachen aus. »Ich wollte es, doch ich war zu feige. Und dann waren da Sie …«

Seine Augenbrauen zuckten nach oben. »Was ist mit mir?«

Ihr stieg die Hitze in die Wangen. »Ich … Sie waren so … Als wir uns auf diesem Hügel begegnet sind, war ich einfach nur ich. Ich war bloß ein Mädchen auf einem Pferd auf dem Weg ins Abenteuer, und das Gespräch mit Ihnen hat dafür gesorgt, dass es sich echt angefühlt hat. Das hat …« Sie strich sich verlegen eine Locke aus der Stirn und wich seinem Blick aus. »Das hat mir viel bedeutet.«

»Es kam mir vor wie ein schlechter Scherz«, gestand er mit

rauer Stimme. »Als ich Sie gesehen habe und herausfand, wer Sie sind.«

Sie sah vorsichtig zu ihm hin. Hatte er etwa gehofft, sie eines Tages wiederzusehen? Nicht als Ehefrau seines Dienstherrn, sondern als eine Frau, um die er werben könnte? Der Gedanke machte sie noch verlegener.

»Sie waren an diesem Abend auf Rosenthal ziemlich ungehalten«, sagte sie irgendwann leise. »Nicht nur wegen Felines Verkauf. Sondern auch … meinetwegen.«

»Sie machen sich keine Vorstellung, gnädige Frau«, murmelte er.

»Ich war ziemlich wütend auf Sie«, gab sie zu.

Ein winziges Lächeln. »Das habe ich gemerkt. Sie sind immer noch wütend auf mich. Recht oft sogar.«

Sie funkelte ihn an. »Sie fordern es ja auch heraus!«

Darauf antwortete er mit einem leisen Lachen. »Manchmal habe ich das Gefühl, Sie ärgern sich gern über mich.«

»Das würdige ich keiner Antwort«, sagte sie betont hochmütig und verschränkte die Arme vor der Brust. Aber so sehr sie es auch versuchte, sie konnte sich das Lächeln einfach nicht verkneifen.

Sie bedachten einander mit verlegenen Blicken. Dann beschloss Lotte, sich noch ein wenig weiter vorzuwagen. Obwohl ihre Vernunft schrie, dass das eine sehr schlechte Idee war. »Warum waren Sie eigentlich dort? Auf diesem Hügel, an diesem Tag? Breskow ist schon einige Kilometer von Gut Rosenthal entfernt, daher habe ich mich gefragt …«

Überrascht bemerkte sie, dass seine Ohren rot anliefen. Er fuhr sich durch das Haar, blickte einmal gen Westen und schließlich wieder zu ihr.

»Sie müssen es mir nicht erzählen«, sagte Lotte hastig. Was wusste sie denn schon? Vielleicht hatte er Familie in Breskow oder ein Mädchen … Der Gedanke versetzte ihr einen Stich.

Er schwieg einen Moment. »Ich möchte es Ihnen erzählen«, erwiderte er schließlich. »Ihr … Der Graf hat mich für einige Tage zum Remontedepot in Bärenklau geschickt, um über den Verkauf einiger Pferde zu verhandeln. Auf dem Rückweg habe ich in Breskow Rast gemacht, weil es schon zu spät war, um die Heimreise anzutreten.«

Johann griff in das Innenfutter seines Mantels und zog ein arg mitgenommen aussehendes Stück Papier daraus hervor. »Der Graf hat verboten, dass die Agenten der Auswanderungsgesellschaften nach Gut Rosenthal kommen. Aber Ihr Herr Vater anscheinend nicht. Man sagte mir, dass Major von Brinken, der für die Hanseatische Kolonisations-Gesellschaft tätig ist, an diesem Tag in Breskow sei, und ich dachte, das wäre eine gute Gelegenheit, ein paar Fragen zu stellen. Danach bin ich eine Weile gewandert, um den Kopf frei zu bekommen.«

Nach kurzem Zögern reichte er Lotte das Papier. Es war ein Flugblatt, und darauf war ein einfaches Holzhaus zu sehen, eingebettet in eine wunderschöne Landschaft mit üppigen Wäldern und sanften Hügeln. Über die Zeichnung schwang sich der Schriftzug *Eine neue Heimat. Amerika in der Neuen Welt.*

Darunter stand ein Text, der dem geneigten Auswanderer eine preiswerte Überfahrt auf einem Dampfschiff und ein eigenes Stück fruchtbares Land versprach.

Lotte schluckte und blickte zu Johann auf. »Sie wollen auswandern.«

Er holte tief Luft und sah an ihr vorbei über die herbstliche Landschaft. »Ich spiele mit dem Gedanken.«

Sie versuchte, das Ziehen in ihrem Brustkorb zu ignorieren. »Und … seit wann spielen Sie mit dem Gedanken?«

»Schon seit ich ein Kind war«, erwiderte er nach kurzem Zögern. »Mittlerweile habe ich genug Geld für die Überfahrt beisammen. Ich könnte nach Texas gehen, dort gibt es viel

Land. Ich habe überlegt, dort eine eigene Pferdezucht aufzubauen.«

Lotte wurde auf einmal von einem ganzen Ozean an Empfindungen überschwemmt. Amerika! Sie erinnerte sich an ihre Unterhaltung mit dem freundlichen Leutnant von Lindow auf dem Jägerball. Immer wieder hatte sich dieses Gespräch seither in ihre Gedanken geschlichen. Wie wundervoll und abenteuerlich musste es sein, auf ein Schiff zu steigen und sich in eine neue Welt tragen zu lassen! Freiheit, Unabhängigkeit, eigenes Land … Es klang wunderbar. Und zugleich … Wie schmerzhaft musste es sein!

Sie blickte über die Wiesen, über die der Wind preschte, blickte über die sanften Hügel und die dunklen Schatten der Wälder am Horizont. Schloss kurz die Augen, um den Geruch von Herbst, von rauem Land und erstem Frost tief in sich aufzunehmen, und öffnete sie schließlich wieder. Ein Wort setzte sich in ihr fest, ein einziges: »Zuhause«. Ihre Brust zog sich zusammen. Wann war das geschehen? Wann hatte sie angefangen, diesen Ort als ihr Zuhause zu betrachten?

Johann hatte sie schweigend beobachtet. Jetzt wandte sie sich ihm wieder zu und gab ihm das Flugblatt zurück. »Haben Sie keine Angst? Wegzugehen und … nie wiederzukommen?«

Die Wolken hatten die Sonne verschluckt, und unter dem grauen Himmel wirkten Johanns Augen dunkler als gewöhnlich. »Sie sagen, Sie wollen frei sein, gnädige Frau«, antwortete er. »Das will ich auch, doch auf eine andere Weise. Ich will etwas, das mir gehört. Mein Haus, mein Land. Einen Ort, den ich meine Heimat nennen kann. Und eine Familie. Ich will eine Familie … Aber nicht hier. Hier gibt es kein Land, nichts, was ich meinen Kindern vererben kann.«

»Dann sollten Sie gehen«, flüsterte Lotte. »Sie sollten gehen, Johann.«

Sein Blick verdunkelte sich. »Wollen Sie das?«

Sie öffnete den Mund, schloss ihn wieder. Weil es keine

Antwort gab. Ja. Nein. Je näher sie ihm kam, desto mehr wünschte sie sich, mehr davon zu bekommen. Von ihren Gesprächen. Von der Zeit, die sie mit den Pferden verbrachten, und viel, viel mehr von der Art und Weise, wie er sie ansah. Das war auch ein Grund, aus dem er nicht hierbleiben sollte. Aber viel wichtiger war, dass er seinen Traum nicht aufgeben durfte für eine Heimat, die ihm nicht alles gab, was er sich wünschte. Und sie wollte auch nicht, dass er aus Pflichtgefühl blieb.

»Ich möchte nicht, dass Sie bleiben, weil Sie sich dazu verpflichtet fühlen«, platzte sie dann auch hinaus.

»Was wissen Sie schon über mein Pflichtgefühl?«, stieß er hervor.

Erschrocken sah Lotte ihn an. Auch Johann schien von seinem Ausbruch überrascht zu sein. Er deutete ein Kopfschütteln an und wandte sich dann ab, um über die Felder nach Westen zu blicken. »Verzeihen Sie.« Lotte verstand ihn kaum, weil der Wind so laut über die Ebene rauschte, dass er ihm die Worte schier von den Lippen riss.

»Warum sind Sie nur so wütend auf mich?«, rief sie über das Tosen hinweg. Während sie sprach, machte sie einen Schritt in seine Richtung. Jetzt waren sie sich viel näher, als angemessen war. Ihr Verstand riet ihr davon ab, diesen Weg weiterzugehen, während ihr Herz ihr sagte, dass es ohnehin schon zu spät war.

Johann stand am Rande einer niedrigen Böschung, und in dem Moment, in dem sie ihn erreichte, fuhr er zu ihr herum. »Ich bin nicht wütend auf Sie.«

Lotte schluckte. »Doch, das sind Sie. Das waren Sie vom ersten Tag an, und es ist schlimmer geworden. Warum, Johann?«

Er schloss kurz die Augen, seine Kiefer verhärteten sich.

Sie dachte nicht nach. Sie griff nach seinen Händen.

Seine Finger waren rau und schwielig. Seine Haut warm.

Die Berührung schickte einen Schauer durch ihren Körper. Und statt sie abrupt loszulassen, wie sie es von ihm erwartet hätte, umfasste er seinerseits ihre Hände und hielt sie fest. Sein Blick fand ihren, und in seinen Augen las sie die gleiche Fassungslosigkeit und die gleiche Zerrissenheit, die auch sie empfand.

In einem letzten Anflug von Vernunft wich sie zurück und stolperte dabei über einen Stein. Ehe sie sich's versah, hatte Johann die Hände um ihre Taille geschlungen und sie näher an sich herangezogen. Lotte grub die Finger in seine Schultern, vielleicht eine Spur zu fest.

Um sie herum war es dunkler geworden. Eine dicke Wolkendecke hatte sich über das Land gelegt und alles in ein dämmriges Licht getaucht. Und es war kalt geworden. »Wir sollten zurückreiten«, sagte Johann an ihrem Ohr. Sie erschauderte, brachte nur mit einiger Mühe ein Nicken zustande. Aber keiner von ihnen machte Anstalten, den anderen loszulassen.

»Erinnern Sie sich, wie ich Ihnen sagte, ich hielt Ihr Auftauchen auf Gut Rosenthal für einen schlechten Scherz?«, fragte er irgendwann.

Sie nickte.

Sein Griff um ihre Taille wurde noch ein wenig fester. »Ich hätte es da noch nicht benennen können. Ich wusste nur, dass Ihre Anwesenheit aus irgendeinem Grund alles komplizierter machen würde. Und so ist es auch.« Er löste sich ein Stück von ihr, nur so weit, dass er sie ansehen konnte. »Der Hof, die Pferde ... Ich kann nicht noch einen Grund brauchen, um bleiben zu wollen.«

Sein Gesicht war ihrem so nahe, dass ihre Nasenspitzen sich beinahe berührten. Lotte hielt den Atem an. Was tat sie hier nur? Sie sah ihren eigenen Kampf auch in seinen Augen. Sah, wie er mit sich rang und wie sein Blick zu ihren Lippen wanderte, während seine Hände um ihre Mitte sie auf einmal mit aller Behutsamkeit hielten.

In diesem Moment wieherte eines der Pferde.

Sie fuhren auseinander. Schwer atmend schauten sie einander an. Lotte war vollkommen fassungslos. Hatte er sie etwa küssen wollen? Nein, bestimmt nicht. Das Herz klopfte ihr schmerzhaft fest gegen die Rippen.

»Wir sollten zurückreiten«, sagte er.

Sie schluckte. »Das sollten wir.«

Während ihres Ritts zurück zum Gutshof blickten sie einander nicht ein einziges Mal an. Lotte hatte die Zügel viel zu fest umklammert, und je näher sie dem Gutshof kam, desto mehr wurde ihr bewusst, was geschehen war. Was sie beinahe getan hätte! Als der Hof in Sicht kam, das mächtige Herrenhaus, das sich aus dem Nebel erhob wie ein verwunschenes Schloss, straffte sie die Schultern. Das, was heute zwischen Johann und ihr passiert war, durfte nie wieder geschehen.

Kapitel 12

Am darauffolgenden Tag kehrte Andreas zurück.

Noch am Morgen hatte Lotte mit klopfendem Herzen an den Baldachin gestarrt und den gestrigen Tag in Gedanken immer wieder an sich vorüberziehen sehen. Und obwohl sie versuchte, es sich selbst zu verbieten, hatte sie sich ein ums andere Mal den Kuss vorgestellt, den es nie geben würde.

Die Nachricht von der baldigen Ankunft ihres Gemahls erreichte sie beim Frühstück. Herr Walters brachte den Brief auf einem silbernen Tablett herein. Als sie das edle Briefpapier entfaltete, schluckte sie. Schon am Abend wollte ihr Mann wieder hier sein! Augenblicklich hatte sie ein mulmiges Gefühl in der Magengegend.

Während der Graf in der Hauptstadt weilte, hatte sich auf Gut Rosenthal einiges verändert. Die gnädige Frau trug Hosen und saß im Sattel wie ein Mann, sie legte im Stall mit Hand an und machte regelmäßige Besuche im Dorf. Die Leute betrachteten sie noch immer mit Verwunderung, aber mit jedem Tag, der verging, schien man sich etwas mehr an die eigenartige junge Gräfin zu gewöhnen.

Lotte fürchtete, Andreas' Anwesenheit würde das nun alles verändern und sie zurück in die Rolle drängen, die sie in den vergangenen Wochen abgestreift hatte. Schweren Herzens versteckte sie den Hosenrock, der ihr in den vergangenen Wochen so treue Dienste geleistet hatte, ganz unten in der Wäschetruhe. Nicht auszudenken, wie ihr Ehemann reagieren würde, wenn er dieses unangemessene Kleidungsstück erblickte!

Der Graf von Eichberg traf am späten Nachmittag auf Gut

Rosenthal ein. Die Dämmerung zog soeben herauf, und das Wetter war kalt und ungemütlich. Mit klopfendem Herzen beobachtete Lotte, wie ihr Gemahl mit im Wind flatternden Mantelschößen aus der Kutsche stieg und auf das Herrenhaus zuschritt.

Mit einem bangen Gefühl stieg sie die Treppe hinab. Herr Walters war schon an der Tür, um sie dem Hausherrn mit einer tiefen Verbeugung zu öffnen.

»Willkommen zu Hause, mein Lieber!«, sagte sie, als ihr Gemahl aus dem Vestibül in die Eingangshalle getreten war, seinen Kammerdiener Gustav wie einen gebeugten Schatten im Schlepptau.

»Meine wunderschöne Frau.« Er fasste sie bei den Schultern und küsste sie auf beide Wangen. »Wie schön, dich wohlauf zu sehen! Der Herbst bekommt dir.«

In der Tat hatte Lotte sich in den vergangenen Wochen verändert. Ihre sonst so blassen Wangen waren jetzt oft von einem leichten Rotton überhaucht, und wenn sie in den Spiegel blickte, lag in ihren Augen ein übermütiger, fast schon fiebriger Ausdruck. Sie redete sich ein, dass es ihre Freude darüber war, jeden Tag mit Brianna über das Gut reiten und die weite Landschaft von Rosenthal genießen zu können.

»Berlin scheint dir ebenfalls gutgetan zu haben«, sagte sie.

Es stimmte. Der Graf schien vor Tatkraft nur so zu strotzen. »Ich habe dir ein Geschenk aus unserer wunderschönen Hauptstadt mitgebracht, meine Liebe«, erwiderte er. »Lass mich erst einmal bei einem Likör zur Ruhe kommen, dann zeige ich es dir. Du wirst Augen machen!«

Sie rang sich ein Lächeln ab, atmete jedoch insgeheim auf, als er sich ins Herrenzimmer zurückzog. Lotte hatte immer ein eigenartiges Gefühl, wenn ihr Gemahl so übermütig war. Es ging dann eine gewisse Unberechenbarkeit von ihm aus, ein Hauch von Gefahr, den sie nicht so recht einzuordnen wusste.

Der Graf und die Gräfin von Eichberg nahmen das Abendessen im Speisezimmer ein. Anfangs berichtete Andreas ihr in aller Ausführlichkeit von seinem Aufenthalt in der Hauptstadt. Sie fürchtete jedoch, dass sie immer etwas zu spät über seine Scherze lachte und auch nicht die richtigen Nachfragen stellte, denn er wurde von Minute zu Minute verdrossener. Irgendwann durchbrachen nur noch das Klappern des Bestecks und die Schritte des obersten Hausdieners die Stille.

Lotte war zu nervös, um eine Unterhaltung zu führen. Ihr Kopf war wie leergefegt. Sie konnte sich die Anspannung, die ihren ganzen Körper erfasst hatte, nicht erklären.

Als Andreas sich zum wiederholten Mal großzügig nachschenken ließ, nahm sie all ihren Mut zusammen und fragte: »Liebster, willst du heute Abend wirklich so viel trinken?«

Seine Miene verhärtete sich, und der Ausdruck in seinen Augen wurde eisig. Wortlos und ohne den Blick von ihr zu wenden, leerte er das Glas.

Lottes Unbehagen wuchs von Sekunde zu Sekunde, und irgendwann hielt es sie kaum mehr auf ihrem Stuhl. Sie wollte nichts lieber tun, als sich auf Briannas Rücken schwingen, um zu reiten, zu reiten, zu reiten – an irgendeinen weit entfernten Ort. Irgendwohin, wo sie sich nicht fühlte, als drohte sie jeden Moment zu ersticken. Ausgerechnet jetzt kehrten ihre Gedanken zu Johann zurück. Sie schüttelte kaum merklich den Kopf. Nein! Sie musste damit aufhören, sie war verheiratet!

Als es Zeit wurde, zu Bett zu gehen, suchte der Graf von Eichberg seine Frau in ihrem Schlafgemach auf. Lotte schlug das Herz bis zum Hals, als sie die Schritte ihres Gemahls im Flur hörte, und auch das Lächeln, das er ihr beim Eintreten schenkte, änderte daran nichts. Seine Augen waren immer noch hart wie Stein. In der Hand hielt er eine Schmuckschachtel.

»Ich sagte doch, ich habe dir etwas mitgebracht, meine Liebe«, bemerkte er. Er öffnete die Schatulle. Darin schimmerte auf blauem Samt eine funkelnde Silberkette mit einem runden, rubinroten Anhänger.

»Das wäre doch nicht nötig gewesen«, brachte Lotte hervor und schenkte ihm ein Lächeln, von dem sie hoffte, dass es aufrichtig wirkte. Sie machte sich nichts aus Schmuck, aber bisher hatte er immer mit Geschenken seine Zuneigung ausgedrückt. Vielleicht war dies sein Versuch, die Wogen zwischen ihnen zu glätten.

»Darf ich?«, fragte er.

»Natürlich.« Sie wandte ihm den Rücken zu, damit er ihr das Schmuckstück umlegen konnte. Dabei blickte sie sich selbst im Spiegel über dem Frisiertisch in die Augen. Als Andreas die Kette um ihren Hals geschlossen hatte und der Anhänger wie ein Blutstropfen über ihrem Schlüsselbein lag, ließ er die Hände dort ruhen.

Lotte schluckte. »Sie ist wirklich schön, Andreas. Danke.«

»Ich verwöhne meine Frau gern«, erwiderte er.

Sie wollte sich zu ihm umdrehen, doch er ließ nicht von ihr ab. Seine Hände schlossen sich jetzt enger um ihren Nacken.

»Andreas«, flüsterte sie. »Bitte ... nicht so fest.«

»Einen Moment noch, meine Liebe«, sagte er, freundlich wie immer. »Sieh einfach in den Spiegel.« Sie tat wie geheißen. Sie sah verängstigt aus. Er stand dicht hinter ihr und lächelte ihrem Spiegelbild zu, die Hände noch immer an ihrem Hals.

»Wunderschön, nicht wahr?«, murmelte er. »Das dachte ich schon, als ich dich zum ersten Mal gesehen habe. Hübsch und liebenswürdig, mit einer Leidenschaft für Pferde und das Landleben obendrein. Jung genug, um noch geformt zu werden. Wie gemacht, um die Gräfin von Eichberg zu sein. Ich habe es mir so wundervoll ausgemalt!« Seine Finger schlossen sich mit jedem Wort fester um ihren Hals. »Warum also bist du so eine Enttäuschung?«

Sie versuchte, ganz ruhig zu atmen und nicht in Panik zu

verfallen. Sein Griff war nicht so fest, als dass er ihr die Luft abdrückte, aber fest genug, um ihr deutlich zu machen, dass er nicht länger scherzte.

»Es tut mir leid«, flüsterte sie. Sie wollte nur, dass er ging. »Bitte lass mich los.«

Er schien sie gar nicht zu hören. »Wusstest du, dass die Geschichten, die sich die Leute über meine wilde Frau erzählen, schon bis in die Hauptstadt gelangt sind? Der Oberstleutnant von Answeiler erzählt jedem, der es hören will, dass die Gräfin von Eichberg eine Wilde ist, die mit den Knechten im Stall schläft und Pferde stiehlt. Mittlerweile lacht man von Stettin bis Leipzig über mich. Hast du überhaupt eine Ahnung, was du für einen Schaden angerichtet hast?«

»Es tut mir leid«, wiederholte sie. Selbst in der Nacht, in der der Oberstleutnant von Answeiler in den Pferdestall eingedrungen war, hatte sie nicht solche Angst verspürt wie in diesem Augenblick. Mittlerweile schwammen ihre Augen in Tränen. »Es wird nicht wieder vorkommen.«

Endlich löste er die Hände um ihren Hals. Obwohl er sie nicht gewürgt hatte, schnappte sie nach Luft und fasste sich an den Brustkorb. Am ganzen Körper zitternd drehte sie sich zu ihrem Gemahl um.

»Schon gut, meine Liebe.« Er wischte ihr in einer zärtlichen Geste die Tränen von den Wangen. »Ich möchte nur, dass du verstehst, dass es Dinge gibt, die ich dir nicht durchgehen lasse.«

Der Ausdruck in seinem Gesicht war freundlich wie eh und je. So als wäre nichts geschehen. Er legte die Hände um ihre Wangen und lächelte ihr versöhnlich zu. »Ist ja schon gut. Es ist sicher auch so, dass du darunter leidest, dass du noch immer kein Kind erwartest. Dann könntest du dich endlich ganz deinen Aufgaben als Ehefrau und Mutter widmen.«

Sie zwang sich zu einem Nicken, obwohl in ihr alles schrie. Was hatte sie für eine Wahl? Heute hatte sie zum ersten Mal erlebt, was er tat, wenn er wirklich wütend war, und alles daran war beängstigend gewesen. Ihr war, als würde das Haus um sie herum kleiner werden, als verdunkelte sich der Himmel draußen vor dem Fenster. Sie hatte nichts, was sie Andreas entgegensetzen konnte, nichts als ihren Willen.

»Ich bin so froh, dass wir das aus der Welt schaffen konnten«, sagte er. »Und nun zu Bett, meine Liebe.«

Es wurde Winter auf Gut Rosenthal. Der Himmel wurde dunkler, und an manchen Tagen zeigte sich nicht einmal mehr die Sonne. Und mit der ersten weißen Schneedecke, die sich über das Herrenhaus und die Ställe, die Koppeln und die Felder legte, kündigte sich ein Besucher auf Gut Rosenthal an.

»Franz!« Mit einem Jauchzen sprang Lotte die Stufen, die zum Eingangsportal des Herrenhauses führten, hinunter und warf sich ihrem Bruder in die Arme.

»Kröte!« Er lachte, hob sie hoch und wirbelte sie einmal im Kreis, bevor er sie wieder auf die Füße stellte. »Ja, sieh dich an! Du siehst so erwachsen aus. Aber blass bist du geworden.«

»Du aber auch«, gab sie zurück und betrachtete ihren Bruder von oben bis unten. Er sah schmuck aus in seiner Uniform, doch auch ernster, als sie ihn in Erinnerung hatte. Er war so dünn! In seinen Augen aber entdeckte sie noch den Schalk, der ihre Eltern früher so oft zur Weißglut gebracht hatte. Franz hatte immer genauso viele Flausen im Kopf gehabt wie Lotte, und zusammen hatten sie die verrücktesten Streiche ausgeheckt. Auf einmal sehnte sie sich so sehr nach diesen unbeschwerten Tagen zurück, dass ihr die Tränen in die Augen traten.

»Ach, Kröte.« Franz nahm sie noch einmal in die Arme. Als er sich wieder von ihr löste, funkelten seine Augen schon wieder lustig. »Ich habe gehört, dein Herr Gemahl ist beim Landrat auf Besuch? Das heißt dann wohl, wir können uns wie Kinder gebärden, und niemand wird sich daran stören.«

Das entlockte ihr ein Lachen. Der Graf war dieser Tage oft auf Besuch beim Landrat oder den anderen Landjunkern im Umland, um Geschäftliches zu besprechen oder auf die Jagd zu gehen. Lotte begleitete ihren Gemahl zumeist, um mit den Ehefrauen der Greifenhagener Landjunker zu plaudern und ihrem Mann als lächelndes Anhängsel zu dienen. Nie war sie glücklicher gewesen, ihren Bruder zu sehen.

Während der Frost das Land fest in seinen eisigen Griff nahm und man im Herrenhaus schon für die Festtage schmückte, unternahmen Lotte und ihr Bruder lange Ausritte und plauderten oft bis spät in die Nacht miteinander.

Allerdings währte Lottes Atempause von ihrem steifen Alltag als Gräfin nicht lange. Weihnachten stand vor der Tür, und auf die junge Hausherrin wartete jede Menge Arbeit. Im Haus ging es jetzt sehr geschäftig zu, denn der Graf kehrte am einundzwanzigsten Dezember zurück, und man erwartete Gäste für die Feiertage.

Jetzt musste das Menü für den Weihnachtsabend geplant, Gästezimmer mussten geputzt und Betten bezogen werden. Die Dienstboten waren von früh am Morgen bis spät am Abend auf den Beinen, Mamsell gestresster als sonst und Herr Walters furchtbar aufgeregt. Es war sein erstes Weihnachtsfest als oberster Hausdiener, wie er Lotte verlegen anvertraute, als sie ihn fragte, ob alles in Ordnung sei. Alles sollte perfekt werden.

Die Räume wurden geschmückt, die Böden blitzblank gewienert, eine fette Gans für den Braten ausgesucht. Mamsell bestellte edlen Portwein aus Portugal und sündhaft teuren Champagner aus Frankreich. Im Salon wurde ein Weihnachtsbaum aufgestellt. Lotte und Franz schmückten diesen mit Glaskugeln, Kerzen, kleinen Figuren aus Holz, Nüssen und Früchten.

Der Graf hatte keine Geschwister, aber eine Cousine, die mit ihrem Mann, einem Junker aus Ostpreußen, für die Feiertage nach Gut Rosenthal reiste. Die Neuenstedts hatten zwei kleine Söhne, die die Bediensteten bereits mit erschreckender Selbstverständlichkeit herumscheuchten. Ganz besonders der ältere, Friedrich, hatte es faustdick hinter den Ohren.

Auch der Graf und die Gräfin von Breskow reisten für die Feiertage nach Gut Rosenthal. Lotte versteifte sich, als sie aus der Kutsche stiegen, erst ihr Vater, schnauzbärtig und untersetzt, dann die Mutter, schmal und elegant wie eh und je. Ihre Begrüßung fiel distanziert aus.

Die ganze Zeit wartete sie darauf, dass ihr Vater etwas zu Wolkes Verkauf sagen würde – doch das Thema wurde großräumig umschifft. Auch hatte sie den Eindruck, als wollte ihr Gemahl während des Aufenthaltes ihrer Eltern gar nicht von ihrer Seite weichen. Und vor seinen Augen wagte sie nicht, die Sache erneut anzusprechen.

Ihr Bruder war ebenfalls nicht glücklich mit dem Besuch aus Breskow. Ganz besonders dem Vater wich er ständig aus. Die schlechte Stimmung zwischen den beiden war fast mit Händen zu greifen.

Wann immer Lotte sich von ihren Pflichten im Haus freimachen konnte, verbrachte sie Zeit bei den Pferden. Meist gesellte ihr Bruder sich dazu. Bald bemerkten sie, dass auch die beiden kleinen Grafen von Neuenstedt sich vor ihrem strengen Kindermädchen im Stall versteckten. Die Jungen waren vollkommen fasziniert von den Pferden, und so beschlossen Lotte und Franz, ihnen Reitstunden auf einem gutmütigen Kaltblüter zu geben, der sonst für die Feldarbeit eingesetzt wurde. Johann stellte sogar Hans für diese Zeit frei.

Hatten die Knaben sich anfangs noch wie zwei verwöhnte kleine Prinzen betragen, so dauerte es jetzt nicht lange, und sie verwandelten sich einfach in zwei ausgelassene Kinder. Manches Mal spürte Lotte, dass Johann zu ihr herübersah. Sie überlegte mit glühenden Wangen, ob sie sich beim Unterrichten vielleicht einfach ungeschickt anstellte – schließlich hatte sie ja überhaupt keine Erfahrung mit Kindern – oder ob seine Blicke eine andere Bedeutung hatten.

Sie bekam ihre Antwort, als sie den Wallach am Abend zurück in den Stall führte.

»Wenn ich das sagen darf, gnädige Frau …«, raunte Johann ihr zu. »Ich glaube, das war das schönste Weihnachtsgeschenk, das Sie den Kindern hätten machen können.« Bevor sie sich zu ihm umdrehen konnte, war er schon an ihr vorbeigelaufen.

Mit klopfendem Herzen blickte sie ihm nach. Warum nur durchschaute er sie immer so leicht? Seine Worte bedeuteten ihr viel. Sie liebte das Gefühl, dass das, was sie tat, sinnvoll war.

Weihnachten kam und ging. Eine der Aufgaben, die Lotte besonders gern mochte, war, sich um die Geschenke zu kümmern, die die Bediensteten an Heiligabend traditionell von der Herrschaft erhielten. Dank Mamsell wusste sie, wer was brauchen konnte – Hans benötigte neue Schuhe, Karla und Pia Kleider, Herr Walters einen warmen Mantel und so fort. Johann bekam ein paar gute Hemden, und Lotte versteckte in der Brusttasche eines Hemdes ein Taschentuch mit dem einzigen Muster, das sie sticken konnte: einem dicken Hasen.

Als sie ihm am nächsten Morgen im Stall begegnete, warf er ihr ein belustigtes Lächeln zu. Am selben Abend fand sie an Briannas Sattel einen kleinen, geschnitzten Anhänger an einem Lederband. Es war ein Pferd, mit einem einzigen Flecken in Form einer Wolke.

Nach Weihnachten reisten die Gäste ab, und im Haus wurde es wieder ruhiger. Einige Tage später machte sich der Graf auf nach Gut Gersdorf, einem prächtigen Landgut bei Pyritz, wo der Graf von Lindow zur Winter-Treibjagd eingeladen hatte. Lotte und ihr Bruder blieben auf Gut Rosenthal zurück.

»Du weißt ja, ich muss bald abreisen«, sagte Franz, als sie

wenige Tage nach Weihnachten durch die verschneiten Laubwälder von Gut Rosenthal ritten. Er hatte einen ernsten Ton angeschlagen. »In deinen Briefen hast du so unglücklich geklungen. Und seit ich hier bin, tust du alles, um nicht im gleichen Raum mit deinem Gemahl sein zu müssen. Kröte, gibt es irgendetwas …?«

»Es ist schon gut, Franz«, murmelte sie, als sie an den Pferdekoppeln vorbeiritten und die Ställe in Sicht kamen.

»Du klingst wie ich, wenn ich von der Akademie erzähle«, bemerkte er düster.

»Ist es denn so schlimm?«, fragte Lotte.

Er sah sie mit einem verzweifelten Ausdruck in den Augen an. »Ich kann einfach nicht schießen, Kröte. Ich bringe es nicht über mich. Ich dachte, es wird mit der Zeit besser, aber es ist nur schlimmer geworden. Jedes Mal, wenn ich den Abzug drücken soll, stelle ich mir vor, da steht ein Mensch statt einer Zielscheibe, und dann …« Er senkte den Kopf. »Für alle anderen bin ich der ›Schwächling von Breskow.‹« Er führte das nicht weiter aus, das tat er auch in seinen Briefen nie, doch die Linien in seinem Gesicht verrieten ihr, dass man ihn in Berlin schlimm schikanierte.

Lotte hatte furchtbare Geschichten über die Dinge gehört, die die überheblichen Grafensöhne den Bürgerlichen antaten, die eine Offizierslaufbahn anstrebten – sie wurden drangsaliert, verprügelt, im Schlaf mit Pferdemist überschüttet, und die Ausbilder unternahmen nichts dagegen. Manche wurden gar gezwungen, Exkremente zu essen. Jetzt befürchtete sie, dass ihr Bruder Ähnliches zu erleiden hatte.

»Du bist kein Schwächling, Franz!«, sagte sie. »Ganz und gar nicht! Die anderen, das sind Schwächlinge! Die sich zusammenrotten und jemandem das Leben schwer machen, nur weil der nachdenkt, bevor er den Abzug drückt. Das ist so gemein und feige!«

Er nickte zu ihren Worten, aber sie sah an seinem Gesicht,

dass es für ihn nicht so einfach war. Innerlich seufzte sie. Franz war immer zu weich gewesen in den Augen seines Vaters. Solange er sich nicht durch die Offiziersausbildung gequält hatte, würde Papa ihn nicht als würdigen Erben von Gut Breskow betrachten.

»Jetzt bist du an der Reihe«, meinte Franz, als sie den Hof erreichten und die Pferde in den Stall führten. »Was bedrückt dich, Kröte?«

Kurz begegnete Lotte dem Blick des Stallmeisters, der gerade aus der Remise kam. Nein, sie wollte nicht über ihre Ehe sprechen, wenn er in Hörweite war. Sein Geschenk hatte sie vollkommen aus dem Konzept gebracht. Ihres war lediglich als Scherz gemeint gewesen, aber seines ... Es war so liebevoll, so durchdacht ... Nein! Sie straffte sich und schob die Gefühle von sich weg.

Johann schien eine Sekunde zu zögern, dann nickte er ihr kaum merklich zu und ging an ihr vorbei.

»Es ist alles schiefgegangen«, sagte sie leise zu ihrem Bruder, als sie allein waren und die Pferde abhalfterten. »Und ich weiß einfach nicht, ob es überhaupt wieder besser werden kann.«

Er sah mit zusammengezogenen Brauen zu ihr hin. »Was ist passiert, Kröte?«

Sie fuhr sich mit der Hand über das Gesicht. »Er hat mir verschwiegen, dass Papa Wolke verkauft hat.«

Franz richtete sich abrupt auf. »Was sagst du da?«

Ihr stiegen die Tränen in die Augen. »Es ist jetzt schon Monate her. Papa hat sie verkauft und ... und es mir nicht einmal gesagt. Nicht einmal zu Weihnachten. Kein Wort!« Dieser Verrat schmerzte am meisten.

Seit sie davon erfahren hatte, hatte Lotte es nicht mehr über sich gebracht, ihren Eltern zu schreiben. Manches Mal hatte sie einen Brief begonnen, doch sie war nie zu einem Ende gekommen. Die Distanz zwischen den Eltern und ihr während der Feiertage tat ihr weh. Noch mehr, da es keine Gelegenheit gegeben hatte, mit ihrer Mutter unter vier Augen zu sprechen und ihr zu sagen, wie enttäuscht und traurig sie war.

Mit ihrem Vater wollte sie gar nicht erst reden. Alles, was er früher zu ihr gesagt hatte, wenn sie ihren Gefühlen Ausdruck verliehen hatte, war, dass es sich für eine junge Dame von Stand nun wirklich nicht geziemte, ihr Herz derart auf der Zunge zu tragen. In ihrer Erziehung waren Gefühle immer nur ein Problem gewesen, dem es beizukommen galt.

»Kröte …« Franz zögerte. »Ich war erst vor ein paar Wochen auf Gut Breskow. Und natürlich habe ich im Stall vorbeigeschaut und Wolke und die übrigen Pferde begrüßt. Papa hat sie ganz bestimmt nicht verkauft!«

Fassungslos sah Lotte ihn an. Sie wollte etwas erwidern, aber sie brachte kein Wort über die Lippen. Das konnte nicht sein! Sie hatte monatelang in dem Wissen gelebt, dass Wolke für immer fort war! Doch der ernste Blick ihres Bruders ließ keinen Zweifel an seiner Aufrichtigkeit.

Als ihr bewusst wurde, was das bedeutete, wurde ihr schlagartig eiskalt. Sie konnte sich nicht regen, konnte nicht einmal etwas sagen. Ihr Mann hatte sie belogen. Die ganze Zeit über. Zu der Kälte in ihrem Inneren kam nun auch dieses schreckliche Gefühl der Beklemmung hinzu. Und dieses Mal war es so stark, dass sie kaum mehr atmen konnte.

»Kröte?«, fragte Franz irgendwann.

»Es geht mir gut«, hörte sie sich selbst antworten. Als sie seinen zweifelnden Blick bemerkte, zwang sie sich zu einem Lächeln. »Es geht mir gut, Franz. Es ist schon in Ordnung. Es war anscheinend ein Missverständnis.«

Franz reiste zwei Tage später ab.

Die ganze Zeit über war Lotte wie gelähmt. Es gelang ihr kaum, einen klaren Gedanken zu fassen. Ihr Mann hatte sie mit einer Finesse manipuliert, die sie innerlich erstarren ließ. Sie hatte den Kontakt zu ihren Eltern abgebrochen und sich vollständig isoliert. Hatte er sie etwa auf diese Weise unter Kontrolle bekommen wollen?

Sosehr sie nach einer anderen Erklärung suchte, sie fand keine. Wie hatte sie nur so lange die Augen vor der Wahrheit verschließen können? Andreas von Eichberg war ein gefährlicher Mann. Und sie lebte mit ihm unter einem Dach. War mit ihm verheiratet. Ihr war, als hätten sich Fesseln um ihren Körper geschlungen, die sich nun zuzogen. Enger und enger.

An diesem Abend verließ sie das Herrenhaus und ging durch den fallenden Schnee zu den Ställen. Sie wusste nicht, was sie tun sollte. Sie wusste nur, dass sie es im Haus keine Sekunde länger aushielt, jetzt, da ihr Bruder fort war.

Vor dem Stall traf sie auf Hans, in dessen Schlepptau wie beinahe immer Brutus lief. Lotte hatte den Verdacht, dass die Stallburschen dem Rüden heimlich Leckereien zustecken und ihn verwöhnten. Das mochte auch der Grund sein, warum Brutus sich wie ein Schoßhündchen benahm.

Wie immer grüßte der Stallbursche sie freundlich. »Guten Abend, gnädige Frau. Wollen Sie den Pferden noch Gute Nacht sagen?«

»Ja«, brachte sie hervor. »Du … du kannst zu Bett gehen, Hans. Es ist schon spät.«

Er sah sie einen Moment lang unsicher an. Er schien Mühe zu haben, sich eine Nachfrage zu verkneifen. »Gute Nacht, gnädige Frau«, murmelte er schließlich. Dann ging er schnellen Schrittes davon.

Erst als sie sich sicher war, allein zu sein, betrat Lotte den Stall. Brianna schnaubte erfreut, als sie die junge Gräfin bemerkte. Lotte kraulte sie kurz zwischen den Ohren, bevor sie leise fragte: »Was sagst du? Wollen wir einen Ausflug machen?«

»Gnädige Frau?«

Beim Klang der tiefen Stimme zuckte sie zusammen. Sie wirbelte herum und stand unvermittelt Johann gegenüber.

»Was …« Lotte gelang es kaum, ihren keuchenden Atem zu beruhigen. »Was tun Sie hier?«

»Das ist mein Stall«, antwortete er leichthin.

»Hören Sie auf damit!«, stieß sie hervor. »Ich habe Ihnen eine Frage gestellt.«

Seine Miene wurde schlagartig ernst. »Hans wollte, dass ich nach Ihnen sehe.«

Stumm verfluchte sie den Burschen.

»Er hat es gut gemeint«, fügte Johann hinzu, ganz so, als hätte er ihre Gedanken gelesen. »Er hat sich Sorgen um Sie gemacht.«

Sie konnte nur den Kopf schütteln. Sie wollte nicht, dass jemand sich um sie sorgte. Eigentlich wusste sie überhaupt nicht mehr, was sie wollte. In ihrem Kopf war alles durcheinandergeraten, genau wie in ihrem Herzen. Sie wollte, dass Johann ging und aufhörte, sie so anzusehen, und zugleich wollte sie ihn in ihrer Nähe haben.

Wochenlang hatte sie versucht zu vergessen, was beinahe zwischen ihnen geschehen war, und nun brach es wieder über sie herein. Seine Nähe machte alles schlimmer. Sie wollte ihn nicht ansehen und sich wünschen, dass die Kluft zwischen ihnen verschwand. Und vor allem wollte sie sich nicht tagein, tagaus fragen, warum er noch hier war, wenn sein Traum auf der anderen Seite der Welt auf ihn wartete.

Sie holte tief Luft und versuchte, sich zu beruhigen. Das durfte sie nicht! Sie hatte es sich verboten, noch einmal in eine solch intime Lage mit ihm zu geraten, und das aus gutem Grund. Er war ein Angestellter ihres Mannes, und wenn sie erneut die Grenze zwischen ihnen verwischte, würde sie früher oder später nicht nur ihr eigenes Herz zugrunde richten, sondern auch Johann schaden. Der Gedanke an das, was Andreas tun könnte, würde er erfahren, dass seine Frau eine

Schwäche für den Stallmeister hatte, schnürte ihr die Kehle zu.

»Geht es Ihnen gut, gnädige Frau?«, fragte Johann. Seine Miene war ernst, der Ausdruck in seinen Augen aufmerksam.

»Aber ja.« Sie brachte sogar ein Lächeln zustande. »Es geht mir gut, Johann.«

Er zögerte einen Moment. »Ich habe mir auch Sorgen gemacht.«

Sie schluckte. Dann straffte sie die Schultern und bedachte ihn mit einem kühlen Blick. »Dafür gibt es keinen Grund. Ich danke Ihnen für Ihre Besorgnis, doch sie ist ganz und gar nicht notwendig. Sie dürfen jetzt gehen.«

Statt der Aufforderung nachzukommen, musterte er sie mit gerunzelter Stirn. Sie trug einen wetterfesten Wachsmantel und hatte sich einen dicken Wollschal um den Hals geschlungen. »Wenn Sie davonlaufen wollen, dann sagen Sie es mir lieber. Dann werde ich Ihnen nämlich davon abraten. Es ist eiskalt.«

Sie verschränkte die Arme vor der Brust und zwang sich, seinen eindringlichen Blick mit aller Entschlossenheit zu erwidern. »Ich sagte, Sie dürfen gehen.«

Er sah sie noch einen Moment länger an. Dann schüttelte er kaum merklich den Kopf. »Wie Sie wünschen, gnädige Frau. Aber wenn Sie doch davonreiten, werde ich gezwungen sein, Ihnen zu folgen. Ich wünsche eine gute Nacht.« Mit diesen Worten wandte er sich zum Gehen.

Die Worte brachen aus ihr hervor, bevor sie sich davon abhalten konnte. »Warum sind Sie noch hier?«

Er blieb abrupt stehen, blickte sie jedoch nicht an. »Ich weiß nicht, wovon Sie sprechen.«

»Das wissen Sie sehr wohl«, gab sie zurück. »Warum sind Sie noch hier auf Gut Rosenthal? Warum sind Sie nicht schon längst gegangen? Sie sagten, Sie hätten genug Geld, um ein neues Leben anzufangen. Sie träumen seit Ihrer Kindheit davon! Aber Sie sind immer noch hier!«

Er wandte sich ihr langsam wieder zu. Auch er wirkte jetzt aufgebracht. »Das wissen Sie genau. Ich habe Ihnen gesagt, was mich zurückhält.«

Seine Augen hatten sich verdunkelt und einen fast schon gequälten Ausdruck angenommen. Sie machte einen zögerlichen Schritt auf ihn zu und sah ihn dabei fast schon flehentlich an. »Sie machen es für uns beide einfacher, wenn Sie gehen.«

»Einfacher?«, stieß er hervor. Auch er bewegte sich jetzt auf sie zu. »Was soll einfacher daran sein? Wenn Sie glauben, ich könnte diesem Gut leichten Herzens den Rücken zuwenden, dann liegen Sie falsch, gnädige Frau. Und wenn Sie denken, ich könnte einfach so fortgehen und vergessen, dass es Sie gibt, sind Sie blind.«

»Ich will nicht, dass Sie gehen!«, brach es aus ihr hervor. »Verstehen Sie nicht? Das ist doch das ganze Problem! Ich will nicht, dass Sie gehen. Ich denke ständig an Sie! Und selbst, wenn Sie in meiner Nähe sind, ist es nicht genug! Ich …«

Er berührte ihre Wange, und Lotte verstummte. Atemlos beobachtete sie sein Gesicht, während seine Fingerspitzen die Linie ihres Wangenknochens nachfuhren. Dort, wo er sie berührte, schienen sich Funken an ihrer Haut zu entzünden. Er gab ihr jede Möglichkeit, sich ihm zu entziehen. Zurückzuweichen. Aber sie tat es nicht. Stattdessen lehnte sie sich in die Berührung und schloss die Augen. Und er küsste sie.

Ihr Herz geriet aus dem Takt, ihre Knie wurden weich. Sie hörte sich selbst einen fast schon hilflosen Laut an seinen Lippen ausstoßen. Während ihr Verstand schrie, dass das hier Wahnsinn war, reagierte ihr Körper wie von selbst auf seinen zärtlichen Kuss. Sie brachte ihre Gedanken zum Schweigen. Nur dieses eine Mal. Lotte stellte sich auf die Zehenspitzen und vergrub die Hände in seinem Haar, und er schlang die Arme um ihre Mitte, während sein Kuss tiefer und fordernder wurde. Erst als ihnen beiden der Atem ausging, lösten sie sich keuchend voneinander.

»Ich wollte nicht weglaufen.« Lotte atmete zittrig ein. »Ich wollte nur ausreiten … Ich wollte einfach das Gefühl haben …« *Mein Schicksal selbst in der Hand zu haben.* Sie ließ den Satz unvollendet.

Er lehnte die Stirn gegen ihre, und sie hörte ihn schlucken. »Dann reiten wir aus.«

Es schneite noch immer. Brianna und Feline schienen sich über die Bewegung zu freuen, denn beide trabten frohgemut voran, während über ihnen ein runder Vollmond sein Licht über den Feldweg ergoss, den sie für ihren abendlichen Ausritt gewählt hatten.

Lottes Wangen glühten trotz der Kälte, während ihre Gedanken sich überschlugen. Er hatte sie geküsst! Und statt ihn von sich zu stoßen, wie sie es hätte tun sollen, hatte sie ihn zurückgeküsst. Schon die Erinnerung an seine leidenschaftlichen Berührungen sorgte dafür, dass die Hitze ihren ganzen Körper durchflutete. Hin und wieder warf sie Johann einen scheuen Blick zu, und jedes Mal, wenn er die Lippen zu einem kleinen Lächeln verzog, machte ihr Herz wieder einen Satz.

Auf einem Hügel zügelten sie schließlich die Pferde. Nach kurzem Zögern stieg Lotte von Briannas Rücken und blickte hinaus auf die verschneiten Felder. Johann tat es ihr gleich.

Obwohl er sie nicht berührte, spürte sie seine Nähe. Sie schluckte schwer, als sie an die Konsequenzen dachte, die ihr Handeln haben konnte. Sie war eine verheiratete Frau, und sie hatte einen anderen Mann geküsst! Das war ungeheuerlich. Von klein auf hatte Lotte gewusst, dass sie eine Pflicht im Leben hatte, eine einzige: gut zu heiraten und Kinder zu gebären. Ihre Eltern hatten es ihr immer wieder eingebläut. Und jetzt war sie bloß noch einen Schritt davon entfernt, eine gefallene Frau zu werden. Wenn es auch nur das winzigste Gerücht über ihre Beziehung zu Johann gäbe, wenn irgendjemand etwas gesehen hatte …

»Das darf nie wieder geschehen«, sagte sie, als sie ihrer Stimme endlich wieder traute.

Darauf erwiderte er nichts. Sie spürte, dass er sie ansah, und irgendwann wagte sie, seinen Blick zu erwidern. So ernst. So eindringlich. »Ich werde so bald wie möglich abreisen«, erklärte er. »Sie haben recht. Ich kann nicht länger hierbleiben.«

Der Schmerz traf sie unvorbereitet. Sie schluckte den Kloß in ihrem Hals herunter und wandte sich abrupt ab. »Ich freue mich für Sie. Ich … wünsche Ihnen nur das Beste.«

Als sie sich gerade wieder auf Briannas Rücken schwingen wollte, sagte er: »Ich kann das nicht länger mit ansehen. Sie sind unglücklich mit ihm. Herrgott, Sie wollten ihn ja noch nicht einmal heiraten!« Er klang so aufgewühlt, wie sie sich fühlte.

»Johann …«, begann sie, doch er unterbrach sie schon.

»Wollen Sie wirklich mit diesem Mann verheiratet bleiben? Mit ihm leben? Wollen Sie dieses Leben?«

Sie wirbelte herum. »Es ist nun einmal mein Leben, Johann. Ich hatte nie eine andere Wahl, und es nutzt nichts, über vergossene Milch zu weinen.«

»Sie könnten mitkommen«, sagte er.

Fassungslos starrte sie ihn an. »Mitkommen?«

»Nach Amerika.« Er straffte sich. »Nicht als … Wir könnten zusammen reisen. Und in Amerika könnten Sie tun, was immer Sie wünschen. Das ist es doch, was Sie wirklich wollen, nicht wahr?«

Lotte konnte ihn nur ansehen, zu fassungslos, um etwas zu erwidern. Nie zuvor hatte sie sich derart zerrissen gefühlt. Sie hatte sich niemals etwas anderes gewünscht als das. Auf ein Schiff zu steigen und ein ganz neues Leben als unabhängige

Frau zu beginnen. Und zugleich war ihr bewusst, wie unmöglich das war. Sie war verheiratet, und ihr Mann würde einer Scheidung niemals zustimmen. Und dann war da das Gestüt. Die Bewohner von Gut Rosenthal, die sie lieb gewonnen hatte, und die Pferde, die sie nicht einfach zurücklassen konnte. Sosehr sie ihrer Ehe entfliehen wollte, so sehr liebte sie das Gut.

»Wissen Sie eigentlich, was Sie da vorschlagen?«, flüsterte sie. Was würde mit ihm geschehen, wenn sie sich entschließen würde, mit ihm zu gehen? Sie würde weglaufen, und sie wusste genau, Andreas würde alles tun, um sie zurückzubekommen. Sie würden nicht weit kommen. Und dann würde er Johann zweifellos erschießen.

»Denken Sie darüber nach.« Johann schwang sich auf Felines Rücken.

Lotte hatte es auf einmal eilig heimzukommen. Ihr war kalt, und ihre Gedanken waren ein einziges Durcheinander. Sie kam sich feige vor. Feige und unentschlossen. Was, wenn sie mit ihm ging? Könnte sie das wirklich tun? Und wie könnte sie sich weiter in seiner Nähe aufhalten, jetzt, da sie wusste, wie seine Lippen sich auf ihren anfühlten und wie unfähig sie war, gegen ihre Gefühle für ihn anzukämpfen?

Kaum waren sie losgeritten, frischte der Wind auf.

»Wir sollten uns beeilen!«, rief Johann.

Es begann stärker zu schneien. Schon bald war der Pfad vor ihnen im Schneegestöber verschwunden. Lotte hörte Johann fluchen. Sie trieben die Pferde an. Der Boden war an einigen Stellen vereist, und Lotte spürte, dass Brianna manchmal Schwierigkeiten hatte, den richtigen Tritt zu finden. Sie verfluchte sich für ihre Dummheit. Es war vollkommen wahnsinnig gewesen, heute Abend noch auszureiten, und sie wusste, dass Johann dem nur ihr zuliebe zugestimmt hatte.

In dieser Sekunde flitzte ein Tier vor ihnen über den Weg. Glühende Auge, rotes Fell – ein Fuchs. Brianna scheute. Im gleichen Moment verlor die Stute das Gleichgewicht auf dem glatten Boden und machte einen panischen Sprung, um sich zu fangen. Die Wucht der Bewegung warf Lotte aus dem Sattel.

Sie schlug seitlich auf dem harten Boden auf. Der Aufprall war so schmerzhaft, dass ihr die Luft wegblieb.

»Charlotte!«

Im nächsten Moment war Johann bei ihr und fasste sie bei der Schulter. »Bist du verletzt?«

Sie verzog das Gesicht. »Ich denke, ja.« Sie versuchte aufzustehen, aber der Schmerz in ihrer Seite machte es ihr unmöglich, sich zu bewegen.

»Schon gut. Beweg dich nicht.« Er hob sie behutsam auf die Arme und trug sie zurück zu den Pferden.

Lotte blinzelte die Schneeflocken weg, die sich in ihren Wimpern verfangen hatten. Brianna schien unverletzt zu sein, doch sie tänzelte noch unruhig auf der Stelle.

Johann setzte Lotte auf Felines Rücken und stieg dann hinter ihr auf. Anschließend griff er nach Briannas Zügel. Die Stute ließ sich widerstandslos neben Feline her führen.

Lotte spürte, dass Johann versuchte, so ruhig wie möglich zu reiten, um ihr nicht noch mehr Schmerzen zuzufügen oder gar Verletzungen, die sie haben mochte, zu verschlimmern. Nach kurzem Zögern schmiegte sie sich an seine Brust, um sich vor dem kalten Wind zu schützen. So erreichten sie den Gutshof.

»Hans!«, brüllte Johann über den Hof. Kurz darauf eilte der Bursche auch schon heran. Johann befahl ihm in knappen Worten, den Kutscher zu wecken und mit ihm ins Dorf zu fahren, um den Doktor zu holen. Während Lukas, der ebenfalls durch Johanns Ruf geweckt worden war, sich daranmachte, die Pferde in den Stall zu führen, trug Johann Lotte ins Haus.

Doktor Krause traf noch in derselben Nacht ein. Dem Kutscher war es trotz des schlechten Wetters gelungen, in Windeseile ins Dorf und zurückzufahren.

»Nun, Frau Gräfin, eine Menge Prellungen haben Sie da abbekommen«, sagte der kleine Mann mit der Knollennase, als er mit der Untersuchung fertig war. »Die Rippen auf der rechten Seite sind geprellt, außerdem die Leiste. Und das rechte Handgelenk ist gestaucht. Aber Sie sollten sich schnell wieder erholen, trotz des Fiebers.«

»Fieber?«, wiederholte Lotte.

»Nur eine leichte Erhöhung der Temperatur«, beruhigte der Arzt sie. »Es war sehr leichtsinnig von Ihnen, bei diesem Wetter auszureiten.«

Lotte wollte sich im Bett aufsetzen, aber nun kam zu den Schmerzen vom Sturz auch ein Stechen in ihrem Unterleib hinzu. Sie legte eine Hand auf ihren Bauch. Sie hatte seit einigen Tagen leichte Krämpfe, so wie sie es sonst vor ihrer Blutung hatte …

»Frau von Eichberg?«, sagte der Arzt. »Haben Sie Schmerzen im Unterleib?«

»Ein wenig«, antwortete Lotte mit einem kleinen Lächeln. »Es ist nicht schlimm, nur ein wenig störend.«

»Wann haben Sie das letzte Mal geblutet?«, fragte der Arzt unvermittelt. Er hatte sich schon von dem Stuhl erhoben, den Pia ihm hingestellt hatte. Jetzt hielt er jedoch inne und sah Lotte über den Rand seiner Brille hinweg prüfend an.

Lotte schluckte. Auf einmal breitete sich ein Gefühl der Beklemmung in ihr aus. »Das war …« Sie erschrak. Das letzte Mal hatte sie kurz vor Andreas' Rückkehr aus Berlin geblutet! Das war bald zwei Monate her!

»Nun, Frau Gräfin«, erwiderte der Arzt, als sie ihm das gesagt hatte. »Dann besteht die Möglichkeit, dass Sie ein Kind erwarten. Meinen herzlichen Glückwunsch!«

Kapitel 13

Als der Doktor seinen Hut nahm und sich von Lotte verabschiedete, erklang ein Poltern auf der Treppe, gefolgt von einem wütenden Ruf. »Wo ist meine Frau?«

Lotte fuhr zusammen. Andreas hatte doch erst ein paar Tage nach Neujahr zurückkehren sollen! Sie war noch immer nicht in der Lage zu begreifen, dass sie womöglich ein Kind erwartete. Und nun auch noch das!

Eine Sekunde später flog die Tür auf, und der Graf stürmte ins Zimmer, hochrot im Gesicht und sichtlich außer sich.

Pia, die die ganze Zeit über an Lottes Seite geblieben war, stellte sich ihm in den Weg. »Gnädiger Herr …«

»Raus!«, befahl er grob und machte einen drohenden Schritt auf sie zu.

»Pia, bitte geh«, sagte Lotte angespannt.

Die Zofe gehorchte, und der Graf wandte sich seiner Frau zu. »Das reicht!«, fuhr er sie an. »Ich habe das lange genug geduldet! Von jetzt an bleibst du im Haus, so, wie es sich für meine Ehefrau gehört!«

Lotte setzte sich unter Schmerzen etwas aufrechter im Bett auf. »Andreas …«

Er fegte eine Blumenvase von der Kommode neben der Tür. Das Porzellan zersprang mit einem Klirren, und das Wasser und die Christrosen, die Lotte vor wenigen Tagen im Garten geschnitten hatte, ergossen sich über den Boden. Sie zuckte zusammen und starrte ihren Mann mit wild pochendem Herzen an. Sein Gesicht war vor Wut verzerrt, und für eine Sekunde war sie sich ganz sicher, dass er sie schlagen würde.

»Herr Graf von Eichberg«, sagte Doktor Krause in diesem Moment und hob beschwichtigend die Hände. »Ihre Frau Gemahlin braucht Ruhe nach dem schweren Sturz. Umso mehr, da sie ja ein Kind erwartet.«

Bei seinen Worten verkrampfte sich alles in Lotte. Ihr Entsetzen wuchs mit jeder Sekunde. Sie konnte doch kein Kind bekommen! Weder war sie bereit, Mutter zu werden, noch wollte sie ein neues Leben in diesen Haushalt bringen! Ein einziger Blick in das Gesicht ihres Mannes, eine einzige Erinnerung an den Abend, an dem er sie in ebendiesem Zimmer bedroht hatte, und es durchfuhr sie eiskalt. Das durfte einfach nicht wahr sein!

»Ein Kind?«, wiederholte der Graf. In seine Augen trat ein Glanz, der Lotte eine Gänsehaut über den Rücken jagte. Es brauchte nur einen Wimpernschlag, und ihr Gemahl war wieder der fürsorgliche, etwas kauzige Herr, den sie geheiratet hatte. Er kam zu ihr ans Bett und ergriff ihre Hände, ohne sich darum zu scheren, dass sie zurückzuckte. »Ja, kann das denn wahr sein? Wir bekommen einen Sohn?«

»Einen Bub oder ein Mädel«, sagte der Doktor. »Ja, Herr Graf, es sieht ganz danach aus, als würden Sie bald Vater werden!«

»Wie wunderbar!«, rief Andreas aus, nahm Lottes Gesicht in beide Hände und drückte ihr einen Kuss auf die Stirn. »Meine Liebe, nun wird doch noch alles gut! Wir werden bald einen Sohn haben! Einen Stammhalter für das Gut. Das sind hervorragende Neuigkeiten!«

Lotte nickte nur, während sie mit aller Kraft die Tränen zurückdrängte.

Als der Doktor gegangen war, wandte sich der Graf von Eichberg ihr zu. Er lächelte noch immer, doch in seinen Augen lag wieder dieser eisige Ausdruck, den Lotte schon kannte und der sie auch heute wieder erschaudern ließ. »Ich werde nicht dulden, dass du meinen Sohn in Gefahr bringst«, sagte er leise. »Du wirst dich von jetzt an schonen. Hast du mich verstanden? Ich erlaube nicht, dass sich dieser Abend wiederholt. Du wirst nicht mehr ausreiten. Stattdessen wirst du dich darauf konzentrieren, den Erben von Rosenthal auszutragen.«

Lotte erwiderte nichts darauf. Mit jedem Wort, das aus seinem Mund kam, hatte sie mehr das Gefühl, als zöge sich die Schlinge um sie enger und enger. Was würde nun werden? Ihr war soeben ihre letzte Freiheit genommen worden. Die Zeit, die sie im Sattel verbrachte, war ihr die wertvollste am Tag, und nun sah sie einen langen, kalten Winter vor sich. Andreas würde sie hier einsperren. Sie erkannte es in seinen Augen. Ihr Zuhause war nun endgültig zu einem Gefängnis geworden, und der Gedanke, dass das hier ihr Leben sein sollte, dass es niemals anders werden würde, drückte ihr die Luft aus den Lungen.

Wie aus weiter Ferne hörte sie, wie ihr Gemahl ihr eine gute Nacht wünschte und Pia, die wohl vor der Tür gewartet hatte, anwies, von jetzt an nicht mehr von der Seite seiner Frau zu weichen. Als er schon die Hand auf dem Türknauf hatte, wandte er sich jedoch noch einmal zu Lotte um. »Eines möchte ich doch noch wissen, meine Liebe: Wieso reitet meine Frau mitten in der Nacht bei diesem Wetter aus? Mit meinem Stallmeister noch dazu?«

Lottes Herz setzte einen Schlag aus. Unter der Bettdecke begann sie zu zittern. Was, wenn ihr Gemahl etwas von dem Kuss ahnte? Übelkeit stieg in ihr auf. »Ich wollte nur ausreiten«, sagte sie, als sie ihre Stimme wiedergefunden hatte. »Das war dumm, das stimmt. Johann hat mich begleitet, weil er weiß, dass du es nicht schätzt, wenn ich allein ausreite.«

Ihr Gemahl sah sie so durchdringend an, dass der Knoten in ihrem Magen noch ein wenig größer wurde. »In der Tat, meine Liebe«, gab er schließlich zurück, den Blick nicht auf sie, sondern auf die Blumenvase gerichtet, die er zerschlagen hatte. »Es war dumm. Aber mach dir keine Gedanken mehr darum. Ich werde mich um alles kümmern.«

Lotte fuhr auf. »Was meinst du damit?«

»Nun, ich kann Johann nach diesem Vorfall unmöglich weiter beschäftigen.«

Entsetzt starrte sie ihn an. Nein! Es war ihre Idee gewesen, mitten in der Nacht und bei diesem Wetter auszureiten, nicht seine! Sie hatte Johann zwar angefleht, fortzugehen und endlich seinen eigenen Träumen zu folgen, doch sie wollte nicht, dass es auf diese Weise geschah. Er sollte nicht dazu gezwungen sein, das Gut zu verlassen, noch dazu mitten im Winter und wegen eines Fehlers, den *sie* begangen hatte!

»Andreas, nein!«, flüsterte sie. »Es war meine Idee auszureiten! Nicht seine!«

»Ich diskutiere darüber nicht, meine Liebe«, erwiderte er. »Die Angelegenheiten des Gestüts sollten dich nicht bekümmern, ebenso wenig mein pflichtvergessener Stallmeister. Und nun musst du dich ausruhen. Schließlich wollen wir doch von nun an jede Aufregung vermeiden, nicht wahr?«

»Andreas, bitte …«

Aber da verließ er schon den Raum und ging davon.

Während Pia zu Lotte eilte, ihr Kissen aufschüttelte und besorgt nach ihrem Befinden fragte, konnte diese nur mit brennenden Augen aus dem Fenster blicken.

Sie erwartete ein Kind.

Und ihr Mann würde Johann entlassen. Jetzt, da sie wusste, sie würde ihn wohl nicht wiedersehen, konnte sie es sich endlich eingestehen: Sie hatte eine tiefe Zuneigung zu diesem schweigsamen, sanftmütigen Menschen entwickelt. Der Gedanke, dass er nun entlassen werden würde, ohne überhaupt eine Schuld auf sich geladen zu haben, schnitt ihr ins Herz. Sie wünschte ihm mit jeder Faser, dass sich seine Träume erfüllten und dass er auf der anderen Seite der Welt das Leben fand, nach dem er suchte. Er sollte glücklich werden. Und zugleich konnte sie nichts gegen die Verzweiflung tun, die sie übermannte, als Pia schließlich das Licht löschte.

In der Nacht weckte sie Pia. »Gnädige Frau«, flüsterte das Mädchen und legte Lotte, die erschrocken hochfahren wollte, eine Hand auf die Schulter. »Es ist schon gut, ich bin es nur.«

»Was ist?«, murmelte Lotte schlaftrunken.

»Entschuldigen Sie«, wisperte Pia. »Es ist nur ... der Johann fragt, ob er Sie sehen kann. Er macht sich wirklich große Sorgen um Sie, sagt Mamsell. Und weil der gnädige Herr ihm verboten hat, in Ihre Nähe zu kommen, da dachten wir ...«

Lottes Herz begann sofort, schneller zu klopfen. »Wo ist er?«

»Er wartet hinterm Haus, gnädige Frau. Wenn Sie wünschen, ihn zu sehen, kann ich ihn raufbringen.«

Lotte setzte sich auf. Auf der anderen Seite der Wand hörte sie ihren Gemahl schnarchen. »Aber das ist doch Wahnsinn, Pia!«, flüsterte sie. »Was, wenn mein Mann wach wird?«

»Da machen Sie sich mal keine Sorgen«, sagte das Mädchen mit einem verschwörerischen Lächeln. »Der gnädige Herr schläft tief und fest und wird ganz bestimmt nicht aufwachen.«

»Pia!«, zischte Lotte, auf einmal hellwach. »Was habt ihr angestellt?«

»Nichts«, antwortete die Zofe unschuldig. »Mamsell hat dem gnädigen Herrn eine heiße Milch mit Honig zubereitet, weil er nach der Unterhaltung mit Johann so aufgebracht war, und möglicherweise hat sie auch noch was zur Beruhigung hineingetan.«

Lotte fragte lieber nicht, was Mamsell Brieger in diese Milch geträufelt hatte. Eine überwältigende Zuneigung zu der verschlossenen Hauswirtschafterin von Gut Rosenthal und ihrer treuen Zofe erfasste sie. Doch was würde geschehen, wenn der Graf von den Umtriebigkeiten seiner Angestellten erfuhr?

Sie holte tief Luft. »Ihr solltet das nicht tun. Ihr werdet noch eure Stellung verlieren!« Sie umfasste Pias Hände. »Ich fürchte, wenn mein Mann herausfände, was ihr hier macht, könnte ich euch kaum helfen. Und du weißt genau, jede Verfehlung kommt ins Gesindebuch!« Wenn ihre Zofe und Mamsell Brieger wegen eines so ernsten Vergehens entlassen würden, würden sie nie wieder eine Anstellung finden.

»Ja, wir können doch nicht einfach zusehen, gnädige Frau«, sagte Pia. »Nach allem, was hier auf Gut Rosenthal schon geschehen ist. Sie sind in letzter Zeit so traurig, und so wie Sie und der Johann einander ansehen …«

Lotte spürte, wie ihr die Hitze in die Wangen stieg. War es wirklich so offensichtlich, dass Johann und sie viel mehr füreinander empfanden, als recht war? Gerührt drückte sie Pias Hand. »In Ordnung. Ich danke dir. Aber seid ja vorsichtig! Niemand darf euch sehen.«

Pia schenkte ihr ein beruhigendes Lächeln, dann huschte sie aus dem Zimmer. Lotte wartete mit klopfendem Herzen.

Einige Minuten später, als es sie trotz der Schmerzen kaum mehr im Bett hielt, öffnete sich die Tür, und Johann schob sich ins Zimmer. In der Dunkelheit konnte Lotte nur seine Silhouette ausmachen. Und trotzdem reagierte ihr Herz, als wollte es auflodern wie ein Feuer. Dieses dumme, törichte Herz! Es tat weh, ihn anzusehen. Er war nur wenige Schritte von ihr entfernt und zugleich so weit weg, als trennte sie bereits ein Ozean voneinander.

Das Wissen, sich jetzt von ihm verabschieden zu müssen, trieb ihr die Tränen in die Augen. Aber es war besser so. Das sagte sie sich wieder und wieder, während sie ihm entgegenblickte und darauf wartete, dass er zu ihr kam. Es war besser für ihn, für ihr Herz, für ihr ungeborenes Kind und den Frieden in diesem Haus, wenn sie einander niemals wiedersahen. Sie musste sich zusammennehmen.

Er sagte nichts, kam nur langsam zu ihr und sank neben

ihrem Bett in die Hocke. Eine Weile war nichts als ihre unregelmäßigen Atemzüge zu hören, dann fragte er, ganz leise: »Wie geht es dir?«

Sie atmete geräuschvoll aus. Sie hatte nicht geahnt, dass es sich so anfühlen würde, wenn er die Barrieren zwischen ihnen einfach niederriss. »Als wäre ich vom Pferd gefallen.«

Er schnaubte, doch sie sah das kleine Lächeln, das um seine Mundwinkel zuckte. Es war jedoch viel zu schnell wieder verschwunden und machte einer ernsten Miene Platz. »Charlotte …«

Sie unterbrach ihn hastig, aus Angst vor dem, was er als Nächstes sagen würde. »Es geht mir gut. Ich … danke, dass du mich nach Hause gebracht hast.«

Statt ihr eine Antwort zu geben, legte er eine Hand über ihre. Die Berührung war hauchzart und ließ Lotte stockend Luft holen. Eine Weile saßen sie nur so da, hielten einander bei den Händen und schauten sich in die Augen.

»Wurdest du entlassen?«, flüsterte sie schließlich.

Er umfasste ihre Hände ein wenig fester. »Nein. Noch nicht. Ich denke, er wird es sich überlegen. Ich darf nicht mehr in deine Nähe kommen, aber dein …« Seine Miene verhärtete sich. »Einen so guten Stallmeister wie mich findet er so schnell nicht, und das weiß er auch.«

»Wie gut, dass du so bescheiden bist«, erwiderte Lotte, und freute sich über das kleine Lächeln, das er ihr schenkte.

»Ich bleibe«, erklärte er schließlich. »Ich werde auf Gut Rosenthal bleiben. Amerika läuft mir nicht weg.« Er sprach leise, aber die Entschlossenheit in seiner Stimme war unverkennbar.

Sie schluckte. Wie sollten sie das ertragen? Wie sollten sie einander Tag für Tag sehen, wissend, dass ihre Gefühle so unmöglich waren, als verliebte der Himmel sich in die Erde? Wollte er wirklich hierbleiben und seinen Traum auf einen fernen Zeitpunkt in der Zukunft verschieben? Bei einer Frau, die ihm nichts geben konnte? Denn das konnte sie nicht. Im Gegenteil: Je näher sie einander kamen, desto mehr Angst bekam sie vor dem, was sie für ihn empfand. Dem Teil von ihr, der sich immer auf der Flucht befand, waren diese Gefühle längst zu viel.

Irgendwann brach sie die Stille. »Ich erwarte ein Kind.«

Er schloss kurz die Augen, und sie hörte, dass er schluckte. Doch er ließ ihre Hände nicht los. Er blieb. Und sie erkannte, dass es viel mehr brauchen würde, um ihn dazu zu bewegen, sie zu verlassen. »Wie geht es dir damit?«, fragte er irgendwann.

Sie stieß ein ersticktes Lachen aus. »Ich weiß es nicht. Ich kann mir überhaupt nicht vorstellen, Mutter zu werden.«

Johann sagte nichts darauf. Er sah sie nur mit aufmerksamer Miene an und strich dabei mit dem Daumen über ihren Handrücken.

»Du kannst deinen Traum nicht aufgeben«, sagte sie leise. »Das erlaube ich nicht.«

Seine Mundwinkel zuckten. »Gnädige Frau werden mir in dieser Sache sicher keine Befehle erteilen.«

Sie funkelte ihn an. »Ich meine es ernst!«

Er erwiderte ihren Blick mit der gleichen Willensstärke. »Das tue ich auch. Ich gehe nirgendwo hin.«

»Du bist so ein Sturkopf«, entgegnete sie ärgerlich.

»Das sind wir wohl beide« Er beugte sich ein Stück zu ihr und sah ihr eindringlich in die Augen. »Ich lasse dich hier nicht allein.«

In diesem Moment fasste sie einen Entschluss. Als er sie in seine Arme zog, vergrub sie das Gesicht an seiner Halsbeuge, atmete tief ein, unterdrückte mit aller Kraft ein Schluchzen. Und sagte ihm stumm Lebewohl.

Kapitel 14

Am nächsten Tag suchte Lotte ihren Gemahl in seinem Arbeitszimmer auf.

Sie hatte in dieser Nacht nicht geschlafen. Stattdessen hatte sie an den Baldachin gestarrt und stumm geweint. Die Schuldgefühle waren kaum zu ertragen. Aber sie würde ihre Entscheidung nicht ändern.

»Meine Liebe«, sagte Andreas, als seine Frau zögerlich eingetreten war. »Was kann ich für dich tun?«

Sie holte tief Luft. »Ich war gestern sehr verwirrt, wie du weißt. Ich habe noch einmal über alles nachgedacht, und … du hattest natürlich mit allem recht. Du solltest den Stallmeister entlassen.«

Noch am gleichen Tag stand Lotte am Fenster und beobachtete, wie Johann das Gut verließ. Auf dem Feldweg, der hinter dem Herrenhaus durch die schneebedeckten Wälder ins Dorf führte, blieb er stehen und blickte zurück. Es war ihr, als sähe er für eine Sekunde zu ihr herauf. Dann wandte er sich ab. Wenige Sekunden später war er aus ihrem Blickfeld verschwunden.

Während sie die Fingernägel in den Fensterrahmen grub und ihm nachsah, gestand sie sich ein, dass sie sich verliebt hatte. In den schweigsamen Mann mit den ernsten Augen, der sie zum Lachen brachte und zur Weißglut trieb und den sie näher an sich herangelassen hatte, als sie es je für möglich gehalten hätte. Ihn von sich zu stoßen war das Schwerste, was sie je getan hatte. Alles in ihr schrie danach, ihm nachzulaufen. Und genau deshalb durfte sie ihn niemals wiedersehen.

In diesem Moment fiel ihr noch etwas ein. Sie öffnete das

kleine Versteck in ihrer Wäschetruhe. In ein Laken, das ihrer Aussteuer beigelegen hatte, das sie aber nie benutzte, hatte sie eine kleine Tasche eingenäht. Sie holte den Inhalt heraus, kritzelte rasch eine Notiz auf ein Stück Briefpapier und eilte dann aus dem Haus. Sie betete, dass niemand sie beobachtete, als sie sich zu den Ställen schlich und Hans bat, ihr rasch Feline zu satteln.

Der Stallbursche war ungewöhnlich schweigsam, und während er ihrer Anweisung nachkam, bemerkte sie, dass seine Augen gerötet waren. Ihr Herz zog sich noch weiter zusammen.

Als Feline sich nach einigem guten Zureden endlich hatte satteln lassen, führte Lotte die Stute so schnell wie möglich den verschneiten Pfad entlang. Sie schritt rasch aus, und ignorierte die Schmerzen, die die geprellten Rippen ihr immer noch verursachten, so gut es ging. Sie hatte sich einen groben Wollmantel umgelegt und einen Schal um den Kopf geschlungen und hoffte, niemand würde sie von Weitem erkennen.

Als sie Johann am Rande des Waldstückes, welches das Dorf vom Gutshof trennte, einholte, war sie vollkommen außer Atem. Als er Felines Hufschlag vernahm, hielt er inne und drehte sich um. Für einen Moment sahen sie sich nur an. Sein Blick verriet Lotte, dass er wusste, was sie getan hatte, und die tiefe Verletztheit in seiner Miene trieb ihr ein weiteres Mal die Tränen in die Augen. Weil er sich weder rührte noch ein Wort sagte, ging sie zögerlich zu ihm hin und reichte ihm Felines Zügel.

Er machte keine Anstalten, sie zu nehmen. Stattdessen warf er Lotte noch einen Blick zu, in dem all die ungesagten Worte lagen, die zwischen ihnen in der winterlichen Luft hingen, all die Verletzungen, all der Schmerz und der Verrat, und wandte sich dann brüsk von ihr ab. »Gehen Sie zurück zum Gut, Frau Gräfin«, erklärte er. Dann ließ er sie und Feline stehen.

»Sie gehört dir!«, rief Lotte ihm nach.

Er fuhr herum. »Geh zurück! Geh zurück und nimm das Pferd mit.«

Wortlos ließ Lotte Felines Zügel los. Als hätte sie schon die ganze Zeit darauf gewartet, trottete die Stute zu Johann. Währenddessen blickten Lotte und der ehemalige Stallmeister von Gut Rosenthal einander unverwandt in die Augen. Seine Miene war angespannt, die Lippen hatte er fest aufeinandergepresst. Nichts hätte sie je auf die Art und Weise vorbereiten können, wie er sie in diesem Moment ansah. Sie erkannte, dass er sie aufgegeben hatte. Obwohl es genau das gewesen war, was sie gewollt hatte, zerriss das Wissen sie.

»Ich wünsche dir Glück«, sagte sie schließlich mit erstickter Stimme.

Er schüttelte nur den Kopf.

Sie sah ihn noch einmal an, seine im blassen Tageslicht schimmernden Augen, sein zerzaustes blondes Haar, den kleinen Knick in seiner Nase. Prägte ihn sich ein. Dann straffte sie sich. »Leb wohl, Johann.« Mit diesen Worten wandte sie sich ab und ging durch den leichten Schneefall davon.

Erst als sie Hufschlag hörte, drehte sie sich noch einmal um, um mit anzusehen, wie Johann auf Felines Rücken davonritt. Schon in der nächsten Sekunde war er verschwunden, und nur seine Fußspuren im Schnee neben ihr erinnerten daran, dass er soeben noch hier gewesen war. Sie trat den Heimweg an, und erst jetzt ließ sie den Tränen ihren Lauf.

Der Graf von Eichberg reagierte auf den Alleingang seiner Frau und Felines Verschwinden auf die einzige Weise, von der er genau wusste, dass sie Lotte wehtun würde: Er sperrte sie ein.

Während er Felines Fehlen totschwieg, so gut es ging, ließ er seine unbändige Wut über den Verlust der Stute an seiner Frau aus. Er erlaubte ihr nicht einmal mehr, die Pferde zu besuchen. Stattdessen ließ er Malsachen für sie kommen. Das Lächeln, mit dem er ihr diese überreichte, ließen keinen Zweifel daran, dass es seine Absicht war, sie damit zu quälen.

Mit jedem Tag, der verging, fühlte Lotte sich ein wenig mehr wie ein Geist, der durch das Gutshaus strich. In den Nächten schlief sie kaum. Stattdessen lag sie auf dem Rücken, starrte in die Dunkelheit und dachte an das Kind, das in ihr heranwuchs. Am Tage sah sie zumeist aus dem Fenster und beobachtete den Schnee beim Fallen. Und obwohl sie versuchte, es sich selbst zu verbieten, dachte sie immer wieder an Johann.

Das Geld, das sie ihrem Mann gestohlen hatte, hatte sie in Felines Satteltasche verstaut. Johann würde sehr ärgerlich auf sie sein, wenn er es entdeckte, davon war sie überzeugt. Sie hatte ein gefaltetes Stück Papier dazugelegt, auf dem ein einziger Satz stand: *Das Geld ist für Feline.* Hoffentlich würden diese Worte ihn dazu bringen, es anzunehmen, statt es einem Landstreicher in die Hand zu drücken!

Der Winter verging, und als es auf Gut Rosenthal Frühling wurde, begann Lottes Bauch anzuschwellen. Jeden Tag wuchs ihre Beklemmung ein wenig mehr. Was, wenn sie ein Mädchen zur Welt brachte? Ihr Gemahl machte keinen Hehl daraus, dass nur ein einziger Ausgang für ihre Schwangerschaft infrage kam: die Geburt eines Stammhalters für das Gut. Mit wachsender Verzweiflung beobachtete Lotte, wie ihr Mann das Kinderzimmer mit Spielzeugeisenbahnen und Zinnsoldaten füllte.

»Andreas ...«, sagte sie an einem kalten Frühlingstag kurz nach Ostern, als er ihr mit fast schon kindlichem Stolz in den Augen ein weiteres Spielzeug zeigte, einen Zinnsoldaten mit gezogenem Säbel. »Es macht mich glücklich zu sehen, dass du dich auf unser Kind freust«, begann sie zögerlich. »Nur ... wir wissen doch noch gar nicht, ob es wirklich ein Junge wird. Es könnte ebenso gut ein Mädchen ...«

Er ballte die Faust um das Spielzeug und rammte sie gegen die Wand. Lotte schrak zusammen und versuchte, vor ihm zurückzuweichen, doch da hatte er sie schon am Nacken gepackt. Jetzt brachte er sein Gesicht ganz nah an das ihre.

»Du kannst einfach nicht so sein, wie ich dich haben will, nicht wahr?«, stieß er hervor. »Nicht einmal jetzt kannst du tun, was ich von dir erwarte. Ich habe mir alles so wunderbar vorgestellt. Eine gehorsame junge Frau, die mir Freude macht, und ein Sohn, der nach mir dieses Gut führen wird. Mehr wollte ich doch nicht!«

Lotte zitterte mittlerweile so sehr, dass sie sich kaum hätte auf den Beinen halten können, wäre da nicht die Hand in ihrem Nacken gewesen. In diesem Moment ließ ihr Gemahl sie abrupt los. Sie wich keuchend zurück, bis sie mit dem Rücken gegen die Wand stieß.

»Stattdessen musst du immer widersprechen«, fuhr Andreas fort. »Du musst immer ... irgendetwas wollen und irgendetwas fordern, statt ein einziges Mal so zu sein, wie ich dich haben will! Wieso kannst du nicht einfach sein, wie ich dich haben will?«

Sie sagte nichts, weil sie fürchtete, dass jedes Wort von ihr ihn noch wütender machen würde. Stattdessen beobachtete sie nervös, wie er im Zimmer auf und ab lief.

Irgendwann blieb er vor ihr stehen und starrte sie an. »Ich habe Geduld gezeigt. Ich habe dir jeden Wunsch von den Augen abgelesen. Aber du ... Statt dankbar zu sein, hast du mich vom ersten Tag an mit deiner Widerspenstigkeit gequält und mich lächerlich gemacht.« Jetzt kam er ihr wieder so nah, dass sie zusammenzuckte. »Sag mir«, fuhr er mit bedrohlich leiser Stimme fort, »ist dieses Kind überhaupt von mir? Oder hast du da einen kleinen Bastard im Bauch, den mein Stallmeister im Heu gezeugt hat?«

Sie schnappte nach Luft. Die ganze Zeit hatte sie Angst gehabt, ihr Mann könnte ahnen, was sie für Johann empfunden hatte. Was sie sogar jetzt noch für ihn empfand. Sie vermisste ihn schmerzlich, und nur ganz langsam gelang es ihr, dieses Gefühl zurückzudrängen, tief in ihrem Herzen einzuschließen. Und nun das! »Das Kind ist von dir«, sagte sie.

»Und warum …« Er trat noch einen Schritt näher an sie heran. »Warum reitet meine Frau mitten in der Nacht mit meinem Stallmeister aus? Du hast eine eigenartige Schwermut entwickelt, seit dieser Mann nicht mehr hier ist, und ich frage mich seit Wochen, was wirklich dahintersteckt.«

»Es war nur ein Ausritt«, flüsterte Lotte.

»Wirklich?«, entgegnete er. »In einer so dunklen, verschneiten Nacht beschließen meine Frau und mein Stallmeister, auf einen vergnüglichen Ausritt zu gehen? Glaube nicht, dass ich blind bin, meine Liebe. Ich weiß, wie sich dein Gesicht verändert, jedes Mal, wenn sein Name fällt. Ich weiß, wie Liebe aussieht und wie sie sich anfühlt.«

Manchmal vergaß sie, wie leicht es ihrem Gemahl fiel, sie zu durchschauen. Sie vergrub die Hände in ihren Röcken, um zu verbergen, dass sie zitterten, und hielt seinem Blick stand. »Ich konnte es einfach nicht mehr ertragen«, stieß sie schließlich hervor. »Weder das Leben, das ich mit dir führe, noch die Dunkelheit in diesem Haus …«

»Hör auf!«, schrie er.

Sie zuckte zusammen und verstummte. Mit Tränen in den Augen suchte sie in seinem Gesicht nach irgendeiner Regung, nach einer Spur der Sanftheit, die er ihr am Anfang ihrer Ehe entgegengebracht hatte. Sie suchte nach etwas, was ihr beweisen würde, dass es zwischen ihnen zu irgendeinem Zeitpunkt etwas gegeben hatte, wofür es sich gelohnt hätte zu kämpfen. Nur war da nichts als unendliche, bedrohliche Finsternis.

»So hätte es nicht sein müssen«, sagte er schließlich schwer atmend. »Wenn du nur ein einziges Mal getan hättest, was deine Pflicht als meine Ehefrau ist. Doch statt dich zu dieser Ehe zu bekennen, warst du vom ersten Tag an übermütig wie ein Kind. Du hast mich enttäuscht. Und schließlich hast du einen Weg hinaus gesucht, indem du in eine Schwärmerei für einen Mann verfielst, von dem du genau wusstest, dass du niemals eine Zukunft mit ihm haben würdest.« Andreas beugte sich noch etwas weiter zu ihr herunter und flüsterte: »Denn du weißt genau, dass es keinen Ort auf dieser Welt gibt, an dem du nicht meine Frau bist.«

»Du hast recht«, brachte sie hervor. Jedes Wort schmeckte wie Asche in ihrem Mund. »Ich weiß, dass es für mich keinen Ausweg gibt. Ich bin an diesem Abend mit Johann ausgeritten, weil ich mich daran erinnern wollte, wer ich war, bevor ich zu diesem bemitleidenswerten, blassen Wesen wurde, das wie ein Geist durch das Haus schleicht. Aber nicht einmal da draußen habe ich vergessen können, wessen Frau ich bin. Nicht eine Sekunde lang.« Sie reckte das Kinn in seine Richtung und ließ ihn all ihre Wut und ihre Verzweiflung darüber sehen, dass sie eine Gefangene in dieser Ehe war. »Also wage es nicht, je wieder anzudeuten, jemand anders als du könnte der Vater dieses Kindes sein.«

Als sie sich an ihm vorbeischieben wollte, packte er sie am Arm. Sein Griff war so fest, dass sie aufschrie. »Du wirst mir einen Sohn gebären«, sagte er leise, während er sie mit einem Blick bedachte, der sie von innen heraus gefrieren ließ. Seine Augen waren schwarz wie Kohle und so kalt wie der Winter, der das Land noch bis vor wenigen Wochen in seinen Klauen gehabt hatte.

Lotte versuchte, sich zu befreien, doch statt von ihr abzulassen, umfasste ihr Gemahl ihren Arm noch fester. Bis sie glaubte, sie müsste vor Schmerz in die Knie gehen. Das Schlimmste jedoch war sein Lächeln. Er lächelte sie an, als gäbe es nichts, was ihn bekümmern müsste. Als hätte er alle Macht über sie. Lotte wurde übel, als sie begriff, dass dem auch so war.

»Denn was hättest du noch für einen Wert für mich, wenn

du mir keinen Sohn schenken könntest, nicht wahr, meine Liebe?« Er beugte sich zu ihr vor, bis seine Lippen an ihrem Ohr lagen. »Wenn ich je wieder ein Widerwort von dir höre, wenn du mir jemals wieder den Gehorsam verweigerst, dann werde ich nach der Geburt meines Sohnes leider verkünden müssen, dass meine geliebte Frau das Kindbett nicht überlebt hat. Hast du verstanden?«

Bevor sie vor Angst und Schmerz ohnmächtig werden konnte, ließ er sie los und verließ den Raum.

Lotte blieb im Spielzimmer zurück, zitternd und kaum mehr in der Lage, sich auf den Beinen zu halten. Sie konnte den Blick nicht von der roten Holzeisenbahn lösen, die ihr Gemahl erst vor wenigen Wochen von einem Spielzeugmacher in Berlin hatte anfertigen lassen. Die aufsteigende Panik ließ sich nicht länger zurückdrängen. Was, wenn sie ihrem Mann keinen Sohn schenken konnte? Was würde mit ihr und ihrem Kind passieren?

Der Frühling verging. Lotte litt darunter, nicht hinauszudürfen, nicht einmal, um einen Spaziergang zu unternehmen. Während des langen Winters hatte sie begonnen, wieder Kontakt mit ihren Eltern aufzunehmen. Nun, da sie wusste, dass ihr Vater Wolke überhaupt nicht verkauft hatte, versuchte sie behutsam, die Beziehung zu ihnen wieder in Ordnung zu bringen.

Ihre Mutter reagierte freudig auf die Nachricht von ihrer Schwangerschaft und besuchte sie auf Gut Rosenthal. Lotte hätte beinahe geweint vor Freude, als ihr Gemahl ihr erlaubte, während dieser Zeit hinauszugehen. Obwohl es ihr wegen der Schwangerschaft nicht erlaubt war auszureiten, gingen die beiden Frauen zum Stall, streichelten die Pferde und sprachen miteinander, vorsichtig, tastend. Wissend, dass es zwischen ihnen viele unausgesprochene Verletzungen gab.

Lotte war entsetzt, als sie bemerkte, dass ihre Mutter viel

älter und zerbrechlicher wirkte als noch an Weihnachten. Ihr zuliebe und auch, weil sie Andreas' Rache fürchtete, verschwieg sie, was wirklich in ihrer Ehe vor sich ging. Während sie sich früher dagegen gesträubt hatte, ihre Gefühle zu verstecken, so lernte sie jetzt, jederzeit Haltung zu bewahren.

Hätte Lotte eine Wahl gehabt, hätte sie kein Kind in das Haus Eichberg gebracht. Wenn sie ihrem Gemahl in den Fluren des Herrenhauses begegnete, wurde ihr kalt vor Angst. Und sie sah an dem Glitzern in seinen Augen, dass es ihm gefiel, wenn sie vor ihm zurückzuckte oder den Blick senkte, um ihm nicht ins Gesicht sehen zu müssen. Er genoss es, ihr zu sagen, sie sollte sich umkleiden, weil das Kleid, dass sie trug, ihm missfiel, oder ihr zu befehlen, mehr zu essen, weil sie bei den gemeinsamen Mahlzeiten nur noch auf ihrem Teller herumstocherte.

Nun, da er es aufgegeben hatte, sie langsam zu der Gemahlin zu formen, die er hatte haben wollen, zeigte er ihr, welche Macht er wirklich über sie hatte. Und Lotte wurde von Tag zu Tag ein wenig mehr bewusst, wie verzweifelt ihre Lage war. Sie hatte kein eigenes Geld. Keinen Besitz. Und wäre sie dumm genug, ihren Mann zu verlassen, würde er ihr das Kind wegnehmen. Ihr bliebe nur ein Leben in Elend und Schande.

Sie hatte in den vergangenen Wochen mehr und mehr Zeit in der Bibliothek verbracht, wann immer ihr Mann nicht im Haus gewesen war. Nicht auf der Suche nach Abenteuerromanen, sondern nach Rechtstexten. Das Ergebnis hatte ihr das Blut in den Adern gefrieren lassen.

Ohne die Zustimmung ihres Mannes durfte sie weder arbeiten noch ein eigenes Vermögen besitzen. Alles, was sie besaß, gehörte ihm. Sie hatte keinen legalen Anspruch auf ihre Kinder. Diese waren von Rechts wegen Eigentum ihres Ehemanns. Und einer Scheidung musste ihr Mann ausdrücklich zustimmen.

Hatte sie vorher geglaubt, ihr Wunsch nach Unabhängigkeit sei ganz einfach etwas, was sich nicht gehörte und nicht von Gott vorgesehen war, so erkannte sie jetzt, wie dumm sie gewesen war. Und wie selbstbezogen. Das, was sie erlebte, das Eingesperrtsein, die Machtlosigkeit, die Angst, das alles war nicht gottgewollt, sondern es war per Gesetz festgeschrieben. Diese Gesetze bereiteten Männern wie Andreas von Eichberg den Weg, ihren Frauen das Leben zur Hölle zu machen.

An diesem Abend legte sie eine Hand auf ihren Bauch und flüsterte: »Ich darf das eigentlich nicht laut aussprechen, aber ... wenn du doch ein Mädchen bist, dann will ich dir sagen, dass es mir leidtut, dass ich dich in eine Welt bringe, die dir so wenig zu geben hat. Aber ich werde alles tun, damit du die Person sein kannst, die du sein willst. Alles, was ich kann.«

Wenn sie sich ganz sicher war, dass der Hausherr nicht in der Nähe war, nähte Lotte heimlich an einem Kleidchen. »Für den Fall, dass es doch ein Mädchen wird«, erklärte sie Pia eines Tages leise. »Erzähle es nicht dem Grafen, ja?«

Ihre Zofe lächelte strahlend. »Machen Sie sich keine Sorgen, gnädige Frau, mir kommt kein Wort über die Lippen! Ich finde, es wäre ganz wunderbar, wenn es ein Mädchen würde! Ein kleines Mädchen auf Gut Rosenthal! Es würde sicher jedem im Haus den Kopf verdrehen. Auch dem gnädigen Herrn, warten Sie es nur ab! Jetzt will er noch einen Buben, doch wenn er sein Kindchen dann erst einmal sieht, wird es ihm sicher ganz egal sein!«

Aber die Worte ihrer Zofe konnten Lotte nicht beruhigen. Ihre Angst wuchs von Tag zu Tag. Was würde geschehen, wenn sie ein Mädchen zur Welt brachte? Was würde der Graf tun? Nachts lag sie wach und legte eine Hand auf ihren Bauch, um das Kind zu spüren und sich zu vergewissern, dass es ihm gut ging. Das Haus wurde immer dunkler, ihr Mann zunehmend bedrohlicher. Sie musste einfach etwas unternehmen. Sie musste ihr Kind beschützen, irgendwie.

Lotte begann, Geld aus der Haushaltskasse zu entwenden,

jedes Mal mit ängstlich pochendem Herzen und weichen Knien. Es waren winzige Beträge, nichts im Vergleich zu dem kleinen Vermögen, das sie vor einigen Monaten an sich genommen hatte. Aber sie war trotzdem sicher, dass jemand früher oder später etwas bemerken würde. Sie hoffte auf später. Der Gedanke, dass sie nun wenigstens ein paar Mark und einen gepackten Reisesack ganz unten in ihrer Wäschetruhe hatte, ließ sie etwas ruhiger schlafen.

In der Nacht, in der die Wehen einsetzten, zog ein Gewittersturm über das Land. Lotte glaubte zunächst, vom Krachen des Donners erwacht zu sein, aber dann spürte sie den stechenden Schmerz in ihrer Leistengegend und schrie auf.

Davon wurde Pia wach, die seit einigen Wochen auf Geheiß des Grafen hin im Gemach der gnädigen Frau auf dem Boden schlief. »Gnädige Frau!«, rief sie jetzt. »Kommt das Kindchen? Es soll doch erst in ein paar Wochen so weit sein!«

Lotte versuchte, sich im Bett aufzusetzen. »Ich weiß es nicht. Ich …« Die Schmerzen kehrten zurück, und sie biss die Zähne aufeinander, um nicht erneut aufzuschreien.

»Ich laufe schnell und gebe Mamsell Bescheid«, sagte Pia, die schon im Nachthemd zur Tür eilte.

Die Mamsell warf den Kutscher aus dem Bett und ließ ihn anspannen, um die Hebamme aus dem Dorf zu holen. Es dauerte fast bis Mitternacht, ehe die Kutsche zurückkehrte. Als die Hebamme, eine rundliche Frau mit roten Wangen und entschlossen funkelnden Augen, endlich ins Schlafzimmer rauschte, kamen die Wehen bereits in kurzen Abständen.

»Nun, Frau Gräfin, das wird wohl ein Frühchen werden«, meinte sie, als sie zu Lotte ans Bett trat. Sie untersuchte Lotte mit fachmännischer Miene, dann schürzte sie die Lippen und wandte sich an die Mamsell, die während des langen Wartens das Regiment im Schlafgemach der Gräfin übernommen hatte. »Mamsell, sagen Sie dem Kutscher bitte, er soll erneut anspannen und den Doktor aus dem Dorf holen. Das kleine Ding liegt in Steißlage«, erklärte sie dann an Lotte gewandt. Sie wirkte ganz und gar nicht glücklich über die Aussicht, Doktor Krause in ihr Refugium zu lassen. Lotte hatte schon gehört, dass diese beiden eine kleine Rivalität miteinander hatten. »Das wird keine leichte Geburt werden, Frau von Eichberg. Deshalb müssen Sie nun die Zähne zusammenbeißen.«

Lotte, die schon jetzt fast ohnmächtig war vor Schmerz, zwang sich zu einem Nicken. Eine andere Wahl blieb ihr ohnehin nicht.

Die Wehen hielten bis zum Morgen an. Dann bis zum Mittag. Als die Sonne unterging, machte das Kind noch immer keine Anstalten, endlich den Bauch seiner vollkommen geschwächten Mutter zu verlassen. Die Hebamme hatte versucht, das Kind zu drehen, jedoch vergeblich. Der Doktor erschien wegen des Gewitters erst zur Mittagszeit, konnte jedoch auch nur bestätigen, was die Hebamme längst wusste: Das Kind lag nicht richtig, und Lottes Becken war zu eng, um es in dieser Lage zur Welt zu bringen.

Es wurde Abend, und Lotte, die sich an Pias Hand festklammerte und vor Schmerzen kaum mehr einen klaren Gedanken fassen konnte, bemerkte nur am Rande, dass der Doktor und die Hebamme sich jetzt flüsternd unterhielten. Dann verließ der Arzt das Schlafgemach, und im nächsten Moment hörte Lotte die Stimme ihres Gemahls. Wegen des Gewitters, das den Gutshof noch immer in seinen Klauen hielt, verstand sie nicht, was gesagt wurde.

»Was ist los?«, flüsterte sie, als sie die Ungewissheit nicht mehr aushielt. Zu ihren Schmerzen gesellte sich nun Angst hinzu. Das Kind wollte nicht kommen, und sie wurde immer schwächer. Sogar die Hebamme schien ratlos zu sein.

»Sie haben ein sehr enges Becken, Frau von Eichberg«, teilte sie Lotte jetzt mit. »Und weil das kleine Ding in Steißlage ist, kann es nicht herauskommen. Der Doktor denkt nun darüber nach, einen Kaiserschnitt zu machen.« Ihr war anzusehen, dass ihr diese Idee missfiel.

Lotte erschrak. Sie hatte von diesem Verfahren gehört, wusste jedoch, dass es kaum je ganz erfolgreich war: Meist starb die Mutter bei diesem Eingriff. Man entschied zu warten, aber als dann eine weitere Nacht auf Gut Rosenthal anbrach und sich nichts tat, verließ auch der letzte Funken Kraft Lottes Körper. Sie konnte nicht einmal mehr Pias Hand festhalten. Es waren ihre Gedanken an ihre wilden Ausritte auf Wolkes Rücken und die vielen Tausend Träume, die sie in diesen Stunden noch bei Bewusstsein hielten. Vor allem aber war es ihre Entschlossenheit zu überleben, derentwegen sie sich weigerte aufzugeben. Sie wollte leben, und sie bildete sich ein, auch den Lebenswillen ihres Kindes zu spüren.

Als das Gewitter, das den ganzen Tag über dem Gut getobt hatte, endlich weiterzog und der Mond sich am nächtlichen Himmel zeigte, betrat der Graf von Eichberg das Schlafgemach seiner Frau. Mit einem Schlag wurde Lotte kalt. Andreas nahm ihr Gesicht in beide Hände und küsste ihre Stirn. Weil Lotte so schwach war, konnte sie sich nicht einmal gegen ihn wehren. »Halt noch ein wenig durch, meine Liebe«, sagte er. »Denk an unseren Sohn.«

»Lass … mich los!«, stieß sie unter äußerster Anstrengung hervor.

Dieses Mal tat er, was sie verlangte. Er strich ihr in einer fast schon liebevollen Geste über die Wange, bedachte sie mit einem letzten bedauernden Blick und verließ dann das Gemach.

Als der Doktor schließlich entschied, den Kaiserschnitt durchzuführen, konnte Lotte nicht einmal mehr den Kopf heben. Doch als Mamsell an ihr Bett kam und ihr sagte, sie solle jetzt ja nicht die Flinte ins Korn werfen, packte Lotte ihre Hand so fest, dass die Ältere erschrocken aufkeuchte.

»Wenn es ein Mädchen ist«, flüsterte die junge Gutsherrin und umklammerte die Hand der Mamsell noch ein wenig fester. »Wenn es ein Mädchen ist ... lassen Sie es nicht aus den Augen. Keine Sekunde. Versprechen Sie es.« Der letzte Satz kam nur noch als schwaches Flehen heraus.

Statt ihr eine Antwort zu geben, drückte Mamsell sanft ihre Hand und entzog sich ihr dann. Lotte sah ihr nach, bis schließlich der Doktor neben ihr stand und eine Spritze aufzog.

»Das ist Heroin«, sagte er, als er ihren ängstlichen Blick bemerkte. »Ein starkes Schmerzmittel, das Ihnen helfen wird, den Eingriff zu überstehen.«

»Ich werde sterben, nicht wahr?«, flüsterte sie.

Er drückte ihren Arm. »Frau Gräfin, ich verspreche Ihnen, alles zu tun, damit Sie und das Kleine überleben«, sagte er ernst. »Ich gebe keinen Patienten auf, bevor es nicht wirklich vorbei ist, und ich will, dass Sie auch nicht aufgeben. Aber wenn ich das Kind nicht heraushole, dann werden Sie es beide nicht schaffen.«

Sie holte tief Luft. Ihr war ebenso wie jedem anderen in diesem Raum bewusst, dass dieser Eingriff die letzte Hoffnung für sie und ihr Kind war. »Dann tun Sie es.«

Als das Heroin zu wirken begann, blickte Lotte zum Baldachin hinauf und träumte sich auf den Hügel, auf dem sie sich gefühlt hatte, als könnte sie alles sein und überall hingehen. Sie schloss die Augen und spürte wieder, wie der kalte Wind sie umwehte und wie es sich angefühlt hatte, auf Wolkes Rücken den Breskower Hügel hinaufzupreschen. Und sie erinnerte sich an den Mann mit den blauen Augen, mit dem sie zusammen hatte träumen können. Nur für ein paar Minuten. Nur für ein ganzes, kleines Leben.

Als sie die Augen aufschlug, zog draußen gerade der Morgen herauf. Lotte schluckte, ihre Kehle war trocken. Und der ganze Körper tat ihr weh. Sie blickte an den Baldachin und zwang sich, langsam ein- und auszuatmen. Das Letzte, woran sie sich erinnerte, war ein schrecklicher Schmerz. Es hatte sich angefühlt, als würde sie auseinandergerissen werden. Trotz des Heroins hatte sie gespürt, was geschah. Ihr Körper erzitterte unter der Bettdecke, als sich jede Faser von ihr an diesen Moment zurückerinnerte.

Irgendwann gelang es ihr, sich aufzusetzen. Mit klopfendem Herzen sah sie sich um. Sie lag in ihrem Bett, und in dem Stuhl daneben saß Pia und schlief. Das rote Haar war wieder einmal unter ihrer Haube hervorgerutscht und kringelte sich um ihr hübsches, sommersprossiges Gesicht. Lotte überkam eine überwältigende Zärtlichkeit für das treue Mädchen. Sie sah zu Tode erschöpft aus.

Wie lange sie wohl geschlafen hatte? Suchend sah sie sich um. Ihre Gedanken klärten sich, und mit jeder Sekunde, die sie sich in ihrem Gemach umschaute und nicht fand, wonach sie suchte, wurde sie nervöser. Wo war ihr Kind?

Das Heroin hatte sich wie Nebel über alles gelegt, was während der Geburt geschehen war. Das Einzige, woran Lotte sich erinnerte, waren undeutliche Schemen und unerträgliche Schmerzen. Aber an eines erinnerte sie sich ganz deutlich. Da war ein Schrei gewesen.

Lotte kämpfte sich aus dem Bett. Sie musste jetzt sofort ihr Kind sehen. Allerdings war sie so schwach, dass es ihr nicht gelang, sich auf den Beinen zu halten. Stattdessen sackte sie in die Knie und stöhnte auf, als ihr ein stechender Schmerz durch den Unterleib fuhr. Mit der Hand tastete sie über den Stoff ihres Nachthemdes, bis sie eine wulstige Erhebung an ihrem Bauch spürte.

Im nächsten Augenblick war Pia bei ihr. »Gnädige Frau! Sie dürfen sich auf keinen Fall bewegen, hat der Doktor gesagt! Die Wunde ist doch noch ganz frisch!«

»Wo ist mein Kind?«, fragte Lotte, während ihre Zofe sie

mit sanfter Gewalt ins Bett bugsierte. Die Haube war ihr jetzt ganz vom Kopf gerutscht, und das rote Haar hing ihr wirr ins Gesicht.

Pia gab keine Antwort. Stattdessen schniefte sie und sagte: »Sie müssen mir versprechen, dass Sie nicht wieder einfach so aufstehen, gnädige Frau! Sie müssen im Bett bleiben und Ruhe halten!«

Erst jetzt bemerkte Lotte, dass Pia weinte.

Mit einer ungeduldigen Geste wischte das Mädchen sich die Tränen vom Gesicht und sah dann die junge Gräfin aus verquollenen Augen an. »Wir wussten nicht, ob Sie wieder aufwachen, gnädige Frau«, sagte sie dann leise. »Sie dürfen bitte nicht noch einmal einfach so aufstehen.«

Lotte tastete nach Pias Hand. Ihre Kehle fühlte sich an wie zugeschnürt. »Danke, Pia«, flüsterte sie. »Ich bin von Herzen dankbar, dass ich dich habe.«

Da brach Pia endgültig in Tränen aus. »Ich hätte nicht einfach so einschlafen dürfen, es tut mir leid. Es tut mir alles so leid, gnädige Frau.«

»Pia, wo ist mein Kind?« Lotte umfasste die Hand ihrer Zofe etwas fester. »Bitte, sag es mir. Was ist geschehen?«

Das Mädchen schluckte, und es dauerte einen viel zu langen, viel zu stillen Moment, bis sie endlich wieder etwas sagte. Das Ticken der Standuhr kam Lotte unendlich quälend vor. »Der Herr Doktor hat den Kaiserschnitt gemacht, gnädige Frau«, berichtete Pia schließlich. »Und das Kindchen rausgeholt. Es hat gleich angefangen zu schreien, und die Hebamme hat es gewaschen und rausgebracht. Die Mamsell war auch die ganze Zeit da und hat das Kleine nicht aus den Augen gelassen, ganz wie Sie es wollten.«

Lottes Herz setzte einen Schlag aus. »Es ist ein Mädchen?«

Pia zögerte einen Moment, dann nickte sie, den Blick zu Boden gerichtet. »Ja, gnädige Frau. Ein wunderhübsches kleines Ding.«

Unwillkürlich dachte Lotte an das Kleid, das sie genäht hatte. Es war cremeweiß mit einem Seemannskragen und Rüschen an den Ärmeln. Eigentlich mochte Lotte weder nähen, noch machte sie sich etwas aus Rüschen, aber dieses Kleid war ihre kleine Rebellion gegen ihren Gemahl gewesen. Während er sich auf die Ankunft eines Knaben gefreut hatte, hatte sie ein Mädchen genauso liebevoll auf der Welt begrüßen wollen. Sie hatte sich auch einen Namen überlegt.

»Helena«, flüsterte sie. Nur das Versprechen, das Pia ihr soeben abgenommen hatte, hielt sie jetzt noch im Bett. »Wo ist sie? Pia, wo ist meine Tochter?«

Die Zofe senkte den Blick. »Gnädige Frau, ich … Es tut mir so leid. Es war noch so klein, und es kam auch viel zu früh und …«

»Helena«, unterbrach Lotte sie. »Sie heißt Helena.« Sie schluckte. Ihre Kehle schnürte sich zu, bis sie glaubte, nicht mehr atmen zu können. »Pia, bitte sag mir, wo meine Tochter ist.«

Das Mädchen schlug sich eine Hand vor den Mund, während ihr erneut die Tränen aus den Augen flossen. »Es tut mir leid«, stammelte sie wieder.

In diesem Moment hörte irgendetwas in Lotte auf. Sie wusste nicht, was es war, aber sie spürte, wie etwas tief in ihr in dieser Sekunde starb. Sie krallte die Hände ins Bettlaken, bis ihre Fingerknöchel weiß wurden. Dann, bevor Pia erneut zu sprechen ansetzen konnte, machte sie wieder Anstalten, aus dem Bett zu springen.

»Nein, gnädige Frau!«, rief die Zofe und packte sie an den Schultern, viel kraftvoller, als Lotte es ihr je zugetraut hätte. Da öffnete sich die Tür, und Mamsell rauschte ins Zimmer. Sie schien mit einem Blick zu erfassen, was vor sich ging, denn sie scheuchte Pia resolut beiseite und tat dann etwas, was Lotte so sehr überraschte, dass sie tatsächliche ihre Versuche aufgab, das Bett zu verlassen: Die eigenbrötlerische Hauswirtschafterin von Gut Rosenthal schlang die Arme um sie und hielt sie fest, unendlich behutsam.

Lotte ließ es geschehen, vollkommen reglos, den Blick auf eines der träumerischen Bilder von Luise von Eichberg gerichtet. »Was ist mit meiner Tochter?«, flüsterte sie irgendwann.

Die Mamsell löste sich sanft von ihr und sah ihr in die Augen. Lotte bemerkte entsetzt, dass sie wirkte, als wäre sie um Jahre gealtert. »Sie hat nicht einmal bis zum Morgengrauen gelebt, gnädige Frau. Ich habe sie die ganze Zeit gehalten. Bis es vorbei war.«

Lotte war überzeugt, dass die Welt aufgehört hatte, sich zu drehen. Einige Tage nachdem sie erwacht war, besuchte sie das kleine Grab auf dem Friedhof der Familie Eichberg. Dieser lag in einem Wäldchen hinter den verwilderten Gärten des Gutshofes, und alle Gräber waren nach Osten ausgerichtet.

»So sehen sie jeden Morgen den Sonnenaufgang«, sagte Mamsell Brieger, an deren Arm Lotte bis zum Grab ihrer Tochter ging. Es lag zwischen zwei Eschen, die einander die Köpfe zugeneigt hatten, und der Stein war schmucklos und kahl. Lotte hatte viele Tage geschlafen, und jetzt schien es ihr, als wäre ohne sie ein ganzes Leben vergangen. Und als wäre sie in einer Welt erwacht, die noch so aussah, wie sie sie in Erinnerungen hatte, und die doch so viel kälter geworden war.

Mamsell und Pia hatten in den vergangenen Tagen abwechselnd an ihrem Bett gewacht. Den Grafen hatte Lotte noch nicht zu Gesicht bekommen. Er hatte das Grab seiner Tochter nicht ein einziges Mal besucht, hieß es. Es war an Mamsell gewesen, den Pastor aus dem Dorf kommen zu lassen.

Mamsell Brieger hielt Lottes Hand die ganze Zeit, während sie im lauen Juli-Wind vor dem Grab standen. Sie blieben sehr lange dort und schwiegen, während die Nachmittagssonne dem Horizont entgegenwanderte. Lotte fragte sich, ob ihr von jetzt an immer so kalt sein würde.

Der Doktor war am Morgen nach Gut Rosenthal gekommen, um sie zu untersuchen. »Die Wunde verheilt gut«, hatte er gesagt und sie über den Rand seiner Brille hinweg angesehen, als könnte sie vor seinen Augen zerfallen und zum Fenster hinausfliegen. Dann hatte er ihr erklärt, dass sie keine Kinder mehr würde bekommen können. Er hatte die Gebärmutter entfernen müssen.

Nun sah Lotte über die Kronen der Bäume hinweg zum Herrenhaus. Eines der Fenster, die sie von hier erblickte, gehörte zum Arbeitszimmer ihres Mannes. Seit Helena gestorben war, war das Haus düster und still. Alles, was manchmal die Stille durchbrach, war das Pfeifen des Windes vor den Fenstern, untermalt vom Getuschel der Dienstboten.

Der Graf verschanzte sich seit Tagen in seinem Arbeitszimmer, sagten sie, und dort ging er auf und ab, auf und ab. Der Gedanke an ihren Gemahl ließ Lotte erschaudern. Was tat er da oben? Was würde er tun, wenn er sein Arbeitszimmer erst wieder verließ? Und was am wichtigsten war ... Sie presste die Lippen aufeinander. Am wichtigsten war, was *hatte* er getan? Lotte erinnerte sich an einen kräftigen Schrei. Sie war sich ganz sicher, dass es keine Einbildung gewesen war. Ihre Tochter war voller Leben gewesen, als sie das Licht der Welt erblickt hatte. Was also war wirklich in der Nacht von Helenas Geburt geschehen?

»Ich will, dass Sie mir die Wahrheit sagen, Mamsell Brieger«, erklärte sie, als sie am Arm der Hauswirtschafterin den Friedhof verließ. Am Ende des Waldstückes erwartete Pia sie schon. »Wie ist meine Tochter gestorben?«

Die Mamsell versteifte sich kaum merklich. »Gnädige Frau ...«

»Ich will nicht, dass Sie mich schonen«, erwiderte Lotte entschlossen. »Sagen Sie mir die Wahrheit.«

Mamsell blickte dorthin, wo soeben die Sonne die Wipfel der Bäume streifte. »Das kleine Ding ist gestorben, da war es noch nicht mal Morgen, gnädige Frau. Ich hatte es die ganze Zeit im Arm und habe versucht, es zu päppeln. Aber es war so schwach …«

»Und der gnädige Herr?« Sie musste es wissen.

Wieder zögerte die Mamsell eine Spur zu lange. »Der gnädige Herr hat seine Tochter nicht sehen wollen.«

Lotte spürte, wie sich etwas in ihr verhärtete. Abrupt löste sie sich von Mamsell. Das schlechte Gewissen stand der sonst so verschlossenen Hauswirtschafterin von Gut Rosenthal deutlich ins Gesicht geschrieben, und der schreckliche Verdacht, der Lotte plagte, seit sie erwacht war, verhärtete sich. Ihr Mann war schuld am Tod ihrer Tochter, und Mamsell Brieger wusste, was geschehen war. Es musste einfach so sein. Abrupt wandte sie sich von der älteren Frau ab und ging zurück zum Haus.

Die nächsten Tage vergingen für Lotte wie in einem schlimmen Traum. Sie durfte das Bett kaum verlassen, denn noch mussten ihre Wunden verheilen. Es wurde mit jedem Tag schwerer für sie, in diesem stillen, kalten Haus auszuharren. Dieses Haus, über das ein unsichtbares Leichentuch gelegt worden war. Dieses Haus, in dem kaum jemand sprach und der Hausherr sich nach wie vor in seinem Arbeitszimmer verbarrikadierte. Dort schritt er auf und ab, als gälte es, irgendein Rätsel zu lösen.

Pia wich kaum je von ihrer Seite. An diesem Sonntag jedoch bestand Lotte darauf, dass ihre treue Zofe endlich ihren wohlverdienten Ausgang bekam. »Geh schon.« Sie drückte die Hand des Mädchens, als dieses sich weigerte, sie allein zu lassen. »Du kannst die Nacht bei deiner Familie verbringen, wenn du magst. Ich bin auch noch hier, wenn du wieder zurück bist. Und deine Mutter und deine Brüder vermissen dich sicher schon.«

Die Zofe versprach, bald wieder zurück zu sein, und machte sich dann auf, um ihre Familie zu besuchen. Lotte sah ihr nach. Auch noch, als das Mädchen das Haus längst verlassen hatte. Pia verdiente viel mehr als eine Dienstherrin, an deren Bett sie wochenlang treu ausharrte und die sie nun fortschickte, um ihre Flucht zu planen.

Ihre Trauer war zu einer eisernen Entschlossenheit geworden. Irgendetwas in ihr hatte sich verhärtet, war über Nacht erwachsen geworden. Unwiederbringlich.

Sie wusste nicht, wohin sie gehen würde. Sie wusste nicht einmal, ob sie besonders weit kommen würde. Aber eines wusste sie: Sie würde nicht bei diesem Mann bleiben. Nicht für einen weiteren Tag, nicht für ein weiteres Jahr und sicherlich nicht für den Rest ihres Lebens. Sie gehörte ihm nicht. Das hatte sie nie, und jetzt würde sie sich endlich das nehmen, wovor sie zuvor immer wieder zurückgeschreckt war: ihre Freiheit. Sie würde mutig sein.

Lotte hatte in den vergangenen Monaten genug Geld beiseitegelegt, um zumindest einige Wochen überleben zu können. Auch den teuren Schmuck, den Andreas ihr geschenkt hatte, konnte sie mitnehmen und versetzen. Sie würde sich ein Pferd satteln, und dann würde sie so weit reiten, wie sie konnte. Irgendwohin, wo ihr Mann sie nicht finden würde. Wo immer das sein mochte.

Als es draußen dunkel wurde und sie die Kerze auf dem Nachtschränkchen löschte, erklangen auf einmal Schritte im Flur. Sie erstarrte in der Bewegung. Draußen war die Nacht heraufgezogen, und so sah sie nur die Silhouette ihres Mannes, als sich die Tür zu ihrem Schlafgemach öffnete. Sofort brach ihr der kalte Schweiß aus.

Er sagte nichts. Stattdessen schloss er langsam die Tür hinter sich und blieb dann reglos stehen. Einen quälend langen Moment blickten sie einander an, stumm und ohne auch nur die kleinste Bewegung zu machen.

Es dauerte eine Weile, bis Lotte seine Gesichtszüge im Dämmerlicht ausmachen konnte. Er lächelte nicht. Stattdessen fixierte er sie einmal mehr mit diesem stechenden Blick, der sie innerlich erstarren ließ. Als er einen schwankenden Schritt in ihre Richtung machte, befahl sie sich selbst, sich zu bewegen. Doch da war er auch schon bei ihr, packte sie und presste sie auf die Matratze. Er kam ihr so nah, dass sie den Alkohol in seinem Atem riechen konnte.

»Lass mich los!«, stieß sie hervor. Doch er umklammerte sie nur fester. Ihre Stimme wurde zu einem erstickten Röcheln, und Panik stieg in ihr auf. Dieses Mal würde er es nicht bei einer Drohung belassen. Dieses Mal war es ihm ernst. Sie sah es an der Dunkelheit in seinen Augen. Es war, als blickte sie in einen finsteren, bodenlosen Abgrund.

Ihre Finger tasteten panisch über den Nachtschrank neben ihrem Bett. Im nächsten Augenblick hatte sie den Kerzenhalter in der Hand. Sie schlug zu. Aber er war schneller. Er packte ihr Handgelenk, so fest, dass sie das schwere Messing loslassen musste. Es fiel mit einem lauten Poltern zu Boden. Dann legte er die Hände um ihren Hals und drückte zu. Lotte wehrte sich mit aller Kraft, doch es war vergeblich. Er war zu stark.

»Ich habe nur eine Sache von dir verlangt«, flüsterte er, während seine Fingernägel sich in ihre Haut gruben. »Nur eine einzige. Einen Sohn. Und was habe ich stattdessen bekommen? Ein nutzloses Weib und ein verdammtes Mädchen.«

»Du hast sie getötet«, presste sie hervor. Sie wollte nicht sterben, ohne ihm wenigstens gesagt zu haben, dass sie wusste, was er getan hatte. Und sie wollte ihm zeigen, dass weder sie noch ihre Tochter ihm je wirklich gehört hatten. Er konnte sie töten, aber besitzen konnte er sie selbst jetzt nicht.

»Dieser kleine Bastard wird den Namen Eichberg niemals tragen«, zischte er ihr ins Ohr. Er war ihr jetzt so nah, dass sein Gewicht sie unter ihm begrub. »Das Gesinde redet, meine liebe Frau. Genau wie der Oberstleutnant von Answeiler. Ich weiß, dass du die Nächte mit meinem Stallmeister im Heu verbracht hast. Ein Bastard und dazu noch ein Mädchen. Hast du wirklich geglaubt, ich lasse mich auf diese Weise von dir zum Narren halten?«

Lotte konnte nichts erwidern. Sie bekam keine Luft mehr. Sie würde sterben. In diesem Bett. In diesem Gemach, in dem noch immer die Bilder der ersten Frau hingen, die die Ehe mit Andreas von Eichberg nicht überlebt hatte.

Und dann erklang auf einmal eine Stimme. »Gnädiger Herr!«

Lotte sah nur verschwommen, dass eine Gestalt ihren Gemahl am Arm packte und ihn mit erstaunlicher Kraft von ihr fortzog. Sie schnappte nach Luft. Presste beide Hände auf ihren Brustkorb. Jetzt sah sie auch, wer sie gerettet hatte. Es war Mamsell Brieger. Diese warf ihr einen kurzen Blick zu, während sie den betrunkenen Grafen aus dem Schlafgemach seiner Frau führte. Er ließ es sich widerstandslos gefallen.

Die Tür fiel ins Schloss, und Lotte war allein, am ganzen Körper zitternd und kaum in der Lage, einen klaren Gedanken zu fassen. Sie wusste nicht, wie lange sie so zwischen den zerwühlten Laken saß und auf die Landschaftsgemälde von Luise von Eichberg schaute. Jetzt kamen ihr diese Bilder auf einmal wie eine Botschaft vor. Auch die erste Frau des Grafen von Eichberg hatte sich weit, weit fortgeträumt.

Irgendwie gelang es ihr, aufzustehen und zu der Truhe zu stürzen, in der sie unter Taschentüchern und Bettzeug den Reisesack aus Wachstuch versteckt hatte, der dort nun schon seit Monaten bereitlag.

Da öffnete sich die Tür zu ihren Gemach ein weiteres Mal. Lotte sprang mit einem Schrei auf und fuhr herum.

Es war Mamsell. »Schnell«, sagte diese nur und schloss die Tür hinter sich. »Sie haben keine Zeit zu verlieren.«

Sie half Lotte, die noch immer geschwächt war von der Geburt und dem Angriff ihres Mannes, sich anzukleiden. Nie war Lotte dankbarer gewesen für den Hosenrock, den sie sich geschneidert hatte, und der ihr jetzt die notwendige Bewegungsfreiheit verschaffen würde. »Wo ist mein Mann?«, flüsterte sie.

»Er schläft«, antwortete die Hauswirtschafterin knapp. »Eine heiße Milch mit Honig wirkt manchmal Wunder, gnädige Frau. Und jetzt kommen Sie. Wenn der gnädige Herr erwacht, müssen Sie so weit weg sein wie möglich.«

Zuerst schlichen sie in die Küche, wo Mamsell Lotte einen halben Laib Brot, ein Stück Käse und einige Äpfel zusteckte, die sie im letzten Jahr eingelagert hatte. »Mehr werden Sie nicht tragen können, gnädige Frau«, sagte sie. »Aber Sie sollten ja zumindest über eine kleine Barschaft verfügen.«

Lottes Herz setzte einen Schlag aus. »Warten Sie ... Sie wissen davon?«

Die Mamsell warf ihr einen ungehaltenen Blick zu. »Also wirklich, gnädige Frau. Wenn das Geld nicht zu laufen gelernt hat, dann hat es jemand aus der Haushaltskasse genommen. Es war nicht schwer herauszufinden, wer das war.«

Lotte wusste nicht, was sie darauf erwidern sollte. Stattdessen steckte sie das Essen ein und versuchte, in der Miene der älteren Frau zu lesen, wieder die eine, quälende Frage auf der Zunge. *Wie ist meine Tochter gestorben?* Aber sie schwieg. Ein Blick in das Gesicht der Mamsell, und sie wusste, dass sie dieses Geheimnis mit ins Grab nehmen würde.

Als sie in der Küche fertig waren und Mamsell Karla geschickte hatte, um Herrn Walters für ein paar Minuten abzulenken, verließen die beiden Frauen das Haus und eilten zu den Ställen.

»Hans!«, zischte Mamsell in die Dunkelheit, als sie das Gebäude erreicht hatten.

Nur wenige Sekunden später erschien der Stallbursche, gefolgt von Brutus, der glücklicherweise noch immer nicht gelernt hatte zu bellen. »Mamsell!«, sagte der Bursche. Dann erblickte er Lotte. »Und die gnädige Frau. Aber was …«

»Ein Pferd, Hans«, fiel die Mamsell ihm ins Wort. »Rasch!«

Ohne weitere Fragen zu stellen, führte der Bursche sie in den Stall und machte sich daran, Brianna aus ihrer Box zu holen und zu satteln. Dabei warf er immer wieder fragende Blicke in Lottes Richtung.

Brianna hingegen war wie üblich die Ruhe selbst. Sie schien nur ein wenig beleidigt zu sein, weil Lotte sich so lange nicht um sie gekümmert hatte, denn sie ließ sich erst nach kurzem Zögern von ihr streicheln. Es brauchte einige gemurmelte Entschuldigungen, bis die elegante Stute den Kopf doch in Lottes Richtung drehte.

»Gnädige Frau …«, begann Hans, als sie Brianna am Zügel fasste, um sie nach draußen zu führen. Er schien einiges zu sagen zu haben, aber schließlich beschränkte er sich auf ein: »Können Sie denn überhaupt schon reiten?«

»Das werde ich wohl müssen«, gab Lotte zurück. Dann tat sie etwas, was der Bursche mit einem erschrockenen Laut quittierte: Sie umarmte ihn. »Danke, Hans. Für alles.« Im nächsten Moment hatte sie ihn schon wieder losgelassen. Entsetzt stellte sie fest, dass nicht nur in ihren Augen Tränen standen. Auch der Stallbursche sah aus, als würde er jeden Moment anfangen zu weinen.

Ein letztes Mal sah sie Mamsell Brieger an, und auf einmal fehlten ihr die Worte.

Die Ältere fasste nach ihrer Hand und drückte sie kurz. »Leben Sie wohl, gnädige Frau.«

Lotte schluckte, doch den Kloß in ihrem Hals wurde sie nicht los. »Leben Sie wohl, Mamsell.«

Die Ältere holte tief Luft, und kurz schien es, als wollte sie noch etwas sagen. Dann jedoch wandte sie sich abrupt ab, um zurück zum Haus zu eilen. Lotte bildete sich ein, dass in dem letzten Blick, den die Hauswirtschafterin ihr zugeworfen hatte, ein verdächtiges Glitzern gelegen hatte.

»Kommen Sie zurück?«, fragte Hans, als Lotte aufsaß.

Sie warf einen Blick auf das Haus, das hinter ihr unter dem nächtlichen Himmel ruhte. Auf die Ställe und die im Mondlicht friedlich daliegenden Koppeln. Bis in den Abend hinein hatte es geregnet, und so glitzerten jetzt noch überall die Tropfen auf den Grashalmen.

Nie hätte sie sich ausmalen können, wie schmerzhaft es wirklich sein würde, Gut Rosenthal bei Nacht und Nebel verlassen zu müssen. Sie ließ ein ganzes Leben hinter sich. Ausgelassene Ausritte, weites Land. So viele Menschen, die sie ins Herz geschlossen hatte. Einen leidenschaftlichen Kuss und eine Liebe, die sie einfach nicht vergessen konnte – obwohl sie es mit aller Kraft versucht hatte. Und ein Kind, das sie nie gesehen hatte. Sie versprach sich selbst, dass sie eines Tages einen richtigen Grabstein für ihre Tochter errichten würde. Vielleicht auf einem Hügel mit Blick in weite Ferne. Dort, wo die Sonne schien und es nichts gab als Weite und Freiheit.

»Nein«, antwortete sie. »Ich werde nicht zurückkommen.«

Mit diesen Worten trieb sie Brianna an und ritt durch die Nacht davon. Sie sah nicht mehr zurück.

Kapitel 15

Lotte wusste, dass ihr Gemahl nach ihr suchen würde. Andreas von Eichberg war kein Mann, der seine Frau einfach so gehen ließ. Der Gedanke, dass sie ihm entwischt war, würde ihn wahnsinnig machen vor Wut.

Noch war es dunkel. Sie hatte das Gut auf dem schmalen Feldweg verlassen, den das Gesinde nutzte, um ins Dorf zu gelangen. Die Schmerzen in ihrem Unterleib waren zurückgekehrt, und die ganze Zeit über betete sie, dass sie nicht erneut zu bluten anfangen würde. Sie wollte nicht elendiglich verbluten, jetzt, da die Freiheit so nah war. Sie presste die Zähne aufeinander und zwang sich durchzuhalten. Bald würde es Morgen werden, und spätestens dann würde man ihr Verschwinden entdecken. Jede Rast und jedes Zögern würde ihre Aussichten, ihrem Mann zu entkommen, verringern.

»Halte noch ein wenig durch«, flüsterte Lotte und streichelte Brianna am Widerrist. »Wir werden es schaffen.« Sie sprach nicht nur der Stute Mut zu, sondern auch sich selbst. Was würde ihr Mann tun, wenn er sie aufspürte? Sie fühlte wieder seine Hände an der Kehle, spürte, wie sie zudrückten. Lotte schluckte die aufkeimende Panik herunter und betete. Betete, dass sie durchhielt und dass man sie nicht einholte.

Je weiter die Nacht fortschritt, desto dichter und dunkler wurde der Wald. Lotte, die trotz der sommerlichen Wärme zu frieren begonnen hatte, lauschte auf jedes Geräusch. Jedes Knacken im Unterholz. Jedes Rascheln im Gebüsch.

Und dann, gerade als die Morgendämmerung über den Wipfeln der Bäume heraufzog, stieß Brianna auf einmal ein

Schnauben aus und blieb stehen. Lotte blickte auf. Da war ein Reiter am Ende des Weges. Und er hielt auf sie zu.

Lotte war sicher, dass es nun vorbei war. Man hatte sie gefunden. Die Gestalt des Mannes, der ihr entgegenritt, war im Dämmerlicht zwischen den Bäumen nur als Schatten zu sehen.

Gerade wollte sie Brianna wenden, um ein weiteres Mal zu fliehen, da gab der Fremde einen erschrockenen Ausruf von sich. »Lotte!«

Der Klang seiner Stimme ließ sie innehalten. »Franz«, flüsterte sie.

»Um Himmels willen«, sagte ihr Bruder, als er sie erreicht hatte. »Was ist mit dir passiert, Kröte?«

Er ritt auf einem geschecken Wallach, den Lotte nie zuvor gesehen hatte. Unwillkürlich streckte sie die Hand aus und lächelte, als er sich bereitwillig von ihr streicheln ließ. Dann blickte sie ihren Bruder an. Er hatte sich einen Bart stehen lassen, und seine dunklen Locken waren viel länger als früher. Er sah aus wie ein Landstreicher. »Was tust du hier, Franz?«

Er stieß einen aufgebrachten Laut aus. »Ja, hast du etwa gedacht, ich würde dich nach deinem letzten Brief noch einen Tag länger auf Gut Rosenthal bleiben lassen? Gut, dass ich dich gefunden habe!«

Erst jetzt bemerkte sie, dass ihr Bruder seine Uniform nicht trug. Stattdessen war er gekleidet wie ein einfacher Knecht. Allerdings trug er einen Revolver am Gürtel, was Grund genug für sie war, alarmiert zu sein. Ihr Bruder hielt sich normalerweise weit von Waffen fern. »Franz!«, sagte sie. »Was hast du getan?«

»Ich trage zum Erhalt der Familienehre bei«, erwiderte er fröhlich. »Ich habe Seine kaiserliche Majestät beleidigt und dann, als sie mich dafür vor Gericht stellen wollten, meinen Abschied genommen und diesem stinkenden Pott von einer

Hauptstadt ein für alle Mal den Rücken gekehrt.« Er klopfte dem Hengst den Hals. »Das ist übrigens Fallada. Er hatte auch keine Lust mehr auf die ewige Schießerei und die Kaisertreue, also sind wir zusammen getürmt.«

Lotte schluckte, und für einen Moment traten sogar die Schmerzen und die Angst vor ihrem eigenen ungewissen Schicksal in den Hintergrund. Sie hatte schon lange befürchtet, dass Franz diesen Schritt tun würde. Er war so wenig für das Militär gemacht wie sie für die Ehe. Dass er mit der Monarchie nichts anfangen konnte, war ihr neu, aber eigentlich verwunderte es sie nicht. Vielleicht war ihr Bruder sogar Sozialist. Jetzt, da sie die Art der Sozialisten, zu denken und zu reden, kannte, fiel ihr auf, dass Franz ganz oft ähnliche Sachen von sich gab.

»Ich bin auch weggelaufen«, gestand sie und blickte sich unbehaglich um. »Mein Mann wird schon auf der Suche nach mir sein. Und dich werden sie ebenfalls längst suchen! Franz, deine Vorgesetzten werden sich doch denken können, dass du zurück in Pommern bist!«

Er folgte ihrem Blick. »Du hast recht. Wir sollten zusehen, dass wir schnell von hier verschwinden.«

Sie ritten die Nacht hindurch. Die ganze Zeit rasten Lottes Gedanken. Was sollten sie jetzt tun? Sie waren beide auf der Flucht, beide Gesetzlose. Ganz bestimmt hatte man Franz nicht einfach so erlaubt, seinen Abschied zu nehmen. Es hatte vielmehr so geklungen, als wäre er fahnenflüchtig. Deserteuren erging es im Deutschen Reich schlecht, und ein Ehemann hatte das Recht, seine entlaufene Frau zurückzuholen. Wohin also sollten sie sich wenden?

Als die Morgendämmerung heraufzog, erreichten sie Gut Breskow. Der Hof lag im Dunkeln, und keine Menschenseele war zu sehen. Lotte stieg aus dem Sattel und führte Brianna zu den Pferdeställen hinter dem Haus, angespannt bis in die Fußspitzen. Franz folgte ihr so leise, dass sie nur seine Atemzüge und das leise Schmatzen von Pferdehufen auf dem vom Nieselregen aufgeweichten Boden hören konnte.

Plötzlich schoss ein dunkler Schatten über den Hof und begann zu kläffen.

»Schhh!«, machte Lotte und ging vor der freudig mit dem Schwanz wedelnden und schon etwas in die Jahre gekommenen Hütehündin ihrer Eltern in die Hocke. Während Fallada nervös auf der Stelle tänzelte, legte Brianna nur wenig beeindruckt den Kopf schief. »Resi, leise«, wisperte Lotte. »Wir sind es doch, schau!«

Es gelang ihr, die alte Hündin zu beruhigen, die ganz aufgeregt über die Rückkehr der Geschwister zu sein schien. Dann lauschte Lotte mit angehaltenem Atem, doch noch schien keiner der Bewohner von Gut Breskow auf den Beinen zu sein. »Nun müssen wir uns aber sputen!«, flüsterte sie, als es ihnen endlich gelungen war, das Schloss am Tor des Pferdestalls zu öffnen. Es würde nicht mehr lange dauern, und die Dämmerung würde heraufziehen. Wenn das Leben auf dem Hof begann, wollten sie längst über alle Berge sein.

Die Pferde von Breskow begrüßten Lotte und Franz mit Schnauben und leisem Wiehern. Lotte halfterte Brianna ab und führte sie dann zu einer leeren Box. Mit einem raschen Blick vergewisserte sie sich, dass Wasser und Heu da war. »Ich danke dir«, murmelte sie und kraulte die Stute zärtlich zwischen den Ohren. »Du bist bald wieder zu Hause.«

Es tat Lotte in der Seele weh, die treue Stute zurückzulassen, doch Brianna musste sich von dem langen Ritt erholen, und sie mussten die Flucht auf ausgeruhten Pferden fortsetzen.

In diesem Moment erklang aus einer Ecke des Stalls ein vertrautes Wiehern. Lotte folgte dem Geräusch und blieb schließlich vor einer der hinteren Boxen stehen. Obwohl sie gewusst hatte, dass sie sie hier finden würde, musste sie sich zusammennehmen, um nicht vor Freude in Tränen auszubrechen.

»Erinnerst du dich noch an mich?«, fragte sie leise und öffnete die Box. Die Stute mit den weißen Flecken in der Form von Wolken begann, mit den Hufen zu stampfen. Als Lotte Anstalten machte, sich ihr zu nähern, wandte sie den Kopf in die andere Richtung.

Lotte lächelte unter Tränen. Wolke war das ungeduldigste Pferd, dem sie je begegnet war, und auch das starrsinnigste. »Das sieht dir ähnlich, du Sturkopf«, flüsterte sie. »Ich habe dich so vermisst!« Jetzt drehte Wolke doch den Kopf zu ihr und stieß mit der Stirn vorwurfsvoll gegen ihre Schulter.

»Es tut mir leid, dass ich dich allein lassen musste«, sagte Lotte leise und legte die Arme um Wolkes Hals. »Aber jetzt bin ich wieder da, und ich werde nicht zulassen, dass jemand dich mir noch einmal wegnimmt. Wir machen eine Reise, wir beide. Nur du und ich und Franz. Und Maestro.«

Franz hatte den erschöpften Fallada ebenfalls abgehalftert und stattdessen den schwarzen Wallach ihres Vaters, Maestro, gesattelt. Die Geschwister hatten auf ihrem Ritt hin und her überlegt, aber es half alles nichts: Sie mussten die Pferde tauschen, und das elterliche Gut war der einzige Ort, den sie gut genug kannten, um dies zu wagen.

In diesem Moment erklangen Schritte auf dem Hof. Lotte fuhr mit klopfendem Herzen herum, genau in dem Augenblick, in dem sich die Tür zum Stall öffnete. Der Mann, der dort stand, umgeben von dämmrigem Morgenlicht, das ergraute Haar feucht vom Regen, schien nicht einmal überrascht zu sein, sie zu sehen. Er ging gebeugter, als Lotte ihn von Weihnachten in Erinnerung hatte, und tiefe Falten hatten sich in sein Gesicht gegraben.

Ein, zwei quälende Sekunden lang sahen sie einander schweigend an.

»So bellt Resi nur, wenn ein von Breskow in der Nähe ist«, brummte er schließlich.

»Papa!«, stieß Lotte hervor. Sie war viel zu erschrocken, um noch mehr zu sagen. Franz und sie hatten nicht vorgehabt, ihre Eltern wissen zu lassen, dass sie hier waren. Wenn die beiden das herausfanden, hatten sie längst über alle Berge sein wollen.

»Was habt ihr zwei hier verloren?«, fragte ihr Vater und ließ den strengen Blick zwischen Lotte und Franz hin- und herwandern.

»Wir müssen jetzt gehen, Papa«, flüsterte Lotte.

»Werner?«, ließ sich auf einmal eine Frauenstimme von draußen vernehmen. »Was geht hier vor …?« Ihre Mutter trat in den Stall, nur mit einem Nachthemd und einem nachlässig zugebundenen Morgenmantel bekleidet. Als sie ihre Kinder sah, schlug sie eine Hand vor den Mund. »Grundgütiger!«

»Du hast Fahnenflucht begangen«, sagte Werner von Breskow in diesem Moment zu Franz. »Ist es nicht so, Sohn? Habe ich nicht recht! Antworte!« Das letzte Wort brüllte er.

Franz straffte sich. »Ja. Fahnenflucht, Majestätsbeleidigung, Befehlsverweigerung. Such dir etwas aus, Papa.«

Seine Worte schienen zwischen ihnen nachzuhallen, auch noch, als Franz längst wieder schwieg. Selbst die Pferde in den Boxen waren so ruhig, dass Lotte fröstelte.

»Dafür gehst du ins Zuchthaus«, sagte ihr Vater schließlich tonlos. »Du kommst ins Zuchthaus, für nicht weniger als zehn Jahre. Das ist nicht das erste Mal, dass du dich unerlaubt vom Dienst entfernt hast.«

Lotte blickte zwischen den beiden hin und her. Wie bitte? Das hatte sie nicht gewusst. War das etwa der wahre Zankapfel zwischen den beiden? Hatte Franz sich wirklich schon einmal ohne Erlaubnis davongemacht? Zuzutrauen wäre es ihm allemal.

»Möglicherweise«, erwiderte Franz. »Wenn sie mich erwischen. Aber das werden sie nicht. Hörst du, Papa?« Nie zuvor hatte Lotte ihn so entschlossen erlebt. Ihr Bruder war ein fröhlicher Tunichtgut, der immer, wenn man ihn gerade aus den Augen ließ, etwas Unvernünftiges tat – doch das hier war keine seiner üblichen Kindereien. Es war ihm todernst. Sie sah es in seinen Augen. »Ich gehe nicht ins Zuchthaus«, fügte er jetzt hinzu. »Und ich gehe auch nicht zurück zum Militär.«

»Warum bist du hier, Charlotte?«, fragte Irene von Breskow, bevor ihr Mann einen Wutanfall bekommen konnte. »Was ist mit deinem Kind?«

Lotte schluckte. Ihre Mutter hatte pünktlich zu ihrer Niederkunft nach Gut Rosenthal kommen wollen, doch der ausgerechnete Geburtstermin wäre erst in zwei Wochen gewesen. Lotte hatte es noch nicht über sich gebracht, nach Breskow zu schreiben.

In knappen Worten berichtete sie, was geschehen war. »Er wird schon längst nach mir suchen«, fügte sie schließlich hinzu.

»Das … kann ich nicht glauben«, murmelte Werner von Breskow. Ihm war alle Farbe aus dem Gesicht gewichen.

Es war ihre Mutter, die sich als Erste fasste. »Ihr müsst von hier verschwinden«, sagte sie. »Beide.«

»Und wohin?«, rief Papa. »Wo bitte sollen die beiden hingehen, Irene?« Er sah so verzweifelt aus, dass es Lotte ins Herz schnitt. Sie war nie einverstanden gewesen mit den Ansichten ihres Vaters, aber sie wusste, dass er Franz und sie liebte. Und jetzt gerade brach seine ganze Welt über ihm zusammen.

»Wir könnten auswandern«, sagte sie. Noch während die Worte aus ihrem Mund kamen, dachte sie an Johann. Aufgeregt sah sie ihren Bruder an. »Franz, wir könnten nach Amerika auswandern! Wir müssen es nur bis nach Hamburg schaffen. Dort steigen wir auf ein Schiff!«

»Herrgott!«, rief ihr Vater. Nach einigen Sekunden der Stille drehte er sich abrupt um und verließ den Stall. Als er zurückkehrte, hatte er eine Geldkatze bei sich. »Das hier werdet ihr brauchen.« Er drückte der sprachlosen Lotte den gut gefüllten Lederbeutel in die Hand. »Ihr bleibt zusammen, habt ihr verstanden?«, sagte er dann an Franz gewandt. »Du bist ein Mal in deinem Leben ein Mann und passt auf deine Schwester auf, habe ich mich klar ausgedrückt?«

Lotte und Franz tauschten einen Blick. Entschlossen. Sie würden sich nicht einfach so ihrem Schicksal ergeben. Sie würden sich ihre Freiheit erkämpfen, und sie würden aufeinander aufpassen. Genau, wie sie es als Kinder immer getan hatten.

»Haltet euch von den Hauptstraßen fern«, sagte Werner von Breskow. »Fahrt nicht mit der Eisenbahn. Ihr könntet erkannt werden. Sprecht mit niemandem, bis ihr auf dem Schiff seid. Und versucht um Himmels willen, nicht aufzufallen.«

Gerade, als sie die Pferde gesattelt hatten, ertönte von draußen lautes Kläffen. Und dann schallte eine Stimme über den Hof. »Hier spricht Major von Elsbach, Königlich Preußische Landgendarmerie! Wir sind auf der Suche nach Feldwebel Franz von Breskow und der Gräfin Charlotte von Eichberg. Wir haben Befehl, beide festzusetzen!«

Lotte erstarrte und tauschte einen ängstlichen Blick mit Franz. Der Major der Landgendarmerie und seine Männer mussten draußen vor dem elterlichen Gutshaus stehen. Wenn sie jetzt schnell waren, konnten sie den Stall vielleicht noch verlassen, ohne gesehen zu werden …

Ihr Vater legte den Zeigefinger an die Lippen. Dann sah er seine Kinder nacheinander noch ein letztes Mal an. Lotte fasste nach seiner Hand und drückte sie. Er erwiderte den Druck, bevor er sich abrupt abwandte und nach draußen marschierte. »Herr Major von Elsbach!«, rief er mit jovialer Stimme. »Was für eine unerwartete Freude!«

»Rasch«, flüsterte Irene von Breskow und scheuchte Lotte

und Franz nach draußen, wo sie die Pferde hinter den Ställen entlangführten, bis sie das offene Feld erreichten.

Lotte wandte sich ein letztes Mal ihrer Mutter zu. »Lebewohl«, sagte sie mit Tränen in den Augen leise.

Irene von Breskow drückte erst die Tochter, dann den Sohn an sich. »Geht jetzt«, stieß sie hervor.

Die Geschwister saßen auf und trieben die Pferde an.

Plötzlich erklang ein Schrei. »Da sind sie! Stehen bleiben! Im Namen des Kaisers! Halten Sie die Pferde an!«

Lotte und Franz dachten gar nicht daran. Stattdessen trieben sie Wolke und Maestro weiter an, preschten über das Kartoffelfeld, das sich hinter den Ställen erstreckte, den Blick auf die Wälder am Horizont gerichtet. Und dann krachte ein Schuss.

Lotte schrie auf und duckte sich.

»Beug dich weiter nach unten!«, schrie Franz.

Wieder ein Schuss.

Lotte neigte sich auf Wolkes Rücken nach vorn und schickte ein Stoßgebet zum Himmel. Hinter ihnen erklangen das Trommeln von Hufen und das Gebrüll der Gendarmen, aber sie blickte nicht zurück. Neben sich sah sie Maestro über das Feld jagen. Sie mussten es einfach schaffen!

Ein weiterer Schuss wurde abgegeben. Und dann erklang ein Geräusch, das Lotte das Blut in den Adern gefrieren ließ. Ein panisches Wiehern, gefolgt von einem Schrei.

Lotte zügelte ihre Stute und blickte zurück. Die Reiter, die sie verfolgten, kamen schnell näher, und sie erkannte das triumphierende Gesicht des Mannes, der den Revolver noch im Anschlag hatte. Der Oberstleutnant von Answeiler.

Und dann erblickte sie ihren Bruder. Ihr war, als würde sich der Boden unter ihr auftun. Maestro war gestürzt. Und Franz lag halb unter ihm. Lotte sah nur noch seinen Rumpf und sein gequältes Gesicht. Sie hörte sich selbst den Namen ihres Bruders rufen.

»Verschwinde!«, schrie Franz ihr zu. »Lotte, hau schon ab!«

Sie tat nichts dergleichen. Stattdessen wendete sie Wolke, um zu ihm zurückzureiten. Sie konnte doch ihren Bruder nicht zurücklassen!

In diesem Moment zog Franz den Revolver und schoss in ihre Richtung. Die Kugel schlug ein gutes Stück neben Wolke ins Feld ein. Lotte schrie auf, und ihre Stute stieß ein panisches Wiehern aus und stieg. Als Franz einen zweiten Schuss abgab, ging sie durch.

Lotte versuchte noch, sie zu zügeln, doch es war zwecklos. Wolke, die so schnell galoppieren konnte wie der Wind, war nicht mehr zu halten. Lotte konnte nichts anderes tun, als sich tiefer in den Sattel zu drücken, während ihr die Tränen über das Gesicht strömten und Gut Breskow hinter ihr zurückblieb.

Kapitel 16

Erst als ihre Verfolger weit hinter ihr zurückgeblieben waren, gelang es Lotte schließlich, Wolke zu zügeln. Sie weinte noch immer. Die Schluchzer schüttelten ihren ganzen Körper. Sie konnte nicht aufhören, daran zu denken, wie es ihrem Bruder in diesem Moment erging. Hier, in diesem dunklen Waldstück, in das Wolke sie getragen hatte, gab sie dem Schmerz nach. Sie weinte um Franz, um ihre Tochter, um ihre Familie. Die ganze Zeit über presste sie die Stirn gegen Wolkes Hals und lauschte dem leisen Schnaufen ihrer Stute.

Irgendwann trockneten ihre Tränen. Sie stieg von Wolkes Rücken und sah sich um. Die panische Stute hatte sie in einen lichten Wald getragen. Die Sonne stand recht hoch am Himmel und fiel durch das grüne Blätterdach auf sie herab. Die Luft war sommerlich warm. Lotte schätzte, dass sie sich jetzt einige Kilometer westlich von Gut Breskow befand.

Sie wollte umkehren. Sie musste umkehren! Aber jedes Mal, wenn sie Anstalten machte, auf Wolkes Rücken zu steigen und zurück nach Breskow zu reiten, tauchte in ihrer Erinnerung wieder das Gesicht ihres Bruders auf. Die Panik in seinen Augen, als sie zu ihm hatte zurückkehren wollen, und die Art und Weise, wie er sie schließlich zur Flucht gezwungen hatte. Wenn man sie fasste, würde man sie wieder nach Rosenthal bringen.

Nein. Sie würde nicht nach Gut Rosenthal zurückkehren und sich wie ein Lamm zur Schlachtbank führen lassen. Wenn ihr Mann sie erneut in seine Gewalt bringen wollte, dann würde er kommen und sie holen müssen.

Sie bat Franz stumm um Verzeihung. Ein letztes Mal erlaubte sie sich zu trauern, still und ohne eine einzige Träne zu vergießen. Sie würde nicht mehr weinen. Sie würde nicht umkehren. Es gab nur noch einen Weg für sie: weiter.

Hamburg, 1887

Lotte hielt sich abseits der Straßen, so, wie ihr Vater es ihr geraten hatte. Sie mied die Dörfer und schlief mit Wolke im Wald. Sie ging sparsam mit den Vorräten um, die Mamsell ihr gegeben hatte, und als diese aufgebraucht waren, ernährte sie sich von Löwenzahn, wilden Erdbeeren und Spitzwegerich, den sie am Wegesrand fand. Es machte ihr auch nichts aus, sich draußen ein Nachtlager zu bereiten. Weder fürchtete sie den Wald noch die Dunkelheit. Es war Sommer, und die Nächte waren warm. Sie fürchtete sich nur vor den Menschen, die ihr auf den Fersen waren.

Lotte erreichte Hamburg am achten Tag ihrer Flucht. Sie war schnell geritten, hatte den Landkreis Greifenhagen und schließlich auch die Provinz Pommern nach Westen hin verlassen und war in das benachbarte Herzogtum Mecklenburg-Schwerin vorgedrungen. Sie passierte die Mecklenburgische Seenplatte mit ihrer Vielzahl an still daliegenden Gewässern und herrlich grünen Wiesen und erreichte schließlich, nach Tagen der Ungewissheit und der Angst, die Vierlande im Osten Hamburgs.

Sie hatte die Landstraßen weitestgehend gemieden und war stattdessen durch die Wälder und über die Felder von Mecklenburg-Schwerin geritten, immer begleitet von der Furcht, man würde sie früher oder später fassen. Noch immer hatte sie Schmerzen im Unterleib, denn seit ihrer albtraumhaften Niederkunft waren erst wenige Wochen vergangen, und ihr Körper hatte sich noch nicht in Gänze erholt. Dennoch zwang sie sich durchzuhalten, den Blick stets nach vorn gerichtet.

Jetzt passierten Pferd und Reiterin Fabriken und Arbeitersiedlungen, Kirchen und Fachwerkhäuser. Die ganze Zeit über hielt Lotte den Kopf gesenkt und hoffte, dass man sie wegen ihrer knabenhaften Statur und ihres unter einer Mütze verborgenen Haares für einen Burschen halten würde. Sie trug ihren Hosenrock, dazu ein Hemd und die Weste eines Breskower Stallburschen. Außerdem war sie schmutzig. Nein, sie sah ganz und gar nicht wie eine Gräfin aus.

In der Tat schenkte niemand ihr Beachtung, auch nicht, als sie schließlich doch die Orientierung verlor und nach dem Weg fragen musste. Der junge Mann, der vor einer Brauerei leere Fässer auf eine Bierkutsche lud, sah nur einmal kurz auf und erklärte ihr dann in knappen Worten, wie sie nach St. Pauli gelangen würde, die Vorstadt, die den gewaltigen Hamburger Hafen umfasste. Dort waren auch die Reedereien ansässig, die Passagen nach Amerika vermittelten.

Lotte erreichte den Hafen, als es Abend wurde und die Sonne langsam tiefer sank. Sie hielt den Atem an und erlaubte sich für einen Moment, über den Anblick zu staunen, der sich ihr bot. Die Elbe schien wie mit der Stadt verwachsen zu sein. Unzählige Schiffe waren an den Landungsbrücken vertäut oder glitten über das im Dämmerlicht wie ein Spiegel schimmernde Wasser. Alles war in Bewegung, alles war laut. Überall waren Menschen, überall hörte man das Rasseln der Winden an den Landungsbrücken, das Dröhnen der Dampfschiffe und ein Gewirr aus Stimmen, die über das Wasser schallten und sich zwischen den am Ufer hoch aufragenden Stadthäusern verfingen.

Der Hamburger Hafen war wie ein Sinnbild für Weite und Freiheit. Er klang nach Abenteuer, und Lotte glaubte, schon das Meer auf der Zunge zu spüren. Eine Mischung aus Vorfreude, Panik und Wehmut breitete sich in ihr aus. Sie würde wirklich auf eines dieser Schiffe steigen und die Heimat und ihr ganzes bisheriges Leben hinter sich lassen.

Während sie Wolke am Pier entlangführte, blickte sie sich immer wieder nach allen Seiten um. Aber niemand hier schien Notiz von ihr zu nehmen. Es waren so viele Menschen unterwegs, zu Fuß und zu Pferde, in Kutschen und mit Handkarren, dass Wolke und sie im Gedränge ganz einfach untergingen. Lotte holte tief Luft und straffte sich. Sie würde das schaffen! Jetzt musste sie nur noch ein Schiff finden, und dann würde sie endlich die Reise über den Ozean antreten können.

Am Hafen drängten sich Fachwerkhäuser, Kontore und Lagerhäuser aneinander, und schon bald erblickte Lotte ein Schild, das in goldenen, geschwungenen Lettern verkündete: *Emigration. Dampfschiffgesellschaft Otto Blumenthal, Hamburg – New York.* Sie band Wolke vor dem Gebäude an und gab einem Knaben ein paar Münzen, damit er auf die Stute achtete. Dann betrat sie das Büro.

Der Raum war kahl, bis auf einen Tresen, hinter dem ein kleiner Mann mit Brille und buschigen Augenbrauen saß. Es standen noch drei Herren an. Hinter ihnen reihte Lotte sich jetzt ein. Sie mied die Blicke der anderen Ausreisewilligen und betrachtete stattdessen das Messingschild, das über dem Tresen angebracht war. *Sichere und komfortable Überfahrt & ausgezeichnete Verpflegung*, stand dort.

Es schienen Stunden zu vergehen, bis sie endlich an der Reihe war, und mit jeder Sekunde wurde sie nervöser. Was, wenn jemand Wolke stahl, während sie hier stand? Was, wenn ihre Häscher errieten, was sie vorhatte, und schon in Hamburg waren?

»Ich will auswandern«, platzte sie deshalb heraus, kaum dass sie an der Reihe war. »Nach Amerika.«

»Das hören wir hier oft«, sagte der Angestellte. »Es hätte

mich auch gewundert, wenn Sie hier drinnen ein Pferd hätten kaufen wollen.«

Sie blinzelte. »Wie meinen?«

»Nur ein Scherz«, erwiderte er und blickte sie dann über den Rand seiner Brille hinweg an. »Sie reisen allein?«

»Ja«, antwortete Lotte. »Ich meine, nein. Ich habe ein Pferd.«

»Sehen Sie, das habe ich Ihnen angesehen«, behauptete der Angestellte und begann, in seinen Unterlagen zu wühlen. »Sie sind in Wahrheit eine Adelige, die sich mehr schlecht als recht als Bursche verkleidet hat, und reisen demgemäß erster Klasse?«

Lotte starrte ihn entgeistert an.

»Ein Scherz«, sagte er wieder und zwinkerte ihr zu. »Das Zwischendeck kostet Sie am wenigsten. Hundertzwanzig Mark für die Überfahrt. Noch einmal so viel kommt für den Transport des Pferdes hinzu. Für Ihre Versorgung an Bord ist gesorgt, doch ich rate Ihnen trotzdem, zusätzlichen Proviant mit auf die Reise zu nehmen. Sind Sie des Lesens mächtig?«

Lotte nickte, und er schob ein Blatt Papier über den Tresen, auf dem eine ganze Reihe von Dingen aufgelistet war, von Bettzeug über Kochgeschirr und Zwieback bis hin zu einem Nachttopf. »Diese Dinge sollten Sie erwerben, bevor Sie die Reise antreten«, erklärte der Angestellte. »Sie haben Glück. Sie und Ihr Pferd können schon am ersten August an Bord der *Atlantis* gehen. Das sind nur noch acht Tage, also rate ich Ihnen, sich mit allen Besorgungen zu sputen!«

»Nein!«, stieß Lotte hervor. »Nein, ich muss heute noch abreisen!«

Der kleine Mann zog die buschigen Augenbrauen zusammen. »Ich fürchte, das ist nicht möglich. Alle Passagen sind ausgebucht, und überhaupt legt heute Abend kein Schiff mehr ab, junge Dame. Einige Tage werden Sie sich wohl gedulden müssen.«

Lotte schüttelte den Kopf. Ihre Gedanken überschlugen sich. Sie konnte nicht noch eine Woche in Hamburg bleiben! Mit jeder Sekunde, die sie hier verbrachte, wuchs die Gefahr. Andreas würde sich daran erinnern, dass sie vom Auswandern geschwärmt hatte. Es würde nicht lange dauern, und er würde sie hier suchen!

»Geht es Ihnen gut?«, fragte der Angestellte und sah sie über den Rand seiner Brille hinweg prüfend an.

Sie wich einen Schritt zurück. »Ich … Es geht mir gut«, brachte sie heraus. »Ich muss darüber nachdenken.« Mit diesen Worten floh sie aus dem Büro.

Auf der Straße blickte sie sich nach allen Seiten um. Es war Abend geworden, aber es herrschte noch immer geschäftiges Treiben. Obwohl es sommerlich warm war, zitterte sie am ganzen Körper. Auf einmal war sie sich sicher, dass ihr Gemahl schon ganz in der Nähe war.

Hastig band sie Wolke los und machte sich auf die Suche nach einer anderen Reederei. Aber überall sagte man ihr das Gleiche. Sie konnte heute keine Passage mehr nach Amerika buchen, auch nicht an irgendeinen anderen Ort.

Die Sonne ging über den Dächern der Stadt unter, und die Büros schlossen eines nach dem anderen. Als Lotte, den Tränen nah, das Büro einer weiteren Reederei verließ, dessen überaus unfreundlicher Angestellter sie wohl am liebsten auf den Gehsteig gefegt hätte, hörte sie auf einmal eine Stimme ihren Namen sagen. »… die Gräfin Charlotte von Eichberg zur sofortigen Festsetzung. Sachdienliche Hinweise werden mit einer großzügigen Prämie belohnt!«

Sie schnappte nach Luft. Am Pier, nur wenige Schritte von ihr entfernt, erblickte sie einen berittenen Polizisten. Und der Mann, der neben ihm auf einem stolzen Vollblutaraber ritt und in diesem Moment den Blick über die Schiffe im Hafen schweifen ließ, war …

Lotte war, als gäbe der Boden unter ihr nach. Sie sah nur

den Hinterkopf des Reiters, doch das genügte, um sie von innen heraus gefrieren zu lassen. Andreas hatte sie gefunden.

Mit zitternden Fingern fasste sie Wolke am Zügel und führte die Stute so leise, wie es eben ging, in eine dunkle Seitenstraße. Sie musste ganz schnell von hier verschwinden!

Während sie sich Schritt um Schritt weiter vom Hafen entfernte und Wolke tiefer in die Schatten der engen Gasse führte, rasten ihre Gedanken. Andreas wusste, dass sie hier war. Natürlich wusste er das. Er würde die ganze Stadt durchkämmen, um ihrer habhaft zu werden. Sie brauchte unbedingt ein Versteck.

Sie blickte hinüber zur Sankt Michaelis Kirche, deren hoher Turm am Ende der Gasse über den Dächern Hamburgs aufragte. Zum Hafen zurück konnte sie nicht. Ihre einzige Hoffnung, ihrem Gemahl zu entkommen, war, irgendwo tief in diesem dunklen Labyrinth aus Straßen und Häusern zu verschwinden. Mit klopfendem Herzen machte sie sich auf den Weg tiefer in die Schatten, in die Eingeweide der Stadt.

Hinter der Stankt Michaelis Kirche tauchte Lotte in ein Gewirr enger, dunkler Gassen ein. Einfach gekleidete Menschen mit schmutzigem Gesicht schoben sich durch die von ärmlichen Fachwerkhäusern gesäumten Straßen; manche zogen Handkarren, andere trugen Einkaufskörbe oder hatten kleine Kinder an der Hand. Und wieder andere lungerten an Hausecken herum und musterten jeden Vorbeigehenden mit einem gierigen Glitzern in den Augen, das Lotte erschaudern ließ.

Es stank bestialisch, und das Pflaster war übersät von Unrat. Straßenlaternen warfen ein diesiges Licht über die Szenerie, und am Abendhimmel war nicht ein Stern zu sehen. Aus den Fenstern kippten Frauen mit verhärmtem Gesicht Abfall und Exkremente auf die Straßen und in die brackigen Fleets.

Lotte vermied es, irgendjemanden anzusehen, und hielt Ausschau nach einer Wirtsstube. Es würde ihr nichts anderes übrig bleiben, als sich einen Unterschlupf für die Nacht zu suchen und sich früh am nächsten Morgen erneut um eine Überfahrt zu bemühen. Sie spielte auch mit dem Gedanken, Hamburg zu verlassen und über Land die Weiterreise nach Bremen anzutreten. Jedoch fürchtete sie, dass man sie auch im Umland längst suchte. Die Eingeweide Hamburgs, schmutzig, stinkend und voller Schatten, waren das beste Versteck, auf das sie heute Nacht hoffen konnte.

Während sie durch die Gassen irrte, dachte sie fieberhaft nach. Wie sollte sie ihrem Mann nur entkommen? Es hatte nicht gereicht, Hinterpommern zu verlassen. Er war zu mächtig und zu einflussreich. Sicher setzte die Hamburger Polizei in diesem Moment alle Hebel in Bewegung, um die entlaufene Gräfin zu finden. Einen Mann wie Andreas von Eichberg verärgerte man nicht gern. Um ihm wirklich zu entwischen, musste sie einen Ozean zwischen sich und das Deutsche Reich bringen. Ein Schiff war ihre einzige Hoffnung.

Irgendwann nahm sie all ihren Mut zusammen und sprach einen mageren kleinen Jungen an. »Guten Abend«, sagte sie freundlich. »Kennst du einen Ort, an dem ich und meine Stute heute Nacht bleiben können?«

Der Knabe musterte sie misstrauisch. Erst, als sie ihm einige Münzen zusteckte, hellte sich sein schmutziges Gesicht auf. »Ik weet, wo. Kam du, Fröhlein! Dorff ik dat Peerd striken?«

Er führte sie fröhlich plappernd zu einem Wirtshaus. Dabei tätschelte er immer wieder Wolkes Flanke. Die Stute, die alles andere als begeistert von der Stadt und ihren vielen lärmenden Bewohnern zu sein schien, ließ sich das mehr oder weniger gleichmütig gefallen. Einmal drehte sie den Kopf, um dem Kleinen mit der Schnauze einen Schubs zu geben. Der Knabe jauchzte vergnügt.

Als sie vor der Wirtsstube standen, einem heruntergekommenen Fachwerkhaus, über dessen Eingang ein Schild *Hamborger Huus* verkündete, winkte Lottes kleiner Begleiter einem älteren Burschen, der im Schatten einer Straßenlaterne herumlungerte, und rief: »Moin, Fred! Kiek di an, wat dat för 'n Peerd is! Ach, und dat Fröhlein söcht wat ton slapen!«

Fred war ausgemergelt und hatte ein verschlagenes Glitzern in den Augen. »Dat Huus is vull«, sagte er, wobei er Lotte von oben bis unten musterte. Sein Blick gefiel ihr gar nicht.

»Ich schlafe auch im Stall«, erwiderte sie. Eigentlich wollte sie hier nicht bleiben, aber eine andere Wahl blieb ihr kaum. Sie musste von der Straße verschwinden. Hier würde man sie schnell entdecken. Die vielen Wirtshäuser Hamburgs nach ihr zu durchkämmen konnte hingegen Tage dauern.

Fred wiegte einmal den Kopf, sah noch mal an ihr auf und ab. »Kost 'ne Mark«, brummte er schließlich. »Für 'n Holsten und 'ne Toffelsopp noch mal foffzig Pfennig.« Er wartete, bis Lotte ihm das Geld in die Hand gedrückt hatte, bevor er sie in den verwinkelten Hinterhof des Wirtshauses führte.

Im Hof gab es einen schiefen Anbau, der als Stall diente. Zwischen den Häusern waren Wäscheleinen gespannt, und aus den offenen Fenstern der Wirtschaft schallten Kindergequengel und lautes Gezeter.

Lotte dachte an ihre eigene Tochter. In den vergangenen Tagen hatte sie alle Gefühle, so gut es eben ging, von sich geschoben und sich eingeredet, alles, was jetzt zählte, sei, einen Schritt nach dem anderen zu machen. Die Vergangenheit war vergangen. Doch jetzt traf der Schmerz sie wie ein Faustschlag in die Magengrube.

Fred führte sie in den Stall, einen dunklen Verschlag, in dem schmutziges Stroh ausgelegt war. Weil ihre Kehle wie zugeschnürt war, dankte sie ihm lediglich mit einem Nicken. Die Trauer und die Angst vor ihren Verfolgern drohten, sie zu überwältigen.

Was sollte sie jetzt nur tun? Konnte sie sich am nächsten Morgen überhaupt noch zum Hafen wagen? Bestimmt würde Andreas noch dort sein und auf sie lauern. Sollte sie ein paar

Tage warten, hier, in dieser ärmlichen Gegend, in der man eine Gräfin vermutlich als Letztes vermuten würde? Sie presste die Lippen aufeinander. Nein, sie musste so schnell wie möglich raus aus der Stadt. Andreas kannte sie gut genug, um zu wissen, dass sie sich auch in einem Misthaufen vor ihm verstecken würde. Er würde jeden Stein umdrehen, wenn es sein musste, und er hatte die Hamburger Polizei auf seiner Seite. Die kannten sich hier bestens aus. Lange würde sie an diesem Ort nicht sicher sein.

»En schmuck Peerd hest du dor«, sagte Fred, als er mit der versprochenen Kartoffelsuppe und dem Bier zurückgekehrt war. Er bedachte Wolke mit einem übertrieben fachmännischen Nicken. »Ik kenn een, der di dat für 'n goden Pris köft.«

Lotte schob sich vor Wolke. »Nein, danke.«

Er spuckte vor ihr aus. »En fien Daam, wat?« Er machte einen Schritt auf sie zu. Als er Anstalten machte, nach ihr zu greifen, schlug sie seine Hand weg und wich mit zu Fäusten geballten Händen zurück. »Wag es nicht, mich anzufassen!«

Sie durchbohrte ihn mit Blicken, darum bemüht, sich nicht anmerken zu lassen, dass sie es mit der Angst zu tun bekommen hatte. Nach einigen angespannten Sekunden spuckte er erneut aus und verließ den Stall.

Lotte ließ den angehaltenen Atem entweichen. Sie würde heute Nacht sicher kein Auge zutun. Nie zuvor war sie so verletzlich gewesen. Arm und auf der Flucht. Mehr und mehr wurde ihr bewusst, wie privilegiert ihr Stand lebte. Wie fernab von der Realität so vieler anderer Menschen.

Ein Schnauben in der hinteren Ecke des Stalls riss sie aus ihren Gedanken. Ihr Blick fiel auf das Pferd, das dort neben einem klapprigen Maultier angebunden war. Ihr Herz machte einen Satz.

»Feline?«, flüsterte sie. Nein, das konnte nicht sein! Das konnte doch nicht Feline sein!

Aber sie war es, unverkennbar, ohne jeden Zweifel. Das

glänzend braune Fell, die schlanken Muskeln, die elegante Statur. Die Stute stellte die Ohren auf und reckte den Kopf in Lottes Richtung, die auf einmal das Gefühl hatte, die Knie müssten unter ihr nachgeben.

In diesem Moment knarrte die Stalltür, und jemand betrat hinter ihr den dunklen Verschlag. Sie fuhr mit geballten Fäusten herum. »Ich habe dir doch gesagt …«

Aber es war nicht Fred, der vor ihr stand.

Es war Johann.

Kapitel 17

Er starrte sie an. Und sie ihn.

Sie hörte sich seinen Namen sagen und schluckte, als er kaum merklich zurückwich. Noch immer wandte er den Blick nicht von ihrem Gesicht. Sein Kiefer war angespannt, seine Augen so dunkel wie der nächtliche Himmel über Hamburg.

»Ich dachte, du bist in Amerika«, flüsterte sie.

»Warum bist du hier?« Seine Stimme klang so hart, dass sie zusammenzuckte.

Als sie ihm keine Antwort gab, machte er einen Schritt auf sie zu. »Warum bist du hier?« Dieses Mal sprach er lauter. Ärgerlicher.

Sie schluckte. »Ich bin weggelaufen.«

»Weggelaufen«, wiederholte er. Sie sah ihm an, dass er noch etwas hinzufügen wollte, doch dann presste er nur die Lippen aufeinander und blickte an ihr vorbei zu Feline. Nach einigen Sekunden ohrenbetäubender Stille schaute er sie wieder an. »Das hier ist kein Ort für dich. Du musst gehen.«

»Nein«, sagte sie. Mittlerweile zitterte sie am ganzen Leib. Sein Anblick genügte, um alle Erinnerungen an ihre gemeinsame Zeit auf Gut Rosenthal zu wecken. Daran, wie schnell ihr Herz in seiner Nähe immer geschlagen hatte. Wie er sie geküsst hatte. Und an alles, was danach geschehen war. Den kleinen Anhänger, den er ihr zu Weihnachten geschenkt hatte, hatte sie an Wolkes Sattel gebunden. Sie sah, dass sein Blick jetzt darauf fiel. Hastig wandte sie sich von ihm ab und machte sich mit bebenden Fingern daran, ihre Stute abzuhalftern.

»Du musst gehen«, sagte er. »Diese Gegend ist gefährlich,

und ich will dich nicht hier haben. Ich helfe dir meinetwegen, ein anderes Gasthaus zu finden, doch in diesem wirst du nicht bleiben.«

Lotte wirbelte zu ihm herum und begegnete seinem wütenden Blick. Sie musste sich zusammennehmen, um nicht zurückzuweichen. Er sah sie an, als wäre ihre Gegenwart unerträglich für ihn. Als hasste er sie.

»Ich wollte nicht, dass wir uns wiedersehen«, brachte sie schließlich hervor.

»Das weiß ich«, entgegnete er bitter.

In diesem Moment erklang von draußen eine Stimme. »En fien Daam, sag ik jo. Ünner 'n ganzen Dreck is dat en fien Daam. Mit en noch fieneren Gaul. Der Herr het seggt, wenn de richtig is, denn kriegen wi dat Peerd un hunnert Mark!«

Lotte erschrak. Bevor sie reagieren konnte, hatte Johann die Tür aufgerissen und den Rädelsführer der Bande halbwüchsiger Jungen, die sich im Hinterhof des *Hamborger Huus* postiert hatten, gepackt und gegen den Türrahmen gedrückt. Es war Fred.

Seine Kumpane waren draußen stehen geblieben. Es waren nur zwei Knaben, erkannte Lotte in diesem Moment. Einer von ihnen war der kleine Junge, der sie zu dieser Wirtschaft geführt hatte. Jetzt versteckte er sich halb hinter dem anderen Knaben, der kaum älter sein konnte als zwölf und das Geschehen mit großen Augen beobachtete.

»Ihr bleibt, wo ihr seid«, befahl Johann mit einem strengen Blick nach draußen. Dann wandte er sich an Fred, den er noch immer am Schlafittchen hatte. »Wer hat euch die hundert Mark angeboten?«

Der Bursche starrte Johann nur wütend an, aber der kleine Junge, der Lotte hergebracht hatte, gab schließlich Antwort. »So en fien Herr war dat!«, sagte er aufgeregt. »Mit en swart Peerd!«

Johann sah zu Lotte herüber, die erstarrt war, noch während die Worte aus dem Mund des Kindes kamen. Natürlich wusste sie, wer sie suchte. Aber es zu hören machte es noch realer und noch beängstigender. Sie erwiderte Johanns fragenden Blick, und er stieß einen Fluch aus. Den verdrossen dreinschauenden Fred ließ er noch immer nicht los.

Lottes Gedanken überschlugen sich. Johann hatte recht, sie konnte keine Sekunde länger hierbleiben. Sie holte tief Luft und wandte sich an den kleinen Jungen. »Weißt du, welche Schiffe morgen früh auslaufen?«

Er nickte eifrig. »Ja, Fröhlein! Morgen föhrt en Postschipp na Cuxhoben, und vun döör föhrt denn en groten Dampfer na Amerika! Na Rio de Ja... Rio de ...« Er schien das letzte Wort nicht aussprechen zu können.

»Rio de Janeiro hit dat!«, verbesserte der Junge, hinter dem der Kleine sich versteckt hatte. »Dat is in Amerika, Fröhlein. Ganz dicht bi New York!«

Lotte hatte noch nie von diesem Ort gehört. Aber mittlerweile wäre sie auch in die Antarktis ausgewandert. »Ich brauche eine Überfahrt auf diesem Schiff«, sagte sie zu den Kindern. »Weiß einer von euch, wie ich an eine Passage komme?«

Die Jungen tauschten einen ratlosen Blick.

»Dor musst du de Mia fragen«, ließ sich auf einmal Fred vernehmen.

»De Mia«, wiederholte der kleinste der Jungen und strahlte Lotte an. »Ja, Fröhlein, man könnt de Mia fragen! Dat ist Fredens Deern!«

Die Burschen erzählten, dass Mia als Dienstmädchen für einen Reeder in der Deichstraße arbeitete und außerdem das große Pech hatte, mit Fred zu gehen.

Henri, der kleine Junge, der Lotte zur Wirtsstube geführt hatte, erklärte sich bereit, sie dorthin zu bringen. Seine einzige Bedingung war, noch einmal das »Peerd strieken« zu dürfen.

Lotte nahm Wolke am Zügel. Sie zitterte am ganzen Körper, hatte Angst, ihrem Mann in den nächtlichen Straßen zu begegnen. Aber auch ihre Entschlossenheit wuchs jetzt wieder. Dies mochte ihre letzte Gelegenheit sein, aus der Stadt zu fliehen, bevor man sie fasste.

Aber bevor sie ging ...

»Johann«, flüsterte sie.

Er sah sie an, und die Härte in seinem Blick ließ sie schlucken. Er wollte keine Entschuldigung hören, keinen Abschied, nichts. Er wollte nur, dass sie fortging. »Geh schon«, sagte er. Dann gab er Fred einen Stoß. »Und wir beide unterhalten uns jetzt einmal mit deiner Frau Mutter.«

Mit einem gewaltigen Kloß im Hals beobachtete Lotte, wie er mit dem Burschen in den Schatten des Hinterhofs verschwand. Wenige Sekunden später erklang aus dem Wirtshaus ein durchdringendes Gezeter, das Lotte und die Kinder zusammenzucken ließ. »Ik kaam mit«, sagte der zweite der Jungen zu Lotte und dem kleinen Henri. »Dat is de Mudder. Dat do ik mi nich an.«

Damit war alles gesagt. Als Lotte Wolke durch einen steinernen Torbogen aus dem Hinterhof der Wirtsstube führte, warf sie einen letzten Blick zurück. Johann. Sie hatte so oft an ihn gedacht und sich dabei selbst eingeredet, dass sie ihn eines Tages vergessen würde. Was für ein riesengroßer Irrtum.

Niemals hätte sie geglaubt, dass sie ihn wiedersehen würde. Und jetzt zerriss es sie beinahe. Am schlimmsten war die Vorstellung, dass er sie wirklich hassen könnte. Dass ihr Verrat seine Gefühle für sie vollkommen zerstört hatte. Mit Tränen in den Augen wandte sie sich ab, um den Kindern ins Gassenlabyrinth der Stadt zu folgen. Sie musste ihn endlich loslassen. Ihr Weg führte nicht in die Vergangenheit. Sondern weiter, immer nur weiter.

Die Deichstraße war von Straßenlaternen erhellt und Sitz vieler Hamburger Reedereien. Die Knaben lotsten Lotte in eine Seitenstraße und blieben vor einem herrschaftlichen Stadthaus stehen. *Lehmann*, stand auf dem Klingelschild neben der Tür. Der ältere Junge, der sich als Emil vorgestellt hatte, brachte sie ganz leise in den Hinterhof des Hauses. Hier klaubte er ein Steinchen vom Boden und warf es gegen ein kleines Dachfenster.

Kurz darauf streckte ein blondes Mädchen den Kopf heraus. »Wat hebbt ji denn hier verloren, ihr Döspaddel?«, flüsterte es. Die Kinder bedeuten Mia, still zu sein, und winkten sie nach unten. Kurz darauf öffnete sich die Hintertür des Hauses, und das Mädchen stand vor ihnen, mit aufgebracht blitzenden Augen und in die Hüfte gestemmten Händen. »Wat?«

»Dat Fröhlein braukkt en Överfohrt na Amerika«, sagte Henri, wobei er Wolkes Vorderbein streichelte und sich von der Stute, die sich an ihren kleinen neuen Freund gewöhnt zu haben schien, den Atem ins Gesicht pusten ließ.

»Un wat scholl ik da doon?«, schimpfte Mia. »Ik werd noch mien Arbeit verleren! Döspaddel!«

»Was geht denn hier vor sich?« Die tiefe Stimme, die sie alle miteinander zusammenfahren ließ, gehörte einem dicken Mann mit grauen Locken, der einen guten Anzug trug und soeben hinter Mia in der Tür aufgetaucht war.

Die zuckte zusammen. »Mien Herr!«

»Herr Lehmann«, sagte Lotte. »Ich entschuldige mich für die späte Störung, doch ich hörte, dass in der Früh von Cuxhaven aus ein Schiff nach Rio de … Rio de Janeiro ausläuft. Wenn es irgendeine Möglichkeit gibt … Ich benötige dringend eine Fahrkarte für dieses Schiff, für mich und mein Pferd. Natürlich kann ich auch dafür bezahlen. Ich wäre Ihnen sehr dankbar!«

Herr Lehmann brummte, schlug ihr aber immerhin nicht die Tür vor der Nase zu. »Was haben Sie denn angestellt, junge Dame?«

Sie schluckte, wollte gerade zu einer möglichst unverfänglichen Erklärung ansetzen, da winkte er schon ab. »Nein, nein, es tut mir ja leid, doch ich kann Ihnen nicht helfen. Mein Cousin ist für die *Hamburg Südamerikanische Dampfschiff-fahrts-Gesellschaft* tätig, doch er wird längst schlafen. Das Büro liegt an der Holzbrücke und öffnet um neun Uhr in der Früh. Und jetzt entschuldigen Sie mich, ich habe Besuch. Ich wünsche eine gute Nacht.«

Als er gerade die Tür schließen wollte, erschien hinter ihm ein anderer Mann. Erstaunt bemerkte Lotte, dass es der eigentümliche Angestellte mit der schief sitzenden Brille war, mit dem sie heute schon gesprochen hatte. Die Herren schienen sich einen Absacker gegönnt zu haben, denn er hatte ein Glas Cognac in der Hand, und seine Wangen waren gerötet. »Nanu!«, sagte er. »Das Fräulein mit dem Pferd. Versuchen Sie noch immer, eine Passage zu bekommen, ja? Na, Sie müssen ja eine rechte Kriminelle sein, wenn …«

In dieser Sekunde erklang eine Stimme, die Lotte nach Luft schnappen ließ. »Wenn das nicht die entlaufene Gräfin von Eichberg ist.«

Sie wirbelte herum und sah sich dem Oberstleutnant von Answeiler gegenüber, der jetzt aus dem Schatten trat. Als sie zurückwich, breitete sich ein Grinsen auf seinem feisten Gesicht aus. Er schnalzte mit der Zunge und holte gemächlich seinen Revolver aus dem Holster. »Als dein Herr Gemahl die Landgendarmerie gerufen hat, da hab ich gleich gewusst, ich will der sein, der dich einfängt, du verfluchtes Biest. Hab ihm gesagt, ich weiß, wie man mit solchen Weibern umgeht.«

Eine Mischung aus Angst und glühendem Hass stieg in Lotte auf. Dieser Mann hatte auf ihren Bruder geschossen. Sie verachtete ihn so sehr, wie sie ihren Gemahl fürchtete. Glaubte er wirklich, dass er sie ängstigen konnte? Jeder Feigling konnte einem Fliehenden in den Rücken schießen. Nein, sie hatte schon einmal gegen ihn gewonnen. Im Augenblick hatte sie keine Ahnung, wie sie es anstellen sollte, aber sie würde ihm entwischen. Um keinen Preis der Welt würde sie zu ihrem Mann zurückkehren.

»Mein Herr!«, schaltete sich da der Angestellte mit der schiefen Brille ein. »Das kann man doch auch auf zivilisiertem Wege ... Gut, vielleicht auch nicht.« Der Oberstleutnant hatte den Lauf des Revolvers auf den kleinen Mann gerichtet, kaum dass der zu sprechen angesetzt hatte.

»Herr von Answeiler!«, erklärte Lotte scharf. »Ich glaube nicht, dass dieser Herr Ihnen etwas angetan hat.«

Er richtete die Waffe wieder auf sie. »Ganz recht, *Frau Gräfin*. Du wirst jetzt brav tun, was ich dir sage, verstanden? Mit dir ist es jetzt ohnehin vorbei. Bin gespannt, was dein Herr Gemahl mit dir macht, wenn er dich erst hat.«

Plötzlich wurde er herumgerissen. Und dort stand Johann, einen Seesack über der Schulter, mit Feline im Schlepptau, deren Hufschläge Lotte in der Aufregung gar nicht gehört hatte. Der Oberstleutnant riss die Waffe hoch – und Johann schlug zu. Ein hässliches Knacken ertönte, und dann sank der Oberstleutnant wie ein nasser Sack auf das Pflaster.

Eine Weile war es ganz still.

Lotte und Johann starrten einander an. Die Burschen und Mia guckten erschrocken. Und die beiden Herren ...

Herr Lehmann regte sich als Erstes. »Da brat mir doch einer ...« Er sah erst zu dem Bewusstlosen, dann zu Lotte. »Sie sind also wirklich die entlaufene Gräfin, von der jedermann in der Stadt spricht.«

Lotte wandte sich ihm zu und erwiderte seinen Blick mit aller Entschlossenheit. Aus den Augenwinkeln sah sie, dass auch Johann sich anspannte.

»Kein Grund, mich so anzuschauen«, meinte Herr Lehmann. »Na, kommen Sie. Ich werde sehen, was ich für Sie tun kann. Aber seien Sie um Himmels willen leise!«

Der Cousin des Schiffseigners Lehmann war bei der Hamburg Südamerikanischen Dampfschifffahrts-Gesellschaft angestellt und hauste in einer kleinen Wohnung über dem Büro an der Holzbrücke. Nur die Straßenlaternen spendeten ein dunstiges Licht, das sich in den dunklen Fenstern des Fachwerkhauses spiegelte, als ihnen ein verschlafen wirkendes Dienstmädchen öffnete.

Herr Lehmanns Cousin war ein hochgewachsener Mann mit strengem Backenbart und außerdem überaus schlecht gelaunt, weil man ihn mitten in der Nacht aus dem Bett holte. Zu Lottes grenzenloser Erleichterung stellte er jedoch keine Fragen, sondern ging gleich zum Geschäftlichen über.

»Sie haben Glück«, sagte er, als er seine Unterlagen durchgegangen war. Er trug nur ein Nachthemd, und die Bommel seiner Schlafmütze baumelte die ganze Zeit über den Dokumenten, die er vor sich auf dem Sekretär hin und her schob. »Ein Ehepaar Engel aus Parchim wird die Reise nicht antreten können, weil der Mann an Diphtherie erkrankt ist.«

»Stellen Sie unsere Fahrkarten auf die Nachnamen der beiden aus«, sagte Johann, der sich ebenfalls über den Sekretär gebeugt hatte. »Charlotte und Johann Engel.«

Lotte versteifte sich, warf ihm einen fragenden Blick zu. Er wollte doch nicht etwa mit ihr mitkommen? Warum war er ihr überhaupt gefolgt? Und wollte er jetzt wirklich die lange Reise über den Atlantik mit ihr antreten, wo er doch vorhin kaum ihre Gegenwart ertragen hatte?

»Johann«, sagte sie leise und berührte ihn an der Hand. »Was machst du hier?«

Er entzog sich ihr und deutete ein Kopfschütteln an. Sie biss sich auf die Unterlippe. Eine Antwort würde sie anscheinend nicht von ihm bekommen. Er sah sie nicht einmal an.

Der Vetter des Herrn Lehmann stellte ihnen die Fahrkarten aus und gab nach kurzem Verhandeln mit seinem Cousin und unter einigem Gebrumme schließlich auch die Zusage, dass die Pferde im Frachtraum des Überseedampfers transportiert würden. Dafür verlangte er eine stattliche Summe von

Lotte und Johann, die weit über den Preis hinausging, der üblich war. Lotte zahlte ohne Murren, auch wenn es sie fast ihre ganze Barschaft kostete. Sie hatte ohnehin keine Wahl.

»Jetzt müssen Sie sich aber sputen«, meinte der schlecht gelaunte Mann mit einem Blick auf die Standuhr neben dem Kamin. »Das Postschiff nach Cuxhaven legt um sechs Uhr ab, also beeilen Sie sich besser!«

Das ließen sich Lotte und Johann nicht zweimal sagen.

»Ich danke euch sehr, ihr zwei«, sagte Lotte zu Emil und dem kleinen Henri, der Wolke zum Abschied noch einmal das Bein tätschelte. Auch von der vollkommen übermüdeten Mia, die mitgekommen war, um draußen die Pferde und die Kinder zu beaufsichtigen, und natürlich von Herrn Lehmann verabschiedete sie sich herzlich. Dann saßen sie auf und sprengten durch die nächtlichen Straßen zum Hafen.

Als sie den Hamburger Hafen erreichten, graute gerade der Morgen. Es herrschte schon emsiges Treiben. Rauchende Schlote, dröhnende Maschinen, Schiffe über Schiffe, die über das im Morgenlicht glitzernde Wasser glitten. Hunderte von Menschen, Hafenarbeiter, Matrosen, Passagiere, hin und her eilende Kaufleute.

Lotte und Johann machten sich auf den Weg zu den Landungsbrücken, wo sie nach einigem Hin und Her das Postschiff *Hamburg 1* fanden, das sie nach Cuxhaven bringen würde.

Lottes Puls beschleunigte sich, als ihre Fahrkarten kontrolliert und ihre falschen Namen in die Passagierlisten eingetragen wurden. Aber niemand schien misstrauisch zu werden. Die Pferde würden die Fahrt nach Cuxhaven an Deck verbringen, genau wie Lotte und Johann. Erst auf der *Amanha*, dem Überseedampfer, der sie nach Rio de Janeiro bringen würde, würden sie im Frachtraum untergebracht werden.

Immer wieder sah Lotte sich mit wild klopfendem Herzen

am Hafen um. Mehrmals glaubte sie, sie müsste sich gleich übergeben vor Angst.

Und dann, als sie gerade den Laufgang erklommen, sah sie ihn. Er saß auf seinem schwarzen Hengst Herzog, trug seine Uniform und blickte sich mit der Autorität eines Mannes um, der in dem Bewusstsein lebte, dass die meisten Menschen nicht mehr als Ameisen zu seinen Füßen waren. Lotte spürte, wie ihr alles Blut aus dem Gesicht wich. Sie stolperte.

Johann packte sie am Arm und zwang sie weiterzugehen. »Sieh geradeaus«, murmelte er. »Sieh nicht zu ihm hin.«

Obwohl sie es kaum aushielt, tat sie, was er sagte, bis sie endlich an Bord der *Hamburg 1* waren.

Der Laufgang wurde eingeholt, und die Matrosen machten das Schiff klar zum Ablegen. Die Pferde wurden an der Reling festgebunden. Es dauerte alles quälend lange. Johann stellte sich mit dem Rücken zur Reling und zog Lotte an sich, sodass sie vom Hafen aus nicht zu sehen war. Die ganze Zeit blickte sie ihn an, zitternd vor Angst. Seine Miene war ernst, sein Kiefer angespannt. Sein Griff um ihre Taille so fest, als wollte er sie um keinen Preis der Welt loslassen.

Die Maschinen begannen zu arbeiten, und die *Hamburg 1* legte ab. Lotte ließ den angehaltenen Atem entweichen. Und dann ertönte ein Schrei, der sie wie ein Blitzschlag durchfuhr. »Da sind sie! Halten Sie das Schiff an! Halten Sie das Schiff an!«

Aber es war zu spät. Das Postschiff hatte bereits Fahrt aufgenommen. Lotte löste sich zitternd von Johann und trat an die Reling. Andreas war mit seinem Hengst bis zur Landungsbrücke vorgeprescht. Dort verharrte er und starrte dem Schiff hinterher. Und sie sah ihn an, erwiderte seinen vor Zorn lodernden Blick vollkommen reglos. Erst als sie den Hafen hinter sich gelassen hatten und Andreas' Gestalt nicht mehr zu sehen war, wandte sie sich ab.

In Cuxhaven ging es für die Passagiere des Postschiffes gleich an Bord der *Amanha*, eines gewaltigen Ozeandampfers. Das Schiff war mit seinen drei Schornsteinen und bestimmt zweihundert Metern Länge ein wahrer Gigant.

Lotte stockte der Atem, als sie es im Hafen liegen sah, und auch Johann neben ihr sog hörbar die Luft ein. Sie warf ihm einen scheuen Blick zu. Johann blickte ebenfalls zu ihr hin, und ganz kurz war ihr, als würde seine Miene ein wenig weicher. Doch schon im nächsten Moment hatte er sich brüsk abgewandt. Lotte holte tief Luft und schaute in eine andere Richtung. Wann nur würde das endlich aufhören? Der Schmerz, den sie ihm zugefügt hatte, und der Schmerz, den sie seinetwegen empfand. Sogar jetzt noch.

Die Pferde wurden mit Winden verladen, kaum dass sie Cuxhaven erreicht hatten. Lotte sah die ganze Zeit über nervös zu, während Johann beim Anschirren half. Feline ließ sich noch immer ungern von Fremden anfassen. Die Tiere würden nun vier Wochen in einer winzigen Box im Bauch des Schiffes verbringen. Es war nicht unüblich, Pferde zu verschiffen, aber Lotte war trotzdem bang zumute. Die beiden waren eine solche Enge nicht gewohnt.

Lotte und Johann reisten im Zwischendeck, das während der Reise nach Rio de Janeiro mehr als dreihundert Passagiere beherbergen würde. Das Zwischendeck lag zwischen Frachträumen und Hauptdeck, unterteilt in Schlafsäle für je sechzig Personen. Es war unglaublich stickig hier unten. Und weil es nur eine Luke zum Hauptdeck gab, die meistens geschlossen sein würde, war es so dunkel, dass man kaum die Hand vor Augen sehen konnte. Nur einige Gaslampen spendeten schwaches Licht.

Die Passagiere waren in engen Kojen untergebracht, immer vier nebeneinander. Die Schlafstellen waren winzig, und

die oberen Etagen der am Boden festgeschraubten Doppel-
stockbetten mit schmalen Holzbrettern versehen, die die Passagiere bei starkem Seegang davor schützen sollten herauszu-
fallen. Lotte bezweifelte jetzt schon, dass das gut gehen
würde.

Johann und sie wurden bei einer sechsköpfigen Familie
aus Mecklenburg untergebracht, Mutter, Vater und vier Töchter. Die Eheleute Schneider schliefen mit zweien ihrer Töchter
in der unteren Etage des Doppelstockbettes, und die beiden
jüngsten Mädchen würden bei Lotte und Johann in der oberen Etage schlafen. Lotte erklärte sich auf die schüchterne
Nachfrage von Frau Schneider hin bereit, des Nachts ein wenig auf die Kinder achtzugeben.

Die *Amanha* stach am Morgen des vierundzwanzigsten
Juli 1887 in See. Die Passagiere drängten sich an Deck, um
ihren endgültigen Abschied vom Vaterland zu erleben und die
salzige Luft einzuatmen, die von der Nordsee herüberwehte.
Der Himmel war an diesem Tag so grau wie die Wellen, die
gegen die Bordwand schlugen.

Lotte schlang sich die Arme fest um den Körper. Während
das Gepäck der Passagiere und die Pferde verladen worden
waren und der quälend langen Zeit, die es gebraucht hatte, bis
sie endlich alle das Schiff bestiegen hatten und der Laufgang
eingeholt war, hatte sie immer wieder ängstlich nach ihren
Häschern Ausschau gehalten. Solange sie in Deutschland war,
würde ihr Mann versuchen, ihrer habhaft zu werden, davon
war sie überzeugt. Aber nichts war geschehen. Wenn Andreas
sie noch immer verfolgte, dann kam er zu spät.

Und jetzt, da das Schiff endlich ablegte und den von
Gischt und Nebel umgebenen Hafen von Cuxhaven hinter
sich ließ, sah sie nicht mehr zurück.

Die Nordsee war aufgewühlt, der Wind beißend. Eiskalte
Böen kamen von Norden her und peitschten das Wasser auf.
Lotte konnte kaum glauben, dass es Sommer war. Der Som-

mer, in dem sie ihr Heimatland für immer verließ. Was sie auch in der neuen Welt erwarten mochte, sie wusste, sie würde niemals zurückkehren. Die Gräfin von Eichberg gab es nicht mehr. Gut Rosenthal war nur noch ein Teil ihrer Vergangenheit.

Sie blieb an Deck, so lange, wie es gestattet war, blickte auf die weißen Schaumkronen, die auf den Wellen tanzten, und lauschte dem Stampfen der Maschinen und dem Pfeifen des Windes. Zum ersten Mal seit sie ihre Flucht angetreten war, dachte sie an das, was sie jenseits des Ozeans erwarten würde. Alles, was ihr in den Sinn kam, waren die Abenteuergeschichten, die sie als Kind verschlungen hatte. Aber davon abgesehen wusste sie nichts über den Ort, an den sie ging. Allerdings hatte sie mittlerweile erfahren, dass Rio de Janeiro nicht in der Nähe von New York lag, sondern viel weiter im Süden, in Brasilien.

Als der Himmel langsam dunkler wurde, erblickte sie eine junge Frau, die an der Reling stand und mit gerunzelter Stirn ein Notizbuch studierte. Lotte betrachtete die Fremde verstohlen. Sie sah nicht aus, als gehörte sie zu den Passagieren des Zwischendecks. Ein wohlhabendes Mädchen, das sich aufs Hauptdeck verirrt hatte? Die junge Frau trug ein elegantes Reisekostüm mit einer gerüschten Bluse und einem königsblauen Rock. Sie hatte glänzend schwarzes, zu einem dicken Zopf gebundenes Haar, auf dem ein adretter Hut saß, und ein aufgewecktes Funkeln in den Augen.

Lotte zögerte. Sie war als Fräulein von Breskow aufgewachsen, war die Tochter eines pommerschen Landgrafen, hatte eine gute Erziehung genossen – so sie den Unterricht bei ihrer verkniffenen Hauslehrerin einmal nicht geschwänzt hatte, um sich zu den Pferdeställen zu schleichen. Sie war die Gräfin eines prächtigen Gutes gewesen.

Jetzt jedoch war sie keine Komtess und auch keine Gräfin mehr. Jetzt war sie Charlotte Engel, eine einfache Frau aus

Mecklenburg, die schmutzige, ungewaschene Kleider trug und deren Haar nur nachlässig hochgesteckt war. Früher hatte sie sich nichts aus ihrem Titel und ihrem Stand gemacht, doch ihre Flucht hatte ihr erbarmungslos vor Augen geführt, wie sehr diese Dinge einen Menschen von dem anderen trennten. Sie konnte nicht einfach zu dieser einschüchternd schönen und offensichtlich wohlhabenden Fremden hinübergehen und mit ihr plaudern, so wie sie das früher getan hätte.

In diesem Augenblick hob die junge Frau den Blick und strahlte sie an. »Er ist so raffiniert, Ihr Hosenrock«, sagte sie und schlenderte zu Lotte herüber, das Notizbuch noch immer aufgeschlagen in der Hand. »Ich wünschte, meine Eltern würden mir es erlauben, aber leider sind sie schrecklich konservativ. *Que pena.* Wenn ich mich vorstellen darf: Ines Olivera.«

Ines war Portugiesin, Tochter eines Kaufmanns aus Lissabon, der mit edlem Kaffee aus Südamerika handelte. Mit ihren Eltern hatte sie einige Zeit in der Niederlassung der Familie in Hamburg gelebt. Jetzt siedelte sie mit Mutter und Vater nach Brasilien auf die Kaffeeplantage ihres Onkels über. Die Gebrüder Olivera hatten nichts weniger vor, als ihr Familienimperium zu erweitern und den berühmten Kaffeeanbau in São Paulo, einer Region südlich von Rio de Janeiro, ganz unter ihre Herrschaft zu bringen.

Lotte lernte in den folgenden Minuten so viel über Kaffee, dass sie sich sicher war, sie würde noch im Schlaf anfangen, von Bodenbeschaffenheit, Pflanzung und Röstung zu sprechen.

»Und Sie?«, fragte Ines irgendwann und sah Lotte interessiert an. »Sie sprechen so geschliffen, aber …«

»Aber ich bin gekleidet wie ein Landstreicher«, meinte Lotte unbekümmert.

Ines riss die Augen auf. »Das habe ich nicht sagen …« Sie stockte, als sie Lottes belustigten Blick bemerkte. »Nun gut, vielleicht sehen Sie ein ganz kleines bisschen so aus.«

Lotte, deren geschliffene Aussprache im Zwischendeck schon misstrauische Blicke erregt hatte, hatte sich längst eine Geschichte überlegt. Sie lächelte die neue Freundin an. »Schon gut. Ich nehme es Ihnen nicht übel. Ich bin Hauslehrerin! Meine letzte Stellung war … Ich habe zuletzt auf einem Gestüt in Mecklenburg gearbeitet.«

»Wirklich!«, sagte Ines begeistert. »Ich liebe Pferde! Nur leider haben wir immer in der Stadt gelebt, und ich hatte nie die Gelegenheit, viel zu reiten. Einmal saß ich aber auf einem Pony!«

Sie plauderten so unbekümmert, bis es für die Zwischendeckspassagiere Zeit wurde, sich unter Deck zu begeben. Ines und Lotte versprachen einander, sich am nächsten Tag wieder an Deck zu treffen – schließlich wollte Lotte alles über das Land erfahren, in das sie nun reisen würde, und Ines hatte einen Narren an den lebendigen Erzählungen der neuen Freundin gefressen.

Als Lotte sich auf den Weg zur Luke machte, lief sie beinahe in Johann hinein. Sie kam abrupt vor ihm zum Stehen, und obwohl sie es sich selbst verbot, begann ihr Herz bei seinem Anblick schneller zu schlagen.

Sie schauten einander in die Augen, und für die Dauer eines Wimpernschlags ließ er sie seinen Schmerz sehen. Sie spürte ihn auch – den Schmerz über das, was sie hätten sein können, wenn das Schicksal nicht so grausam und ihr, Lottes, Herz nicht so ängstlich gewesen wäre.

Jetzt, Monate später, waren sie beide verändert. In sein Gesicht hatten sich harte Linien gegraben, und sie selbst war innerlich wie zersplittert. Sie wusste nicht, was sie in Brasilien tun würde, aber eines wusste sie mit aller Gewissheit: Sie würde sich nie wieder einem Mann hingeben, würde niemals mehr heiraten. Wann immer sie die Augen schloss, sah sie ihren Mann und ihr totes Kind, und alles in ihr schrie danach, so lange und so weit zu fliehen, bis der Schatten ihrer Ehe sie nicht mehr jagte. Bis sie wahrhaftig frei war.

Der Nachhall der Gefühle, die sie füreinander gehegt hatten, schwebte zwischen ihnen in der salzigen Luft, aber sie gehörten zu einem anderen Leben und einer anderen Lotte. Die Frau, die sie jetzt war, konnte ihr Herz nicht mehr so freimütig verschenken.

Sie schluckte, als ihr bewusst wurde, dass sie immer noch wie am Boden festgewachsen voreinander standen, dass sie einander nach wie vor in die Augen blickten. Die Leute hinter ihr drängelten schon.

Sie wollte etwas sagen, wollte ihn um Verzeihung bitten und ihm erklären, warum sie ihren Gefühlen zu ihm niemals hätte folgen können. Sie wollte, dass er verstand, weshalb sie ihn fortgestoßen hatte, aber alles, was sie herausbrachte, war: »Ich bin nie die Richtige für dich gewesen. Es tut mir leid.«

Lotte sah ihn schlucken, und kurz war ihr, als kämpfte er mit sich – als wollte er ihr gar widersprechen. Dann jedoch verhärtete sich seine Miene. »Ich weiß«, sagte er, ohne jede Wut und doch mit einer Endgültigkeit, die sie von ihm bislang nicht gekannt hatte. »In einer anderen Welt …« Er stockte und schüttelte den Kopf. »Ich habe dich geliebt. Aber das ist vorbei.«

Mit diesen Worten wandte er sich ab, um sich bei den anderen Passagieren einzureihen, die jetzt den Weg die Leiter hinunter in den Bauch des Schiffes antraten.

Kapitel 18

Als die *Amanha* die Straße von Gibraltar hinter sich ließ und der Atlantik sie mit seinem rauen Seegang und seinen beißenden Winden begrüßte, wurde den Reisenden bewusst, dass das Geschaukel, das sie während der Fahrt über die Nordsee hatten ertragen müssen, ein Scherz gegen das gewesen war, was sie jetzt erwartete. Der Himmel war diesig und grau, die Wellen trugen Schaumkronen. Und sämtliche Passagiere des Zwischendecks wurden seekrank.

Sogar Lotte, die die Fahrt bislang bei guter Gesundheit überstanden hatte, litt bald an Übelkeit und Schwindel. Immerhin war es ihr gelungen, all die Dinge, die sie in Hamburg nicht hatte besorgen können – einen Nachttopf, Kochgeschirr, Bettzeug und einiges mehr –, an Bord von einem jungen Mann zu erwerben, der alles mehrmals dabeigehabt hatte, um es zu einem horrenden Preis an vergessliche Reisende verkaufen zu können. Es erwies sich als gutes Geschäftsmodell für den tüchtigen Jungen und als Ende von Lottes Barschaft.

Das Leben auf dem Zwischendeck verlangte den Passagieren jeden noch so kleinen Funken Durchhaltevermögen ab. Es gab nur eine Kochstelle, weshalb sich zu jeder Tageszeit lange Schlangen bildeten, von den Abtritten her stank es bestialisch, und sie durften nur zu festgelegten Tageszeiten an Deck. Wenn es regnete oder die Wellen höher als fünf Meter waren, blieb die Luke zum Hauptdeck geschlossen, und die Passagiere waren in einem dunklen, nach Exkrementen, Schweiß und Erbrochenem stinkenden Raum gefangen, zusammengepfercht in ihren Kojen und dem ewigen Geschaukel ausgesetzt.

Den Schneiders ging es ganz besonders schlecht, weshalb Lotte und Johann, die zwar unter den Symptomen der Seekrankheit litten, sich aber zumindest noch auf den Beinen halten konnten, sich um die Familie kümmerten. Wenn es erlaubt war, an Deck zu gehen, nahm Lotte die Mädchen mit nach draußen, zu den Portugiesisch-Stunden, die Ines Olivera für sie abhielt.

Ines war entsetzt gewesen, als sie erfahren hatte, dass Lotte kein Wort Portugiesisch sprach, ebenso wie die meisten der anderen Passagiere auch. Und so begaben sich Lotte und die Mädchen an Deck, wann immer das Wetter es erlaubte, und hingen an den Lippen ihrer mehr oder weniger geduldigen Lehrerin.

Lotte musste zu ihrer Schande gestehen, dass sie sich überhaupt keine Gedanken darüber gemacht hatte, dass sie in Brasilien mit den Sprachen, die sie beherrschte – Englisch, Französisch und etwas Russisch –, nicht weit kommen würde. Das Lernen jedoch bereitete ihr Freude, und sie machte schnell Fortschritte. Schon nach wenigen Tagen freute sie sich so sehr auf den Unterricht, dass sie aufgeregt auf den Fußspitzen auf und ab wippte, wann immer sich die Luke zum Oberdeck öffnete. Manchmal glaubte sie zu spüren, dass Johann in diesen Momenten verstohlen zu ihr herübersah. Aber jedes Mal, wenn sie in seine Richtung blickte, wandte er sich ab.

Die an Deck verbrachte Zeit war nicht nur für Lotte, sondern auch für die Töchter der Schneiders und für Ines der Lichtblick eines jeden Tages. Während die junge Portugiesin von ihren streng katholischen Eltern genervt war, die nur sehr widerwillig duldeten, dass ihre Tochter den barmherzigen Samariter für die ungebildeten Armen spielte, hatten Lotte und die Schneiders vor allem unter dem Gestank und der Enge im Zwischendeck zu leiden.

Was Lotte außerdem quälte, war, dass sie Johann Tag für Tag begegnete. Es ist Vergangenheit, sagte sie sich jedes Mal, wenn sich ihre Blicke trafen und ihr Herz für einen kurzen Moment vergessen wollte, dass sie der Liebe abgeschworen hatte. Nachts lagen sie so eng beieinander, dass sie sich zwangsweise berührten, wenn draußen Seegang war, aber sie beide zuckten jedes Mal zurück. Am Tage sprachen sie nur das Nötigste, und schon bald war es Lotte, als wären ihre gemeinsamen Ausritte und ihr leidenschaftlicher Kuss auf Gut Rosenthal kaum mehr gewesen als ein verbotener Traum.

So vergingen die ersten zwei Wochen der Überfahrt.

Und dann brach der Sturm über sie herein.

Es begann in der Nacht. Im Zwischendeck war es stockduster, und die meisten Passagiere schliefen. Lotte schreckte hoch, als der erste Donnerschlag das Schiff erzittern ließ. Dem Krachen folgten ängstliche Schreie und Kindergebrüll. Die Mädchen neben Lotte begannen zu wimmern. »Franziska, Maribell«, flüsterte sie. »Kommt her, wir halten uns aneinander fest.«

Die Mädchen kuschelten sich aneinander und an Lotte, die sich alle Mühe gab, die beiden zitternden Körper neben sich davor zu bewahren, aus ihren Kojen zu fallen, und dabei ihrer eigenen Angst Herr zu werden. Das Herz trommelte ihr wie verrückt gegen die Rippen, weil sie nicht anders konnte, als sich den Mächten gegenüber, denen sie jetzt ausgeliefert war, winzig und hilflos zu fühlen. In diesem Augenblick erinnerte sie sich ausgerechnet an Andreas. Sie hatte den Moment, in dem er sie auf das Bett gepresst und die Hände um ihre Kehle geschlossen hatte, in den vergangenen Tagen mit aller Kraft aus ihrem Gedächtnis verbannt. Aber jetzt brach die Erinnerung über sie herein, und sie begann, noch mehr zu zittern.

Auf einmal spürte sie, wie sich Johann neben ihr regte. »Darf ich?«, murmelte er in Lottes Haar und berührte kurz ihre Schulter. »Ihr werdet mir sonst noch hier herunterfallen.« Der Seegang war mittlerweile so stark, dass einige Passagiere in den oberen Kojen dieses unselige Schicksal schon ereilt hatte.

Lotte schluckte. Und nickte.

Er schlang einen Arm um sie und zog sie an sich, sodass sie seinen kräftigen Brustkorb und seine tiefen Atemzüge an ihrem Rücken spürte. Sie lauschte ihrem eigenen keuchenden Atem und dem Tosen des Sturms und schmiegte sich dann, nach kurzem Zögern, an ihn. Sein Griff wurde noch etwas fester. Seine Umarmung war ruhig und sicher, so als würde der Sturm ihn überhaupt nicht erschüttern. Nur das schnelle Pochen seines Herzens an ihrem Rücken verriet ihr, dass er nicht so gelassen war, wie er sich gab.

Der Sturm dauerte die ganze Nacht. Und den darauffolgenden Tag. Und die darauffolgende Nacht. Manchmal schliefen sie aus lauter Erschöpfung ein. Manchmal toste es um sie herum so laut, wurde das Schiff so sehr vom Ozean geschüttelt, dass sie sich aneinanderklammerten und beteten. Irgendwann tat Lotte das, was sie auch getan hatte, als Wolke geboren worden war, ein schwaches Fohlen, das sich nicht auf den Beinen halten konnte und von der Mutter verstoßen worden war. Sie erzählte den Mädchen, die vor Erschöpfung oft nicht einmal mehr schrien, sondern nur noch leise weinten, die verrückten, abenteuerlichen Geschichten, von denen sie entweder irgendwann einmal gelesen hatte oder die sie sich einfach selbst ausdachte.

Während sie sprach, stiegen vor ihr in der Dunkelheit die Bilder von dichten Urwäldern und unendlichen Wüsten auf, von Pyramiden und gewaltigen Schluchten, von bewaldeten Bergen und immer wieder von Pferden, die durch dichte Wälder und über weite, im Wind wogende Felder preschten. Sie wünschte sich mit aller Kraft, auch Wolke könnte jetzt ganz nah bei ihr sein, so wie früher. Aber sie durften nicht in die Frachträume gehen und mussten darauf hoffen, dass die Pferde den Sturm ganz allein überstanden.

Lottes Geschichten handelten von mutigen Abenteurern und fernen Ländern und Menschen, die gingen, wohin es sie zog. Wohin auch immer ihre Träume sie führten. Aber irgendwann bemerkte sie, dass die Heldinnen ihrer Erzählungen nicht länger allein waren. Sie erlebten ihre Abenteuer zusammen mit mutigen Gefährten, mit denen man gemeinsam Gefahren trotzte, mit denen man lachte und auch weinte.

Und dann war sie auf einmal zurück auf Gut Rosenthal. Sie ritt wieder über das schier endlose Land, ließ sich den rauen Wind um die Nase wehen. Besuchte die Pferde in ihren Boxen oder scherzte mit Pia über den Klatsch und Tratsch, den der Kutscher aus dem Dorf mitbrachte. Lachte mit Hans, wenn eines der Pferde beschloss, an seinem Hemd zu kauen oder ihm die Mütze vom Kopf zu stehlen. Feierte mit ihrem Bruder Weihnachten. Und nähte heimlich ein Kleid für ihre Tochter, weil sie es tief im Inneren die ganze Zeit über gewusst hatte.

Lotte schloss die Augen und versuchte, die Tränen zurückzuhalten. Sie hatte versucht, nicht in diesen Erinnerungen zu verweilen. Hatte von einem Tag zum nächsten gelebt, hatte nach vorn gesehen und war einen Schritt nach dem anderen gegangen. Es war gar keine Zeit geblieben, um zu trauern.

Ausgerechnet jetzt, im Bauch dieses Ozeanriesen, umhergeworfen von den Wellen und umtost von einem unerbittlichen Sturm, begriff sie ganz und gar, dass all das für immer hinter ihr lag. Nicht nur die Angst vor ihrem Mann, nicht nur das Gefühl, im Herrenhaus eingesperrt zu sein, nicht nur die täglichen Gängeleien und Demütigungen und der Überlebenskampf zum Schluss. Sondern auch ihre Freunde und ihre Familie. Alles, was sie liebte, war in der Alten Welt zurückgeblieben.

Irgendwann umfasste Johann sanft ihre Schulter und drehte Lotte zu sich herum. Die Mädchen waren eingeschlafen. Der Sturm hatte sich gelegt. Sie sah nur seine Silhouette in all der Dunkelheit, seine kräftigen Schultern, die Linie seines Kiefers. Und das Glänzen seiner Augen, dunkel, so wie alles um sie herum. Und ebenso aufgewühlt wie der Sturm, der nun weiterzog.

Eine Weile sahen sie einander nur an, schweigend. Lauschten dem Schlagen der Wellen und der Stille, die im Zwischendeck eingekehrt war. Nach zwei Tagen des Sturms, der Angst, der Gebete und der Schreie waren die Passagiere der *Amanha* zu erschöpft, um auch nur den kleinsten Laut von sich zu geben.

»Ich frage mich die ganze Zeit, warum«, begann er irgendwann.

Sie schluckte. »Warum wir uns wiedergetroffen haben?«

Er nickte kaum merklich. »Ja.«

»Ich dachte, du wärst längst fort«, flüsterte sie.

Er schwieg. Eine Sekunde lang. Zwei. »Ich wusste nicht, was ich tun sollte«, sagte er schließlich leise. »Nachdem ich das Gut verlassen hatte.«

Sie schluckte, hörte schweigend zu.

Er holte tief Luft. »Eine Weile bin ich durch das Land gezogen. Ich habe Arbeit auf einem Gut in Mecklenburg gefunden, und dort haben Feline und ich den Rest des Winters verbracht.«

»Warum bist du nur so lange geblieben?«, fragte sie leise. »Du wolltest doch weggehen.«

»Ich wollte vieles in dieser Zeit«, sagte er mit rauer Stimme. »Ich brauchte Zeit zum Nachdenken.«

»Aber dann hast du dich entschieden«, murmelte sie.

»Ja.« Sie hörte, dass er schluckte. »Ich bin noch einmal bei meiner Mutter gewesen. Und dann bin ich gegangen.«

Sie blieb ganz still, während er sprach. Er hatte noch nie mit ihr über seine Familie geredet. Lotte wusste nur, dass er aus einem kleinen Dorf in Westpommern stammte und sich während seiner Zeit beim Militär hochgearbeitet hatte – man hatte schnell bemerkt, dass der junge Habenichts mit der gebrochenen Nase ein Händchen für Tiere hatte. Das alles hatte Mamsell Brieger einmal Lotte erzählt, als diese sich mehr oder weniger unauffällig nach Johann erkundigt hatte.

»Hat sie sich gefreut, dich zu sehen?«, flüsterte sie, weil er noch immer schwieg.

Er deutete ein Kopfschütteln an. »Es hat mir die Entscheidung erleichtert«, gestand er, als sie schon glaubte, er würde nicht mehr antworten. Er sagte das ohne jede Bitterkeit. Ganz sachlich. Dennoch spürte Lotte, dass da eine tiefe Verletztheit in ihm war.

»Johann …«, murmelte sie.

»Das ist alles sehr lange her«, gab er leise zurück. Gedankenverloren strich er ihr eine Haarsträhne aus der Stirn. Sie hielt den Atem an, aber er hatte die Hand bereits zurückgezogen. »Ich habe das schon vor Jahren hinter mir gelassen. Jetzt werde ich bald etwas Eigenes haben. Ein richtiges Zuhause.«

»Und jede Menge Pferde«, sagte sie mit einem leisen Lächeln.

»Das ist überhaupt das Wichtigste«, erwiderte er.

Obwohl es so dunkel war, glaubte sie zu sehen, dass auch seine Mundwinkel zuckten.

Irgendwann fuhr er fort, wieder ernst geworden: »Ich habe mich im Frühjahr auf den Weg nach Hamburg gemacht. Da bin ich dann bestohlen worden. Alles, was ich für Amerika angespart hatte, hat der Kerl mitgenommen.«

Sie fuhr auf. »Was für ein gemeiner Lump!«

Bildete sie es sich ein, oder kam da ein ganz leises Lachen aus seinem Mund? »Ich habe den kleinen Gauner schnell gefunden. Er hat gelernt, dass er sich mit mir besser nicht anlegt – es sei denn, er will, dass ich seiner Mutter verrate, was ihr Nichtsnutz von einem Sohn treibt, wenn sie ihn bei der Arbeit wähnt.«

Lotte entfuhr ein Lachen. »Wirklich? Dieser Fred hat dich bestohlen?«

»Ebender.« Auch er klang, als lächelte er. »Das meiste von meinem Geld hatte er schon ausgegeben, und es hat eine Weile gedauert, bis er es mir zurückzahlen konnte. Dafür habe ich aber in der Wirtschaft seiner Eltern freie Kost und Logis gehabt. Im Gegensatz zu ihrem Sohn sind das anständige Leute.«

»Glücklicherweise hat er Angst vor seiner Mutter«, bemerkte Lotte.

Er antwortete darauf mit einem leisen Lachen. »Und das vollkommen zu Recht.«

Sie verfielen wieder in Schweigen. Sahen einander in der Dunkelheit an und lauschten dem Stampfen der Maschinen. »Was ist auf Gut Rosenthal passiert, nachdem ich weg war?«, fragte er schließlich. Sie hörte das Zögern in seiner Stimme. Die Sorge. Und all die anderen Fragen, die er nicht stellte.

In ihr zog sich alles zusammen. Was sollte sie ihm sagen? Wie konnte sie in Worte fassen, was geschehen war? Alles, woran sie in diesem Augenblick denken konnte, war die Albtraumnacht, in der ihre Tochter geboren und gestorben war. Hier, in der Dunkelheit, so nah an dem einen Menschen, dem sie sich während ihrer Zeit auf Gut Rosenthal immer wieder anvertraut hatte, waren die Erinnerungen ihr näher denn je.

Sie schluckte, rang um Worte. Und brachte keines heraus. Irgendwann streckte er eine Hand nach ihr aus und zog sie behutsam an sich. Ohne ein Wort zu sagen. Ohne noch einmal nachzufragen. Sie holte tief Luft, ließ den Kopf gegen seine Brust sinken und schloss die Augen. »Sie ist tot«, flüsterte sie irgendwann. »Meine Tochter ist tot.«

Er erwiderte nichts, umfasste sie nur fester. Als wollte er das, was von ihr übrig war, zusammenhalten. In dem Moment, in dem sie sich seiner Umarmung überließ, traf sie die Gewissheit, dass sie nie aufgehört hatte, in ihn verliebt zu sein.

Die *Amanha* nahm Kurs nach Süden und ließ den Sturm hinter sich zurück. Die Passagiere durften bald wieder an Deck gehen, und die Wolkendecke riss auf und ließ die ersten schüchternen Sonnenstrahlen hindurch.

Lotte begann, sich an das Schaukeln auf dem Dampfer zu gewöhnen und die Überfahrt trotz der Enge im Zwischendeck zu genießen. Wann immer sie konnte, hielt sie sich an Deck auf und plauderte mit Ines Olivera. Sie liebte das Gefühl des Windes auf ihrer Haut und den Geschmack von Salz und Weite auf der Zunge. Oft stand sie an der Reling, blickte zum Horizont und versuchte, sich die Neue Welt vorzustellen. Wie mochte es dort aussehen?

Ines sagte, Brasilien sei ein grünes Land. Die Berge seien grün, die Wälder üppig, und es wurde niemals kalt, auch nicht im Winter. Ganz und gar erstaunlich fand Lotte die Vorstellung, dass auf der Südhalbkugel jetzt gerade Winter war und dass man Weihnachten mitten im Sommer feierte! Es gab eine Regenzeit, die im Dezember begann, und eine Menge exotischer und gefährlicher Tiere wie Schlangen und Wildkatzen. Sie konnte kaum erwarten, das alles selbst zu sehen.

Und dann, am achtunddreißigsten Tag ihrer Reise, kam Land in Sicht. Das Wasser war hier von einem tiefen Blau, und die Sonne strahlte warm auf die Reisenden herab. Der Wind, der ihnen um die Nase strich, als sie an diesem Tag an Deck kamen, schmeckte nach Salz – und noch etwas anderem. Nach Sommer. Sonnenlicht. Als wäre die warme Jahreszeit in diesem Teil der Welt konserviert worden. Ein fester Bestandteil des Landes, das an diesem Morgen als dunkler Fleck am Horizont auftauchte.

»Land in Sicht!« Als der erste Ruf der Matrosen über das Deck schallte, brachen die Reisenden in Jubel aus. Sie hatten es geschafft!

Lotte lief wie viele andere sofort zum Bug, um einen ersten Blick auf Brasilien zu erhaschen. Brasilien! Sie konnte kaum stillstehen vor Aufregung, und als sie den winzigen dunklen Fleck am Horizont erblickte, stieß sie ein Jauchzen aus.

Auf einmal stand Johann neben ihr. »Muss ich jetzt aufpassen, dass die gnädige Frau nicht über Bord springt und den Rest des Weges schwimmt?«, raunte er ihr zu, so leise, dass nur sie ihn hörte. Sein Atem, der warm über ihren Nacken strich, schickte eine Gänsehaut über ihren Körper.

Sie stieß ein Lachen aus, das viel zu atemlos und nervös klang. Seit dem Sturm war sie ihm aus dem Weg gegangen, verwirrt von ihrer Umarmung und den Gefühlen, die sie in diesem Moment übermannt hatten, und jetzt fühlte seine Nähe sich viel zu intensiv an. »Ich habe schon darüber nachgedacht.«

Er warf ihr ein verschmitztes Lächeln zu. »Ich wusste es.«

Sie sah zu ihm hin. Das Morgenlicht fing sich in seinem Haar und in seinen Augen, die jetzt die gleiche Farbe hatten wie das Wasser, das die *Amanha* durchschnitt. Er sah glücklich aus. Sie lächelte ihm zu und beobachtete, wie sich die Grübchen in seinen Wangen vertieften. Ihn so zu sehen war alles, was sie sich je für ihn hätte wünschen können – und zugleich versetzte es ihr einen Stich. Sie waren ihrem Ziel schon so nah. In Rio de Janeiro würden sich ihre Wege endgültig trennen.

»Johann …«, begann sie, wusste dann aber nicht weiter und stockte.

In seinen Augen erblickte sie einen wehmütigen Funken. Kurz war ihr, als wollte er ihre Hand nehmen oder etwas sagen, aber er tat nichts dergleichen.

»Ich wünsche dir Glück«, brachte sie schließlich hervor. »Ich bin mir sicher, dein Gestüt wird wunderbar werden. Und es tut mir leid. Dass ich dich vertrieben habe. Es tut mir wirklich leid.«

Seine Augen verdunkelten sich. Bevor er noch etwas sagen konnte, wandte sie sich den Schneiders zu, die sich von ihrer

Seekrankheit erholt hatten und nun aufgeregt in die Richtung blickten, in der ihre neue Heimat auf sie wartete. Eine kribbelige Vorfreude hatte die Passagiere der *Amanha* nach den Strapazen der Reise erfasst. Sie waren angekommen. Nach allem, was sie auf dem Schiff durchlitten hatten, lag ihr Ziel endlich vor ihnen, grün und verheißungsvoll.

Lotte atmete tief durch. Sie war Andreas entkommen, und sicher würde auch ihre Vergangenheit sie eines Tages nicht mehr verfolgen. Sie war einundzwanzig Jahre alt und würde noch einmal ganz neu anfangen.

Während sie sich an der Reling aneinanderdrängten, über die Delfine, die das Schiff eine Zeit lang begleiteten, in Verzückung gerieten und sich ausmalten, wie das Leben in Brasilien wohl sein und was es für sie bereithalten würde, sah sie immer wieder verstohlen zu Johann.

Einmal fing er ihren Blick auf. Hielt ihn fest. Ihr Herz scherte sich nicht darum, dass sie sich verboten hatte, in ihn verliebt zu sein. Also schlug es in ihrer Brust Purzelbäume und verlangte von ihr, sich endlich der Angst zu stellen, die diese Gefühle in ihr auslösten. *Was bringt es denn?*, fragte sie es, wütend auf sich selbst. *Ich will keinen Mann mehr in meinem Leben. Nie wieder. Und Johann wird weiterziehen, ein nettes Mädchen heiraten, Kinder zeugen und mich schließlich vergessen. Wir werden getrennte Wege gehen, warum also soll ich es uns beiden schwer machen?*

Sie sahen einander an, viel zu lange, viel zu eindringlich. Bis er sich schließlich straffte und abwandte. Entschlossen. Als hätte er sich soeben ein weiteres Mal von ihr verabschiedet. Für den Rest des Tages schaute er nicht mehr in ihre Richtung.

Als es Abend wurde, zog Nebel über der Küste auf. Das Wetter schlug so schnell um, dass man binnen Minuten die Hand vor Augen nicht mehr sehen konnte. Eine dichte, weiße Glocke hatte sich über die *Amanha* gesenkt.

Lotte blickte über die Reling ins Wasser, aber auch die Wellen waren von den weißen Schwaden verschluckt worden. Es war, als befänden sie sich auf einem Geisterschiff. Eine Gänsehaut kroch an ihren Armen empor. Ein Gefühl der Beklemmung hatte sich zusammen mit dem Nebel über das Schiff gesenkt. Und auch die Worte der Matrosen, die ihnen sagten, Seenebel sei in dieser Gegend häufig, konnten die stille Angst, die sich über sie alle gesenkt hatte, nicht vertreiben.

Die Matrosen wiesen die Zwischendeckspassagiere an, sich unter Deck zu begeben. Lotte folgte ihren Mitreisenden hinunter ins Zwischendeck. Sie sah sich mit klopfendem Herzen nach Johann um.

Er lief direkt hinter ihr. Als er ihren Blick bemerkte, berührte er sie kurz am Arm. »Es wird alles gut«, formte er mit den Lippen. Sie zwang sich zu einem Nicken.

Wer an der Nord- oder Ostsee aufgewachsen war, dem war Seenebel nicht fremd. Schlimm daran war, dass ein Schiff sich kaum orientieren konnte, wenn der Nebel so über dem Wasser hing. Sie hörten, wie die Maschinen gedrosselt wurden. Die Fahrt verlangsamte sich.

Es war jetzt still draußen, stiller, als es seit Wochen gewesen war. Auch im Zwischendeck war nichts mehr zu hören als das leise Atmen der Passagiere. Selbst das Getuschel war verstummt. Lotte und Johann saßen dicht gedrängt mit den Schneiders und anderen Mitreisenden auf den schmalen Bänken im Aufenthaltsbereich bei der Luke und warteten mit angehaltenem Atem.

Auf einmal ging eine Erschütterung durch das Schiff. Das schwere Rumpeln wurde von einer Kakofonie von Schreien erstickt. Was folgte, war Stille.

Lotte sprang auf und lauschte mit angehaltenem Atem. Das Stampfen der Maschinen war verstummt, doch vom Deck her hörte sie gebrüllte Befehle.

»Was war das?«, flüsterte jemand.

»Wir sind auf Grund gelaufen«, sagte ein anderer. »Bestimmt sind wir auf Grund gelaufen. Es konnte ja kein Mensch mehr was sehen bei der Suppe!«

Ängstliches Flüstern hob unter den Passagieren an. Viele waren schon aufgesprungen und verlangten nun lautstark, dass man die Luke zum Deck öffnete und ihnen erklärte, was vor sich ging.

Lotte fasste nach Johanns Hand. »Die Pferde!«

Er drückte ihre klammen Finger. Nach einigen Minuten gespannten Ausharrens öffnete sich endlich die Luke zum Hauptdeck. Ein Matrose verkündete ihnen, dass das Schiff auf eine Sandbank aufgelaufen und leckgeschlagen sei. Sie sollten nun alle Rettungswesten anlegen und sich geordnet zu den Rettungsbooten begeben. Lotte versuchte, den Mann nach den Pferden zu fragen, als er ihr und Johann je eine Rettungsweste in die Hand drückte. Er schien sie gar nicht zu hören. Sie fragte noch einmal nachdrücklicher, wurde jedoch von den nachrückenden Menschen weggedrängt.

Verzweifelt sah Lotte sich nach Johann um. Wenn das Schiff leckgeschlagen war, dann mussten sie Feline und Wolke aus dem Frachtraum holen! Er schaute sie an, wirkte für einen Moment unschlüssig. Als sie schon fürchtete, er würde die Pferde zurücklassen wollen, stieß er einen Fluch aus und schob sich durch die Menge dicht gedrängter, ängstlich tuschelnder Menschen in Richtung Mittelschiff.

»Du gehst mit den anderen zu den Rettungsbooten«, befahl er Lotte, bevor er im Gedränge verschwand.

Sie schnaubte. Glaubte er etwa wirklich, dass sie sich daran halten würde? Sie folgte ihm, und als sie ihn erreichte, tat sie einfach so, als bemerkte sie seinen ungehaltenen Blick nicht.

»Fein, ganz wie du willst«, knurrte er schließlich und nahm dann ihre Hand, während sie zu den Frachträumen eilten.

Die Luken zum Frachtbereich lagen zwischen Mittelschiff

und Heck. Die Pferde waren im hinteren Frachtraum untergebracht. Johann öffnete die Luke mit einem kräftigen Ruck, und sie eilten eine Rampe hinab. Kurze Zeit später fanden sie sich im Bauch des Schiffes wieder.

Die Pferde befanden sich gleich im oberen Bereich des Frachtraums in zwei hölzernen, mit Stroh ausgelegten Boxen. Sie banden die nervös mit den Hufen scharrenden Tiere los und führten sie die Rampe hinauf an Deck. Feline scheute, und Johann gelang es nur mit viel Geduld, die eigensinnige Stute dazu zu bewegen, ihm nach oben zu folgen.

Der Nebel hatte sich gelichtet. Lotte sah, dass sie ganz nah am Ufer waren. Dies war wohl auch der Grund, aus dem das Schiff aufgelaufen war. Im Nebel musste der Kapitän vom Kurs abgekommen und in seichte Gewässer gelangt sein. Der Bug des Schiffes war auf eine Sandbank aufgelaufen, und das Heck neigte sich schon merklich nach hinten.

Die Rettungsboote schaukelten auf dem Wasser, bis zum letzten Platz besetzt und umgeben von Nebelschwaden. Ruder wurden ins Wasser gestoßen, um das rettende Ufer zu erreichen, eine Bucht, die höchstens zwei Kilometer von der langsam sinkenden *Amanha* entfernt war.

»Wir müssen das Schiff verlassen«, sagte Johann mit angespannter Stimme. »Wir müssen springen. Kannst du schwimmen?«

Lotte nickte. Ihr Blick fiel auf die Winden, mit denen zuvor die Rettungsboote ins Wasser gelassen worden waren. »Wir lassen erst die Pferde zu Wasser«, erwiderte sie, während sie die Rettungsweste anlegte. Johann tat es ihr gleich. »Und dann springen wir.«

Zu ihrer Überraschung protestierte er nicht gegen ihren Vorschlag. Mit geübten Handgriffen schirrte er Feline an, genau wie an dem Tag, an dem die Pferde in Cuxhaven verladen worden waren. Während Johann die Winde betätigte, kletterte Lotte auf Felines Rücken. »Schon gut«, murmelte sie der nervösen Stute zu. Sie selbst zitterte am ganzen Körper. Zwar konnte sie schwimmen, doch ihre Erfahrungen mit Wasser beschränkten sich auf den kleinen Teich auf dem Gutshof ihrer Eltern.

Johann sagte noch einmal ihren Namen. In seinen Augen lag ein Ausdruck, den sie bisher nur ein einziges Mal gesehen hatte. Damals, als sie im Schneesturm ausgeritten waren und sie gestürzt war. Sie sagte nichts, erwiderte nur seinen Blick und versprach ihm stumm, dass sie zurechtkam. Er nickte. Dann betätigte er die Winde und ließ sie und Feline ins Wasser hinab.

Es war kalt und drang ihr sofort durch die Kleidung, bis auf die Haut. Schnell befreite sie die Stute aus dem Geschirr und hielt sich an ihr fest, während Johann ein weiteres Mal die Winde betätigte. Nach einer quälend langen Zeit ließ er Wolke auf dem gleichen Weg ins Wasser herab.

Lotte war bereits eiskalt. Ihre Röcke hatten sich mit Wasser vollgesogen und waren bleischwer. Nur dank der Rettungsweste gelang es ihr, sich an der Oberfläche zu halten, und jede Sekunde fühlte sich an wie eine Ewigkeit. Mit zitternden Fingern machte sie sich an Wolkes Geschirr zu schaffen. Im Gegensatz zu Feline reagierte sie überhaupt nicht begeistert auf das Wasser.

»Schhh«, machte Lotte und streichelte das nasse Fell. »Du musst stillhalten, sonst kann ich dich nicht losmachen, hörst du?«

Sie hatte Wolke im gleichen Moment befreit, als es neben ihr platschte. Gleich darauf tauchte Johann auf und fasste sie am Arm. »Geht es dir gut?«

Lotte nickte nur, während sie sich mit einer Hand an Wolke festhielt und betete, dass sie es bis zur Bucht schaffen würden. Die Pferde waren kräftige Schwimmer, aber auch sie würden nicht ewig aushalten.

Es dauerte nicht lange, und sie hatten die Sandbank erreicht, auf die die *Amanha* aufgelaufen war. Jetzt, da sich der Nebel gelichtet hatte, war die sichelförmige Düne im Wasser gut zu sehen.

Die Sandbank konnten sie laufend überqueren. Die Bucht, ein kleiner, von Wald umgebener Sandstrand, lag vor ihnen im Mondlicht. Eine glatte Wasserfläche trennte sie jetzt noch vom Ufer. Einige der Rettungsboote waren ebenfalls auf der Sandbank aufgelaufen, und ihren Passagieren blieb nichts anderes übrig, als auszusteigen und den Weg mit nichts als der Kleidung, die sie am Leib trugen, fortzusetzen. Erste, erleichterte Ausrufe erklangen, als die Schiffbrüchigen bemerkten, dass das Wasser hier so seicht war, dass man zum Ufer laufen konnte. Langsam, das Kinn gerade so über dem Wasser, machten sie sich auf den Weg zur rettenden Bucht.

Als sie es endlich an den Strand geschafft hatten, ließen sie sich erschöpft in den Sand fallen. Andere Schiffbrüchige, deren Rettungsboote die Sandbank rechtzeitig umfahren hatten und die deshalb trocken geblieben waren, eilten ihnen entgegen und halfen den zitternden, tropfnassen Gestalten mit Wolldecken und Mänteln aus. Lotte fand sich sogleich in Ines' Umarmung wieder.

Die junge Portugiesin schien sich überhaupt nicht darum zu scheren, dass die Freundin klatschnass war. »Oh, was für ein Abenteuer!«, sagte sie, während Lotte sich schon nach den Schneiders umsah. Frau Schneider erblickte sie und winkte ihr zu. Auch die Familie mit ihren vier Töchtern hatte es sicher und trocken bis ans Ufer geschafft.

»Charlotte.« Johann fasste sie bei der Schulter und drehte sie zu sich. Er atmete schwer, ließ den Blick wieder und wieder über ihr Gesicht gleiten. Sie umfasste seine warme, bebende Hand auf ihrer Schulter und lächelte.

Bevor sie wusste, wie ihr geschah, hatte er sie an sich gezogen und die Arme um ihren Körper geschlungen.

Ihr stockte der Atem. Kurz übermannte sie wieder die altbekannte Angst vor ihren Gefühlen zu ihm. Dann jedoch schlang sie die Arme um seine Mitte und barg das Gesicht an seiner Brust. Er lebte. Er war wohlauf. Es ging ihnen beiden gut, sie hatten es geschafft.

»Ich habe gelogen«, sagte er auf einmal. »Als ich gesagt habe, dass das mit uns vorbei ist. Für mich war es niemals wirklich vorbei.« Mit jedem Wort umfasste er sie noch etwas fester. Als wollte er sie nie wieder loslassen.

Lotte krallte die Finger in den nassen Stoff seines Hemdes und schloss die Augen. Sie hatte geglaubt, das, was auf Gut Rosenthal zwischen ihnen gewesen war, läge in der Vergangenheit. Aber die Gefühle waren noch da. Sie hatte sich niemals verlieben wollen, doch es war geschehen. Sie hatte ihre Liebe zu ihm in sich verschlossen. Hatte ihn von sich gestoßen, hatte alles getan, damit er sie verließ. Wenigstens ihr Herz hatte frei und ungebunden sein sollen, aber es hatte sich überall verfangen. Und er war derjenige, zu dem es immer wieder zurückkehrte.

Kapitel 19

Santos, Brasilien, 1887

Die Gestrandeten harrten bis zum Morgengrauen in der kleinen Bucht aus, lauschten dem Wind, der durch die Bäume
strich, und den Wellen, die an den Strand brandeten. Am
nächsten Morgen erfuhren sie von einem aus São Paulo stam-
menden Matrosen, dass sie ganz in der Nähe der brasilianischen Stadt Santos gestrandet waren, und machten sich mit
neu erwachtem Tatendrang auf den Weg.

Die Matrosen führten sie durch einen dichten Urwald
nach Süden. Santos war einen halben Tagesmarsch von der
kleinen Bucht entfernt, an der die Reise der *Amanha* geendet
hatte. Während des anstrengenden Fußmarsches durch dichten Wald und über bergiges Gelände konnten die Auswanderer zum ersten Mal einen Blick auf ihre neue Heimat werfen.

Es war drückend warm, und die Wälder waren so dicht,
dass kein Sonnenstrahl durch das Blätterdach auf die Pfade
herabfiel, denen sie folgten. Über allem lag ein geheimnisvol-
les grünes Dämmerlicht, und obwohl sie keine Tiere sahen,
schien der Wald überall in Bewegung zu sein.

Lotte hörte Vögel in den Bäumen umherfliegen, Rascheln
und Knacken im Gebüsch, das Summen von Insekten. Stau-
nend blickte sie sich nach allen Seiten um. Überall sah sie Far-
ne, Lianen und riesige Bäume mit gewaltigen, wie ineinander
verschlungenen Stämmen. Manche hatten sogar Dornen. Einige der Pflanzen erkannte sie, wie etwa die wilden Orchideen
oder die Kakaopflanzen, auf die Ines aufgeregt deutete. Die
gestrengen katholischen Eltern der jungen Frau waren nach

dem Schiffbruch viel herzlicher geworden, und es stellte sich heraus, dass Ines' Vater ein rechter Pferdenarr war. Er bewunderte Feline und Wolke und lobte die ausgezeichnete Abstammung beider Vollblüter in den höchsten Tönen.

Brasilien, so sagte Senhor Olivera, sei ideal, um Pferde zu züchten. Das Klima sei warm, und der fruchtbare Boden biete das ganze Jahr über nahrhaftes Futter – außerdem gebe es hier in der Region São Paulo auch ausgezeichnetes Weideland.

Lotte und Johann erfuhren, dass die Brasilianer vor allem auf den kleinen, stämmigen *gauchos* ritten, die hervorragend als Reittiere taugten und von der andalusisch-arabischen Rasse abstammten. Rassepferde hingegen, verriet er ihnen, würden in São Paulo bisher kaum gezüchtet.

»Die Einfuhr von Rassetieren könnte sich gut bezahlt machen«, sagte er, als er von Johanns Vorhaben erfuhr, eine eigene Pferdezucht zu gründen. »Ich möchte mich gern an Ihrer Unternehmung beteiligen, junger Mann. Mit meiner Hilfe finden Sie schnell gutes Land, auf dem Sie Ihr Gestüt errichten können, und auch bei der Einfuhr eines ersten Stammes an Zuchtpferden aus Europa kann ich behilflich sein. Dafür erwarte ich natürlich eine angemessene Gewinnbeteiligung.«

Johann berührte Lotte unauffällig an der Hand und schenkte ihr sein kleines, liebevolles Lächeln. Sie wusste, er würde das Angebot nicht annehmen. Eher jahrelang auf einer Plantage arbeiten und sparen, um sich eines Tages ein Stück Land kaufen zu können, als einen Handel mit diesem Kaufmann einzugehen. Dennoch waren die Informationen von Senhor Olivera viel wert – es würde sich offenbar lohnen, in Brasilien eine Pferdezucht aufzubauen!

Lotte warf Johann einen verstohlenen Blick zu. Sie wusste nicht, was sie tun sollte. Es war ihr unmöglich, ihre Gefühle für ihn weiterhin zu unterdrücken, und zugleich wusste sie, dass sie heute wie gestern keine Zukunft hatten. Er wünschte sich Kinder, und sie konnte ihm keine schenken; er wünschte sich eine Ehefrau, und das konnte sie nie wieder sein. Nicht einmal für ihn.

Als sie dieses Mal in seine Richtung schaute, erwiderte er ihren Blick. Sie sah ihre eigene Zerrissenheit in seinen Augen. Ahnte er, was in ihr vorging? Es schien beinahe so, denn seine Miene umwölkte sich.

Bald trafen sie auf einen Reiter, einen Portugiesen mit dickem Schnauzbart, der auf einem kleinen *gaucho* des Weges ritt. Nach einigen rasch gewechselten Worten auf Portugiesisch erklärte der Mann sich bereit, die Auswanderer nach Santos zu führen. Lotte bemerkte stolz, dass sie schon vieles verstand – auch wenn sie sich noch nicht so recht traute, ihre neuen Sprachkenntnisse auszuprobieren.

Santos lag an einer großen Bucht, war umgeben von Urwald und nach Westen hin flankiert von einem mächtigen Gebirgszug. Die Straßen waren so uneben wie die Pfade, die sie durch den Urwald geführt hatten, von Regengüssen ausgewaschen und von unzähligen Hufen, Füßen und Rädern gezeichnet. Die Häuser waren zweistöckig, mit Ziegeln gedeckt und aus gestampfter Erde.

Santos war keine schöne, aber eine überaus faszinierende Stadt, und Lotte reckte den Hals nach allen Richtungen, um sich auch ja nichts entgehen zu lassen. Menschen aller Hautfarben waren in den Straßen unterwegs, und von überall her erklang ein Gemisch aus unterschiedlichsten Sprachen – Portugiesisch, Italienisch, Deutsch, Polnisch und noch einige mehr.

Man brachte sie zur Niederlassung der hanseatischen Kolonisations-Gesellschaft in Santos, wo man sie zuerst von einem Arzt untersuchen ließ. Außerdem wurden ihre wenigen verbliebenen Habseligkeiten von einem Zollbeamten überprüft. Dann wurden sie zu den Auswanderer-Quartieren gebracht. Das waren einfache Holzverschläge am Rande der Stadt, in denen man dicht gedrängt auf dem Boden würde schlafen müssen. Doch immerhin bekamen die Schiffbrüchigen hier gleich etwas zu essen – Bohnensuppe mit ein wenig Rindfleisch und dazu Kaffee.

Erst als sie sich am Abend zum Schlafen legten, dachte Lotte wieder an die Zukunft, die sie hier in Brasilien erwartete. Vor ihr lag ein Meer von Möglichkeiten, und kurz wurde ihr schwindelig von der Vorstellung. Sie konnte jetzt sein, wer immer sie wollte. Gehen, wohin sie wollte.

Mit einem Kloß im Hals betrachtete sie Johann. »Was würdest du tun, wenn ich morgen fort wäre?«, flüsterte sie, als die Gespräche um sie herum verstummt waren und nur noch das leise Atmen ihrer Reisegefährten die Stille durchbrach.

»Ich würde mir sagen, dass ich wusste, es würde früher oder später so kommen«, antwortete er nach kurzem Schweigen. »Ich mache mir nichts vor. Ich weiß, eines Tages werde ich aufwachen, und du wirst nicht mehr da sein. Und dieses Mal wird es für immer sein.«

Sie erwiderte nichts auf seine Worte. Ein Teil von ihr wollte ihm sagen, dass es so nicht sein musste und dass keiner von ihnen heute wissen konnte, was morgen geschehen würde. Doch der andere Teil von ihr wusste, dass er recht hatte. Ihr Wunsch, endlich ganz und gar frei zu sein und herauszufinden, wer sie in dieser neuen Welt sein konnte, war zu stark. Und sie wollte ihn nicht belügen.

Irgendwann, als sie es nicht länger ertrug, ihm in die Augen zu sehen und sich nach seiner Berührung zu sehnen, drehte sie sich auf den Rücken. »Bevor wir über die Zukunft nachdenken, müssen wir noch einige Probleme lösen.« Sie seufzte und dachte an ihre leere Geldbörse. »Wir besitzen beide keinen Pfennig.«

Die Lösung für ihre finanzielle Misere fand sich am nächsten Morgen – und es war ausgerechnet Feline, die ihnen einen Ausweg bot.

»Johann!«, rief Lotte aufgeregt. Feline, die mit Wolke draußen im Hof an einem Pflock angebunden war, hatte sich gerade darangemacht, an Johanns Hemd zu kauen – dem, das er
während ihrer Flucht von der *Amanha* getragen und das er
nun gewaschen und bei den Pferden zum Trocknen aufge-
hängt hatte. Feline hatte etwas zutage gefördert, von dem Lotte geglaubt hatte, sie würde es niemals wiedersehen: das Taschentuch, das sie Johann zu Weihnachten geschenkt hatte!
Es war in die Brusttasche eingenäht gewesen, und darin befand sich außerdem …

»Das ist das Geld, das ich dir für Feline gegeben habe!«,
rief sie, als Johann erschien, und zog die nassen Scheine aus
dem kleinen Lederbeutel hervor. Auch ihre Notiz war noch
da. »Johann, das sind fast vierhundert Mark! Davon kannst
du Land für dein Gestüt kaufen!«

»Das ist dein Geld«, sagte er und schüttelte kaum merklich
den Kopf. »Ich hatte schon vollkommen vergessen, dass ich es
habe.«

»Und du hast es nie verwendet!«, bemerkte Lotte, wobei
sie krampfhaft versuchte zu ignorieren, dass er mit bloßem
Oberkörper vor ihr stand. »Aber …«

»Es ist dein Geld«, beharrte er, als würde das alles erklären.
»Nimm es schon. Du wirst es brauchen für …« Wieder been-
dete er den Satz nicht.

Die Gewissheit, dass sie niemals geplant hatten, nach ihrer
Ankunft in Brasilien zusammenzubleiben, hing unerbittlich
zwischen ihnen. Genau wie das, was er gesagt hatte, nachdem
sie von der *Amanha* geflohen waren. *Für mich war es niemals
wirklich vorbei.*

Sie reckte das Kinn. »Es war Andreas' Geld. Ich habe es
gestohlen und Feline geschenkt.« Sie wandte sich an die Stute.
»Sag, Feline, was willst du mit deinem Geld machen? Was
hältst du von einem schönen Stück Land?«

Das Tier schnaubte, und Lotte wandte sich triumphierend

an Johann, der sie mit vor der Brust verschränkten Armen beobachtet hatte. »Du hast es gehört. Feline wünscht ein Stück Land und auch etwas Gesellschaft.«

Bevor sie noch etwas sagen konnte, hatte er die Hände um ihre Taille geschlungen und sie an sich gezogen. »Und was ist mit dir? Was willst du?«

Lotte atmete geräuschvoll aus. Er war ihr so nah, dass sie seinen Herzschlag spüren konnte, und er sah sie einmal mehr auf diese eindringliche Art und Weise an, die sie in seinen Händen zu Wachs werden ließ. »Ich ... Ich sollte ...« Sie stockte, hatte auf einmal einen Kloß im Hals. Sie räusperte sich. »Ich werde mir erst einmal Arbeit suchen. Ich könnte vielleicht eine Anstellung als Lehrerin finden ... oder mich als Stallbursche verkleiden! Stell dir vor, ich werde mein eigenes Geld verdienen! Und irgendwann werde ich das Land bereisen!« Ein Lächeln breitete sich auf ihrem Gesicht aus. »Ich will alles sehen!«

Seine Fingerspitzen strichen über ihren Rücken. »Du musst das Geld nehmen.«

Sie schüttelte entschieden den Kopf. »Es war für euch beide bestimmt, für Feline und für dich. Entweder, du nimmst es, oder ich spende es an ... an eine Schule oder ein Waisenhaus. Ich will es nicht.« Sie wollte nicht einen Tag länger von dem Geld ihres Mannes leben.

Johann seufzte. »Du bist so ein Sturkopf!«

Statt ihm eine Antwort zu geben, sah sie ihn einfach nur an. Er schien zu begreifen, dass er sie nicht umstimmen würde.

»Könntest du dir vorstellen, es dir anzusehen?«, fragte er nach einer Weile. »Das Stück Land, das du soeben für Feline ausgehandelt hast?« Jetzt war das verschmitzte Lächeln zurück, mit dem er sie schon früher so manches Mal geneckt hatte.

Lotte schluckte. Sie sollte ablehnen. Je mehr Zeit sie in seiner Nähe verbrachte, desto schwerer würde es ihr am Ende fallen, ihn zu verlassen.

Obwohl Johann nichts mit Andreas gemein hatte, konnte sie die Erinnerungen an ihre Ehe nicht einfach vertreiben. Sie hatte eine Ehe geführt, und es war furchtbar gewesen. Das konnte sie nicht noch einmal, auch nicht mit jemandem, den sie liebte.

Zugleich jedoch protestierte jede Faser ihres Körpers gegen den Gedanken, sich jetzt schon von ihm trennen zu müssen. Und sie wollte wirklich sehen, was er von nun an mit seinem Leben anfangen würde. Sie wollte die Gewissheit haben, dass es ihm gut ging und dass er das Leben bekam, das er sich wünschte.

Sie berührte seine Unterarme. »In Ordnung. Ich werde es mir gern ansehen. Schließlich muss ich ja wissen, wo der Ort liegt, an dem ich euch besuchen werde, um euch die schönsten Pferde aus ganz Brasilien mitzubringen. Das heißt …« Sie stockte, war auf einmal unsicher geworden. »Das heißt, nur wenn du willst, dass ich dich besuche.«

Er hob ihr Kinn an und sah ihr in die Augen. »Natürlich will ich das.«

Johann und Lotte gingen gleich am nächsten Tag zur Kolonisations-Gesellschaft. Sie hatten Glück, denn auf dem Weg dorthin begegnete ihnen Ines Olivera. Die junge Portugiesin hatte noch einmal die Gelegenheit genutzt, vor ihren Eltern zu fliehen und mit einem Dienstmädchen die Märkte von Santos zu besuchen. Am nächsten Tag würden sie weiter ins Landesinnere reisen, zur Kaffeeplantage ihres Onkels.

»Wir werden mit der Eisenbahn über die Hochebene fahren«, erzählte sie mit vor Begeisterung funkelnden Augen und hakte sich bei Lotte unter. »Onkel Gabriel schreibt, dort ist es wie im Paradies! Endlose grüne Hügel und geheimnisvolle Mangrovenwälder und die vielen verzweigten Flüsse, die das

Land so fruchtbar machen ... Da sollten Sie versuchen, ein hübsches Stück Weideland zu bekommen. Am besten, ich begleite Sie! Wenn man mit meinen Eltern lebt, lernt man zu verhandeln.«

Ines hatte in der Tat das Verhandlungsgeschick eines zwielichtigen Pferdehändlers. Nur eine Stunde später verließen Lotte und Johann die Niederlassung der Kolonialisations-Gesellschaft mit einem Dokument, das Johann den Besitz über fünfzehn Hektar waldloser Grasfläche in der Kolonie Monte Mor bescheinigte. Ines hatte den Leiter der Niederlassung, den überaus entnervten Senhor Borges, gnadenlos heruntergehandelt, und nun blieb Lotte und Johann sogar noch etwas Geld, um Proviant für die Reise ins Landesinnere und ein wenig Saatgut zu erwerben.

Im Gegensatz zu den Oliveras würden sie nicht mit der Eisenbahn fahren, sondern mit den Pferden den Fußweg bestreiten über das Serra do Mar, das Gebirge, das Santos vom Landesinneren trennte. Die Reise würde sicher zwei oder sogar drei Wochen dauern, sagte ihnen Senhor Borges.

Bevor sich ihre Wege trennten, verabschiedeten sich Lotte und Ines mit einer innigen Umarmung. »Kommen Sie mich recht bald auf der *Fazenda Olivera* besuchen, liebe Freundin!«, bat die junge Portugiesin. »Schließlich werden wir ja fast Nachbarinnen sein! Und wenn ich dann endlich gelernt habe, mich im Sattel zu halten, reiten wir zusammen aus!«

Lotte versprach, der Kaffeeplantage von Gabriel Olivera bald einmal einen Besuch abzustatten.

Johann und Lotte blieben an der Straße stehen und blickten Ines noch einige Sekunden lang nach. Irgendwann berührte er sie am Arm und schenkte ihr sein zurückhaltendes Lächeln. »Und jetzt, gnädige Frau ... wollen wir sehen, wie Feline ihr neues Zuhause findet?«

Auch sie lächelte. »Unbedingt!«

Schon am Morgen nach der Abreise der Oliveras machten Lotte und Johann sich auf den Weg über die bewaldeten Berge des Serra do Mar ins Landesinnere. Sie ließen Santos früh am Tag hinter sich und folgten einem steinigen Pfad ins Gebirge. Als sie zum ersten Mal eine Rast einlegten, sah Lotte zurück auf die nun winzig wirkende Stadt und das im Licht der Morgensonne glitzernde Wasser in der Bucht von Santos. Es war ein wunderbarer Morgen, sonnig und voller Verheißungen. Und trotzdem konnte sie einfach nichts gegen das Gefühl der Beklemmung tun, das sie seit dem vergangenen Abend, als sie sich von Ines verabschiedet hatten, in festem Griff hielt.

Die Erinnerungen an Gut Rosenthal hörten einfach nicht auf, sie heimzusuchen. Sie dachte jeden Tag an Andreas und daran, wie sich ihre Ehe wie eine Schlinge immer enger um sie zugezogen hatte – bis ihr Gemahl schließlich die Hände um ihren Hals gelegt und zugedrückt hatte. Und es wurde schlimmer. In manchen Momenten glaubte sie zu ersticken, und mit jedem Schritt, den sie tat, wurde ihr deutlicher bewusst, dass sie Gut Rosenthal längst nicht hinter sich gelassen hatte. Es war hier, bei ihr, selbst jetzt. Sie war auf die andere Seite der Welt geflohen, und es hatte nicht gereicht.

Und das Schlimmste war, dass sie Johann nicht ansehen konnte, ohne diese Beklemmung zu empfinden. Er war so sehr ein Teil von Gut Rosenthal, dass es fast schon wehtat, in seiner Nähe zu sein. Unwillkürlich fragte sie sich, ob es ihm auch so ging. Die Blicke, die er ihr manchmal zuwarf, liebevoll und schmerzerfüllt zugleich, bekräftigten diese Vermutung. Sie beide hatten noch nicht mit der Vergangenheit abgeschlossen, und Lotte fragte sich mit jedem Schritt, den sie zurücklegten, ein wenig mehr, ob sie das überhaupt konnten.

Alles, was sie wusste, war, dass sie irgendwo in ihren viel zu intensiven Gefühlen für ihn und ihren Erinnerungen an die Vergangenheit gefangen war. Mit einem Kloß im Hals beobachtete sie, wie er manchmal die Kaufurkunde für das

Grundstück in Monte Mor aus der Tasche zog und das Dokument betrachtete wie ein wahr gewordenes Wunder. Er hatte endlich, was er immer gewollt hatte: ein Stück Land, das ihm nie wieder jemand nehmen würde. Ein eigenes Leben, das er sich aufbauen konnte.

Die Straßen den Gebirgszug hinauf waren steil, und sie hatten alle Hände voll damit zu tun, die Pferde über das Gebirge zu führen. Rechts und links des Weges erstreckte sich dichter Urwald, aus dem das Zwitschern von Vögeln und immer wieder leises Rascheln erklangen. Sie waren nicht die einzigen Reisenden auf dem Weg zur Hochebene von São Paulo, und wiederholt trafen sie auf andere Kolonialisten, lange Züge von Menschen mit beladenen Maultieren.

In diesen ersten Tagen ihrer Reise schlossen sie sich oft diesen Zügen von Deutschen, Schweizern oder Italienern an und schliefen dicht gedrängt in schiefen Katen am Wegesrand. Lotte und Johann gaben sich ein weiteres Mal als Ehepaar aus, denn allein reisende Frauen galten hier in Brasilien als unanständig und mussten Übergriffe fürchten.

Eines Nachts verließ Lotte die schiefe Holzhütte, in der Johann und sie mit einer Gruppe Schwaben untergekommen waren, und ging zu den Pferden.

Ein strahlender Vollmond erhellte die Hochebene. Schroffe Felsen, sanft geschwungene Hügel und ein steiniger Pfad in Richtung Westen lagen still im Schutz der Dunkelheit da. Die Nächte waren oft so heiß, dass Lotte und Johann kaum schlafen konnten, doch an diesem Abend wehte ein lauer Wind über die Hochebene von São Paulo.

Lotte blickte sich um. Es gab in Brasilien viele wilde Tiere, über die sie bislang nur in Abenteuerromanen gelesen hatte – Schlangen, Krokodile, Wildkatzen und Affen –, aber bisher waren sie noch keinem dieser Geschöpfe über den Weg gelaufen. Einerseits war sie ungeheuer neugierig und wollte am liebsten durch den Urwald ziehen, um jedes dieser Tiere einmal mit eigenen Augen zu sehen. Andererseits gefiel ihr die Vorstellung nicht, dass eines der Pferde Bekanntschaft mit einem Krokodil oder einem Tiger machen könnte.

Besonders an großen Flussläufen mussten sie wegen Feline und Wolke sehr vorsichtig sein, denn wenn ein Krokodil sich im Wasser versteckte, sah man es möglicherweise erst, wenn es schon zu spät war.

Ein Knacken riss sie aus ihren Gedanken. Lotte zuckte zusammen und fuhr herum.

Johann stand vor ihr. »Ich wollte dich nicht erschrecken«, sagte er. »Entschuldige.«

»Ich dachte, du schläfst schon«, erwiderte sie leise.

Er kam zu ihr. »Ich mache mir Sorgen, wenn du nicht da bist.«

Ihr Herz geriet aus dem Takt. »Ich … das musst du nicht. Ich wollte nur nach den beiden hier sehen.« Sie streichelte Feline, die daraufhin ein zufriedenes Wiehern von sich gab.

»Du gehst mir aus dem Weg«, sagte er. »Warum?«

»Ich …« Sie schluckte. Wie sollte sie ihm das nur erklären? Sie verstand ja selbst nicht, warum ihre eigenen Gefühle ihr so eine panische Angst einjagten. »Ich gehe dir nicht aus dem Weg«, murmelte sie.

Als sie sich an ihm vorbeischieben wollte, fasste er nach ihrer Hand und zog sie zu sich. »Wovor fürchtest du dich nur so?«

Eine Weile flüsterte bloß der Wind zwischen ihnen. Lotte blickte auf ihre ineinander verschlungenen Hände hinab. Sie hatte sich diese Gefühle so lange verboten. Und jetzt, auf der anderen Seite der Welt und ohne alle Grenzen, die zuvor zwischen ihnen bestanden hatten, wurde sie auf einmal mit den Barrieren in ihrem Inneren konfrontiert. Jetzt, da sie frei war, ihn zu lieben, fürchtete sie sich mehr denn je. »Ich habe Angst, weil ich dich so gern habe«, murmelte sie, als die Stille zwischen ihnen lange genug gesprochen hatte.

Er berührte ihre Wange. »Sieh mich an.«

Sie kam der Bitte nach. Der Ausdruck in seinen Augen war weich. »Ich habe auch Angst davor«, gestand er leise.

»Wirklich?«

Ein schiefes Lächeln. »Du warst immer die ›gnädige Frau‹ für mich. Auf etwas anderes zu hoffen durfte ich mir nicht erlauben.«

Sie holte tief Luft und stellte sich auf Zehenspitzen, um ihm einen zarten Kuss auf die Lippen zu geben. »Jetzt bin ich nicht mehr die gnädige Frau.«

»Was für ein Glück ich doch habe!«, sagte er. Dann beugte er sich zu ihr und gab ihr den Kuss zurück.

Monte Mor, Brasilien, 1887

Bald darauf erreichten sie die weite, von sanften, grünen Hügeln durchzogene Landschaft von Monte Mor.

Sie rasteten an einem Bach. Während die Pferde tranken, nutzten Lotte und Johann die Gelegenheit, sich zu waschen.

»Du schaust auch weg, ja?«, sagte sie, als sie nur im Unterkleid zum Wasser ging.

Er lachte leise. »So schamhaft, gnädige Frau?«

Ihr stieg die Hitze in die Wangen. »Hör endlich auf, mich so zu nennen!«

Wieder ein Lachen. Spöttisch. Liebevoll. Und zugleich ein wenig dunkler als sonst. Es schickte ihr einen wohligen Schauer über den Körper. Sie fuhr zu ihm herum und bespritzte ihn mit Wasser.

Er sah sie an, eine stumme Herausforderung im Blick. Bevor er zum Gegenangriff übergehen konnte, hatte sie ihm mit beiden Händen einen weiteren Schwall Wasser entgegengeworfen, der sein Gesicht traf. Sie lachte.

Im nächsten Moment war er bei ihr, umfasste ihre Handgelenke und wirbelte sie herum, sodass sich ihr Rücken gegen seine Brust presste. Von einer Sekunde auf die andere war die spielerische Stimmung zwischen ihnen verflogen. Stattdessen ging ihr Atem jetzt stockend. Sie verharrten einige Sekunden lang so, vollkommen reglos. Als Lotte sich schließlich in seinen Armen drehte, um ihn anzusehen, hatten seine Augen sich verdunkelt.

»Charlotte ...«, begann er.

»Lotte«, sagte sie mit einem atemlosen Lachen. »Nicht gnädige Frau oder Charlotte. Nur Lotte.«

Er wiederholte ihren Namen, und sie erschauderte. Sie hob zögerlich eine Hand und folgte mit den Fingerspitzen dem Schwung seines Wangenknochens, seines Kiefers, berührte seine Lippen und schließlich die Stelle, an der seine Nase gebrochen gewesen war. »Wie ist das passiert?«

Johann räusperte sich. »Mein älterer Bruder ... hat meine Mutter und mich verlassen, als er vierzehn wurde, und dachte, er ... lässt mir noch ein Andenken da.«

Lotte schluckte. Für jemanden, der so sanftmütig war wie Johann, musste es schrecklich gewesen sein, mit so einem Bruder aufzuwachsen. »Das hätte er nicht tun dürfen«, murmelte sie.

Er deutete ein Kopfschütteln an. »Spielt keine Rolle. Es ist lange her.«

»Es wird trotzdem wehgetan haben«, flüsterte sie.

Er atmete geräuschvoll aus und legte die Stirn an ihre. »Und was tut dir weh?« Er sprach ganz leise, aber sie zuckte trotzdem zusammen. »Du kannst mit mir reden«, fuhr er fort, als sie keine Antwort gab. »Über das, was dich die ganze Zeit beschäftigt. Es ... Ich bin da. Ich will nur, dass du das weißt.«

Sie wollte es ihm erzählen. Alles. Sie wollte endlich diese dumme Angst besiegen, die sie davon abhielt, sich ganz und gar auf ihre Gefühle zu ihm einzulassen. Doch alles, was sie hervorbrachte, war sein Name. Es war ein fast schon verzweifelter Laut, der ihn dazu brachte, sie noch ein wenig enger an sich zu ziehen. Sie waren sich jetzt so nah, dass sie seinen Atem auf ihren Lippen spürte. Eine Sekunde lang zögerten sie beide. Dann küssten sie sich.

Dieses Mal war es anders. Nichts an diesem Kuss war behutsam oder zögerlich. Dieser Kuss war ungezügelt, fast schon grob, und erfüllt von einer unsäglichen Verzweiflung. Sein Mund auf ihrem war fordernd, ebenso wie seine Hände, die über ihren Rücken glitten, ihren Nacken umfassten, sie noch tiefer in diesen Kuss zogen. Auch Lotte wurde jetzt mutiger, erkundete seinen Körper, neckte ihn, lächelte an seinen Lippen, als er rau aufstöhnte. Eine nie gekannte Hitze erfasste sie.

Als sie jedoch Anstalten machte, sein Hemd aufzuknöpfen, hielt er ihre Handgelenke fest. Sanft, aber bestimmt. »Nein«, sagte er, bevor er sie abrupt losließ und einen Schritt zurücktrat. »Nein, nicht so.«

»Was meinst du?«, fragte sie, als sie einigermaßen zu Atem gekommen war.

Er fuhr sich durch das vollkommen zerzauste Haar. »Ich will das hier richtig machen. Ich will nicht, dass du …« Er deutete ein Kopfschütteln an. »Ich will nicht, dass du es bereust.«

»Ich würde es nicht bereuen.«

Jetzt kam er doch wieder zu ihr und umfasste ihr Gesicht mit beiden Händen. »Heirate mich.«

Sie zuckte zurück.

Er ließ die Hände sinken. »Lotte …«

»Du weißt, dass ich nicht deshalb hier bin!«, sagte sie und wich noch einen Schritt vor ihm zurück. Sein Blick verriet ihr, dass sie ihn damit verletzte. Doch sie konnte nichts dagegen tun. Auf einmal wollte sie nur noch fort. »Das weißt du.«

»Ich weiß nicht, warum du hier bist!«, widersprach er. Er klang ärgerlich. Mit einer Hand fuhr er sich über das Gesicht, dann sah er sie wieder an. »Du weißt, was ich will. Ich kämpfe seit Monaten dagegen an, aber ich bin es leid, mich selbst zu belügen. Und dich. Die ganze Zeit, damals auf Gut Rosenthal … Du warst seine Frau, und es hat mich fast umgebracht. Als ich das Gut verlassen habe, dachte ich, ich könnte dich vergessen, doch es hat nichts genutzt. Du warst immer noch da. Die Wahrheit ist, du hast mir das Herz aus der Brust gerissen.«

Da war sie, die Wahrheit. Auch er hatte die Vergangenheit nicht hinter sich gelassen. Jedes Mal, wenn er sie ansah, war es, als wollte er sich versichern, dass sie noch da war.

Sie straffte sich, drängte die Tränen zurück. »Ich habe mir auch das Herz aus der Brust gerissen.«

Er schluckte. »Ich weiß.«

»Ich liebe dich«, flüsterte sie.

Seine Augen weiteten sich kaum merklich. Lotte schlug das Herz bis zum Hals, als er eine Hand nach ihr ausstreckte. Sie nahm sie, ließ zu, dass er sie an sich zog. Sein Herz schlug so laut wie das ihre, in seinem Blick lag ein ganzer Ozean an ungesagten Worten.

»Und ich liebe dich«, sagte er schließlich. Entschlossen. Als sie seinem eindringlichen Blick ausweichen wollte, umfasste er ihr Kinn und beugte sich zu ihr herunter. »Ich liebe dich«, wiederholte er. »Und ich bin nicht wie er.«

»Das weiß ich«, brachte sie hervor. »Aber er wird immer da sein! Auf dem Papier bin ich noch verheiratet, und ich kann nicht …«

»Du hast dich nie um Regeln geschert«, erwiderte er. »Nicht ein einziges Mal, seit ich dich kenne. Du wolltest diesen Mann niemals heiraten, und jetzt bist du frei.«

»Aber ich kann nicht so tun, als hätte es ihn nie gegeben«, entgegnete sie. »Ich kann das nicht einfach vergessen und weitermachen, als wäre nichts geschehen. Ich habe ihm *gehört*. Weißt du, worum du mich bittest, wenn du um meine Hand anhältst?« Er schien etwas sagen zu wollen, doch sie ließ ihm keine Gelegenheit dazu. »Ich kenne die Gesetze, die die Ehe betreffen. Ich habe jedes einzelne gelesen. Ich war sein Eigentum! Ich *bin* sein Eigentum. Mein Kind war sein Eigentum. Und er hat wahrlich Gebrauch von seinem Recht gemacht.«

»Aber ich würde das nicht tun!«, begehrte er auf. Zum ersten Mal, seit sie ihn kannte, hatte er die Stimme erhoben. »Du weißt, dass ich das nicht tun würde! Herrgott, Lotte, du weißt, dass ich dir alles erlauben würde!«

Sie starrte ihn an. Sein Gesichtsausdruck veränderte sich, Ärger verwandelte sich in Bestürzung. Er schien im gleichen Moment wie sie zu begreifen, was er gerade gesagt hatte. Wäre er ihr Ehemann, hätte er jedes Recht, ihr Dinge zu verbieten – sie würde ihm gehören, und letzten Endes würde es keinen Unterschied machen, ob er sie liebte. Gab sie sich dieser Beziehung hin und nahm seinen Antrag an, wäre sie ein weiteres Mal unfrei.

»Nein«, sagte er, als sie sich hastig anzog und dann ging, um Wolke loszubinden. Die Stute graste friedlich im Schatten eines Baumes. Jetzt hob sie den Kopf und pustete Lotte ihren warmen Atem ins Gesicht.

»Warte!« Er war ihr gefolgt und umfasste jetzt ihre Schulter, um sie zu sich herumzudrehen. »Tu das nicht. Lauf nicht schon wieder vor mir weg!«

Auf einmal tat es nur noch weh, ihn anzusehen. Und sein Blick verriet ihr, dass es ihm ebenso erging. »Es tut mir leid.« Mittlerweile liefen ihr die Tränen über die Wangen, aber sie scherte sich nicht darum. Es war ohnehin alles zerbrochen. »Ich kann nur noch weglaufen«, murmelte sie. »Es war das Erste, was ich je wollte, und als mein Mann versuchte, mich zu töten, hat es mir das Leben gerettet. Und jetzt kann ich nicht damit aufhören.«

Er war blass geworden. »Lotte …«

»Lass mich gehen«, flüsterte sie. »Ich bitte dich.«

Johann ließ die Hand sinken, die bis zu diesem Moment

noch auf ihrer Schulter gelegen hatte. Auch in seinen Augen schimmerten jetzt Tränen. »Du wirst nicht wiederkommen.«

»Nein.« Sie straffte sich. »Nein, ich komme nicht wieder. Es tut mir leid. Es tut mir so leid.« Mit diesen Worten wandte sie sich ab und schwang sich auf Wolkes Rücken. Dann sah sie ihn noch ein letztes Mal an. »Ich wünsche dir alles, was diese Welt zu geben hat.«

»Das wünsche ich dir auch.« Seine Stimme klang so gebrochen, wie Lotte sich fühlte. Sie blickte nicht mehr zurück. Sie trieb ihre Stute an und ließ ihn hinter sich zurück, während die Tränen ihr die Sicht verschleierten.

Kapitel 20

Vor ihr breitete sich das grüne, von sanften Hügeln durchzogene Land aus. Sie konnte bis zum Horizont sehen. Diese Weite weckte in ihr die Erinnerung an das Land, das sie für immer hinter sich gelassen hatte. Jetzt, da sie über die grünen Wiesen der Hochebene ritt, überkam sie das Heimweh. Lotte vermisste die raue Landschaft und die Wälder, durch die sie so oft mit Johann oder Hans geritten war. Sie vermisste die raubeinige Mamsell und ihre treue Zofe Pia; die Pferde, grasend im Morgennebel, und Brianna, die Stute mit dem Fell, das wie ein Sonnenuntergang glänzte.

Und Johann. Der Gedanke an ihn zerriss sie beinahe. Mit jedem von Wolkes Hufschlägen war ihr, als ließe sie ein weiteres Stück ihres Herzens am Wegesrand zurück. Immer wieder dachte sie daran umzukehren, und sei es auch nur, um ihn doch noch ein Mal zu sehen. Sie tat es nicht. Stattdessen setzte sie ihren Weg fort, ohne einen Blick zurückzuwerfen.

Lotte war eine ganze Nacht geritten, hatte nur in den frühen Morgenstunden eine kurze Rast eingelegt. Sie war ausgebrannt von den vielen Tränen, die sie vergossen hatte, aber dennoch konnte sie nicht umhin, die Schönheit des Landes zu bewundern, das nun vor ihr lag. Grüne Wiesen, in der Sonne schimmernde Flüsse, die sich wie blaue Bänder durch die flache Landschaft zogen, Berge am Horizont. Lotte und Wolke waren ganz allein. Allein mit dem Land und dem Himmel über ihnen.

Als es Mittag wurde, gelangte sie in ein kleines Waldstück. Über ihr schnatterten blaue Papageien in den Baumkronen, und einmal sah sie sogar eine Horde Affen. Gefährliche Tiere waren ihr noch keine begegnet, aber man hatte Johann und sie auf ihrer Reise über die Hochebene ja vor Tigern und Krokodilen gewarnt. Deshalb sah Lotte sich immer wieder aufmerksam um und mied die kleinen Flussläufe, die sich im Schatten der Bäume durch den Wald schlängelten.

Auf einmal zerriss ein Schrei die Geräusche des Waldes. Lotte zügelte Wolke und lauschte mit klopfendem Herzen. Auch die Stute spitzte die Ohren. Und in der nächsten Sekunde ... »*Querido Deus! Sou muito bonita para morrer!*«

Ein Schatten brach aus dem Unterholz.

»Ach, du liebes ...!« Bevor Lotte den Satz zu Ende bringen konnte, war der schwarze Hengst schon an ihr vorbeigaloppiert. An seinen Hals klammerte sich Ines Olivera, die ununterbrochen auf Portugiesisch lamentierte. *Lieber Gott, ich bin zu hübsch zum Sterben.*

Lotte wendete Wolke und ritt hinterher. »Drücken Sie sich in den Sattel!«, rief sie Ines zu. »Sie müssen sich schwer machen! Und hören Sie um Himmels willen auf, Ihr Pferd zu erwürgen!«

Im Schattenspiel des Waldes konnte sie nicht sehen, ob Ines die Anweisungen befolgte. Allerdings machte sie sich darauf wenig Hoffnung, denn der schwarze Hengst wurde nicht langsamer, und das portugiesische Gezeter hörte nicht auf. Lotte überlegte kurz, dann trieb sie Wolke an. Der Hengst war jung und wild, aber Wolke war sehr schnell. Außerdem hatte sie die Leichtigkeit, die es brauchte, um sich mühelos durch den Wald zu bewegen. Bald schon waren sie mit Ines und dem wilden Hengst gleichauf.

Eigentlich war es keine gute Idee, das Tier zu einem Wettrennen anzustiften, doch Lotte fürchtete, dass die Portugiesin jeden Moment fallen und sich alle Knochen brechen könnte. Bei der unmöglichen Haltung der jungen Frau wäre das kein Wunder gewesen!

An einer Abzweigung trieb Lotte Ines' Rappen einen kleinen Hang hinauf. Die sandige Anhöhe schien selbst für die Kraft des temperamentvollen Hengstes zu viel zu sein, denn es dauerte nicht lange, und er wurde langsamer.

Jetzt sprang Lotte von Wolkes Rücken. Weil der Hengst noch immer nervös scheute und drohte, die arme Ines abzuwerfen, begann sie zu singen. »Es klappert die Mühle am rauschenden Bach ...« Wolke, die dieses Lied liebte, spitzte sofort die Ohren, und auch Ines' nervöser Hengst wirkte auf einmal interessiert. Lotte, die schon als Kind die Erfahrung gemacht hatte, dass die meisten Pferde Musik mochten, sang fröhlich weiter und näherte sich dem jungen Rappen so, dass er sie sehen konnte. Irgendwann wurde er ruhiger und ließ sich am Zügel nehmen. Sogar ein sanftes Streicheln ließ er sich gefallen.

»Lieber Gott!«, murmelte Ines und richtete ihren arg verrutschten Hut. »Lieber Gott, *querido Deus*, das hatte ich mir wahrlich anders vorgestellt!« Sie sah reichlich derangiert aus in ihrem eleganten Reitkostüm. Ihre Wangen waren gerötet, ihr Haar zerzaust, die gerüschte Bluse nass von Schweiß. Jetzt begann sie, nach einer Fliege zu schlagen, die anscheinend der Meinung war, dass die junge Kaufmannstochter nach diesem Ritt noch nicht gestraft genug war.

Lotte konnte sich das Lachen nicht länger verbeißen.

Ines blickte sie erst einigermaßen empört an, brach dann jedoch ebenfalls in Gelächter aus. »Liebe Freundin, Sie schickt der Himmel!«

Fazenda Olivera, São Paulo, 1887

Lotte begleitete Ines Olivera zurück zur Plantage ihres Onkels, dem berühmten Kaffeebaron Gabriel Olivera. Die Fazenda lag inmitten sanfter, grüner Hügel unter einem strahlend blauen Himmel. Mittlerweile war es Nachmittag, und die Sonne schien heiß auf die beiden Frauen und ihre Pferde herab. Lotte konnte sich gar nicht sattsehen an der Schönheit, die sich vor ihr ausbreitete.

Gewundene Flussläufe schlängelten sich durch das Tal, das vor ihnen lag, und am Horizont klammerten sich einige tief hängende Wolken an die Gipfel schroffer Berge. Die Straße zur Fazenda Olivera führte mitten durch die blühenden Kaffeefelder, über eine sandige Straße, auf der die Pferde bei jedem Hufschlag Staub aufwirbelten.

»Es ist Blütezeit«, erklärte Ines und deutete auf die weißen, spitz zulaufenden Blütenblätter, die sich überall an den in Reihen gepflanzten Kaffeesträuchern zeigten. Lotte fand, dass sie aussahen wie kleine weiße Sterne.

Auf den Wirtschaftswegen zwischen den Pflanzungen ritten mit Peitschen bewaffnete Männer auf den stämmigen kleinen *gauchos*, und immer wieder erblickte Lotte dunkelhäutige Frauen, Männer und sogar Kinder, die die Kaffeesträucher beschnitten und wässerten. Lotte schluckte. Sie hatte schon in Santos Sklaven gesehen. Diese arbeiteten zumeist als Haussklaven oder in Wirtschaften, hatte man ihr erzählt. Schon damals hatte sie nichts als Unbehagen bei dem Gedanken daran empfunden, dass diese Menschen anderen Menschen gehörten.

Die Fazenda erhob sich auf einem Hügel im Herzen der Pflanzungen, die sich bis zu den Bergen am Horizont erstreckten. Das Herrenhaus war flankiert von Palmen, und zwischen den üppig wachsenden Pflanzen konnte Lotte auch die Wirtschaftsgebäude erkennen.

Die Oliveras empfingen Lotte wie eine alte Freundin, trotz ihrer schlichten Aufmachung. In einem verspielt eingerichteten Salon servierte ein dunkelhäutiges Mädchen in gestärkter Schürze Kaffee. Lotte bemerkte, dass sie ein Brandzeichen auf der Wange trug, ein *F*. Sie versuchte, den Blick des Mädchens aufzufangen, aber es sah zu Boden und knickste, bevor es sich leise wie ein Schatten zurückzog.

Lotte, in der beim Anblick des Brandzeichens Empörung aufgestiegen war, brachte nur mit Mühe einen Schluck von dem herb duftenden Getränk herunter. »Coffea Arabica«, sagte Senhor Olivera genießerisch. »Mein Bruder steckt all sein Herzblut in den Anbau dieses herrlichen Getränks.«

Lotte erfuhr, dass der Herr des Hauses wie üblich auf der Plantage unterwegs war und erst am Abend zurückkehren würde.

Schon bald wandte sich das Gespräch dem Abenteuer der beiden jungen Frauen zu – Ines erzählte lebhaft von ihrem Ausritt und ihrer anschließenden Rettung. Über das Entsetzen ihrer Eltern schien sie eher erheitert als besorgt zu sein.

»Haben Sie vielen Dank für Ihr Eingreifen«, sagte Senhora Olivera und fasste nach Lottes Hand. Mit der anderen wedelte sie sich mit einem eleganten Papierfächer Luft zu. Sie atmete so schwer, dass das silberne Kreuz über ihrer mit Rüschen besetzten Bluse auf und ab hüpfte. Die ganze Familie Olivera schien zu Theatralik zu neigen – und eine Vorliebe für Rüschen und italienische Nussholzmöbel mit aufwendiger Verzierung zu haben. Alles am Hause Olivera, von den Möbeln bis zur Familie, wirkte zugleich verspielt und altertümlich.

Bald schon fand Lotte sich in einem Kreuzverhör über ihren angeblichen Ehemann, den »gut aussehenden Senhor Engel«, wieder. Sie verschluckte sich fast an ihrem Kaffee.

»Wissen Sie«, sagte sie nach kurzem Zögern. Es war nicht gut, wenn sie Misstrauen erregte. Sie musste verhindern, dass jemand anfing, zu viele Fragen zu stellen. Selbst hier, auf der anderen Seite der Welt, war ihr noch, als jagte Andreas' Schatten sie. Nach kurzem Überlegen entschied sie, so nah bei der Wahrheit zu bleiben, wie es eben möglich war. »Wir sind in Wahrheit nicht verheiratet«, gab sie zu. »Wir waren beide auf einem Gutshof in Mecklenburg angestellt und haben vom

Auswandern geträumt. Ich hatte aber Angst, die Reise als alleinstehende Frau anzutreten. Deshalb war Johann so freundlich, sich als mein Ehemann auszugeben.«

»Es ist in der Tat nicht klug, als Frau allein zu reisen«, stimmte Senhor Olivera mit einem Nicken zu. »Auch wenn eine Lüge natürlich niemals eine Lösung ist, Senhorita.«

»Ja, was da alles hätte passieren können!«, fügte Senhora Olivera kopfschüttelnd hinzu. »Aber ich finde es wunderbar, dass dieser liebenswürdige Mann so ehrenhaft war, Ihnen beizustehen. Ich habe doch gleich gesagt, er hat etwas von einem tragischen Helden! Senhor Olivera, habe ich es nicht gleich gesagt?«

Der Angesprochene brummte nur.

»Und was haben Sie jetzt vor?«, fragte Ines' Vater, als der Kaffee abgeräumt wurde. Er war anscheinend mehr damit beschäftigt, sich über die offensichtliche Schwärmerei seiner Frau zu ärgern, als Lottes Geschichte zu hinterfragen.

»Ich werde mir eine Anstellung suchen«, erwiderte Lotte.

»Senhorita Engel hat früher als Hauslehrerin gearbeitet«, fügte Ines hinzu. »Stell dir vor, Pai, auf einem richtigen Gestüt! Deshalb ist sie auch eine so formidable Reiterin!« Ihre Augen leuchteten auf, und sie wandte sich an Lotte. »Sie könnten mich doch unterrichten! Ich brauche wirklich dringend Reitunterricht.« Sie sah ihre Eltern, die einen zögerlichen Blick miteinander getauscht hatten, bittend an. »Überlegt es euch, bitte! Senhorita Engel ist nicht nur eine gute Reiterin, sie spricht auch exzellent Französisch! Oh, und sie hat eine wunderschöne Singstimme, ihr solltet sie einmal hören!«

Lotte verbiss sich ein Lachen. In Wahrheit war ihr Gesang ganz furchtbar. Die Einzigen, die sich niemals darüber beschwerten, waren die Pferde – und Johann.

Als Senhora Olivera erzählte, ihr Schwager suche schon lange nach einer Hauslehrerin für seine Töchter Gabriella und Isabel, beschleunigte sich ihr Herzschlag. Eine Anstellung bei der Familie Olivera würde ihr die Unabhängigkeit bescheren, nach der sie sich seit ihrer Kindheit sehnte!

Lotte straffte sich. »Senhora Olivera, ich würde Ines und die Mädchen sehr gern unterrichten. Aber ich habe keine Zeugnisse …«

Die Senhora winkte ab. »Sie sind wie wir alle gerade mit dem Leben davongekommen, als das Schiff gesunken ist. Wie sollten Sie da Zeugnisse haben? Da Sie meiner Tochter heute so beherzt zu Hilfe geeilt sind, bin ich ganz sicher, Sie haben das Herz am rechten Fleck. Wenn Sie sich nur nicht dazu hinreißen lassen, noch einmal die Wahrheit zu verdrehen!« Jetzt klang sie auf einmal streng. »Die Unbescholtenheit der Mädchen ist sehr wichtig, und wenn Sie für uns arbeiten wollen, müssen Sie ihnen ein gutes Vorbild sein!«

So ging es dann noch fast eine Stunde weiter, bis Senhora Olivera schließlich ganz und gar überzeugt war, dass Lotte als Hauslehrerin für ihre Nichten und ihre Tochter qualifiziert war. Lotte spürte, dass man ihr gegenüber trotz des herzlichen Empfangs durchaus skeptisch war, vor allem, weil sie Protestantin war. Dass sie angab, zuvor für eine Grafenfamilie gearbeitet zu haben, machte bei den bürgerlichen Oliveras jedoch Eindruck. Hinzu kam, dass es anscheinend so gut wie unmöglich war, hier draußen qualifiziertes Hauspersonal zu bekommen.

»Sie müssen auch ein gutes Durchsetzungsvermögen haben«, bemerkte Senhora Olivera warnend, bevor sie die Mädchen rufen ließ. »Diese beiden haben es faustdick hinter den Ohren.«

Unwillkürlich dachte Lotte an ihr Leben als Gräfin von Eichberg zurück. Wenn dieses sie eines gelehrt hatte, dann war es Durchsetzungsvermögen!

Gabriella und Isabel, neun und elf Jahre alt, waren wie alle Mitglieder der Familie Olivera wunderhübsch. Sie waren ebenso lebhaft wie ihre Cousine und schon sehr selbstbewusst. Lotte dachte an ihre eigene Hauslehrerin zurück, die es gehasst hatte, wenn sie ihren eigenen Kopf und eigene Ideen gehabt hatte. Sie schwor sich, dass sie so nicht sein wollte. Die Aussicht, diese Mädchen zu unterrichten, erfüllte sie mit Stolz.

Kurz dachte sie voller Schmerz an ihre eigene Tochter.

Doch im Hause Olivera herrschte so viel Leben, dass sie gar nicht dazu kam, wieder in den dunklen Abgrund zu fallen, der nun seit drei Monaten ihr ständiger Begleiter war. Ines und die Kinder zeigten ihr das Haus, und Ines gab ihr eines ihrer Hauskleider, damit sie nicht länger wie eine Landstreicherin gekleidet war.

Jeder Schritt fiel Lotte leichter, jeder Schatten erschien ihr auf einmal weniger bedrohlich. Sie hatte jetzt einen richtigen Beruf! Sie würde etwas tun, woran sie glaubte, und ein Leben führen, das sich nicht über ihren Status, sondern über ihr Wirken in der Welt definierte.

Im Hause Olivera wurde es niemals still. Gelächter, Gesang, Klavierspiel – stets gab es etwas zu tun, immer war das Haus von fröhlichem Geplauder erfüllt. Lotte lebte sich so schnell ein, dass es ihr nach einem Monat vorkam, als unterrichtete sie schon seit Jahren auf der Fazenda Olivera. Als wäre sie nie etwas anderes gewesen als die junge Hauslehrerin dieser ausgelassenen Mädchenbande.

Den Hausherrn, den berühmten Gabriel Olivera, hatte sie auch Wochen nach dem Antritt ihrer Stellung nicht kennengelernt. Schon bald scherzten Lotte und Ines, dass es sich bei dem verehrten Senhor Olivera um einen Geist handeln müsse. Anscheinend ging er zu Bett, wenn längst Schlafenszeit war, und stand noch vor den Bediensteten auf. Die Führung des Haushalts hatte er ganz in die Hände seiner Schwägerin gegeben.

Diese wuselte den lieben langen Tag durch die Räume, ließ hier etwas umräumen, dort etwas putzen – endlich waren wieder Frauen im Haus! Sie beschwerte sich jeden Abend beim Diner darüber, dass die Töchter ihres verwitweten Schwagers ja schon ganz verwildert waren.

Manchmal glaubte Lotte, des Nachts leises Weinen zu hören. Immer wieder schreckte sie hoch und lauschte mit klopfendem Herzen, nicht sicher, was sie nur träumte und was wirklich da war. Vielleicht ist es der Wind, der im Gebälk pfeift, sagte sie sich. Das Leben auf der Fazenda Olivera war zu aufregend, als dass sie sich lange Gedanken über das hätte machen können, was im Hause vor sich ging, wenn es dunkel wurde. Aber eine Spur von Unbehagen blieb.

Lotte versuchte, diese eigenartige Beklemmung zu verscheuchen, indem sie hart arbeitete, viel las und ihren Unterricht über die Bühne brachte, so gut es ging. Sie hatte nie zuvor unterrichtet, aber sie fand viele hilfreiche Bücher in der gut ausgestatteten Bibliothek der Oliveras.

Senhora Olivera beschwerte sich zwar manches Mal darüber, dass Lotte viel zu lasch mit den Kindern umging und sie zu Verrücktheiten ermunterte – über den Hof zu stromern und Pflanzen zu sammeln, um sie später zu trocknen und in ein Buch einzukleben, also wirklich! Aber die Mädchen lernten Französisch und bekamen endlich bessere Umgangsformen. Das schien die neue Hausherrin zumindest ein wenig mit Lottes unorthodoxen Unterrichtsmethoden zu versöhnen.

Manchmal, wenn sie in den frühen Morgenstunden erwachte und aus dem Fenster auf die im ersten Morgenlicht schimmernden Hügel blickte, überkamen Lotte die Erinnerungen an das Leben, das sie zuvor geführt hatte. An das Mädchen, das sie gewesen war.

Charlotte von Breskow hatte sich nach Abenteuerreisen gesehnt, als es für sie keinen anderen Ausweg gegeben hatte, als sich von dem Leben wegzuträumen, das sie nicht führen wollte. Die Gräfin von Eichberg war hin- und hergerissen gewesen zwischen ihrer Liebe zu dem Gestüt und ihrem quälenden Verlangen, dem Gefängnis ihrer Ehe zu entrinnen. Beide hatten keine Vorstellung von der Welt gehabt. Beide hatten nicht gewusst, wer sie wirklich sein und was sie in der Welt bewirken wollten. Jetzt wusste Lotte es.

Es waren die Fortschritte, die Ines beim Reiten machte. Die Gesichter der Mädchen, als es Lotte endlich gelang, Senhor Olivera dazu zu überreden, Ponys für beide zu kaufen, und der Jubel, in den sie im Schulzimmer ausbrachen, als die kleine Isabel endlich verstand, wie sich die »großen Zahlen« im Französischen zusammensetzten. Es war das unglaubliche Gefühl, als Lotte ihr erstes Gehalt in den Händen hielt. Es war nicht viel – aber es war das erste Geld, das sie selbst verdient hatte.

So hatte sie empfunden, als ihr Gemahl auf Reisen gewesen war, damals, als sie noch den Titel einer Gräfin getragen hatte. Als hätte sie einen Platz in der Welt gefunden und als könnte sie ganz und gar so sein, wie sie wirklich war. Doch damals war dieses Gefühl trügerisch gewesen. Denn ihr Gemahl hatte es ihr mit einem Fingerschnippen nehmen können.

Dass Lotte Protestantin war, nahm man im Hause Olivera mittlerweile stillschweigend hin. Man erwartete jedoch von ihr, an der heiligen Messe teilzunehmen. Jeden Sonntag nach der Messe ritt sie aus und erkundete die Plantage und das herrlich grüne Land, das sich darum erstreckte.

Manchmal hielt sie auf der Kuppe eines Hügels inne und blickte zurück zur Fazenda. Und dann überkam sie wieder dieses Gefühl der Beklommenheit. Sie war heute freier, als sie es je zuvor gewesen war. Aber andere waren es nicht.

Auf der Fazenda sprach niemand über die Sklaven, und Lottes Fragen erregten Missfallen. Das wenige, das sie über diese Menschen wusste, erfuhr sie von den Mädchen. Die

Männer, Frauen und Kinder, die auf der Fazenda Olivera arbeiteten, waren schon als Sklaven auf die Welt gekommen. Ihre Vorfahren jedoch kamen aus Afrika, vor allem von der Goldküste und aus dem Kongo. Einige waren auch Indios, brasilianische Ureinwohner, mit denen sich die Siedler in manchen Teilen des Landes auch heute noch Gefechte lieferten.

Eines Abends verließ Lotte noch nach Sonnenuntergang das Haus, um nach Wolke zu sehen. Die Oliveras besaßen einige wunderschöne englische Araber und auch ein paar kleine *gauchos*, die auf den Feldern und als Kutschpferde eingesetzt wurden. Lotte grüßte den Stallmeister Tayo, einen gebeugt gehenden Afrikaner, und ging dann an den Boxen entlang, um ihre Stute zu begrüßen.

Auf einmal erklang ein schmerzerfüllter Schrei aus der hinteren Ecke des Stalles. In dem verwinkelten Gebäude herrschte Dämmerlicht, und so sah sie erst jetzt die beiden Gestalten im hinteren Teil. Lotte erkannte die junge Frau mit dem Brandmal auf der Wange. Sie lag am Boden, und über ihr stand ein Mann.

Als er sie packte und am Kragen auf die Füße zog, löste sich Lottes Starre. »Aufhören! Lassen Sie sie in Frieden!«

Der Mann ließ von dem Mädchen ab, gemächlich, als hätte er alle Zeit der Welt, und wandte sich Lotte zu. »Ich mache mit meinen Sklaven, was ich will. Und du, Mädchen, verschwinde aus meinem Stall.«

Lotte musterte den Fremden mit klopfendem Herzen. Er war groß und kräftig, hatte schwarzes Haar und glühende, bernsteinfarbene Augen – und er war von der gleichen Schönheit wie alle Oliveras. Doch bei ihm wirkte diese Schönheit zutiefst grausam. Das musste Gabriel Olivera sein.

»Senhor Olivera«, sagte sie mit einem kurzen Blick auf das am Boden kauernde Mädchen. Seine Lippe war aufgeplatzt und blutete. »Wir sind uns noch nicht vorgestellt worden.

Mein Name ist Charlotte Engel, ich bin die neue Hauslehrerin Ihrer Töchter. Ich entschuldige mich für die Störung, doch ich hörte einen Schrei und wollte nachsehen, ob alles in Ordnung ist.«

Er schnaubte. »Das ist nicht Ihre Angelegenheit … Senhorita Engel.«

»Ich möchte gern die Wunde des Mädchens versorgen, Senhor«, erwiderte Lotte unbeirrt. Der Hausherr war ein einschüchternder Mann, und sein stechender Blick verriet ihr, dass es nicht klug war, ihn zu reizen. Aber dieses Mädchen konnte sie auf keinen Fall mit ihm allein lassen.

Gabriel Olivera machte einen drohenden Schritt auf sie zu. »Ich sagte, Sie sollen verschwinden, Senhorita Engel. Sie sollten lernen, einer Anweisung ihres Lohnherrn zu folgen. Wenn nicht …«

»*Sinhô*«, ließ sich auf einmal Tayo vernehmen. Der alte Stallmeister hatte von ihnen allen unbemerkt den Stall betreten. »Ihr Bruder fragt nach Ihnen. Dringende Angelegenheiten.«

Der Herr der Fazenda Olivera warf Lotte noch einen letzten, drohenden Blick zu, dann stieß er einen Fluch aus und verließ den Stall entschlossenen Schrittes.

Lotte eilte zu dem Mädchen, das sich jetzt aufgesetzt hatte und sich das Gesicht hielt. Zwischen ihren Fingern quoll Blut hervor. Lotte wollte der jungen Frau ein Taschentuch reichen, doch diese zuckte zurück.

»Lass mich dir helfen«, bat Lotte behutsam.

»Sie helfen mir nicht«, murmelte das Mädchen, ohne das dargebotene Taschentuch zu nehmen, und warf Lotte einen abwehrenden Blick zu. »Er wird wütend, und ich werde bestraft.«

Lotte ließ die Hand sinken. Das Mädchen stand auf, und in diesem Moment sah Lotte, dass sich unter dem einfachen Baumwollkleid eine ganz leichte Wölbung abzeichnete. Lotte hatte es in der Bewegung nur ganz kurz erkennen können, doch sie war sich sicher: Das Mädchen war schwanger. Auf einmal fiel ihr das leise Weinen ein, das sie des Nachts vernommen zu haben glaubte. Sie erschauderte. Vielleicht war es doch nicht der Wind im Gebälk gewesen.

»Wie heißt du?«, fragte sie. Obwohl es offensichtlich war, dass die junge Frau ihre Hilfe nicht wollte, mochte Lotte sie auch nicht allein lassen nach dem, was soeben geschehen war.

»Filipa, *Sinhá*«, antwortete diese nach kurzem Zögern. Jetzt sah sie Lotte doch in die Augen. Filipa mochte so alt sein wie Ines, siebzehn oder achtzehn Jahre, doch ihre Augen waren älter. Sie war klein, nahezu winzig im Vergleich zu Lotte, aber ihre Gesichtszüge strahlten eine stolze Erhabenheit aus. »Darf ich gehen, *Sinhá?*«

Lotte nickte. »Ja, natürlich. Wenn ich dir irgendwie helfen kann ...«

Filipa schüttelte den Kopf. Der Blick, mit dem sie Lotte jetzt bedachte, war feindselig. Vielleicht mied sie deshalb den Augenkontakt zu jedermann – das Lodern in ihren Augen war das einer Rebellin. »Nein, *Sinhá*. Sie können nicht helfen.« Mit diesen Worten verließ sie den Stall, ebenso entschlossenen Schrittes wie Gabriel Olivera.

Lotte blieb im Dunkeln zurück.

»Was bedeutet das *F?*« Lotte deutete auf ihre Wange.

Ines und sie ritten an diesem Nachmittag aus. Die Luft war feucht, wie schon seit Wochen. Die Regenzeit war in diesem Jahr spät gekommen, doch nun hielten die dunklen Wolken das Land ganz und gar im Griff. Oft regnete es den ganzen Tag in Strömen, und so war der Boden feucht und die Luft so dick, dass man sie schneiden könnte, wie Ines' Vater am Morgen bemerkt hatte.

Die Geschehnisse im Stall ließen Lotte auch Tage später nicht los. Das nächtliche Weinen hatte sie nicht mehr gehört, aber ihre Beklommenheit wuchs mit jedem Tag. Sie konnte einfach nicht darüber hinwegsehen, dass es auf der Fazenda Olivera solche Ungerechtigkeiten gab.

Ines sah Lotte überrascht an. »Sie sprechen sicher von der Sklavin. Ich habe Pai nach ihr gefragt. Das Brandzeichen auf ihrer Wange steht für *fugitivo*. Sie kam im letzten Jahr auf die Fazenda, und wie ich hörte, macht sie seitdem nur Probleme. Sie ist gleich in ihrem ersten Monat von hier weggelaufen, aber natürlich hat man sie eingefangen. Dann hat mein Onkel ihr das *F* eingebrannt.« Ines erschauderte sichtlich. »Mutter will nicht, dass sie uns im Haus aufwartet, doch Onkel Gabriel besteht darauf. Er weigert sich schon seit Wochen, sie einfach zu den Sklaven auf dem Feld zu schicken. Ich glaube, er hat einfach ein zu gutes Herz!«

Lotte starrte ihre Freundin entgeistert an. »Ein gutes Herz? Sie hat ein Brandzeichen! Und fällt Ihnen denn wirklich kein anderer Grund ein, aus dem Ihr Onkel dieses Mädchen im Haus haben wollen könnte?«

Ines lachte hell auf. »Liebe Freundin, wir haben so viel spekuliert. Doch ich versichere Ihnen, mein Onkel verwandelt sich des Nachts nicht in eine blutsaugende Fledermaus. Jedenfalls sagt das Pai, aber zur Sicherheit sollten wir weiterhin die Augen offen halten.«

»Ich höre jemanden nachts weinen«, sagte Lotte. Ines' fröhliches Geplapper machte sie wütend. »Und ich habe vor einigen Tagen gesehen, wie Ihr Onkel das Mädchen misshandelt hat.«

Ines zügelte ihr Pferd. »Das nehmen Sie auf der Stelle zurück!«

»Ich bin mir sicher, dass sie es ist, die in der Nacht weint«, beharrte Lotte, die Wolke ebenfalls gezügelt hatte. »Sagen Sie mir nicht, dass Sie keine Vorstellung von dem haben, was Ihr Onkel diesem Mädchen antut.« Die beiden Frauen starrten einander an, gleichermaßen zornig. Bis ein Donnergrollen die Stille zwischen ihnen durchbrach.

»Ich wünsche nicht, je wieder darüber zu reden«, entgegnete Ines steif. Sie war kreidebleich geworden. Ehe Lotte noch etwas sagen konnte, wendete sie ihr Pferd und ritt zurück zur Fazenda.

Einige Tage später traf Lotte Filipa erneut im Stall an. Es war schon spät am Abend, und draußen regnete und stürmte es. Die Regenzeit war mit aller Macht über die Fazenda Olivera hereingebrochen.

Als man im Hause Olivera festgestellt hatte, dass Filipa wieder einmal unauffindbar war, hatte Lotte das Haus unauffällig durch den Dienstboteneingang verlassen, um zu den Ställen zu eilen.

Der Regen prasselte auf sie nieder, die Palmen wogten im Wind. Das einzige Licht kam aus dem Herrenhaus und erhellte den schlammigen Weg, der Lotte zu den Ställen führte.

Der alte Stallmeister Tayo saß vor dem Pferdestall auf einem Schemel und schlief. Als Lotte in die Dunkelheit des Stalls trat und den Geruch der Pferde einatmete, die in ihren Boxen leise schnaubten, glaubte sie erst, sich geirrt zu haben. Vielleicht hatte ihr Gefühl sie getäuscht, und das Mädchen war gar nicht hier. Sie hörte nur die Pferde und das Prasseln des Regens. Und dann ... als sie langsam die Boxen entlangging, erklang auf einmal ein leises Schluchzen.

Lotte fand Filipa in der Box eines *gauchos*, ganz hinten im Stall. »Filipa?«, flüsterte sie.

Das Mädchen fuhr zusammen.

Lotte sah gerade noch, wie sie versuchte, eine dicke Stricknadel in ihren Röcken zu verbergen. Ihr Gesicht war tränenüberströmt, doch jetzt wischte sie sich mit einer unwirschen Geste über die Augen und blickte in eine andere Richtung.

Lotte schluckte, als sie begriff, was Filipa vorhatte. »Du

wirst dich umbringen«, sagte sie. Natürlich sprach man nur hinter vorgehaltener Hand darüber, zu welch verzweifelten Maßnahmen Mädchen griffen, die in Schwierigkeiten geraten waren. Lotte hatte freilich lange nichts davon gewusst – erst während der Überfahrt und danach, im Auswandererquartier und auf ihrer Reise über die Hochebene, hatte sie immer wieder gehört, wie leise darüber gesprochen wurde. Und darum wusste sie auch, dass die meisten Frauen verbluteten, die versuchten, eine Schwangerschaft allein zu beenden.

Jetzt sah Filipa sie doch an. Trotzig und entschlossen.

»Weiß er davon?«, fragte Lotte leise. »Weiß Senhor Olivera, dass du ein Kind erwartest?«

Das Mädchen ballte die Hand fester um die Nadel. »Er sagt, es arbeitet, sobald es laufen kann, oder er ertränkt es wie ein Kätzchen. Er will kein unnützes Maul stopfen.«

Lotte schluckte. Nach kurzem Zögern öffnete sie die Tür zur Box, streichelte das gutmütige Pferd, das sein Heu interessanter zu finden schien als die beiden Frauen in seinem Refugium, und wandte sich dann erneut Filipa zu.

Diese funkelte sie wütend an und presste die Lippen aufeinander.

Lotte sah, dass die Hand, die sie um die Nadel geschlossen hatte, zitterte. »Schau mich ruhig weiter so an«, meinte sie. »Aber wenn du das wirklich tun willst, sollte jemand bei dir sein.«

Filipa schwieg weiter. Eine Weile maßen sie einander mit Blicken und lauschten dem leisen Schnauben der Pferde.

»Ich finde sehr mutig, was du getan hast«, flüsterte Lotte irgendwann auf Portugiesisch.

Filipa schien zu wissen, wovon sie sprach, denn eine ihrer Hände fuhr zu dem Brandzeichen an ihrer Wange.

Lotte zögerte. »Hast du hier jemanden, der …?«

Das Mädchen schüttelte den Kopf. »Alle wissen, von wem

das Kind ist. Niemand …« Sie presste die Lippen aufeinander.

Lotte verstand auch so, was sie sagen wollte. Niemand wollte etwas mit ihr zu tun haben, seit Gabriel Olivera sie in sein Bett gezwungen hatte. Vielleicht dachten die anderen Sklaven sogar, sie hätte es freiwillig getan.

»Ich brauche keine Hilfe«, platzte Filipa auf einmal heraus und bedachte sie mit einem herausfordernden Blick. Lotte verstand, warum sie ihr misstraute. Wer so viel Schlechtes erlebt hatte wie dieses Mädchen, würde wohl niemals wieder einem anderen Menschen einfach so vertrauen. Und schon gar nicht würde sie Lotte Vertrauen schenken – schließlich war sie die Hauslehrerin der Oliveras.

Sie räusperte sich. »Ich bin auch weggelaufen.«

Filipa sah trotzig an ihr vorbei. »Dann hatten Sie mehr Glück als ich.«

»Ich hatte Hilfe«, murmelte Lotte.

»Vor wem sind Sie weggelaufen?«, fragte Filipa irgendwann, so leise, dass Lotte Mühe hatte, sie zu verstehen.

Sie schloss kurz die Augen. Warum dachte sie in diesem Moment an Johann? Warum kamen ihr ausgerechnet jetzt seine schmerzerfüllten blauen Augen in den Sinn?

»Vor meinem Ehemann«, antwortete sie schließlich.

Filipa nickte, sagte aber nichts mehr. Nun blickte sie wieder in die andere Richtung, so als wären die wenigen Worte, die sie mit Lotte gewechselt hatte, bereits zu viel gewesen.

Lotte kämpfte noch einen Moment mit sich. Sie wollte dem Mädchen helfen, doch sie wusste auch, dass sie sich ihr nicht einfach aufdrängen konnte. Filipa hatte gute Gründe, sich ihr nicht anvertrauen zu wollen. Sie streckte eine Hand aus. »Gib mir die Nadel.«

Filipa starrte sie wütend an. Sie schien mit sich zu ringen, aber Ines hatte recht: Dieses Mädchen war eine Rebellin. Sie hielt nicht den Mund, und dafür bewunderte Lotte sie einmal mehr. »Das ist meine Entscheidung.«

»Ja. Da hast du recht. Doch es ist nicht deine Stricknadel, nicht wahr?«

Mit widerwillig verzogenem Mund händigte Filipa ihr die Nadel aus.

Lotte nickte kurz, dann wandte sie sich ab, um sich auf den Weg zurück zum Herrenhaus zu machen.

»Warum sind Sie vor ihm weggelaufen?«, fragte Filipa, gerade als sie sich zum Gehen wandte.

Lotte hielt inne. Das Mädchen sah aus, als wollte es sich am liebsten selbst ohrfeigen, aber es nahm die Frage auch nicht zurück. Die widerwillige Neugier in Filipas Gesicht entlockte Lotte ein kleines Lächeln. »Er ...« Sie ballte kurz die Hände zu Fäusten. Sie wollte sich nicht jedes Mal, wenn sie an Andreas dachte, an die Kehle fassen. Das tat sie seit Monaten schon; es war ein nervöser Reflex geworden. Sie hasste es, dass Andreas noch immer diese Macht über sie hatte. Selbst hier, auf der anderen Seite der Welt. »Er hat mein Kind getötet. Und dann hat er versucht, mich zu töten.«

»Wollten Sie ihn umbringen?«, fragte Filipa. Ihre dunklen Augen schimmerten in der Dunkelheit wie zwei schwarze Seen.

Lotte schluckte. Sie empfand so viel Zorn und Schmerz, wenn sie an ihre Ehe dachte. *Helena.* Der Name ihrer Tochter lag ihr auf der Zunge, immer, überall. Wenn sie die Mädchen unterrichtete, wenn sie sich des Nachts zum Schlafen legte. Und trotzdem hatte es nicht einen Tag gegeben, an dem sie sich an Andreas hatte rächen wollen. Es hätte vielleicht Möglichkeiten gegeben. Gifte konnte man über Umwege bekommen. Aber es war ihr niemals in den Sinn gekommen, nicht einmal in ihren dunkelsten Stunden.

»Nein«, antwortete sie dann auch.

»Ich will ihn töten«, sagte Filipa.

Lotte begriff, von wem sie sprach. »Das verstehe ich«, gab sie vorsichtig zurück.

»Sie verstehen gar nichts!«, fauchte Filipa. Dann atmete sie tief durch. »Verzeihung ... *Sinhá*. Ich weiß nicht, was ich rede.«

»Ich will nicht, dass du mich so nennst«, erwiderte Lotte. »Ich bin niemandes *Sinhá*.«

Sie hatte in den vergangenen Wochen viel Zeit zum Nachdenken gehabt. Sie hasste es, dass es in diesem Land Sklaven gab. Und sie hasste ebenfalls den Gedanken, für Sklavenhalter zu arbeiten. Aber es war der Streit mit Ines gewesen, der sie dazu gebracht hatte, ihre eigene Rolle wirklich zu überdenken. Sie wollte nie wieder über irgendwen befehlen. Je mehr sie darüber nachdachte, desto mehr verabscheute sie diesen Gedanken.

Man sagte, es sei die göttliche Ordnung, die dafür sorgte, dass die einen Privilegien hatten und die anderen nicht. Dass die einen arm waren und die anderen reich, die einen frei und mächtig und die anderen unfrei und in Ketten. Aber nichts davon war richtig, und wenn es die göttliche Ordnung war, dann lag Gott eben falsch.

Immer wieder in den vergangenen Tagen hatte Lotte den Drang verspürt, ihre wenigen Habseligkeiten zu packen und weiterzuziehen. Doch irgendetwas hielt sie davon ab. Vielleicht war es die Erkenntnis, dass sie nicht wieder und wieder weglaufen konnte. Es würde nichts besser machen. Weder würde es ihr helfen, mit ihrer Vergangenheit abzuschließen, noch würde es irgendetwas an der Lage der Menschen hier ändern.

Plötzlich flog die Stalltür auf, und Gabriel Oliveras Stimme hallte durch den Stall. »Ich weiß genau, wo sich der verdammte *preto* versteckt!«

Lotte bedeutete Filipa, unten zu bleiben, verbarg die Nadel in ihrem Rock und erhob sich. »Senhor Olivera, warten Sie.«

»Gehen Sie mir aus dem Weg!«, fuhr er sie an.

Sie blieb, wo sie war. Das Herz schlug ihr bis zum Hals.

Hinter ihr verließ auch Filipa die Box. Lotte verfluchte sie stumm. Das Mädchen schien einen ganz eigenen Dickkopf zu haben.

»Ich sollte dir noch ein zweites Brandzeichen verpassen«, sagte er drohend und ging an Lotte vorbei auf Filipa zu.

Lotte wirbelte herum. »Senhor Olivera, das ist ein Missverständnis. Ich hatte das Mädchen gebeten, Tayo zur Hand zu gehen und nach den Pferden zu sehen. Sie ... sie hat ein Händchen für die Tiere, und ich hatte den Eindruck, dass sie wegen des Sturms sehr unruhig waren. Wenn ich damit meine Kompetenzen überschritten habe, entschuldige ich mich.«

Gabriel Oliveras drohender Blick traf jetzt sie. »Senhorita Engel, Sie halten jetzt besser den Mund. Es sei denn, Sie wollen, dass ich Sie heute Nacht noch vor die Tür setze.«

Der Zorn ließ Gabriel Olivera noch bedrohlicher erscheinen. Lotte ballte die Hände zu Fäusten, um ihr Zittern zu unterdrücken. Was für ein beängstigender Mensch!

Auf einmal knarrte die Stalltür, und Tayos Stimme erklang. »Das ist die Wahrheit, *Sinhô*. So war es.«

Gabriel Olivera fuhr herum. »Warum weiß ich davon nichts?«, blaffte er. »Bist du neuerdings zu dämlich, um deine Arbeit zu machen?«

»Nein, *Sinhô*«, antwortete Tayo mit gesenktem Blick.

Lotte sprang ihm bei. »Ich bitte um Verzeihung für das Missverständnis, Senhor Olivera. Ihr Bruder sagte mir, ich hätte die Autorität, den Angestellten Befehle zu erteilen, sollte ich dies als notwendig für meine Arbeit erachten. Die Ponys Ihrer Töchter brauchen besondere Pflege, und ich könnte außerdem eine zusätzliche Kraft beim Unterrichten gut gebrauchen. Das Mädchen scheint nicht vollkommen unnütz zu sein, deshalb wollte ich Sie längst darum bitten, sie mir für den Reitunterricht und die Pflege der Ponys zuzuteilen.«

Gabriel Olivera schnaubte. »Das Mädchen bleibt im Haus. Sie sind zu weich, Senhorita Engel. Sie haben keine Ahnung, wie man mit ungehorsamen Sklaven umgeht.«

»Sie haben recht, Senhor Olivera«, erwiderte Lotte nach kurzem Nachdenken. »Ich bin zugegebenermaßen etwas verwirrt, denn ich halte es für vollkommen unangemessen, dass ausgerechnet dieses Mädchen sich überhaupt im Haus aufhalten darf. Mit diesem Brandzeichen und schwanger obendrein. In dem Herrenhaus, in dem ich früher gearbeitet habe, hätte es so etwas nicht gegeben.«

Der Hausherr schwieg einen Moment und bedachte Lotte mit einem stechenden Blick. Sie hielt ihm stand, und versuchte dabei, die verkniffene Frau zu imitieren, die sie früher unterrichtet hatte.

»Nun gut«, meinte Gabriel Olivera schließlich. »Vielleicht haben Sie gar nicht so unrecht, Senhorita Engel. Bisher durfte das verstockte Ding leichte Tätigkeiten im Haus verrichten. Wollen mal sehen, wie ihr echte Arbeit schmeckt. Ich erwarte, dass Sie sie nicht schonen.« Jetzt sah er zu Filipa. »Du bleibst ab jetzt im Stall, und zwar so lange, bis ich entscheide, dass du deine Lektion gelernt hast. Du wirst noch darum betteln, wieder in einem weichen Bett schlafen zu dürfen.«

Erst, als er den Stall verlassen hatte, wagte Lotte aufzuatmen. Sie bemerkte erst jetzt, dass sie am ganzen Körper zitterte.

Irgendwann wandte sie sich Filipa zu. Diese funkelte sie zornig an, senkte dann aber mit geballten Fäusten den Blick. Lotte fuhr sich mit der Hand über die Stirn. Mit der Wut des Mädchens konnte sie besser leben als mit dem Gedanken, dass es weiter den Misshandlungen von Gabriel Olivera ausgesetzt war. Oder mit der Sorge, dass es sich am Ende doch noch etwas antat.

Als Lotte den Stall verließ, kam ihr Ines entgegen. Die beiden Frauen sahen einander einige quälend lange Sekunden nur an. Über ihnen tobte derweil das Gewitter. Regen prasselte auf sie herab und durchnässte ihre Kleidung.

»Sie hatten mit allem recht«, sagte Ines. Die Regentropfen liefen ihr wie Tränen über das Gesicht. »Gestern Abend … ich habe Pai und meinen Onkel in der Bibliothek belauscht.« Sie schlang die Arme um sich. »Ich wusste ja nicht, dass …«

Erst jetzt sah Lotte, dass sie wirklich weinte. Ines wirkte vollkommen verstört. Sie ging zögerlich zu ihrer Freundin und schlang die Arme um sie.

»Ich hatte Angst, dass Sie jetzt vielleicht weggehen könnten«, fuhr Ines leise fort.

Lotte schluckte. Je länger sie hier war, desto klarer war ihr geworden, dass sie diesen Ort nicht verlassen würde. Sie hatte hier eine Aufgabe. So also schmeckte Unabhängigkeit.

»Ich bleibe«, sagte sie.

Fazenda Olivera, São Paulo, 1888

Filipa hatte wirklich ein Händchen für die Pferde. Sie sprach nur, wenn es unbedingt notwendig war, aber die Tiere liebten sie. Immer wieder beobachtete Lotte erstaunt, dass die Ponys der Kinder ihr ohne Zügel und ohne Aufforderung hinterherliefen.

Die Regenzeit schritt voran, Filipas Bauch wuchs. So manches Mal blickte Lotte hinaus in den Regen, auf die im Wind wogenden Palmen und die dunklen Hügel der Fazenda, und fragte sich, wie es Johann ergangen war. War er glücklich, dort, wo er jetzt lebte? Hatte er gefunden, was er gesucht hatte? Sie wünschte es ihm mit aller Kraft, und zugleich versetzte ihr der Gedanke, dass er vielleicht schon ein Mädchen kennengelernt und geheiratet hatte, einen Stich.

Sie war jetzt eine unabhängige Frau. Sie hatte eine Aufgabe und verdiente ihr eigenes Geld, und es gab keinen Ehemann, dem sie hörig sein musste. Trotzdem fühlte es sich an, als fehlte etwas.

Dennoch antwortete sie mit Ausflüchten und Halbwahrheiten, wenn Ines und die Mädchen sie nach ihrem Leben in Deutschland ausfragten. Es quälte sie, so viele Geheimnisse mit sich herumtragen zu müssen. Würde sie je frei von ihrer Ehe und den Erinnerungen an Gut Rosenthal sein? An manchen Tagen wurde die Sehnsucht, auf Wolkes Rücken zu springen und weiterzuziehen, beinahe übermächtig.

Doch sie verließ die Fazenda Olivera nicht, auch nicht an den Tagen, an denen sie sich mit fast schon schmerzhafter Intensität danach sehnte. Stattdessen unterrichtete sie die Kinder und Ines und fragte sich, was aus Gabriel Oliveras aufgeweckten Töchtern werden würde, wenn sie einmal erwachsen wären. Oder sie sah zu Filipa hin und überlegte, wovon dieses verschlossene Mädchen wohl träumte. Hatte sie überhaupt noch Träume? Und fürchtete sie den Tag, an dem sie niederkommen und ihrem ungewollten Kind zum ersten Mal in die Augen blicken würde? Mit Lotte sprach sie niemals darüber.

»Hast du eine Familie, Tayo?«, fragte sie eines Tages den alten Stallmeister, als sie die Ponys der Mädchen in den Stall führten und abrieben. Die beiden Schwestern tollten draußen herum, und ihr ausgelassenes Lachen entlockte Lotte ein Lächeln. Bestimmt wäre aus ihrer Helena auch so ein fröhliches Kind geworden.

»Schon sehr lange nicht mehr, Fräulein Engel«, sagte Tayo nach einigem Schweigen. Sein Gesicht gab keine Trauer preis, aber Lotte spürte die Schwermut, die ihn umgab, so wie sie das Sonnenlicht auf ihrer Haut spürte, wenn sie am Morgen aus dem Haus trat, um einen neuen Tag zu begrüßen.

»Das tut mir leid«, murmelte sie.

Als sie ihn fragte, warum er die Fazenda Olivera nicht verließ – Tayo war älter als sechzig und somit dem Gesetz nach ein freier Mann –, schenkte er ihr ein trauriges Lächeln und antwortete etwas sehr Rätselhaftes: »Manchmal wachsen schöne Dinge inmitten von Dornen, Senhorita Engel.« Er blickte hinüber zu den Pferden, und dann zu Filipa und den Kindern, die ihr plappernd in den Stall folgten. »Ein Pferd stirbt, wenn es einsam ist. Ein Blatt, das vom Baum fällt, wird vom Wind getragen, bis es an einem unbekannten Ort am Boden ankommt und vergeht. Ich bin zu alt, um noch auf die Suche zu gehen. Und ich will nicht dort draußen allein sein, wenn das heißt, dass ich alles zurücklassen muss, was ich liebe.«

Eines Abends traf Lotte Ines in der Bibliothek der Oliveras. Es war schon dunkel. Draußen gewitterte es. Die Regenzeit war seit ein paar Wochen vorbei, aber in dieser Nacht hatte die Natur wohl entschieden, noch einmal mit aller Macht über die Fazenda Olivera hereinzubrechen.

Als Lotte eintrat, erhellte ein Blitz den Raum. Ines, die zuvor am Fenster gestanden hatte, wandte sich ihr zu und schenkte ihr ein Lächeln. Es wirkte ein wenig schuldbewusst.

»Warum stehen Sie denn hier im Dunkeln?«, fragte Lotte sanft. »Geht es Ihnen gut?«

»Ja«, sagte Ines nach kurzem Zögern. »Ich wollte Sie sprechen, weil … Ich hätte es Ihnen schon längst erzählen sollen, verzeihen Sie mir. Ich wusste einfach nicht, wie, aber jetzt habe ich schon zu lange geschwiegen.« Sie räusperte sich und strich sich eine dunkle Haarsträhne aus der Stirn. »Ihr netter Reisegefährte … Johann heißt er, nicht wahr? Er lebt ganz in der Nähe der Fazenda.«

Lotte schnappte nach Luft. Natürlich hatte sie gewusst, dass Monte Mor nicht weit entfernt war. Doch zu hören, dass Johann ihr so nahe war, jetzt, in dieser Sekunde … Sie wandte sich abrupt ab und blickte aus dem Fenster, hinaus in den Regen. Nach Norden. Das Land dort war von grünen Hügeln überzogen. Vielleicht sah man die Fazenda sogar von dort aus. »Woher wissen Sie das?«, brachte sie schließlich hervor.

»Pai und Onkel Gabriel sind vor einiger Zeit die Plantage

abgeritten, um sich den Zustand der Pflanzen zu besehen, weil doch die Ernte nun anfängt«, antwortete Ines. »Pai hat von einem Wanderarbeiter gehört, dass das Stück Land, das im Norden an die Fazenda grenzt, jetzt jemandem gehört, und ist vorbeigeritten, um zu sehen, wer der neue Nachbar ist. Es ist Ihr Johann.« Als Lotte schwieg, trat Ines von einem Fuß auf den anderen. »Ich hätte es Ihnen schon früher sagen müssen, ich weiß. Ich hatte Angst, Sie gehen dann vielleicht weg.«

Auf einmal hatte Lotte einen Kloß im Hals. »Ich gehe nirgendwohin, Ines. Und er ist auch nicht *mein* Johann.«

»Sie vergessen, dass ich Sie beide auf dem Schiff zusammen gesehen habe«, erwiderte Ines. »Meine Eltern haben Ihnen den Unsinn von der Reisegemeinschaft ja vielleicht abgekauft, doch ich tue das sicher nicht. So, wie Sie einander angesehen haben, ist er sehr wohl *Ihr* Johann.«

»Nein«, widersprach Lotte. »Nein, jetzt nicht mehr. Schon lange nicht mehr. Es ist vorbei.«

»Warum?«, fragte Ines. »Weil Sie ihn nicht lieben?«

Lotte schüttelte den Kopf. »Das ist es nicht.« Keine noch so lange Trennung hatte diese Gefühle auslöschen können. Sie flackerten wie die Flamme einer Kerze, wurden kleiner, wurden größer. Aber sie erstarben nie.

Sie holte tief Luft. »Er will vieles, was ich ihm nicht geben kann. Ich wollte mich nie so sehr ...« *Auf jemanden einlassen.* Sie zwang sich zu einem schiefen Lächeln, obwohl ihr nach Weinen zumute war. »Bestimmt hat er längst ein nettes Mädchen gefunden.«

Auf einmal machte Ines einen Schritt auf sie zu und umarmte sie. »Pai hat ihm gesagt, dass Sie hier sind. Und nach allem, was ich weiß ... Eine Frau hat er nicht. Vielleicht ... Sehen Sie, ich habe nachgedacht. Es geht viel vor sich, hier auf der Plantage. Schlimme Dinge. Dies ist der Ort, an dem meine Familie lebt, und ich kann ihm nicht entkommen. Aber möglicherweise ist es für Sie nun an der Zeit weiterzuziehen.«

»Ich kann Sie und Filipa nicht allein lassen«, erklärte Lotte entschieden. »Nicht jetzt.«

Gabriel Olivera war geradezu besessen von Filipa, und Lotte war überzeugt, sobald dieses Kind geboren war, würde er sein Recht auf Filipa wieder geltend machen. Und das war nicht alles: Die Fazenda Olivera glich einem brodelnden Kessel, und Lotte fürchtete, dass er früher oder später überkochen könnte.

Überall in São Paulo flohen die Sklaven von den Plantagen und leisteten Widerstand. Viele der Entflohenen schlossen sich den *quilombos* an – dies waren Verstecke entlaufener Sklaven, manche einfache Dorfgemeinschaften, andere gut bemannte und bewaffnete Wehrdörfer, die tief im Regenwald oder in den Bergen lagen.

Und auch unter den Sklaven der Fazenda Olivera heizte sich die Stimmung immer mehr auf: Es gab jede Menge Fluchtversuche, Aufsässigkeiten und sogar offenen Widerstand in den *senzalas*, den Sklavenhütten. Nicht einmal Gabriel Oliveras harte Strafen schienen den Sturm aufhalten zu können, der sich dort zusammenbraute.

Lotte konnte alldem nicht den Rücken kehren. Sie hatte hier eine Aufgabe, und sie hatte Freunde gefunden, die sie nicht missen wollte.

Eine Spur zu abrupt löste sie sich von Ines. »Ich danke Ihnen sehr, dass Sie mir das gesagt haben. Ich … ich werde noch einmal nach den Pferden sehen, bevor ich zu Bett gehe.«

»Wieso fällt es Ihnen nur so schwer?«, fragte Ines, als Lotte sich zum Gehen wandte.

Sie blieb stehen und blickte über die Schulter zurück. Hinter Ines prasselten dicke Regentropfen gegen die Fenster der Bibliothek. »Was meinen Sie?«

»Es fällt Ihnen so leicht, Freunde zu finden«, sagte Ines nach kurzem Zögern. »Aber sobald man Sie näher kennenlernt, ist da eine Barriere. Sie können einfach nicht zulassen, dass jemand für Sie da sein will.« Sie hob hilflos beide Hände. »Ich will Ihnen doch nichts Böses.«

Lotte schluckte. Natürlich hatte Ines recht. Manchmal wollte sie sich selbst die Haare raufen wegen ihrer Unfähigkeit, andere wirklich an sich heranzulassen. Und dann wiederum war sie überzeugt, dass das die einzige Möglichkeit war sicherzugehen, dass sie die hart erkämpfte Freiheit behalten würde. Sie hatte so viele Geheimnisse. War immer noch *seine* Frau.

Beinahe hätte sie der Gedanke, dass sie ausgerechnet Filipa so viel von sich anvertraut hatte, zum Lachen gebracht. Das Mädchen mochte sie nicht einmal. Zumindest zeigte sie nie auch nur den kleinsten Hauch von Sympathie für Lotte. Lediglich die Kinder, Gabriella und Isabel, sowie den Stallmeister Tayo schien sie ehrlich gern zu haben. Der einzige Anhaltspunkt, den Lotte dafür hatte, dass Filipa sie vielleicht ein winziges bisschen mochte, war, dass Wolke von ihr ganz besonders viel Aufmerksamkeit bekam.

Bevor sie die richtigen Worte finden konnte, um Ines zu versichern, wie viel ihre Freundschaft ihr bedeutete, öffnete sich die Tür zur Bibliothek.

Es war eines der Hausmädchen. »Sinhá«, sagte sie an Ines gewandt und knickste. »Tayo … Er … Sie wollten, dass er Bescheid gibt, wenn es kommt.«

Lotte und Ines tauschten einen erschrockenen Blick. Jetzt schon? Es war Filipa nicht möglich gewesen abzuschätzen, wann genau sie schwanger geworden war. Irgendwann im letzten Jahr, hatte sie lediglich gemeint. Ausgehend von der Schwellung ihres Bauches hatte Lotte angenommen, ihnen blieben noch ein paar Wochen. Aber anscheinend wollte das Kleine jetzt schon kommen.

»Rasch, Eva«, sagte Lotte. »Wir brauchen heißes Wasser und Tücher. Aber weck um Himmels willen niemanden auf!«

Das Mädchen knickste und eilte ins Erdgeschoss, um das

Gewünschte zu besorgen. Derweil liefen Lotte und Ines nach draußen zu den Ställen.

Draußen heulte der Wind und schluckte die Schreie, die aus dem Pferdestall der Fazenda Olivera drangen. Der Regen prasselte auf die Plantage nieder, und durch die Ritzen im Holz sah Lotte Blitze über den Himmel zucken und Tayos dürre Gestalt, die an der Stalltür Wache hielt. In dieser stürmischen Nacht des dreißigsten April 1888 gebar Filipa ihre Tochter, bewacht von dem alten Stallmeister und den Pferden, während Lotte ihre Hand hielt.

Das Hausmädchen Eva erwies sich als wahrer Segen. Sie hatte ihrer Mutter bei der Geburt all ihrer Schwestern beigestanden, und jetzt war sie Filipa eine unschätzbare Hilfe. Sie gab ihr mit ruhiger Stimme Anweisungen und holte das Kind, als es endlich so weit war.

»Ein Mädchen«, verkündete sie, nachdem sie die Nabelschnur durchtrennt hatte. Die Kleine hatte bereits mit einem lauten Schrei ihre Anwesenheit in der Welt verkündet. »Eine kräftige Lunge scheint das Kindchen zu haben.«

Während Lotte und Ines Filipa auch noch durch die Nachgeburt begleiteten, wusch Eva den Säugling in einem Bottich mit warmem Wasser und hüllte ihn dann in ein sauberes Leinentuch.

»So viel Aufwand für so ein winziges Ding«, murmelte Ines.

Lotte warf ihr einen bösen Blick zu. Filipa hingegen stieß ein missgelauntes Grunzen aus. Nach all den Monaten kannte Lotte sie gut genug, um zu wissen, dass sie auf diese Weise versuchte, sich das Lachen zu verkneifen.

»Willst du sie halten?«, fragte sie vorsichtig.

Filipa zögerte kurz, dann nickte sie. Ines legte ihr das Kind behutsam in die Arme. Filipa studierte das Gesicht des kleinen Mädchens, eine Sekunde, zwei. Und dann tat sie etwas, das Lotte in all den Monaten, die sie nun auf der Fazenda Olivera weilte, nicht erlebt hatte: Filipa lächelte. »Sie sieht aus wie ich.«

Sie hatte recht. Das Neugeborene hatte ein wenig hellere Haut als seine Mutter, aber da hörten die Unterschiede auf. Es hatte sogar schon den gleichen rebellischen Blick.

»Wie soll sie denn heißen?«, fragte Ines.

Filipa schwieg einen Moment. »Cida«, sagte sie dann entschlossen. »In meiner Sprache bedeutet das: ›Gott hat gesprochen‹ Das soll ihr Name sein.«

Zwei Wochen später ging Lotte in den Stall, um nach Filipa und ihrer Tochter zu sehen. Bislang war es ihnen gelungen, die Geburt des Kindes zu verheimlichen. Doch ewig würde das nicht gut gehen. Und niemand wusste, wie Gabriel Olivera auf sein Kind reagieren würde. Oder was er mit Filipa tun würde. Lotte hatte immer wieder überlegt, wie sie Mutter und Kind helfen könnte, doch Filipa schien nach der Geburt zu erschöpft zu sein, um über eine Flucht auch nur nachdenken zu können.

An diesem Abend jedoch fand Lotte den Stall leer vor. Nichts deutete mehr darauf hin, dass die junge Mutter und ihre Tochter hier gewesen waren. Sie fluchte und wirbelte zu Tayo herum. »Wo sind sie?«

Der alte Stallmeister presste die Lippen aufeinander und schwieg.

»Bitte.« Lotte blickte ihn flehentlich an.

Sie hätte wissen müssen, dass Filipa versuchen würde zu fliehen. Möglicherweise hatte sie ihr die Schwäche nur vorgespielt. Doch egal, wie stark Filipa war, vor Gabriel Olivera konnte sie nicht ewig davonlaufen. Früher oder später würde er sie einholen. Er würde sie finden. Es sei denn …

Lottes Herz begann, schneller zu schlagen. Sie hatte bislang jeden Gedanken an ihn zu verdrängen versucht, aber jetzt … Sie blickte den Stallmeister aufgeregt an. »Bitte, Tayo, du musst mir sagen, wo sie ist. Ich kenne einen Ort, an dem die beiden sicher sein werden.«

Keine Stunde später hatte sie Filipa auf einem Wirtschaftsweg zwischen den Kaffeepflanzen eingeholt. Sie trug das Kind in einem Tuch auf dem Rücken und bewegte sich leise wie ein Schatten durch die Dunkelheit.

»Filipa!«, flüsterte Lotte.

Sie fuhr herum. »Verschwinden Sie.«

Lotte hob die Hände. »Warte bitte und hör mir zur.«

»Ich gehe nicht zurück«, sagte Filipa. »Haben Sie verstanden? Ich gehe nicht zurück. Ganz egal, was Sie tun.«

»Ich will dir nichts Böses«, versicherte Lotte.

Filipa presste die Lippen aufeinander. In der Dunkelheit schimmerten ihre Augen, als weinte sie.

»Hör zu«, bat Lotte. »Weißt du, wo Monte Mor liegt? Die deutsche Kolonie?«

Das Mädchen nickte knapp.

»Geh dorthin«, sagte Lotte. Dann beschrieb sie Filipa den genauen Weg. Sie hatte sich bei Ines' Vater schon vor Tagen danach erkundigt. »Der Mann, der dort wohnt, heißt Johann. Sag ihm, wer du bist und wer dich schickt. Er wird dir helfen. Euch beiden.«

Filipa zögerte einen quälend langen Moment. Dann nickte sie und fuhr sich mit einer Hand über das Gesicht. Es war eine zornige Bewegung. »Ich wollte Sie überhaupt nicht mögen«, stieß sie hervor.

»Weiß ich doch«, erwiderte Lotte mit einem kleinen Lächeln. »Wir sind ja auch keine Freundinnen.«

»Nein.« Filipa schniefte. »Sind wir nicht.« Mit diesen Worten wandte sie sich ab und ging durch die Nacht davon.

Kapitel 21

Als Lotte die Fazenda erreichte, war es schon fast unheimlich still. Nur ein leiser Wind strich durch die Palmen, die sich über das im Dunkeln liegende Herrenhaus neigten. Es war spät, und am Himmel war ein blasser Sichelmond aufgegangen. Obwohl es nicht kalt war, erschauderte Lotte auf einmal. Die Stille hatte etwas Unheimliches an sich.

Sie huschte zum Dienstboteneingang. Niemand war noch draußen unterwegs, und so konnte sie sich ungesehen im Schatten der Hauswand zur Hintertür schleichen. Noch schien niemand Filipas Flucht entdeckt zu haben. Mit ein wenig Glück würden sie das Verschwinden von Mutter und Kind noch ein paar Tage geheim halten können.

Gerade, als Lotte durch den Dienstboteneingang ins Haus schlüpfen wollte, zerschnitt ein verängstigtes Wiehern die unheimliche Stille, die über der Fazenda Olivera lag.

Sie wirbelte herum und blickte mit klopfendem Herzen in Richtung der Ställe. Für eine Sekunde glaubte sie, dunkle Gestalten im Schatten der Palmen herumhuschen zu sehen. Schon einen Herzschlag später waren sie verschwunden. Lotte lauschte mit angehaltenem Atem. Was ging dort vor sich?

In dieser Sekunde roch sie den Rauch.

»Oh, nein«, flüsterte sie. Über den Palmen stieg dunkler Qualm auf. Der Wind wehte ihn aus der Richtung der Pferdeställe heran.

Ihr Herzschlag setzte aus. Die Ställe brannten. Tayo! Die Pferde! Sie musste sofort etwas unternehmen.

Sie eilte über dunkle, von Palmen gesäumte Wirtschaftswege zu den Stallungen, bis sie das unheilvolle Flackern der Flammen sah.

In dieser Sekunde prallte Lotte gegen eine kleine Gestalt, die ihr im Schutz der Dunkelheit entgegengehastet war. Es war Eva, das Hausmädchen, das bei Cidas Geburt geholfen hatte. Ihr Gesicht war von Schweiß überströmt, ihre weiße Haube verrutscht.

»Senhorita Engel!«, rief sie. »Senhorita Engel, sie kommen! Die Sklaverei ist zu Ende, sagen sie, die Prinzessin von Brasilien höchstpersönlich hat es so entschieden! Und jetzt soll es den Herrschaften an den Kragen gehen!«

Lotte wurde eiskalt. Im Haus waren doch auch Ines und die Kinder! Für einen Moment war sie hin und her gerissen. Dann jedoch erklang ein weiteres, angsterfülltes Wiehern, und ihre Gedanken flogen zu Tayo, der den Stall kaum je verließ, und den Pferden, die dort hilflos dem Feuer ausgeliefert waren.

»Schnell«, sagte sie kurzentschlossen und fasste Eva bei der Schulter. »Geh und weck die Herrschaften! Verbarrikadiert euch im Haus!«

Das Mädchen zögerte. Dann straffte es sich und lief, ohne ein weiteres Wort zu verlieren, zum Herrenhaus.

Lotte blickte ihr noch eine Sekunde mit klopfendem Herzen nach. Dann rannte sie los, die Pfade zwischen Palmen und Wirtschaftsgebäuden entlang zu den Ställen.

Das Feuer war in der Remise ausgebrochen, und die ersten Funken erreichten schon das Dach des Stalls. Von drinnen erklang schrilles Wiehern. Im Schein der Flammen sah Lotte Tayo, der vergeblich versuchte, das Feuer zu löschen. Von den anderen Stallarbeitern war niemand zu sehen.

»Die Remise können wir vergessen«, sagte der alte Stallmeister, als Lotte ihn erreichte. Sein Gesicht war von Ruß überzogen, und er hielt einen hölzernen Eimer, mit dem er bis zum Brunnen und wieder zurück gerannt sein musste, um dem Feuer beizukommen. Er keuchte. Ganz allein hatte er nicht den Hauch einer Chance gegen die Flammen. Auch zusammen würden sie kaum etwas ausrichten können.

»Wir müssen die Pferde aus dem Stall holen!«, rief Lotte.

Er nickte, und sie eilten los. Die Tiere waren bereits in Panik verfallen. Es war heiß, aber noch hatte der Dachstuhl nicht Feuer gefangen. Hastig öffneten sie die Boxen und führten die scheuenden Pferde nach draußen.

Schon nach wenigen Sekunden war Lotte schweißüberströmt. Wie war das Feuer ausgebrochen? War es ein Unfall gewesen? Oder hatte jemand die Remise angesteckt, um die Herrschaften aus den Betten zu locken? Beides war möglich, doch sie bezweifelte, dass sie es je mit Sicherheit erfahren würden. Viel schlimmer war, dass sämtliche Stallarbeiter wie vom Erdboden verschluckt waren und Lotte und Tayo allein darum kämpften, die Tiere zu retten, bevor das Feuer im Stall um sich griff.

Es war ein Wettlauf gegen die Zeit, und schon jetzt konnte Lotte kaum mehr atmen. Der Rauch brannte ihr in der Kehle und in den Augen. Vermutlich waren die Stallarbeiter gleich nach der Nachricht von ihrer Befreiung von der Plantage geflohen. Oder sie hatten sich den Aufständischen angeschlossen, deren wütende Rufe der Wind in dieser Sekunde an ihr Ohr trug.

»Schon gut!«, sagte Lotte, als sie Wolke aus ihrer Box holte. Die Stute rollte mit den Augen und scheute. »Ist ja gut.«

Brennendes Stroh segelte vom Dachstuhl herab neben ihr zu Boden. Lotte stieß einen Fluch aus, und Wolke wieherte panisch. »Mach schon, lauf!«, rief Lotte und gab der Stute einen Klaps. Wolke wieherte noch einmal, dann sprengte sie hinaus in die Nacht.

Da hörte Lotte ihren Namen. »Senhorita Engel!« Ihr blieb das Herz schier stehen. Sie wirbelte herum. Das Gesicht der zierlichen Gestalt, die am Eingang des Stalls stand, konnte sie wegen des beißenden Rauchs nicht sehen. Aber die Stimme, die erkannte sie sofort.

Hustend bahnte sie sich einen Weg zu der jungen Frau und dem schreienden Neugeborenen auf ihrem Rücken. »Filipa! Was zum Teufel hast du hier zu suchen?«

Filipa sah aus, als wäre sie gerannt. Sie keuchte, und ihre Haut war von Schweiß bedeckt. In ihren dunklen Augen lag ein Flackern, das Lotte einen Schrecken einjagte. »Da ist ein Mann gewesen!«, stieß sie hervor.

»Was …« Lotte verstand nicht. Sie packte Filipa bei den Schultern. »Du musst verschwinden! Geh!«

»Nein!« Die junge Frau wehrte sie ab. »Nein, hören Sie zu! Sie müssen mit mir kommen, jetzt!«

»Die Pferde … Tayo …« Lotte blickte sich nach den Tieren und dem alten Stallmeister um. Nein, noch waren nicht alle Pferde gerettet. Tayo riss gerade an dem Zügel eines verängstigten Wallachs, der sich weigerte, aus der Box herauszukommen.

»Sie verstehen nicht!«, rief Filipa und packte Lotte am Arm, als diese dem Stallmeister zu Hilfe eilen wollte. »Da war ein Mann, der nach Ihnen gefragt hat!«

Mit wild klopfendem Herzen starrte sie das Mädchen an. Ein Mann? Wieder musste sie husten. Sie würden noch alle an dem Rauch sterben! Warum nur war Filipa hier? War Johann gekommen, um nach ihr zu suchen? »Hat er blondes Haar?«, fragte sie, wobei sie versuchte, Filipa und das Neugeborene von dem brennenden Stall wegzuschieben. Sie hatten doch jetzt keine Zeit dafür! Keiner von ihnen!

Filipa weigerte sich allerdings, sie loszulassen. »Nein, nein«, widersprach sie. »Sein Haar ist ganz schwarz, und er hat so ein komisches Lächeln. Und er hat eine Waffe! Er hat gesagt, er sucht seine Frau. Charlotte von Eisch… Eisch…« Sie schien das Wort nicht aussprechen zu können.

Aber Lotte hatte auf einmal das Gefühl, der Boden müsse unter ihr nachgeben. »Charlotte von Eichberg.«

In diesem Moment erklang eine Stimme, die ihr das Blut in den Adern gefrieren ließ. »Meine geliebte Frau.«

Sie wirbelte herum. Aus den Schatten schälte sich die Gestalt eines Mannes. Dunkle Augen, schwarzes Haar und ein unheimliches Lächeln auf den Lippen. In der Hand hatte er einen Revolver. Ganz langsam hob er die Waffe und richtete den Lauf auf sie.

»So viele Spuren«, sagte er, während er auf sie zuging. Mit jedem Schritt trieb er sie näher heran an den brennenden Stall. »So viele unnütze Hinweise. Aber ich bin kein Mann, der einfach so aufgibt. Das solltest du doch mittlerweile wissen, meine Liebe.«

Lotte spürte schon die Hitze in ihrem Rücken. Hörte das hungrige Fauchen der Flammen. Ein Teil von ihr hatte immer gewusst, dass dieser Tag kommen würde. Sie blieb stehen, direkt an der Schwelle des brennenden Stalls.

Er entsicherte die Waffe. »Das fügt sich alles ganz wunderbar. Wenn ich einen verkohlten Leichnam mit nach Hause nehme, wird niemand mehr wagen, mich einen Tor zu nennen, der sich von der eigenen Frau hat zum Narren halten lassen. Dann bin ich ein trauernder Witwer. Du wirst ein schönes Grab auf Gut Rosenthal bekommen, und wer weiß, vielleicht werde ich meine nächste Frau mitnehmen, wenn ich dich dort besuche. Als kleine Warnung.«

Eine heiße Welle des Hasses erfasste Lotte. Was er ihr angetan hatte, würde er keiner anderen Frau antun. In dem Moment, in dem er den Abzug drückte, sprang sie auf ihn zu.

Ein ohrenbetäubender Knall hallte durch die Nacht. Der Schmerz explodierte in Lottes Schulter, und sie hörte sich selbst schreien. Sie prallte gegen Andreas, und sie gingen zu Boden. Die Waffe glitt ihm aus der Hand. Sie schlug nach ihm, versuchte, seine Augen zu erreichen. Das Brennen in ihrer Schulter, der Rauch in ihrer Kehle, die Tränen, die ihr über die Wangen liefen und sie fast erblinden ließen – all das war ihr gleichgültig. Sie hatte monatelang in dem Wissen gelebt, dass seine Hände noch immer um ihre Kehle lagen. Hatte sich gefürchtet, von Erinnerungen verfolgt, war weggelaufen, weil die Beklemmung und die Gewissheit, niemals wahrhaft frei von ihm zu sein, alles andere überlagert hatten. Aber jetzt nicht mehr. Nie wieder. Für den Bruchteil einer Sekunde schien er überrascht zu sein von der Entschlossenheit, mit der sie ihn bekämpfte.

Dann hatte er plötzlich wieder den Revolver in der Hand und rollte sich auf sie. Die Waffe zeigte erneut auf ihr Gesicht. Andreas lächelte.

In diesem Moment stieß jemand gegen ihn. Durch die Rauchschwaden erkannte Lotte Filipas zierliche Gestalt.

Der Graf von Eichberg riss die Waffe hoch.

Und schoss.

Lotte blieb der Schrei in der Kehle stecken. Für eine schreckliche Sekunde, die sich anfühlte, als wollte sie nie wieder enden, blickte sie dorthin, wo sich ein dunkler Fleck auf Filipas Brust ausbreitete. Die junge Frau sackte zu Boden, erst auf die Knie, dann auf die Seite, während das Baby sich die Seele aus dem Leib schrie.

Dann erklang ein weiterer Schrei. In dem Moment, in dem Andreas die Waffe erneut auf Lotte richtete, packte ihn jemand am Nacken. Tayo. Der Stallmeister umklammerte den Hals des Grafen mit einer Kraft, die Lotte seinem schmalen Körper niemals zugetraut hätte.

An ihnen vorbei preschte ein Pferd aus dem brennenden Stall und hinaus in die Dunkelheit. Und hinter Tayo loderte das Feuer. Lotte hatte keine Zeit mehr, sich von ihrer Benommenheit zu erholen. In der einen Sekunde sah sie die beiden kämpfenden Männer. Und in der nächsten waren sie im Feuer verschwunden.

Lotte kroch zu Filipa. Blut floss aus der Wunde an ihrer Schulter, und sie hustete in einem fort. Die Flammen hatten den ganzen Stall verschlungen, und die ersten Funken wurden vom Wind zu den umstehenden Palmen und Wirtschaftsgebäuden getragen. Sie schleifte Filipa vom Feuer fort und rüttelte an ihrer Schulter. Das Mädchen war tot, doch Lotte war einfach nicht in der Lage, es zu begreifen. Bis sie einen hohen Schrei hörte.

Mit zitternden Fingern löste sie das bunte Wachstuch, in dem die herzzerreißend weinende Cida lag, vom Körper der toten Mutter. Dann sah sie sich mit tränenverschleiertem Blick um. Die erste Palme fing Feuer. Dann die zweite. Immer mehr Funken stoben hinauf in die Nachtluft und entzündeten sich an den strohgedeckten Dächern der umstehenden Gebäude. Und noch immer hörte sie aus der Ferne die zornigen Rufe der ehemaligen Sklaven, die sich in dieser Nacht gegen Gabriel Olivera erhoben.

Sie nahm das Kind, sah noch einmal zurück zum Stall und krächzte mit heiserer Stimme Tayos Namen.

Nichts. Nur das Prasseln der Flammen und der Klang von berstendem Holz.

Dann kam sie auf die Füße, das schreiende Kind auf dem Arm, und rannte. Sie stolperte zwischen den Palmen entlang, über vom Regen ausgewaschene Pfade. Die Pferde waren verschwunden, in Panik geflohen. Wolke war fort. Alles war Chaos. Aber das Kind lebte, Filipas Tochter.

Als Lotte auf der Kuppe eines nahen Hügels zur Fazenda zurückblickte, sah sie, wie sich die Eingangstür des Herrenhauses öffnete. Am Fuß der Freitreppe standen die Aufständischen und blickten hoch zu der Frau, die soeben nach draußen trat und zu ihnen sprach. Eine Frau mit langem schwarzen Haar, in einem weißen Nachthemd unter dem Vollmond, der in dieser Nacht über Brasilien stand. Lotte hörte nicht, was gesagt wurde, der Wind trug nur einzelne Fetzen an ihr Ohr. Dann erklang ein Schuss, und Ines Olivera brach auf der Freitreppe zusammen.

Lotte hastete über die Wirtschaftswege der Fazenda Olivera. Das Kind hatte zu schreien aufgehört und war fast schon beängstigend still in ihrem Arm. Es war noch immer dunkel. Der Wind strich durch die Kaffeepflanzen, die links und rechts von ihr aufragten und ihre Schatten über sie breiteten. Alles, was sie hörte, waren ihr keuchender Atem und das Zirpen der Zikaden.

Immer wieder sah sie versprengte, noch immer panische Pferde. Aber Wolke war bisher nicht darunter gewesen.

Irgendwann glaubte sie, Schritte zu hören. Ein Rascheln in den Kaffeesträuchern, dann ein Knacken. Sie blickte sich um, doch da war nichts. Nur Kaffeepflanzen, die im sanften Wind wogten, und die im Mondlicht glänzenden reifen Kirschen. Und eine Rauchsäule, die über der Fazenda in den Himmel stieg. Das Feuer musste über eine große Entfernung zu sehen sein. Lotte war, als könnte sie im fernen Schein der Flammen kurz die Gesichter sehen, die dieser Nacht zum Opfer gefallen waren.

In ihr türmten sich Wut und Verzweiflung auf. Und unendliche Trauer. Das Kind in ihren Armen würde seine Mutter niemals kennenlernen. Sein Vater war ein Ungeheuer. Und Lottes Freunde waren tot. Der alte Stallmeister Tayo. Ines Olivera, die beste Freundin, die sie sich je hätte wünschen können. Isabel und Gabriella, die fröhlichen Mädchen. Und Filipa, die sie auf eine Weise geliebt hatte, die sie sich selbst nicht erklären konnte. Tränen vernebelten ihr den Blick, sodass sie mehrmals stolperte und strauchelte.

Das Leben auf der Fazenda hatte sie verändert. An diesem schrecklichen Ort, an dem ihre Vergangenheit sie wiedergefunden hatte, hatte sie endlich herausgefunden, was sie all die Zeit über wirklich gesucht hatte. Es war ausgerechnet Ines gewesen, die ihr gezeigt hatte, dass Liebe, richtige Liebe, echte Liebe, niemanden in Ketten legte. Sie war einfach nur da.

Aber Lotte hatte ihren Schutzwall nie ganz niederreißen können. Sie hatte ihre eigenen Geister nicht besiegt. Ihre tief verwurzelte Angst vor der Liebe. Die Lektionen, die man ihr als Kind eingebläut hatte: Gefühle zeigte man nicht, Gefühle waren gefährlich.

Und jetzt hatte ihr Geist sie wiedergefunden. Als sie die Schritte ein weiteres Mal hörte, konnte sie kaum mehr einen Fuß vor den anderen setzen. Von der Wunde an ihrer Schulter ging eine eisige Kälte aus, und sie hatte angefangen, am ganzen Körper zu zittern.

Als sie das Klicken eines Revolvers vernahm, verbarg sie sich hinter einer Kaffeepflanze und drückte das Kind behutsam an sich. Als spürte es, was vor sich ging, blieb es ganz still.

Die Schritte ihres Verfolgers hielten inne.

»Ich weiß, dass du hier bist«, sagte er. Seine Stimme klang ganz anders als zuvor. Rauchig, als wäre er auch schon von innen heraus verkohlt. »Ich muss einfach nur deinen Fußspuren im Sand folgen, meine Liebe. Und sind das etwa Blutstropfen, da auf dem Weg? Komm heraus. Wir beide wissen, dass du am Ende bist.«

Lotte unterdrückte ein Schluchzen. Wohin sollte sie schon laufen? Sie konnte sich ja nicht einmal mehr auf den Beinen halten. Ihre Flucht war zu Ende.

Sie blickte auf das Kind in ihren Armen hinab und bat es stumm um Verzeihung. Was hätte sie darum gegeben, dieses kleine Bündel retten zu können! Behutsam legte sie es auf dem Erdboden ab und betete, dass jemand es finden würde. Irgendjemand würde vielleicht ihre Spuren entdecken und sich dieses kleinen Mädchens annehmen.

Sie richtete sich mit letzter Kraft auf und trat aus dem

Schatten der Kaffeepflanzen zurück auf den Pfad, auf dem ihr Ehemann sie bereits mit vorgehaltener Waffe erwartete.

Jetzt sah er wirklich aus wie das Scheusal, das er war. Sein Gesicht war zu einer hässlichen Fratze verzogen und von Brandblasen übersät.

Sie machte einen Schritt auf ihn zu. Er schoss. Lotte schrie auf und sackte in die Knie. Irgendetwas war mit ihrem Bein. Es fühlte sich an wie ein Trümmerfeld.

Er ging ganz langsam auf sie zu, die Waffe noch immer im Anschlag. »Ich habe dir gesagt, es gibt keinen Ort auf der Welt, an dem du nicht mir gehörst.« Er blieb vor ihr stehen und drückte ihr das kalte Metall an die Stirn. »Selbst wenn ich dich töte, gehörst du noch mir.«

Sie krallte die Hände in den sandigen Boden, presste die Lippen aufeinander und erwiderte seinen Blick. Seine Augen waren finster wie ein mondloser Nachthimmel.

Er drückte den Lauf so fest in ihre Haut, dass es wehtat, aber er schoss nicht. »Du bist *meine* Frau. Mein Wille und meine Gnade, das ist alles, was für dich zählt. Fühlst du das? Bitte mich, dich zu verschonen. Fleh mich an, Charlotte. Sag, dass es dir leidtut und dass du mir gehörst.«

Ihre Finger gruben sich noch tiefer in den sandigen Boden. Sie hielt seinem Blick stand. »Du bist so einsam«, flüsterte sie. »Du bist so unglücklich. Du weißt genau, dass ich dir niemals gehört habe. Nicht eine Sekunde.«

Sein Gesicht verzog sich zu einer schmerzerfüllten Grimasse. Aus den Augenwinkeln sah sie, dass seine Finger sich um den Abzug legten.

In dieser Sekunde erklang ein Schnauben. Wolke trat aus den Kaffeefeldern, den Kopf schief gelegt, den Blick unverwandt auf Lotte gerichtet.

Für den Bruchteil einer Sekunde war Andreas abgelenkt. Lotte fasste mit aller Kraft die Hand, die den Revolver hielt, und biss hinein. Er schrie auf und ließ die Waffe in den Sand fallen. Bevor sie danach greifen konnte, packte er sie, warf sie auf den Rücken. Seine Hände legten sich um ihre Kehle. Und drückten zu.

Ihre Finger tasteten über den Boden, während die Panik über ihr zusammenzuschlagen drohte. Alles, was sie sah, war das entstellte Gesicht ihres Mannes über sich. Sie presste die Zähne aufeinander und erinnerte sich an Filipa. Die Entschlossenheit kehrte zurück. Filipa hatte nicht aufgegeben, und das würde sie auch nicht tun. Sie würde bis zur letzten Sekunde kämpfen.

Ihre Finger umschlossen den Lauf der Waffe. Es war der verletzte Arm, und es gelang ihr nur mit Mühe, den Revolver aufzuheben.

»Du hast dein Ehegelübde gebrochen«, zischte Andreas und verstärkte den Druck um ihren Hals. »Dafür kommst du in die Hölle.«

»Wir sehen uns dort«, flüsterte sie.

Mit diesen Worten riss sie die Waffe hoch und drückte ab. Der Schuss krachte. Er starrte sie an. Lange. Vollkommen reglos. Irgendwann floss ein kleines Rinnsal Blut aus seinem Mund. Dann sackte er über ihr zusammen.

Sie schob seinen schweren Körper von sich und setzte sich auf. Ihr war eiskalt. Sie musste nicht hinsehen, um zu wissen, dass sie immer noch blutete. Irgendwann gelang es ihr aufzustehen, am ganzen Körper zitternd. Jede Faser ihres Körpers war von Entsetzen erfüllt. Sie hatte ihn wirklich erschossen! Nie hätte sie geglaubt, dass sie einmal zu so einer schrecklichen Tat fähig sein könnte.

»Danke«, flüsterte sie ihrer Stute zu. Ihre Stimme klang kratzig, und jedes Wort schmerzte.

Wolke schnaubte nur. Sie hatte die Ohren angelegt und zitterte ebenso sehr wie Lotte. Der Schuss musste sie zu Tode erschreckt haben.

Auf einmal erklang Hufschlag. Lotte zuckte zusammen

und hob die Waffe. Ein Reiter am Ende des Weges. Er galoppierte auf sie zu.

Und dann erkannte sie ihn. Blondes Haar, das im Mondlicht schimmerte. Ein weißes Hemd, vollkommen zerknittert. Eine wunderschöne braune Vollblutstute mit einer glänzend schwarzen Mähne, die Lotte jetzt vorwurfsvoll musterte.

Sie schluckte und sah zu dem Mann, der bis zu ihr preschte und dann von seiner Stute stieg, Feline. »Johann.« Sie hielt immer noch den Revolver, mit dem sie ihren Mann erschossen hatte. Und sie war voller Blut. Lotte sicherte die Waffe und ließ sie in den Sand fallen.

Er schien mit einem Blick zu erfassen, was geschehen war. Zögerlich kam er zu ihr, fasste sie am Arm, als sie schwankte. »Du bist verletzt.«

Sie erlaubte sich ein winziges Lächeln. »Nur Kratzer.«

»Das ist nicht witzig«, erwiderte er. Er zog sich das Hemd aus und wickelte es fest um ihre Schulter und ihre Brust. Mit seinem Unterhemd verband er ihr Knie. Johann sagte nichts, doch sein Gesichtsausdruck verriet ihr, dass es übel aussehen musste.

»Warum bist du hier?«, flüsterte sie.

Er sah zu ihr auf. »Um dich zu retten natürlich.«

Das entlockte ihr ein Lächeln, trotz ihrer Schmerzen, und des Entsetzens, das in ihrem ganzen Körper nachhallte.

»Geht es so?«, murmelte er, als er fertig war, und betrachtete sie mit besorgtem Blick.

Sie nickte. »Warte«, sagte sie, als er sie auf die Arme heben wollte. »Da, zwischen den Sträuchern.«

Er warf ihr einen verwirrten Blick zu, dann ging er zu der Stelle, auf die sie deutete. Wenige Sekunden später kehrte er mit Cida auf dem Arm zurück. »Das ist nicht dein Kind, oder?« Sie konnte ihm fast schon beim Kopfrechnen zusehen. Der Ausdruck in seinem Gesicht war derart verdattert, dass sie beinahe lachen wollte.

Stattdessen schluchzte sie. Jetzt brach sich der wahre Schmerz Bahn. »Nein. Aber sie kann nicht hierbleiben. Sie hat niemanden mehr.«

Kurz sahen sie beide zu der brennenden Plantage. Man roch den Rauch bis hierher.

»Die Afrikaner sagen, dieser Ort ist verflucht«, bemerkte Johann düster. Auf Lottes fragenden Blick hin fügte er hinzu: »Vor ein paar Wochen habe ich einen Jungen, der von der Plantage geflohen ist, für eine Weile bei mir versteckt. Das hat sich rumgesprochen.« Er zuckte mit den Schultern. »Geht fast wie in ein einer Pension zu bei mir.«

Eine unglaubliche Wärme ergriff von Lotte Besitz. Wie könnte sie diesen Mann nicht lieben?

»Dürften wir deine Pension denn in Anspruch nehmen?«, fragte sie, als er einen Arm um ihre Taille legte, um sie zu stützen.

Ein kleines Lächeln. Ein Blick, in dem verhaltene Zärtlichkeit und sehr viel Sorge lagen. »Solange du willst.«

Kapitel 22

Deutsche Kolonie Monte Mor, 1888

Als Lotte die Augen aufschlug, fiel ihr Blick auf Johann und Cida. Sie hatte keine Ahnung, wo er die Milch aufgetrieben hatte, mit der er das Kind jetzt fütterte. Oder den deutschen Arzt, der ihr die Kugeln aus dem Körper entfernt hatte.

Sie konnte sich kaum bewegen. Die Wunde an ihrer Schulter war ein glatter Durchschuss und heilte gut. Mit ihrem Bein sah es allerdings schlimmer aus. Der Schuss hatte das Schienbein erwischt. Der Arzt hatte die Kugel und jede Menge Knochensplitter aus der Wunde geholt. Der Knochen würde wieder zusammenwachsen, aber das würde seine Zeit dauern.

Der Doktor verordnete Lotte strikte Bettruhe. Sie hatte ein schlechtes Gewissen, weil Johann sie in seinem Schlafzimmer einquartiert hatte, doch er hatte darauf bestanden. Er selbst schlief im kleinen Wohn- und Essbereich, gleich neben der Wiege, die er für Cida zusammengezimmert hatte.

Johann hatte mittlerweile in Erfahrung gebracht, dass Ines tot war. Genau wie ihr Vater, der hinausgerannt war, um seine getroffene Tochter ins Haus zu holen.

Gabriel Olivera und seine Kinder hingegen waren am Leben, und der Herr der Fazenda Olivera machte Jagd auf die Männer, die den Aufstand angezettelt hatten. Allerdings hatte er auch Wochen später niemanden festgenommen.

Johann versuchte außerdem herauszufinden, ob jemand aufzutreiben war, der mit Filipa verwandt war. Es stellte sich allerdings als vollkommen unmöglich heraus. Von den entflohenen Sklaven, die bei ihm untergekommen waren, hatte er erfahren, dass es während der gesamten Zeit der Sklaverei üblich gewesen war, Familien auseinanderzureißen. Der Einzige, der jetzt noch übrig war, war Cidas Vater. Johann und Lotte waren sich jedoch einig, dass das kleine Mädchen niemals in die Nähe von Gabriel Olivera kommen würde.

Eines Nachts schreckte Lotte aus einem Albtraum hoch. Sie war auf der brennenden Plantage gewesen. Hatte wieder gesehen, wie Tayo in den Flammen verschwand. Wie ihr Mann Filipa erschoss und Ines auf der Freitreppe des Herrenhauses zusammenbrach. Auf einmal brach alles über sie herein.

Schnell presste sie sich eine Hand auf den Mund, um das Schluchzen zu unterdrücken. Sie wollte nicht, dass Johann wach wurde. Er kümmerte sich rund um die Uhr um Cida und erledigte alle Arbeiten auf seinem kleinen Hof allein, während sie hier nutzlos im Bett herumlag. Er hatte sich angewöhnt, das Baby in Filipas Tuch auf dem Rücken mit sich herumzutragen, während er die Pferde versorgte und den Gemüsegarten und das kleine Feld hinter dem Haus bestellte. Die Kleine schien dann besonders zufrieden zu sein. Und auch des Nachts trug er sie durch die Gegend, wenn sie weinte, fütterte sie, wickelte sie.

Lotte, die den Arm noch nicht bewegen konnte, hatte ihm erklärt, wie. Obwohl er kein Wort darüber verlor, wusste sie, dass er ganz vernarrt in Cida war.

Sie hatte ihn nicht wecken wollen, aber er war schon wach. Er kam ins Schlafzimmer, setzte sich zu ihr und zog sie schweigend in die Arme. Sie vergrub das Gesicht an seiner Brust. Vielleicht zum ersten Mal in ihrem Leben erlaubte sie sich, alles zu fühlen. Sie gab ihrer Trauer nach.

»Bleibst du bei mir?«, flüsterte sie, als ihre Tränen versiegt waren.

Sie hörte ihn schlucken. »Ja«, sagte er. Und dann hielt er sie einfach fest. Lotte überließ sich seiner Umarmung und schloss die Augen. Bei ihm konnte sie das: die Augen schließen, sich fallen lassen. Sie vertraute ihm bedingungslos. Das Wissen darum ließ ihr den Atem stocken. Sie war jetzt verletzlicher als je zuvor in seiner Gegenwart. Und es war in Ordnung. Die Gefühle waren nicht weniger beängstigend als vorher, aber zum ersten Mal wusste sie, dass sie mit dieser Angst leben konnte. Sie war ein kleiner Preis für die Geborgenheit, die sie empfand, wenn sie in seinen Armen lag.

Irgendwann wurde Cida wach und begann zu weinen. Johann stand auf, um sie aus der Wiege zu holen.

»Ich glaube, wir haben noch Platz«, sagte er, bevor er wieder zu Lotte ins Bett kam, dieses Mal mit dem Kind auf dem Arm.

Lotte biss sich auf die Unterlippe. Sie wusste selbst nicht, warum, aber sie hatte das kleine Mädchen in den vergangenen Tagen kaum ansehen können. Jetzt jedoch schaute das Baby sie an. Das Baby mit dem gleichen unerschütterlichen Stolz in den Augen, den seine Mutter ausgestrahlt hatte.

Lotte kamen wieder die Tränen. Sie vermisste Filipa, und sie vermisste ihre eigene Tochter Helena, obwohl sie sie nie im Arm gehalten hatte. Es tat so schrecklich weh, dieses Kind anzusehen. Cida griff nach ihr, und Lotte umfasste nach kurzem Zögern die kleine Hand.

»Du gibst nicht auf, was?«, flüsterte sie unter Tränen.

Cida blickte sie nur weiter an, während sie Lottes Zeigefinger festhielt. Sie hatte aufgehört zu weinen. Stattdessen sah sie so entschlossen aus, dass Lotte unwillkürlich lachen musste. »Ich glaube, wir haben noch einen Sturkopf im Haus«, sagte sie leise.

Johann lächelte, und sie konnte nicht anders, als es ihm gleichzutun. Vielleicht war es in Wahrheit dieses Gefühl gewesen, nach dem sie mit einer solchen Rastlosigkeit gesucht hatte, dachte sie mit klopfendem Herzen. Dieser Moment.

»Johann ...« Lotte stockte. Sie wollte so viel sagen. Und

wusste nicht, wie. Jetzt war da keine Mauer mehr um ihr Herz. Die Nacht, in der sie ihre Freunde verloren und ihn wiedergefunden hatte, hatte sie niedergerissen. Sie liebte ihn, war verletzlich, war ängstlich.

Er wartete geduldig. Wusste er, was in ihr vorging? Konnte er ihr verzeihen? Seine Gefühle für sie waren erschüttert worden, immer wieder. Immer wieder hatte sie ihn verletzt. Immer wieder war sie davongelaufen, weil sie Angst hatte, sich wahrhaft auf ihn einzulassen. Was, wenn er nicht noch einmal das Risiko eingehen wollte, sie zu lieben?

»Was soll jetzt aus ihr werden?«, fragte sie schließlich.

Sie blickten beide auf Cida herab, die vollkommen zufrieden in Johanns Armbeuge lag. Den anderen Arm hatte er um Lotte geschlungen.

»Ich habe darüber nachgedacht«, sagte er schließlich. »Wir haben niemanden gefunden, der Filipa überhaupt gekannt hat. Ich suche weiter, aber … Der Hof wirft nicht viel ab. Der Boden ist schlecht. Ich weiß nicht, ob ich hier je ein Gestüt eröffnen kann. Doch es wächst ein bisschen Weizen, und ich habe auch ein Gemüsebeet hinterm Haus. Ich kann ein Kind ernähren. Ich weiß nicht, ob ich ein guter Vater wäre, doch … ich könnte es versuchen.«

Lotte tastete nach seiner Hand. »Du bist jetzt schon ein wunderbarer Vater.«

Sie schwiegen eine Weile, sahen einander in die Augen. Irgendwann hob er eine Hand und berührte ihre Wange. Fuhr ihren Wangenknochen mit den Fingerspitzen nach, genauso wie damals, als sie sich zum ersten Mal geküsst hatten. Damals auf Gut Rosenthal, der Stallmeister und die Gräfin. Seine Berührungen lösten noch immer das gleiche Kribbeln aus, die gleiche Hitze.

»Ich will dich nicht wieder vertreiben«, gestand er schließlich. »Aber … ich weiß auch, dass das hier … Das hier ist nicht das, was du dir wünschst. Es tut mir leid, dass ich einfach darüber hinweggegangen bin.« Er deutete ein Kopfschütteln an. »Es ist mir nicht in den Sinn gekommen, dass du mich lieben und trotzdem nicht meine Frau sein wollen könntest. Als ich das Feuer bemerkt habe und zur Plantage geritten bin, habe ich gebetet, dass es dir gut geht. Und als ich dich dann gesehen habe ...« Seine Miene verhärtete sich. »Da habe ich erst verstanden, was mein Antrag für dich bedeutet haben muss. Du bist durch die Hölle gegangen, und ich habe dich in die Ecke gedrängt. Das kann ich mir einfach nicht verzeihen.«

Sie schmiegte sich an ihn. »Ich will nicht mehr weglaufen«, flüsterte sie. »Schon gar nicht vor dir. Ich will bei dir sein. Aber ich weiß nicht, ob ich das schaffe.«

Er zog sie noch etwas enger an sich. »Du könntest damit anfangen, morgen zu bleiben. Und wenn du doch eines Tages gehen willst ... dann geh. Du kannst jederzeit zurückkommen.«

»Ich würde gern morgen bleiben«, antwortete sie mit einem kleinen Lächeln. Dann blickte sie auf die schlafende Cida herab. »Ich muss dir noch etwas sagen«, fuhr sie ganz leise fort. »Ich kann ... ich kann keine Kinder mehr bekommen.«

Er löste sich kaum merklich von ihr, um sie anzusehen. »Bist du traurig deswegen?«

»Ich weiß es nicht«, gab sie zu. Ihre Stimme klang erstickt. »Ich glaube ja, aber ... ich kann damit leben, denke ich.« Sie holte tief Luft. »Ich wusste einfach nicht, wie ich es dir sagen soll.«

Er setzte sich etwas aufrecht ihn. »Bitte sag mir nicht, dass du Angst hattest, mir das zu erzählen.«

»Du willst eine Familie«, sagte sie leise. »Heiraten, Kinder ...«

Er umfasste ihr Gesicht mit einer Hand und sah ihr eindringlich in die Augen. »Ich will dich. Ich brauche weder ein Ehegelöbnis noch eine riesige Familie. Ich dachte, ich müsste das alles haben, um ...« Er deutete ein Kopfschütteln an.

»Auch mit zehn Geschwistern hätte sich das Haus, in dem ich aufgewachsen bin, nicht ein Stück mehr nach einem Zuhause angefühlt. Ich will das, was wir auf der Reise nach Monte Mor hatten. Bevor alles schiefging. Und unsere Wortgefechte auf Gut Rosenthal vermisse ich ehrlich gesagt auch.«

Sie lachte. »Ich auch. Das habe ich die ganze Zeit vermisst.« Sie schluckte. »Ich habe dich so vermisst.«

Er beugte sich zu ihr. Der Kuss war süß und behutsam. Ein Anfang. Ein stummes Versprechen.

In diesem Moment erklang draußen ein Wiehern. Sie sahen sich erschrocken an. Sie erwarteten keinen Besuch; schließlich war es mitten in der Nacht. »Bleib hier«, flüsterte er.

Johann legte ihr Cida in den Arm und griff nach seiner Schrotflinte. Er hatte Lotte verraten, dass er die Waffe erstanden hatte, weil er befürchtete, irgendwer würde früher oder später herausfinden, dass er entlaufenen Sklaven geholfen hatte.

Sofort dachte Lotte an Gabriel Olivera. Ein Schauer durchlief sie.

Ein zweites Wiehern erklang. Ein drittes. Lotte legte die noch immer friedlich schlafende Cida in die Wiege und folgte Johann humpelnd nach draußen. Am Ende des Weges, der zu Johanns kleinem Hof führte, erschien eine gebeugt gehende Gestalt.

»Halt!«, rief Johann. Er hatte die Waffe im Anschlag. »Wer sind Sie?«

»Nein!« Lotte legte ihm eine Hand auf den Arm. Dem Mann, der da den Weg entlangkam, folgten mehrere Pferde. »Nein, warte. Ich glaube … ich kenne ihn.« Sie schlug sich eine Hand vor den Mund. »Oh mein Gott!«

Lotte humpelte den Weg entlang. Sie hatte schon die ganze Nacht geweint, aber jetzt liefen ihr wieder die Tränen aus den

Augen. Mit einem Aufschluchzen fiel sie Tayo in die Arme. Ihm folgten die Pferde der Fazenda Olivera.

Deutsche Kolonie Monte Mor, 1889

Morgenlicht fiel durch das Fenster. Am Horizont schimmerten die Berge im Schein der ersten Sonnenstrahlen, und davor breitete sich das grüne Land aus. Weiche Hügel, dichte Wälder. Lotte dachte bei sich, dass sie recht gehabt hatte. Jedes Land hatte seinen eigenen Geruch, seine eigenen Farben. Brasilien war viel grüner, als sie es je an einem anderen Ort gesehen hatte.

Sie löste sich von dem erhabenen Anblick und kletterte zurück ins Bett. Johann schlief noch. Draußen hörte sie die Pferde wiehern und Cida fröhlich vor sich hinplappern. Bestimmt war Tayo längst aufgestanden. Meist war er schon lange vor Sonnenaufgang wach und trug Cida mit sich herum.

Die Kleine konnte gar nicht genug von den Pferden bekommen, und mittlerweile begann sie auch schon, sich ihrer Umgebung mit pausenlosem Gebrabbel mitzuteilen. Ein richtiges Wort hatte sie noch nicht gesagt, aber sie wusste schon ganz genau, was sie wollte.

Lotte schmunzelte. Cida hatte einen gewaltigen Dickschädel. Und sie war eine kleine Schönheit mit der hellbraunen Haut, den dunklen Locken und den großen, bernsteinfarbenen Augen.

Johann regte sich neben ihr und zog sie an sich, die Augen noch geschlossen. Lotte schmiegte sich an seinen warmen Körper. Als sie an die vergangene Nacht zurückdachte, durchlief sie ein wohliges Kribbeln.

Seit den Geschehnissen auf der Fazenda Olivera war nun ein Jahr vergangen. Während draußen die Sonne auf das Land herabbrannte, wuchs Cida, und mit jedem Tag sah sie ihrer Mutter ein wenig ähnlicher.

Lotte blickte hinauf zur Decke und lauschte ihrem eigenen Herzschlag. Was, wenn sie etwas falsch machte? Cida würde älter werden, und eines Tages würde sie Fragen stellen. Lottes Magen verknotete sich bei dem Gedanken an das, was sie ihr dann sagen würde. Manchmal fragte sie Filipa stumm um Rat, aber natürlich bekam sie nie eine Antwort.

Sie drehte sich zu Johann und strich ihm eine blonde Haarsträhne aus der Stirn. Seine Haut war gebräunt von der Sonne, unter der er jeden Tag schuftete, und zum ersten Mal bemerkte sie die kleinen Falten in seinen Augenwinkeln. Das Land, auf dem sie siedelten, war nicht gnädig zu ihnen. Der Boden war trocken und steinig und gab kaum genug her, um ihre kleine Familie und die Pferde zu ernähren. Und der Traum vom eigenen Gestüt lag auch heute noch in weiter Ferne.

Sie arbeiteten hart, fielen an den meisten Tagen nur erschöpft ins Bett, um am nächsten Morgen mit der Sonne wieder aufzustehen. Alles, um das kleine, zerbrechliche Glück zu beschützen, das sie nach den schrecklichen Ereignissen auf der Fazenda Olivera gefunden hatten.

Lotte war überzeugt gewesen, dass sie niemanden je so würde lieben können wie das Kind, das sie nie in den Armen hatte halten dürfen. Und jetzt wurde ihr bewusst, dass sie falschgelegen hatte. Sie konnte sich nicht vorstellen, Cida je wieder herzugeben.

In diesem Moment durchschnitt der Klang einer befehlsgewohnten Stimme die morgendliche Ruhe. »Senhorita Engel!«

Lotte fuhr hoch. Sie hatte die Stimme sofort erkannt, und nun war ihr trotz der brasilianischen Wärme eiskalt. Johann war schon aus dem Bett gesprungen, schlüpfte in Hemd und Hose und griff nach seiner Schrotflinte. Auch Lotte kleidete sich mit hastigen Bewegungen an und folgte ihm nach draußen.

Gabriel Olivera begutachtete den kleinen Hof mit abschätzig verzogenen Mundwinkeln. Er war allein. Es war schon warm, doch sein Anblick ließ Lotte erschaudern.

»Ah, Senhorita Engel«, sagte er, als er sie erblickte. »Die Pferdediebin.«

Lotte straffte sich. Also darum ging es. Für einen Moment hatte sie befürchtet, er wäre gekommen, um Anspruch auf sein Kind zu erheben.

Bevor sie etwas auf Gabriel Oliveras Anschuldigung erwidern konnte, erklangen Schritte hinter ihr. Tayo kam mit Cida auf dem Arm heran. Gabriel Oliveras Augen weiteten sich. Lotte fluchte stumm. Mittlerweile konnte man dem Mädchen sehr gut ansehen, wer es gezeugt hatte – Cidas Augen leuchteten im Sonnenlicht im gleichen, fast schon goldenen Ton, und sie hatte ein ebenso energisches Kinn wie Gabriel Olivera.

Bevor irgendjemand das Wort ergreifen konnte, begann Cida zu brabbeln. Und dann sagte sie etwas, ein einziges Wort. Ihr erstes Wort. »Papa.« Dabei streckte sie die Ärmchen nach Johann aus.

Schweigend beobachteten sie alle, wie Johann das Kind auf den Arm nahm. Zuvor reichte er Lotte die Büchse, die er die ganze Zeit in Vorhaltestellung gehabt hatte. Dann sah er Gabriel Olivera an, so herausfordernd, als wartete er darauf, dass der Herr der Fazenda Olivera es wagte, Anspruch auf dieses Kind zu erheben.

Dessen Miene hatte sich verhärtet. Einen Moment noch betrachtete er Cida mit einem nicht zu deutenden Ausdruck im Gesicht, dann wandte er sich abrupt an Lotte. »Ich verlange meine Pferde zurück, Senhorita Engel.«

Sie straffte sich. »Das hier ist unser Land, Senhor Olivera. Und die Pferde gehören Ihnen nicht. Sie gehören Tayo. Er hat sein Leben lang ohne Lohn für Sie gearbeitet. Die Pferde sind eine annehmbare Entschädigung.«

Tayo hatte ein paar stämmige *gauchos*, die Ponys von Gabriella und Isabel und die englischen Araber der Oliveras mit zum Hof gebracht. Er hatte Lotte erzählt, dass er sie nicht eingesammelt hatte. Stattdessen waren sie ihm auf seinem Weg hierher begegnet, eine kleine, ungleiche Herde, die sich dann vertrauensvoll an seine Fersen geheftet hatte. Eines der Tiere war Ines' wilder Hengst Rei. Ihn würden sie schon einmal gar nicht hergeben.

»Verschwinden Sie von unserem Land, Senhor Olivera«, sagte sie mit ruhiger Stimme. »Sie sind hier nicht willkommen.«

Ein wütendes Lodern trat in seine Augen. Lotte fragte sich flüchtig, ob dieser Mensch sich überhaupt vor etwas fürchtete. Nicht vor einer geladenen Waffe, so viel war sicher.

»Sie impertinente …«

Lotte richtete den Lauf auf ihn, aber er zeigte auch jetzt nicht das winzigste Anzeichen von Angst.

»Senhor Gabriel«, sagte Johann. »Bevor meine Frau sie niederschießt, möchte ich Ihnen ein Angebot machen. Wir verlassen Monte Mor und ziehen weiter. Sie müssen sich nie wieder mit uns herumschlagen. Dafür überlassen Sie uns die Pferde. Das ist ein gerechter Tausch. Wir geben Ihren Töchtern die Ponys zurück. Doch die anderen Pferde bleiben hier bei uns.«

Lotte warf ihm einen kurzen Blick zu. Immer wieder hatten sie darüber gesprochen, ob sie nicht weiterziehen sollten, und nun also war es so weit. Sie spürte, dass es eine gute Entscheidung war. Dieser Ort wollte sie nicht. Die Erde schien getränkt zu sein mit den Grausamkeiten, die Gabriel Olivera über das Land gebracht hatte.

Dieser schwieg eine Weile, mit nichts als Hass in den Augen. Er war einer der beängstigendsten Menschen, denen Lotte je begegnet war, selbst bei Tageslicht.

Kurz dachte sie an Andreas. Sie wusste nicht, was Johann mit dem Leichnam ihres Mannes gemacht hatte, aber sie wusste, dass er ihn am Morgen nach dem Inferno auf der Fazenda Olivera hatte verschwinden lassen. Vielleicht hatte er ihn in irgendeinen Fluss geschleift, wo sich die Krokodile über seine Überreste hergemacht hatten. Jetzt war es fast, als hätte es den Grafen von Eichberg nie gegeben. Fast.

In diesem Moment begann Cida erneut zu brabbeln. Der Blick des ungebetenen Besuchers wanderte zu dem Kind, verweilte ein, zwei angespannte Sekunden lang dort. Lotte hätte nicht sagen können, was in Gabriel Olivera vorging.

Schließlich sah er sie wieder an. »Sie werden sich gut um sie kümmern.«

Lotte reckte das Kinn. Er sollte sich nicht einbilden, irgendeinen Anspruch auf Cida zu haben oder irgendwie in ihr Leben eingreifen zu können. »Sie ist die Tochter meiner Freundin. Bei uns wird es ihr niemals an etwas fehlen.«

»Meine Kinder vermissen Sie«, sagte Gabriel Olivera. Die Worte schienen ihm nur sehr widerwillig über die Lippen zu kommen. »Sie sollen wissen, dass ich einzig aus diesem Grund davon absehe, diesen Hof auszuräuchern und Sie am nächsten Baum aufknüpfen zu lassen.«

»Ich vermisse die beiden auch«, bekannte Lotte. Johann hatte sich neben ihr angespannt, doch sie selbst lächelte nur freudlos und ließ die Waffe kaum merklich sinken. Jetzt wusste sie, dass sie von Gabriel Olivera nichts zu befürchten hatten.

»Sie soll wissen, wer ihr Vater ist«, sagte er steif, als Tayo die beiden Ponys herangebracht hatte. »Das ist meine Bedingung. Irgendwann wird sie sicher Geld brauchen. Oder eine Aussteuer. Dann soll sie zu mir kommen.«

»Haben Sie keine Sorge, Senhor Olivera«, erwiderte Lotte

mit einem Blick auf Johann und Cida. »Sie wird immer genau wissen, wer ihr Vater ist.«

Epilog

Gestüt Uma Memória da Alemanha, 1889

Der Grabstein war wunderschön. Seine Oberfläche war mit Ranken verziert, die Johann und Tayo in liebevoller Kleinarbeit hineingeritzt hatten. In der Mitte war nichts als ein Name zu lesen.

Helena.

Es gab noch zwei weitere Gräber auf diesem Hügel, die ebenso liebevoll gestaltet waren. Filipa und Ines waren fort, aber die Erinnerung an sie würde auf dem Gestüt Uma Memória da Alemanha am Leben erhalten werden. Lotte blinzelte die Tränen weg und schmiegte sich an Johann. Er schlang die Arme um sie, und sie betrachteten schweigend das kleine Grab zu ihren Füßen. Gerade ging die Sonne über den grünen Hügeln unter, die sich bis zum Horizont erstreckten, und tauchte das Land in einen flammenden Schein. Für einen Moment erinnerte der Anblick Lotte an den Sonnenuntergang in einem anderen Land.

Sie schluckte die Tränen herunter. Sie würde Gut Rosenthal niemals wiedersehen. Was auch geschah, ihr Heimatland würde sie niemals wieder betreten. Sie war jetzt die Mörderin von Andreas von Eichberg. Und irgendwo, da war sie sich ganz sicher, lauerte auch noch der Oberstleutnant von Answeiler und wartete darauf, sich eines Tages an ihr und ihrer Familie zu rächen.

Aber sie hatte die Hoffnung gehegt, Gewissheit über das Schicksal ihres Bruders und ihrer Eltern zu erlangen. Schon vor Monaten hatte sie nach Breskow geschrieben, freilich unter falschem Namen. Doch es war keine Antwort gekommen.

Der Wind trug das Schnauben der Pferde auf der Koppel und Cidas vergnügtes Lachen an ihr Ohr. Die Kleine konnte nun laufen, und man durfte sie keine Sekunde mehr aus den Augen lassen. Lotte warf einen Blick über die Schulter. Jetzt gerade stolperte das Mädchen durch das hohe Gras bis zu Tayo, der vor ihr in die Hocke gegangen war und sie auffing, als sie strauchelte.

»Tayo sagt, aus ihr wird einmal eine exzellente Reiterin«, bemerkte Johann, der ihrem Blick gefolgt war.

Lotte lächelte. Ja, das konnte sie sich gut vorstellen. Cida hatte eine ebenso eigenartige Verbindung zu den Tieren wie Filipa. Selbst Wolke folgte dem kleinen Mädchen wie hypnotisiert überall hin.

Wie immer, wenn sie Cida betrachtete, spürte sie eine Mischung aus Liebe und unermesslichem Schmerz. Und den überwältigenden Drang, sie vor der Welt zu beschützen, in die sie hineingeboren war.

Mit dem Ende der Sklaverei war in Brasilien längst kein Frieden eingekehrt. Sie schrieben das Jahr 1889. Der Kaiser Dom Pedro II. war gestürzt, Brasilien eine Republik. Doch obwohl sie nun alle brasilianische Staatsbürger waren, blieben die ehemaligen Sklaven Menschen zweiter Klasse in diesem ebenso schönen wie grausamen Land. Jene, die zuvor nur ein Leben in Sklaverei gekannt hatten und jetzt endlich frei waren, wurden von dieser neuen Welt aufs Unerbittlichste herumgestoßen. Ehemalige Sklaven fanden kaum Arbeit, denn nach wie vor stellte man lieber Weiße ein. Die Menschen zogen hungernd durch das Land. Viele mussten sich für einen Hungerlohn weiter auf den Plantagen verdingen, andere zog es in die Großstädte, wo sie weiteres Elend erwartete. Hunger, Ausbeutung, Prostitution. Gewalt.

Es gab noch so viele Ungerechtigkeiten. Lotte befürchtete,

dass es hundert Jahre und mehr brauchen würde, bis dieses Land sich mit seiner Geschichte ausgesöhnt hatte und seine Bewohner zueinanderfinden würden.

Cida entsprang dem Schmerz dieses Landes. Den vielen Frauen, die hier gelitten hatten und auch in Zukunft noch leiden würden. Sie würde als Teil zweier verschiedener Welten aufwachsen. Lotte hatte Angst, dass sie das eines Tages, wenn sie erwachsen wurde, quälen würde. Sie hatte nicht vor, Cida über das grausige Schicksal ihrer Mutter im Dunkeln zu lassen. Wenn sie alt genug war, musste sie die Wahrheit erfahren.

Trotzdem wollte sie dafür sorgen, dass sie so behütet und frei wie möglich aufwachsen konnte. Ohne Ressentiments wegen ihrer Herkunft, ohne Standesdünkel und einengende Konventionen. Und ohne grausame Männer wie Andreas von Eichberg und Gabriel Olivera, die sich beide an ihrer Mutter versündigt hatten.

In diesem Moment entdeckte Cida Johann und sie und streckte die Ärmchen nach ihnen aus. So schnell ihre kleinen Beine sie trugen, lief sie zu ihren Eltern.

»Mama«, sagte sie, als sie vor ihnen stand.

Lotte beugte sich herunter und nahm ihre Tochter auf den Arm. Ja, ihre Tochter. Nach wie vor gab es Tage, an denen sie sich vor der Intensität ihrer Gefühle fürchtete. Vor allem vor der Intensität ihres Schmerzes. Und trotzdem spürte sie, wie sich ganz langsam, Tag für Tag, etwas in ihrem Inneren öffnete. Sie würde nie wieder ganz sein. Der Schmerz über Helenas Verlust würde sie nicht loslassen, gleichgültig, wie viel Zeit vergehen würde. Aber sie konnte diese Trauer als Teil von sich annehmen und zugleich mit ihrer Familie in die Zukunft blicken.

Johann legte einen Arm um sie, und sie tauschten einen zärtlichen Blick. »Bleibst du morgen bei mir?« Diese Frage war zu einem Spiel zwischen ihnen geworden. Mittlerweile wussten sie beide, wie die Antwort lautete.

Sie lächelte. »Ich bleibe.«

Danksagung

Danke an das Team von beHeartbeat und an meine wunderbare Lektorin, ohne die es dieses Buch nie gegeben hätte. Danke an meine großartige Redakteurin. Eure Kommentare haben mich zum Nachdenken und oft auch zum Lachen gebracht und dieses Ergebnis erst möglich gemacht.

Liebe Sophie, danke, dass du all meine Pferdefragen so geduldig beantwortet hast – und danke auch an dein wunderschönes Pferd Albert! Liebe Luisa und liebe Traudi, euch beiden danke ich sehr für eure Plattdeutsch-Hilfe!

Ein riesengroßer Dank gilt auch meiner Schreibgruppe. Eure motivierenden und aufbauenden Kommentare und der ein oder andere Tritt in den Hintern haben dafür gesorgt, dass dieses Buch überhaupt erst entstehen konnte.

Danke an meine Familie, an meine Freundinnen, an Theo – ihr seid meine ganze Welt. Danke an die Menschen in meinem Leben, die dafür sorgen, dass ich auch im kreativsten Chaos nicht den Verstand verliere.

Und schließlich danke ich dir, liebe Leserin, lieber Leser, dass du Lotte auf ihrer Reise begleitet hast.

Ein Leben auf den Brettern, die die Welt bedeuten

Valentina May
DAS THEATER AM
PARK – STIMMEN
DER HOFFNUNG
Auftakt zur großen
emotionalen
Theater-Familiensaga

416 Seiten
ISBN 978-3-404-18979-3

Hannover 1914: Das Theater am Park erlebt glanzvolle Zeiten. Familienoberhaupt Fritz von Uhlenberg will sich endlich zur Ruhe setzen und bestimmt seinen Sohn Albert zum Nachfolger. Für Tochter Leonora hingegen hat er einen wohlhabenden Ehemann ausgesucht. Doch Leonora träumt von einer Karriere als Opernsängerin und rebelliert gegen den Heiratsplan des Vaters. Als dann der Erste Weltkrieg ausbricht, verändert sich alles: Albert zieht an die Front, und das Theater verliert Personal, Publikum und Gelder. In dieser schweren Zeit ist es Leonora, die um den Erhalt und die Zukunft des Theaters kämpft. Doch kann sie als Frau in einer von Männern dominierten Welt bestehen? Der Auftakt zur mitreißenden Geschichte der Künstlerfamilie

Lübbe

Ein mitreißender historischer Roman über eine starke junge Frau, die für Glück und Freiheit kämpft.

Jessica Weber
DAS LEUCHTEN
DER FREIHEIT

416 Seiten
ISBN 978-3-404-18819-2

Kiel, Ende 19. Jahrhundert: Die junge Arbeitertochter Luise träumt von der großen weiten Welt und davon, ein besseres Leben als ihre Eltern zu führen. Aber ihr Freiheitsdrang bringt sie mehr als einmal in ernsthafte Gefahr. Als Luise in eine psychiatrische Anstalt eingewiesen wird, kann allein der Medizinstudent Julius ihr Vertrauen gewinnen. Mit seiner Hilfe findet sie zu sich selbst und kämpft sich zurück ins Leben. Doch bald darauf verlieren sich ihre Wege und Luises Mutter drängt ihre Tochter zu einer baldigen Heirat mit einem Offizier der kaiserlichen Marine ... Doch was ist mit Luises eigenen Träumen und ihrem Wunsch nach Freiheit?

Lübbe

*Starke Frauen, ferne Länder, große Gefühle:
Der Auftakt der fesselnden »Töchter des
Horizonts«- Saga.*

Anna Jacobs
TRÄUME IM GLANZ
DER MORGENRÖTE
Töchter des Horizonts
Aus dem Englischen
von Diana Beate Hellmann
386 Seiten
ISBN 978-3-7413-0338-8

Singapur 1860: Die Engländerin Isabella Sanders strandet nach
dem Tod ihrer Mutter alleine und mittellos in dem exotischen
Shanghai. In ihrer Not nimmt sie eine Anstellung als Hauslehrerin
bei dem Händler Mr. Lee an.

Als Mr. Lee auf Bram Deagan trifft, sieht er in ihm den idealen
Partner, um sein Unternehmen noch erfolgreicher zu machen
und überredet Isabella den Engländer zu heiraten. Doch die
Vergangenheit wirft dunkle Schatten auf die junge Ehe …